COLLECTION FOLIO

Roger Nimier

Les enfants tristes

Gallimard

Né en 1925 à Paris, élève très brillant du lycée Pasteur, Roger Nimier est lauréat du concours général de philosophie. Il se met aussitôt à gagner sa vie et prépare sa licence de philosophie. En 1945, il s'engage au 2e régiment de hussards. A vingt-trois ans, il publie *Les Épées,* à vingt-cinq *Perfide, Le Hussard bleu* et *Le Grand d'Espagne.* Il est rédacteur en chef du journal *Opéra* dont il assure la rubrique de critique théâtrale. Puis il collabore à l'hebdomadaire *Arts.* En 1951, il publie *Les Enfants tristes.* En 1953, il participe à la fondation de la revue *La Parisienne* dont il sera un des principaux collaborateurs et publie *Amour et Néant* et *Histoire d'un amour.* En 1954, il devient directeur littéraire du Nouveau Femina. De 1956 jusqu'à sa mort, il est conseiller littéraire aux Éditions Gallimard.

Son dernier ouvrage, *D'Artagnan amoureux,* paraît en novembre 1962, deux mois après sa mort accidentelle.

Des articles et des notes de lecture ont été publiés sous le titre *Journées de lecture* en 1965 et, en 1968, paraît un roman, *L'Étrangère.* qu'il avait écrit à vingt ans.

A la mémoire de

HENRI MOSSERI

1924-1944

Première partie

I

Longtemps après l'heure, les sangliers viennent encore boire à l'étang désert. Ainsi, M. Le Barsac, tard dans sa vie, retrouvait les chemins de son enfance, les sources qui l'avaient désaltéré, le goût de l'énergie, l'habitude du pouvoir, l'importance sociale et, plus près, les conséquences de ces choses : le luxe étroit de ses jours, la sensualité facile, l'argent, le nom de l'argent.

C'est un vieil homme qui s'éveille dans la nuit. Il se penche sur la montre qui ne quitte pas son poignet. Il lui reste deux heures à connaître de cette nuit et le sortilège des mots est si fort que lui-même s'avance avec effroi dans cette étendue déserte du temps, gouttes mortelles de la vie où chacun est étranger car le sommeil y règne à l'ordinaire. Il approuve le sommeil. il le considère comme un devoir, puisqu'il est un des principaux alliés de la santé — la mystérieuse, la tutélaire, la bienfaisante : la santé ! M. Le Barsac ne prononce jamais ce nom sans émotion. Il sait que cette force obscure le tient tout entier dans le creux de sa main et pourrait l'étouffer d'un mouvement. Il sait qu'elle n'est pas fondée sur le seul caprice et qu'elle est sensible à la vénération qu'il lui porte. Dans son cœur, depuis toujours, il lui a édifié une cathédrale. Des statues immenses, qui sont les maladies célèbres, y sont entassées, charmées par les versets du nouvel Evangile : ne pas s'exposer aux courants d'air, surveiller son foie, redouter les dépressions, soigner ses bronches ; et, plus inquiétantes encore, les maximes de prudence qui règlent les rapports entre l'Homme et la Femme. Le manque de sommeil est une offense à la déesse : sans doute punira-t-elle demain. Avec un grognement, M. Le Barsac s'enfonce dans sa chair et cette chair dans les draps, mais une lueur blanche inonde la pièce et le rejette vers ses pensées amères

S'il considère la suite de ses jours, l'Homme d'Affaires sent la fierté gonfler ses veines. Il a travaillé. Il a tenu ses rêves. Le monde lui a délégué, chaque année, un nouveau messager pour lui dire qu'il était satisfait. Un jour, c'était une secrétaire qui devenait sa maîtresse et lui donnait la volupté de compter dans les égarements de l'amour. Une autre fois, c'était la Légion d'honneur, distinction qu'on ne saurait mépriser à son aise sans la posséder. Puis une fortune neuve, une situation qui s'augmente sur la place de Paris, la réputation, l'humilité dans le regard des subalternes, le respect, oui, le respect jusqu'à l'ingratitude, preuve dernière de la puissance sur la terre. Anxieusement, il repasse les raisons qui font de lui un être heureux.

Ce qui le séduit c'est sa continuité. Il ne distingue plus les traits de son visage à quinze ans, à vingt ans, tant il a toujours possédé cette lourdeur inquiète des animaux carnassiers, ce teint rouge des forts mangeurs et les rides de la réflexion. Qu'il courût à la recherche de commandes, qu'il entreprît une carrière dans les assurances de la République ou qu'il épousât une jeune fille sans beauté, jeune, il a connu les épreuves de l'existence. Il songe encore une fois à son énergie. Ce mot l'éveille tout à fait. D'ailleurs, il a besoin d'ouvrir les yeux, pour mieux sentir ses pensées. Il arc-boute ses bras contre son lit, il tord son cou, il serre ses mâchoires ; car il veut dissiper son angoisse, l'injuste angoisse d'un homme qui a mérité son bonheur.

Quelle inquiétude et d'où viendrait-elle ? L'âge, sans doute, mais il n'a jamais aimé la jeunesse, temps incertains et pauvres de la vie. Ce n'est pas non plus la peur de la... Celle-là, il ne la nommera pas. C'est une trop insupportable injustice. Il est fort et plantureux. Il aime la santé. Et pourquoi lui ?

Il s'assied un instant, écoute un battement qui semble venir de loin, celui de l'horloge, probablement. Il est près de se lever pour vérifier. Mais, s'il ne dort pas, qu'il dissimule au moins et qu'il songe aux problèmes pratiques de la journée. Ceux-ci ne manquent pas. La situation politique est grave et il revoit ce jeune avocat, ami de Raoul, qui lui décrivait la force des Allemands. Raoul vit dans ses rêves. Lui, le Père, il doit considérer l'avenir, les périls qui s'amassent et souffrir à l'avance. Tenir le coup. Cette phrase représente dans son esprit toutes les vertus.

Hélas ! la politique est sans force. Comme une brume qui s'écarte et n'est plus soudain qu'un voile imperceptible, elle laisse place au corps vivant de l'angoisse, cet être aux yeux creux que le dormeur ne sait reconnaître et qui l'entoure de ses bras fripés — cet être du mauvais matin. A quoi bon se débattre ? Quelque chose, un souvenir, un remords, est à l'origine de cette menace. Et c'est vrai, car tout à coup la douleur se précise, c'est un pincement au niveau du cœur, c'est une journée entière qui ressuscite, mais si M. Le Barsac se connaissait, il avouerait que cette honte ranimée est préférable au plus indécis des fantômes qui l'obsédait à la minute précédente — il avouerait que la honte, ce n'est pas si mal.

Trente-six. Cette année marque le début des catastrophes et la victoire des instituteurs. Ses affaires se sont mises à marcher, mais cette prospérité illusoire traînait derrière elle tout un lot d'humiliations : un déversement populaire sur les plages, la distinction naturelle du Riche et du Pauvre abolie...

C'étaient encore les vingt-cinq ans de Raoul. Les souvenirs, comme un fleuve douloureux, charriaient avec eux ce limon : les années troubles de son fils, ses sorties répétées avec une dactylo, la crainte d'un scandale... N'importe ! Ces douleurs sont éteintes et M. Le Barsac, dans son insomnie, tente vainement de se raconter cette nouvelle histoire. Plus forte que sa volonté, une main ferme l'entraîne vers la journée de trente-six, car nos rêves et notre passé sont bien de la même race esclave et leur Seigneur nous est inconnu.

L'argent ! Il a su mériter son argent. D'autres se contentent de le gagner. Lui, emploie tous ses soins à le conserver et les dangers imaginaires qu'il invente sont autant d'épreuves pour se montrer digne de cette possession ; il a le goût des jeux amoureux comme en inventent les amants, des terreurs irraisonnées de mère au chevet de son enfant. Pourquoi sourire ? Les mots ne sont rien. Derrière l'argent, il y a pour le vieil homme bien plus que des satisfactions matérielles, il y a tous les secrets de la vie résumés, l'importance, le respect, l'intelligence, la beauté même ou plutôt l'assurance que la beauté, l'injustice ne sont pas les plus fortes sur la terre, ni la jeunesse. Il a voué sa vie à cette passion. Il se revoit dans cette cage vitrée, au centre de sa fabrique. Tout, autour de lui, est sale, de cette saleté particulière que produit l'âge. Devant lui, une autre poussière s'étend, mais plus nacrée, mieux pailletée, moins fondamentale. Sur les deux longues tables de l'atelier, les couleurs vives des jouets, leurs engrenages et leurs yeux de verre s'entassent, coquillages de ce monde fabuleux qu'il gouverne : son atelier, ses ateliers. Les mains, telles un clapotis de vagues, assemblent les oripeaux. De nouvelles Vénus naissaient ainsi de l'onde et sous le jet crémeux de la lumière qui tombait des soupiraux, elles souriaient et dansaient.

M. Le Barsac considérait ce spectacle dans un esprit bien différent. Sans doute les temps sont-ils généreux envers cette âme colérique, ils lui offrent les agitations sociales, les menaces de l'avenir, aliments délectables pour son cœur : de ces misères il fait du sang. Cependant M. Le Barsac se trouvait aux prises avec une méchanceté tellement grande et surprenante, qu'il en suffoquait légèrement. La vie, parfois si franche, nette comme un match de rugby, la vie lui révélait ses flaques. Tout était écœurant et vague. Il se palpa lentement, passant les mains sur ses cuisses, sur son ventre, sur sa figure mal équilibrée. Il renifla, puis se dirigea en tanguant vers le fond de l'atelier, distribuant des regards et des méfiances, comme un Evêque accorde ses bénédictions. Il pénétra dans une sorte de cagibi, occupé par un lavabo, un tabouret, un tonneau de savon liquide et des objets sales accrochés au mur.

Jamais il n'eut le moindre goût pour la saleté. Il l'a détestée. Mais à cette époque, il n'était plus si jeune, il avait près de soixante ans et quelques grandes idées avaient inspiré sa vie. Tout d'abord, il a cette intuition que la saleté trompera le fisc et fera prendre sa maison pour une affaire du dernier ordre — ce qu'elle est à vrai dire. Mais enfin il en vit. Et comme il n'est pas sans posséder quelques parents pauvres, tout cela, joint au prestige d'un métier extravagant (« C'est extraordinaire ce qu'on peut gagner dans les jouets, on ne se douterait pas, c'est bien une idée de Lucien de s'être mis là-dedans, c'est un malin »), oui, tout cela fait une apparence de nécessité. La saleté, dans les années vingt-cinq, est donc un bon alibi ; elle donne une impression de vétusté : on voit bien qu'une maison pareille ne couvre pas ses frais. Cette intuition va durer quelques années, jusqu'au jour où le tempérament ripoliné du Chef d'Entreprises reprendra le dessus. Alors il connaîtra deux années aux murs frais, au carrelage lavé, véritable régénération morale qui coïncidera chez lui avec une liaison dont il aura tout lieu de se repentir par la suite.

Puis, un jour, il visite deux ou trois affaires considérables. Son étonnement est grand. Ce ne sont que balcons en bois, rideaux déteints, comptoirs endormis, lustres de poussière. A côté de la porte, une plaque indique la date de fondation de la maison : 1850, 1884, 1903 — dates homériques et chantantes dans l'histoire du commerce. A cet instant de sa vie, M. Le Barsac s'est fait une spécialité des jouets en peluche. Il ne doute plus de sa gloire. Ainsi est-il amené à rechercher la pompe des maisons illustres « où l'on n'a pas besoin de faire d'épate, comme il dit, parce que c'est du carré, du solide ». Et la poussière reprit ses assises.

Quel est cet homme ? Il éprouve le besoin maladif

d'être respecté. L'argent lui sert à réunir une dizaine de personnes qui forment son univers amical, univers dans lequel il est un grand capitaine d'industrie, un chef, un connaisseur d'hommes. Tout cela n'est pas nouveau. Ce qu'il y a de remarquable, chez un Le Barsac, c'est la densité de son petit domaine, son équilibre, ses racines. On peut se demander si M. Le Barsac est une grande réussite spirituelle. On en revient à ce côté de la question, car l'aspect matériel est triste : il ne s'agit, en effet, ni d'un Puissant de la terre, ni d'une grande canaille. Il faut donc répondre qu'il s'agit d'une certaine réussite spirituelle. L'air que respire ce misérable est filtré. Ses aliments sont préparés et comportent des louanges.

Mais admirez la revanche des choses, car cet homme allongé et qui souffre, s'abandonne. La tentation est la plus forte et, devant ses yeux, c'est lui-même qui passe, dans la pire minute de son existence. Car ce jour fatal, ce jour qui vient d'entraîner tout son passé, eut la détestable conclusion qu'il connaît bien. En vain a-t-il reculé, s'attardant sur les souvenirs faciles (la bêtise d'un comptable, les jouets, la saleté) comme un enfant traîne avant de rentrer. En vain. Maintenant, il est arrivé, il est chez lui. Il savoure sa honte.

Pourtant, c'était la justice. M. Le Barsac n'est pas un monstre. Il accorde volontiers des congés. Concevez seulement qu'il doit rester le maître. Haineusement, il compte les retards, les distractions de son personnel. Puis il remâche ce scandale, contre lequel les lois ni les ordres ne peuvent rien. Tout ce temps volé a fini par constituer une telle masse de rancœur, qu'une idée extraordinaire a germé dans son esprit. Quelle idée ! Désormais, il va s'enfermer dans le cagibi où repose l'horloge et il la retardera de deux ou trois minutes, avec une jouissance profonde, qui n'est pas celle de la vengeance, mais du devoir accompli. Il respecte le Travail, plus que ses intérêts. Ce geste insignifiant est donc une action de grâces. Il donne l'espérance.

Et un jour, M. Le Barsac oublie de pousser un verrou. Il est surpris par un employé, il ne sait pas répondre et le scandale éclate. Les insultes, la colère, bien sûr — mais surtout, la seconde colonne de son édifice s'écroule : le respect dû aux Riches. Dieu merci, les événements vont chanter ce refrain, à partir de trente-six, ils prouveront sa nécessité. Cette approbation guérira M. Le Barsac de quelques souvenirs désagréables, comme celui des insultes qu'une ouvrière furieuse lui jette au visage. Un seul jour de honte, assurément et ses intentions étaient pures, il peut le jurer. Le lendemain, la vie reprendra son cours décent et appliqué.

Peut-on avoir confiance en l'avenir ? Si lourd et si glorieux soit-il, le plus timide passé n'est jamais complètement écrasé. M. Le Barsac en fait l'expérience.

Cet homme, couché là, n'y tient plus et bondit. Il secoue l'humiliation en s'ébrouant sur le tapis mousse de son cabinet de toilette. A présent, les jouets sont bien loin. Il se lève en sifflotant à travers ses lèvres minces. L'agitation suffit à dissiper les poisons du Temps. Avec l'eau fraîche, le sang des vivants et non plus celui des rêves, courait dans le corps trapu du vieillard. D'autres mouvements entraînent d'autres pensées. Sans quitter l'année trente-six, il revoyait des semaines plus enivrantes, celles de son mariage avec

Odette. L'orgueil, venu du cœur et de la sensualité, d'on ne sait où, se rejoignirent en lui, à la hauteur de l'épigastre : là, oui, là précisément, on se sent touché — ou bien la joie prend son élan, suivant les circonstances.

Odette ! A présent, il voit clair dans son âme. Il ne l'admire plus, s'il la craint toujours. Elle est une femme, elle appartient à cette race qui cède devant un cadeau ou devant un ordre. Pourtant, il l'a aimée parce qu'elle lui faisait peur. Il l'a connue aux premiers jours de son mariage avec Georges Malentraide. Il n'est pas certain que telle ou telle dépense, il ne les ait pas accomplies, en ce temps-là, avec l'idée de l'épater, elle, qui l'épatait sans effort. En ce domaine, il ne peut rien jurer. Dans un objet que nous venons d'acheter, il y a deux éléments : la chose inanimée, dans ses couleurs brutales, — et les ramifications sociales qu'elle entraîne. A l'ordinaire, ce couple suffit à faire le bonheur. Dès qu'il se produit un divorce entre le plaisir et l'orgueil, alors le mal est terrible. M. Le Barsac a sans doute connu ce sentiment. Il s'est trouvé ridicule, au volant de cette nouvelle voiture, car Georges Malentraide n'avait rien perdu de son charme, ni Odette de sa froideur. Ce désespoir qui l'a souvent envahi, il l'a déguisé sous des noms graves. Il a parlé de neurasthénie. Pendant dix ans peut-être, il ne s'est rien avoué. Mais après la maladie et la mort de Georges, il a reconnu son trouble. Maintenant, cette humiliante passion risquait de payer — oui, de payer, son poids d'ivresse. C'est l'avantage de la honte. Elle sait inventer sa gloire.

Une fois veuf, il a pu sortir avec la jeune femme, lui offrir les cadeaux et enfin l'épouser dans une déploiement de luxe, médiocre aux yeux d'un observateur objectif, mais qui ne le fut point pour lui. Car il a revu, en un éclair, patiemment inventoriée par la suite, toute sa jeunesse ingrate, son premier mariage, sa rancune à l'égard de sa propre laideur. A l'époque, il ne s'était rien avoué, mais à cinquante ans passés, riche, alerte et considéré, il avait tout intérêt à tracer le parallèle entre les deux couples. Il avait gagné sur les deux tableaux. Sa nouvelle femme est belle, élégante, plus somptueuse qu'il ne l'a jamais espéré. Lui-même a trouvé un équilibre qui lui fait honneur. Il déborde d'expérience. On l'écoute, on le craint. Oui, il ne peut que se féliciter du temps passé. Il a atteint le plein de sa vie. Ses sottes angoisses du réveil n'y changeront rien. Il est victorieux de tous les autres : du ridicule et sale jeune homme qu'il était, du beau Georges Malentraide, du mépris des femmes.

A présent, il ne redoute plus Odette, mais il désire encore la croire redoutable, par un jeu dont il perçoit mal les raisons. Il l'a payée avec quelque chose qui n'était pas son argent, il s'est humilié pour la conquérir. Elle est à lui. Il convient qu'elle reste précieuse, étrangère à moitié, sinon il a fait un marché de dupe.

Vêtu de ses bottines à tiges, d'une chemise impeccable dont le col glacé attendait encore sur une chaise, il pénétra dans la salle à manger. Il tourna les boutons de la T.S.F., qui finit par cracher quelques informations. Il n'y avait le choix qu'entre la guerre et la révolution. M. Le Barsac souffrit de cette alternative, en avalant un café brûlant, en sifflotant, en reniflant et désespérant. D'un côté, la Russie, les visages haineux du peuple, la paresse et la fin du monde. De l'autre, un bruit de bottes insupportable, la parole laissée à de jeunes goujats vêtus de noir, rien pour la plaisanterie, rien pour le confort, cette Allemagne devant l'Europe comme un puritain de vingt ans devant une vieille femme qui sort du bain, montre ses bijoux et ses rides. L'industriel assurément hait les instituteurs, redoute les Juifs, mais il ne déteste pas moins tout ce qui touche les curés et les épaulettes. Il lit le grave journal *Le Temps* et hoche la tête quand il voit les extrêmes condamnés.

Ce matin de mars mil neuf cent trente-neuf, les nouvelles le plongèrent dans l'affliction. Il pensa soudain qu'il avait mal dormi. Dans ces circonstances, quoi d'étonnant, s'il ne tient pas le coup ? N'a-t-il pas été jusqu'à remâcher des histoires absurdes de l'ancien temps ?

La guerre ! Il y pense toute la matinée, lisant les journaux de la République et se curant les dents. Au cours de la conférence qu'il tiendra l'après-midi, avec son fils, il aura des arguments de choix.

A deux heures, en effet, Raoul vint s'asseoir devant son bureau. L'Homme d'Affaires se retint pour ne pas lui crier :

« Quoi ? Qu'est-ce qu'il y a ? » Cette interjection lui monte souvent aux lèvres devant l'attitude, ou plutôt ce qu'il prend pour une attitude chez certains êtres. Toute sa ruse ne l'empêche pas, bien au contraire, de haïr les caractères renfermés. Il les soupçonne de dissimuler une hostilité d'autant plus inquiétante qu'il est difficile d'en préciser les contours. Cette timidité de Raoul, cette sauvagerie d'un Olivier Malentraide ne sont peut-être pas dirigées contre lui, mais contre le monde. Qu'importe ! Lui, le Père, le Maître, le Chef d'Industrie, il représente l'univers dans sa clarté et l'effrayante méfiance qui tord son cœur, exige la simplicité chez autrui.

Olivier et Frédéric étaient partis en classe. Odette, avec sa calme élégance, engagea le débat.

— Mon petit Raoul, dit-elle de cette voix célèbre où la froideur, le besoin de paraître objectif font croire à l'intelligence, nous ne sommes pas ici en conseil de famille. D'ailleurs moi, je n'aurais rien à y faire. Nous estimons simplement, ton père estime qu'il faut mettre les choses au point.

La sueur commença de couler sur le front de Raoul, dont les tempes dégarnies, les cheveux noirs et frisés accentuaient la tristesse. Il baissa la tête, avança ses grandes mains, malhabiles et velues comme celles de son père, puis les reposa sur ses genoux. Odette reprit :

— Je tiens à préciser, pour ma part, que je trouve cette petite Tessa extrêmement sympathique.

Un silence suivit cette déclaration et devant l'embarras de son fils, sa veulerie, la colère faillit étrangler M. Le Barsac. Faute d'avoir un enfant parfaitement soumis, il aurait préféré un rebelle. Pourtant, il n'aimait pas son beau-fils Olivier Malentraide, mais celui-là se révoltait sur un autre terrain, celui-là était l'ennemi.

— Mon garçon, commença l'industriel avec une animation extraordinaire qui contrastait avec l'harmonie des paroles prononcées par sa femme, tu as trente ans. Ce n'est plus l'âge de jouer au bébé. C'est très joli, tes livres, tes disques et tout le bataclan, mais dans la vie, il n'y a pas de place pour les rêveurs, les incapables et les fainéants.

Raoul protesta, en relevant des yeux inquiets :

— J'ai passé les examens que vous vouliez. Et justement, je ne suis plus un bébé...

— Les examens, les examens ! éclata l'homme, avec un large sourire, âcre et méprisant. Tu en as plein la bouche. Tu y crois, toi, aux examens ? Tu es assez bille pour y croire ? J'en ai vu, moi, des types qui se croyaient des as, qui avaient un tas de diplômes et qui n'ont rien donné dans la vie. J'en ai vu des quantités.

Cette parenthèse sur un sujet qui lui était familier, détendit M. Le Barsac. Une expression rêveuse s'empara de son visage sanguin et en fixant ses gros yeux bleus sur son fils, il poursuivit :

— Et tu te sens de taille à te marier, dans les circonstances que nous traversons ? Hitler fait un discours ce soir, tu seras peut-être mobilisé demain et tu veux fonder un foyer ? Tu réfléchis à ce que tu dis ?

En essuyant son front blême, Raoul balbutia encore une fois :

— Je ne suis plus un enfant...

— Et alors ? Tu prévois les événements ? Tu sais ce qui va se passer ? La guerre, la révolution, tu n'y penses jamais ? Ah ! non, Monsieur est dans ses rêves, Monsieur se laisse vivre.

Odette intervint et Raoul, à tout hasard, lui jeta un regard de reconnaissance.

— Ecoute, Lucien, dit-elle posément, ne reproche pas à ton fils d'être un intellectuel. Tu es le premier à en être fier, au besoin.

— Etre fier, être fier ! glapit l'industriel en remuant la tête et les bras dans la joie d'avoir trouvé un os à dévorer. Je peux en être fier de mes enfants ! Frédéric est juste bon à faire du camping et celui-là veut se marier ! En mil neuf cent trente-neuf ! Quant à ton fils, ce n'est pas mieux. Je l'ai jugé : c'est un sournois.

— Olivier a de grandes qualités, dit Odette. Et il a de grands défauts.

— Enfin, dit Raoul, vous avez vu Tessa. Vous reconnaissez qu'elle est sympathique. Elle vient d'un excellent milieu. Vous ne pouvez pas lui reprocher, comme à Mireille, d'être une dactylo, de...

— Ah ! c'est admirable, fit M. Le Barsac, à l'énoncé de ce souvenir qui datait de trente-six. Tu compares cette jeune fille dont tu veux faire ta femme, à une dactylo. Je te félicite. Tu as des principes. Au moins, nous sommes fixés.

— Que voulez-vous de moi ? s'écria Raoul plaintivement. Maintenant, vous prenez sa défense. Vous me reprochez de ne pas la respecter assez. . Mais je sais la vérité. Vous ne voulez pas d'elle, parce qu'elle n'a pas d'argent. Il n'y a que ça qui compte pour vous.

Ces paroles, si médiocres, prirent une résonance particulière en cette circonstance. M. Le Barsac pinça les lèvres.

— Raoul, dit Odette, tu es profondément injuste. Et après tout, oui, pourquoi ton père ne songerait-il pas à ton avenir ?

L'Homme d'Affaires fit un signe de la main et commença d'une voix mourante :

— Eh bien, tu te trompes, mon garçon, j'attache beaucoup moins d'importance à la fortune que ta belle-mère ou toi-même... Dans les temps que nous traversons, ce qu'il faut avoir, c'est un métier. Un mécanicien, un électricien est toujours sûr de s'en tirer, quoi qu'il arrive. Frédéric aime la campagne. Il peut se faire jardinier. Mais toi ?

A cette interrogation méprisante, Raoul répondit par une expression d'effarement. Il promena son regard sur les murs de la pièce, fixa un instant le grand tableau d'un prix de Rome oublié qui lui faisait face, puis, les lèvres tremblantes, essaya de se défendre.

— Qu'importe ! dit-il. S'il y a la guerre ou la révolution, tout fichera le camp par terre. Quitte à crever, pourquoi ne pas être heureux auparavant. Je n'ai jamais été heureux. Je me soucie de la mort comme de rien, conclut-il, d'une voix piteuse.

M. Le Barsac, au nom maudit de la mort, sentit son cœur battre la chamade. Il n'a jamais eu un goût très violent pour l'attitude méprisante et glaciale des cadavres. Son imagination hardie lui représentait les choses en noir. Il voyait les incendies, des ruisseaux de sang. Quelques secondes, il resta tremblant sur son fauteuil et la peur n'était pas pour lui une lâcheté — elle était la reconnaissance de l'horreur permanente de la vie. Que tout fût destiné à empirer, il le savait, d'une science fondamentale qui illuminait son âme. Dans la guerre, il ne voyait que des galopins armés, maîtres du monde, tournant leurs armes contre lui. La jeunesse et la mort, tout ce qu'il haïssait, en une seule image.

Il passa une main sur son front. A son tour, il était atteint, mais Raoul avait lancé ses dernières armes. Ce grand corps blanchâtre fondait sur le fauteuil qu'il occupait.

— Sacrifiez-vous pour vos enfants !... soupira M. Le Barsac, sans bonne foi, en prenant cette pensée familière comme la première venue. Je préfère ne pas te répondre.

Puis devant l'expression affolée du visage de son fils, il continua sur son ton désabusé :

— Je sais bien. Les parents sont bons à monter au cocotier, c'est la morale nouvelle.

Dans un dernier sursaut et sans chercher à répondre aux paroles de son père, le jeune homme murmura :

— Tessa est très douce. Elle fera ce que vous voudrez. Elle vous admire beaucoup.

— Je t'ai déjà dit que nous aimions bien cette petite, fit Odette. C'est une bonne enfant. Elle n'a pas sans doute un caractère extraordinaire, elle est absolument normale, trop normale sans doute. Mais je reconnais qu'elle te conviendrait assez bien sur ce point.

Le regard de Raoul manifesta qu'il ne savait comment réagir contre cette perfidie. M. Le Barsac se tourna vers sa femme.

— Mon petit, il ne s'agit pas de savoir si cette fille convient ou non à Raoul. Il y a que la guerre n'est pas loin et qu'il faut être fou pour se marier. Sinon, moi, je ne lui reproche rien à cette gamine. Elle est même jolie, si tu veux.

— Elle est très mignonne, dit Odette avec froideur.

— Allons, poursuivit l'industriel en s'émouvant de sa générosité, tu es majeur, tu es libre de faire ce qu'il te plaît. Mais tu reconnaîtras avec moi que le mariage est impossible à l'heure actuelle. Les temps sont ce qu'ils sont. Nous n'y pouvons rien. Je ne dis pas que dans deux ans, dans trois ans, si la situation se clarifiait...

Raoul fit entendre un gémissement d'approbation.

— Jusque-là, il n'y a pas de raisons que Tessa ne vienne pas à la maison. Au contraire, je suis partisan de l'inviter. Moi, je ne lui battrai pas froid. Si elle ne rêve qu'au mariage, et je te ferai remarquer que je ne parle pas d'argent, eh bien, elle comprendra d'elle-même. Elle s'en ira et tu l'oublieras.

Raoul baissa les yeux plus encore s'il était possible et déclara piteusement :

— C'est elle qui m'aime...

II

Olivier Malentraide quitta la classe bruissante. Dehors, une pluie fine glissait sur les visages, comme des caresses faites avec les ongles. Il suivit le boulevard et se retrouva devant une église, qu'il connaissait bien.

Il n'ose jamais y pénétrer. C'est une église des dimanches et le dimanche, caché derrière un arbre, il y voit entrer les fidèles. Un peu plus tard, ils sortent et sous le soleil, pendant quelques minutes, comme des grappes de raisin désireuses de mûrir un peu, ils restent accrochés sur le perron. Des jeunes gens au teint blême secouent des troncs, tandis qu'une litanie écœurante coule de leurs lèvres. Il faut leur donner, la charité le veut et surtout la drôlerie. Ils sont si bêtes, si importants, quand ils inclinent la tête : « Pour les Congrégations... Merciiii — Pour l'obole de saint Denis... Ciiii... » Il suffit de glisser une pièce de monnaie : l'appareil se met en marche.

C'est une église des dimanches, ce n'est pas la sienne. Ce chrétien furtif y vient épier les autres, pour tenter de les comprendre. Comment font-ils ? Quel secret, quelle grâce leur permet d'entrer la mine confite, le visage un peu baissé, afin de surveiller les souliers de leurs enfants qui grimpent les marches ? Ils entrent, ils restent dans cette ombre pieuse où les bénédictions volettent, affamées, à la recherche des cœurs. Puis ils sortent, confiants dans la vie, comme des éponges gonflées de piété. Une piété savoureuse, à en juger par leurs sourires, leurs coups de chapeau et l'air satisfait avec lequel, après avoir consacré le Christ, ils vont acheter des gâteaux chez le pâtissier de la rue voisine. Etrange liberté ! Ils ne savent pas que le regard d'Olivier les cueille dès les marches de l'église et ne les quitte point, tant qu'ils n'ont pas traversé la place à nouveau, chargés d'un paquet triangulaire, lourd d'éclairs au café. Pour ces chrétiens-là, l'ange à la porte du Paradis tiendra un grand éclair au chocolat, dégoulinant d'une crème lumineuse... Olivier n'a pas de peine à former ces images : il déteste les pâtisseries.

Il ne déteste pas les fidèles, pourtant. Il les envie peut-être. Leur religion est au grand jour. La sienne se tient au fond du cœur, honteuse, comme une main brûlante qui contrôle les battements de son cœur, quand elle ne vient pas l'affoler. Sans doute n'est-il pas un lâche. Il est trop bien musclé. Il est amusant de rencontrer des ennemis du Seigneur et de se battre avec eux. Quelle est la vérité d'un être ? Le souci de son âme ou l'envie de se battre ?

Il manque d'assurance, voilà tout. L'idée d'entrer dans les ordres plus tard n'est pas très profonde en lui. Cette façon de s'habiller en catholique et de se promener dans les rues ne lui conviendrait pas. Quant aux disciplines de l'Eglise, eh bien, il attendra de grandes douleurs pour s'y livrer. Il connaît mille histoires de ce genre. La plus formidable est celle de

Rancé, qui pénètre un jour chez sa maîtresse et la trouve morte, la tête coupée, posée sur une assiette. Savez-vous pourquoi ? Parce que le cercueil était trop petit. L'assiette ajoute beaucoup à l'histoire, car, une maîtresse, une mort brutale, une tête coupée, c'est trop beau pour être vrai. Mais l'assiette ! Rancé s'appellera plus tard l'abbé Tempête. Il réapparaîtra un jour dans l'Histoire de France sous les traits d'un jeune cavalier, les cheveux au vent, Junot — dit la Tempête. Olivier se reproche de nourrir des pensées frivoles à propos des plus graves sujets de l'existence. C'est un péché certain, d'autant que les mots, en rêve, ne correspondent à rien de certain. Il pense à une maîtresse et c'est un corps du XVIIe siècle, plat comme une gravure, tout emmêlé de vers raciniens, qui se présente à son esprit. Dès qu'il revient aux habitants de la terre, il aperçoit les sœurs de Didier, leurs amies. Il les trouve laides, envahissantes. Sa mère elle-même est trop gaie.

Il entra enfin dans l'église. C'était un jour de semaine, l'après-midi. Des housses imaginaires recouvraient les chaises, les statues, — et l'odeur d'encens, après tout, est celle de la naphtaline. Très bien ainsi. Il longea les confessionnaux ; puis il attendit deux minutes, droit, en dansant d'un pied sur l'autre. Le dernier pécheur disparu, le prêtre restait en prière, digérant les péchés des autres. Olivier entra d'un pas ferme, s'agenouilla. Il déteste, il détestera toujours retrouver son Dieu si facilement. Il ne se croit pas délivré parce qu'il a parlé. Il ne se pardonne pas, il ne s'aime pas à nouveau. Comment aimerait-il ses ennemis ?

Mais si la Foi ne délie pas son âme, l'Eglise lui donne un sentiment de justice. Il essaie de voir son beau-père, M. Le Barsac, sous un aspect honnête. Il consent à placer sa mère à son côté. Elle n'est pas sans défauts non plus. Le moindre n'est pas d'être trop jeune.

Enfin, il aperçut Didier qui sortait du lycée.

— Eh bien, lui dit son ami, tu ne pourrais pas te presser ?

— On avait rendez-vous sur la place, articula Olivier.

— Et au pied de la Tour Eiffel, sans doute. Je peux rentrer quand je veux aujourd'hui. Viens t'asseoir quelque part.

Olivier répondit d'une voix sombre :

— Dans un café, peut-être ? Tu auras toujours des idées de ce genre ? Je me rappelle à sept ans, le jour où nous avons fait connaissance, tu étais le seul à ne rien avoir sur la tête. Et tu déclarais d'un ton sentencieux : « Oh ! moi, je ne supporte rien, sinon le huit reflets, à la rigueur. » C'était prometteur. A sept ans !

Didier rougit. Un de leurs camarades, souffreteux et ennuyeux, les rejoignit. Il avait la bouche embarrassée de questions sur la prochaine composition. Olivier est un catholique sans tendresse.

— Il faudra encore faire la conversation avec ce type-là ? C'est exagéré.

L'autre esquissa un sourire veule. Pour assurer son départ, il demanda si les deux garçons iraient au cinéma le lendemain. Michèle Morgan jouait « Gribouille ». Il tombait bien. Olivier méprise le cinéma à l'égal des cafés. Il répondit sèchement :

— Tu as des visions, non ?

Comme l'autre disparaissait, il lui jeta d'une voix faussement désinvolte :

— Et puis tu sais, je crois que Michèle Morgan, elle

ne voudra pas de toi. Elle n'aime pas les imbéciles, ni les derniers en composition. C'est une fille sérieuse. Tu serais d'une grande beauté, encore...

Didier éclata de rire en ajoutant :

— Le cinéma, ça se passe dans le noir...

Il y a un monde entre la méchanceté de Didier et celle d'Olivier. L'un tire ses railleries de son propre fonds. Ses paroles et ses intentions correspondent étroitement. Olivier, au contraire, utilise une arme qui ne lui appartient pas. Si différent soit-il de sa mère, c'est le ton blessant d'Odette qu'il retrouve, quand il s'adresse aux autres. Mais Odette n'est pas détachée de son mépris, à peine le domine-t-elle par un sentiment de supériorité, comme le joueur qui s'arrête une seconde pour admirer le coup qu'il vient de lancer. Le garçon n'appartient pas à cette race froide et puissante. Son cœur, dans la dispute, est encombré de mille raisons, malhabile — et pourtant des mots précis lui viennent aux lèvres, plus cruels qu'il ne saurait les prévoir. Il n'a pas d'adversaires, il ne se fait que des ennemis. Il s'étonne de cette haine, quand il la découvre chez les autres, car il ne connaît pas son art merveilleux de blesser ou d'humilier — il l'utilise sans y penser.

Didier considéra dans la vitrine d'un maroquinier ses cheveux blonds et lisses. Derrière lui, c'étaient les cheveux ébouriffés de son ami, un ami plutôt sale, qu'il jugeait comme un enfant et qu'il admirait aussi comme un cœur inaccessible.

— Et Raoul ? dit-il. Son mariage ? Il se marie ?

— Je n'en sais rien. Ça m'est égal.

— Oui, naturellement, tu préfères le mariage de Louis XIV et de Marie-Thérèse. Mais moi, j'ai beau ne pas travailler, je jette un coup d'œil sur les livres d'histoire. Mon cher, Marie-Thérèse était d'un moche ! Ça explique tout le règne. Au contraire, Tessa est une fille admirable.

Olivier s'arrêta une seconde et fit simplement :

— Tessa...

Il a toujours prononcé ce nom avec une sorte de gêne. Ce n'est pas un nom très habituel et puis il ne parvient jamais à le faire suivre d'un nom de famille Ça ne ressemble donc à rien et, sans être inconvenant c'est un peu familier. Il déteste parler des siens. Sans doute Didier est-il le cousin de Raoul. Il n'importe C'est avant tout un élève de sa classe. Olivier hait le mélange des genres. Dans son lycée, chaque année, il se forme trois camps, spontanément. D'abord les bons élèves, visages têtus et prétentieux, regards fidèles sous les lunettes, fiers des assurances qu'on leur donne contre la vie à chaque résultat de composition. A l'opposé, les pires cancres ou des garçons un peu vulgaires forment une masse débraillée, un parti de révolte, où l'on copie des résultats faux sur l'épaule du voisin, où l'on est toujours puni, où l'on ricane, chaque mercredi quand le garçon de salle apporte les colles. Entre les deux groupes, des adolescents aux cheveux cirés, comme Didier, s'appellent par leurs prénoms, parlent des chansons nouvelles. des films, s'invitent à passer la journée chez les parents d'un camarade, considèrent les professeurs avec un mélange de crainte et de supériorité. Olivier se place dans la première équipe, la plus ridicule, celle des bons sujets. Mais autrefois, quand la vie était plus romanesque, il a été chef de bande. Il a régné sur des classes entières. Il a déchiré ses vêtements sur tous les escaliers. Ces souvenirs l'ont marqué. Il s'assied au fond de la classe, à côté d'une nullité crasse. Sans le savoir il s'abandonne à la démagogie. En tout cas, il ne parlera de sa famille à personne. C'est un trésor haïssable, mais un trésor. Didier est son meilleur ami. Jamais pourtant il ne prononcera devant lui le nom de son vrai père, Georges Malentraide, jamais. D'ailleurs, son père est mort depuis longtemps, il ne l'aime pas, il l'admire, et c'est beaucoup plus commode. On prend ses distances, on ne souffre pas pour des bêtises — ainsi que le fait souffrir parfois sa mère. Elle rit et ce rire qui n'a rien de haïssable le devient, par le milieu dans lequel il retentit. Visage imbécile du petit Frédéric, de Raoul, de M. Le Barsac, visages autour de ce rire, prêts à partager, à prendre, à mélanger. Cette femme qui rit et relève une mèche de ses cheveux, comme une jeune fille, n'est pas sa mère.

Quant à Tessa, c'est une petite, curieuse et plutôt belle Il n'est pas souhaitable qu'elle épouse Raoul. D'ailleurs, il y a depuis quinze jours, à la maison, une arrivée beaucoup plus intéressante. Cette fois-ci, il peut en parler à son ami.

— C'est un avocat. Raoul a fait sa connaissance chez des amis et il l'admire béatement. C'est un jeune avocat. Quel métier ridicule, tu ne trouves pas ? Enfin, il épate les autres et c'est une qualité. Pendant qu'ils sont épatés, ils se tiennent tranquilles.

— Mais Tessa ?

— Tu en es amoureux ? Non ? D'ailleurs, elle n'est pas de ton âge. Mais en culottes courtes, tu lui ferais probablement une vive impression.

Didier de Vincay rougit violemment, lui qui ne rougit jamais et qui sait rire dès qu'il est menacé. Ces culottes courtes sont le cauchemar de sa quatorzième année. Sa mère qui ne l'aime pas beaucoup l'oblige à user les jeudis ces culottes d'un bleu superbe. Au reste, les Vincay n'ont pas tellement d'argent. Didier parvint à sourire :

— Non. Ce n'est sûrement pas moi qui en suis amoureux.

Il poursuivit sur un ton désinvolte et appuyé — cette désinvolture de l'adolescence qui fait craquer tous les parquets.

— Tu vois, je trouve même que... Enfin, pour toi, ce serait une bonne occupation. C'est épatant d'être amoureux. Si tu aimais, n'importe qui, la première venue, Tessa Willenmach, tu laisserais un peu tomber tes compositions. Ça fait sacrément gosse, mon cher, ce besoin d'être premier.

Et tout à coup, il rit franchement, car il a trouvé la revanche des culottes courtes :

— A moins que tu ne sois premier dans l'espoir qu'on en parlera à table et que ça épatera ta bien-aimée !

Olivier ne rougit pas. Au contraire, il devient pâle, mais sa mère, une fois encore, vient à son secours, sans qu'il le sache, pour lui permettre de garder la face. Il répondit à voix basse :

— Je ne sais pas. Je n'ai jamais été amoureux. Et puis je trouve que tu répètes un peu trop le mot « épatant ». Ça s'emploie surtout pendant les parties de footebôle, en culottes courtes, au bois de Boulogne.

— Si tu étais intelligent, dit-il, au lieu d'être premier en intelligence, tu trouverais un moyen de supprimer ces culottes.

— Tu n'as qu'à grandir.

— Je n'y arrive pas.

— Attends... Il doit y avoir un moyen. Un dimanche matin, tu prendras le fer à repasser, tu les brûleras. Après, tu expliqueras que tu as été maladroit.

— Formidable! s'écria Didier. Je ferai mieux encore. Je dirai que j'ai voulu esquinter les culottes exprès. Alors on ne me croira pas, on dira que je veux cacher ma maladresse, que j'avais seulement l'intention de les repasser, etc. Une fois qu'ils auront trouvé ça, ils me laisseront tranquille. Je pourrai aller au cinéma le jeudi.

— Ça fera bien du plaisir à Michèle Morgan. Au revoir. Tes parents sont des gens compliqués.

Olivier remonta chez lui en courant. Il adore également les ascenseurs et les escaliers. Les uns sont émouvants. Les autres permettent, à peu de frais, d'arriver chez soi éprouvé, après une fulgurante rêverie sur la traversée des déserts ou la charge du Mont Saint-Jean.

Mais il n'est pas chez lui avenue Percier. Il a obtenu de coucher dans une chambre de bonne. Cette austérité le ravit. On se demande pourquoi tant de garçons travaillent tard dans la nuit. On prétend qu'ils perdent leur temps. On oublie qu'ils ne cherchent à rien apprendre. Ils se font une famille. Le grand cousin Racine, l'oncle Pythagore et la vieille Mme Sand qui veut toujours vous embrasser, forment un milieu clos dans lequel on est défendu contre les autres, les vivants.

Trois heures plus tard, il entendit la voix ridicule de Frédéric, qui l'appelait à travers la cour de l'immeuble. Ce pauvre gosse idiot chantait un couplet, ramassé Dieu sait où, une de ces choses qu'on entend à la

T.S.F. Olivier balança pour ne pas descendre. Puis il se rappela qu'il y avait du monde à dîner et il dégringola l'escalier. Pour se consoler, il claqua trois portes à la suite avant d'entrer dans le salon.

— Eh bien, eh bien ! souffla M. Le Barsac, rouge, les bras croisés, oscillant sur ses petits pieds, éperdu d'indignation. Par exemple !

Olivier prit un air lointain, cet air qui s'appelle l'indifférence chez sa mère et qui lui vaut tant de succès.

— J'ai dit cent fois qu'on ne claque pas les portes, clama le beau-père, cent fois, je l'ai dit. Ah, je sais d'où viennent les traces noires sur les plinthes ! C'est toi, mon ami, ah, c'est toi ! Oh, mon ami, mon ami ! On se croit supérieur, on prend des airs, mon petit ami, des airs supérieurs ! Et on se conduit comme un cochon !

Le garçon resta immobile, se demandant si les colères de son beau-père étaient plus ennuyeuses que la T.S.F. L'industriel lui donna une paire de gifles.

Olivier resta pétrifié par la honte. En face de lui, dans le salon, il y avait Tessa Willenmach et Pierre Daverny, l'ami de Raoul. Il regarda intensément son beau-père, avec l'horreur qu'inspire une action excessive, dont on sait que l'autre n'a pas calculé la portée, si bien qu'on le méprise et qu'on le plaint d'un seul mouvement — car son châtiment exemplaire est inscrit dans la nature des choses. M. Le Barsac ne comprit évidemment pas ce regard. Il s'étonna de sa violence et sourit niaisement pour reprendre pied dans un univers normal.

— Mes enfants, dit-il avec une grossièreté qui est sienne, mais qu'il ne dissimule pas, car il sait qu'on la rangera dans une catégorie mondaine, celle de la brutalité affectée — mes enfants, si vous n'avez pas faim, tant pis pour vous.

Il tourna ses gros yeux autour de la pièce, puis, sentant que son public était là, cet homme austère s'offrit une minute de comédie :

— Ils n'ont vraiment pas faim, dit-il à sa femme, en feignant de ne pas être écouté par les autres. Ils vont rester là, à bavarder, jusqu'à minuit. Ou alors, ils croient que les olives et le Cinzano c'était ça, le dîner. Ils vont s'en aller.

Raoul entra dans le jeu avec servilité. Un rire complaisant apparut sur ses lèvres. Son ami Daverny, ignorant les mœurs de M. Le Barsac, qu'il voyait pour la troisième fois, crut nécessaire de répondre :

— C'est une très bonne habitude de ne plus manger, dit-il précipitamment. On perd son temps, on engraisse, on est alourdi pour travailler... Moi, c'est bien simple, à partir de demain, je ne déjeune plus. D'ailleurs, je vais faire un dîner excellent, il faut rester sur un bon souvenir et, en somme, je serai dans une situation remarquable pour prendre une décision, car on est beaucoup plus facilement héroïque quand on a l'estomac rempli et ensuite on ne veut plus se dégager, on continue. C'est donc très bien.

Ces phrases, prononcées à la vitesse de l'éclair, bredouillées mais avec autorité, plongèrent M. Le Barsac dans une hésitation qui dura jusqu'aux fromages. D'une part, il était fâché que ce discours fût arrivé après le sien, pour lui voler son public, pour changer le rire de Raoul en un regard extasié. D'autre part, il suivait avec difficulté des idées si nombreuses. Le premier motif se retournait finalement contre son fils : on en veut beaucoup plus volontiers aux faibles qui vous abandonnent qu'à un adversaire puissant, en qui l'on reconnaît un égal. Le second point était désavantageux pour l'invité. En effet, l'industriel hait les paroles brillantes, les allures désinvoltes. A cet instant, il ne peut s'empêcher de considérer, avec sympathie Tessa Willenmach. La jeune fille rougit dès qu'elle lui répond. Elle est intimidée. C'est un bon point. M. Le Barsac se demande si une belle-fille pauvre et respectueuse n'est pas préférable à une péronnelle. Chez lui, l'imagination est esclave de son origine. Aussi voit-il l'avocat sous les traits d'une riche héritière qui joue les sultanes, coupe la parole au maître de maison et prend des décisions insensées comme celle de ne plus manger, ce qui est très mauvais pour la santé.

Cet incident modeste jouera donc un certain rôle dans les réflexions de l'Homme d'Affaires. D'une écorce rude, il possède néanmoins une sensibilité. Une piqûre d'épingle, quand elle l'a traversé, s'achève en coup de lance. Parce qu'elle n'a pas ri aux paroles de Pierre Daverny, Tessa monte de plusieurs degrés dans l'estime d'une famille. Il y a une heure bénéfique pour toute chose, même pour la maladresse et la timidité.

L'avocat parlera pendant ce dîner avec la décision malheureuse d'un être perdu parmi des étrangers. Il se jouera, dans cette seule soirée, deux ou trois comédies et de même qu'on ne distingue pas au premier coup d'œil les fils d'une étoffe, rien non plus ne mettra ces intrigues en évidence. On peut prétendre que l'avenir seul les décèlera. Avant l'avenir, il y a quelque chose qui s'appelle le trouble. Il est facile d'imaginer ce sentiment dans le cœur d'Olivier, quand il voit sa mère, si froide et si parfaite, les yeux brillants parce qu'un inconnu lui parle. Les caresses sont moins indécentes que les mots. Les mots eux-mêmes trouvent leur place, un jour, dans un univers raisonnable. Mais un changement qui tient dans la couleur d'un visage dans un rire forcé, un rire qui est bien autre chose que la gaieté : l'envie de montrer comme on est complice — oui, dans tout cela, il n'y a pas d'évidence pour l'esprit, mais il y a bien assez pour que le sang batte plus vite, pour que les yeux vous brûlent et pour qu'Olivier se sente emporté par une vague ennemie.

Ces fantômes n'empêchaient pas l'avocat de parler très sagement des procès qu'il plaidait et Odette de l'écouter avec amusement. Cette conversation banale n'aurait en rien frappé l'étranger ? Sachons seulement qu'un geste insignifiant suffit à produire une ombre immense, et laissons aux ombres leur empire tumultueux.

Quant à Raoul, il écoutait religieusement. Vraisemblablement il se trouvait heureux. Il échangeait peu de regards avec cette jeune muette qu'on a présentée sous le nom de Tessa. Il considérait plutôt la mie de pain qu'il froissait entre ses doigts. Chacun, sans le vouloir, est un peu démiurge et crée un monde à sa mesure.

A dix heures, M. Le Barsac ne trouva plus la force d'attendre en silence. Il se résigna à manquer le discours du chancelier Hitler qu'on devait retransmettre, tard dans la nuit, discours dont il ne comprendrait pas les termes mais dont il percevrait le caractère redoutable. Ces paroles furieuses constitueraient le corps physique d'une catastrophe dont l'industriel parlait depuis toujours, faisant de sa personne la grande victime des malheurs à venir, si bien qu'il était de rigueur, dans sa famille, de l'écouter avec crainte et pitié dès qu'il s'agissait de la crise ou de la guerre.

C'était son sujet, son domaine ; les autres ne pouvaient évidemment souffrir comme il souffrait. Ce point était reconnu. On le plaignait avec une nuance d'admiration.

Ce soir-là, une autre inquiétude va l'entraîner dans une province différente. La soirée se résumait pour lui en deux points éclatants. D'abord, les discours du jeune avocat, dont il admirait l'intelligence, non sans penser avec volupté qu'elle était inefficace et qu'il y avait plus d'épaisseur, plus de force cachée, plus de rumination dans les paroles d'un homme d'action. Ce souvenir rejoignait, ainsi que nous l'avons dit, un thème qui lui était familier : la haine de l'éclat et de la facilité. Ce fleuve, puissant en son âme, assuré, antique, brouillon, naît à la première occasion et Pierre Daverny avait fourni cette occasion. Un remue-menage de cette sorte dépasse vite ses circonstances originelles. Tout le passé d'un être se propose en un instant, avec mille exemples excellents et vénérables. C'est ici que venait la seconde partie des méditations de M. Le Barsac. Il avait giflé son beau-fils, le petit Olivier. Il avait eu un rôle de justicier, il avait défendu la blancheur des murs, le silence des appartements. Il n'avait donc rien à se reprocher. Mais sa conscience était bien pareille à cette Justice des tribunaux qui n'ose pas condamner un assassin pris sur le fait tant qu'elle n'a su prouver qu'il était un assassin en puissance depuis ses premiers jours, un assassin de droit divin. Il fallait donc se répéter, une fois encore, les crimes d'Olivier — crimes qui rejoignaient en plus d'un point l'insolente intelligence de l'avocat.

La justice affirme sa sérénité. Elle ne tend qu'à rétablir un équilibre compromis. Dans le cœur ardent de M. Le Barsac, tout prend figure de vengeance, et quand il cherche à dépouiller ce sentiment de sa partialité, il ne trouve plus en lui qu'une souffrance — et avoir mal, c'est avoir faim. Le corps glorieux de la vengeance, c'est l'ascension des damnés.

Une plaie qui suppure, la douleur des années reniées, les désirs morts sur place et qui infectent le sang du vieil homme — pire encore : mille histoires du passé qui se dressent et veulent à tout prix que la vie leur soit donnée. Comment peut-on avoir honte et raison ? C'est la vie qui vous donne raison. Dans le débat qui opposait les enfants rieurs de la terre et les citoyens laborieux, la vie avait choisi. Georges Malentraide, le mari d'Odette, était mort.

M. Le Barsac avait laissé les rires derrière lui — il avait quitté le salon où Odette déclarait tout d'un coup :

— Raoul, ton ami est assez formidable.

Il était dans sa chambre, dans sa nuit. Le procès de Georges Malentraide tranché par un accident, il restait son fils. Entre Olivier et lui, l'industriel savait bien qui avait commencé. C'était l'enfant. Ce visage buté, cet orgueil, ce manque de confiance, cet empire creux des livres et des jeux du lycée — tout cela constituait une agression perpétuelle contre la sérénité de son beau-père.

Il ne convient pas ici de s'indigner, de dénoncer la cruauté d'un vieillard, assez peu lucide pour se croire raisonnable quand il est passionné. Nous parlerons plus tard de sa bonté, qui était réelle et qui occupait de grands espaces dans son cœur. La bonté et la haine peuvent trouver un même cavalier qui s'appelle la peur. Ce sentiment pousse à réparer les injustices du monde autant qu'à se protéger d'une manière panique de toutes choses. Qu'importe ! M. Le Barsac n'est plus de ce temps. Il est relié invinciblement à cet âge éternel où tout se décide, à cette jeunesse où l'on parie sans le savoir, pour toujours. Le petit Malentraide ne compte plus dans ce débat. Il s'agit de principes. Et ces principes comme une chair pitoyable offerte à toutes les blessures de l'existence.

L'Homme d'Affaires, malgré cette journée, n'avait pas déserté l'aube indécise où l'angoisse était venue le réveiller. A peine la pensée de la guerre avait-elle apporté un élément différent de cette angoisse et rassurant pour finir. La guerre était une chose simple et dont on parlait depuis si longtemps ! Elle était une certitude à sa façon. Surtout, elle était une punition. M. Le Barsac ne se lassait pas de répéter en lui-même qu'il avait mérité tout ce qu'il était devenu. Rien ne lui avait été donné, rien.

Dehors, l'agitation facile de minuit parlait de plaisirs médiocres, de cinéma, de promenades, de gestes stupides, quand la Menace était là. Justement, là-bas, un café où l'on discutait avec animation, une odeur de fin du monde — et la joie sur les visages comme en temps d'incendie. M. Le Barsac balança s'il s'habillerait, s'il irait aux nouvelles. Il se parla, pour la première fois de la journée, avec tendresse. Il invoqua sa nervosité qui l'empêcherait de dormir s'il n'était pas fixé.

Que ferait-il dans la rue ? A qui parlerait-il ? Qui réveiller autour de lui ? Odette n'entendait rien aux grandes questions politiques, Raoul était un intellectuel, Frédéric un enfant. Le vieil homme était seul. Si étonnant — et il s'en amusa presque une seconde — il songea au jeune Olivier, non comme on songe à un confident possible, mais comme à un ambassadeur des autres, des rêveurs, des inutiles qui devraient avouer dans cette soirée fatale que M. Le Barsac avait raison depuis toujours. Alors il pardonnerait.

Il s'accouda sur son balcon. Il était violemment agité par le spectacle de la rue, le café, cent mètres plus loin, la nuit brûlante, les lointaines rumeurs, le désir de voir ce qui se passait, la peur des mauvaises nouvelles, la peur, le désir des nouvelles, la peur.

III

Renée de Vincay rissolait dans la joie à l'idée que le petit Olivier donnerait des détails intéressants sur les fiançailles de Raoul et de Tessa. Elle ne voulait pour rien au monde du mariage de son neveu. Elle se trouvait trop heureuse de le voir, à trente ans passés, célibataire, gauche, empêtré devant les femmes — tandis que ses filles à elle parlaient des hommes avec une si charmante liberté. Tout cela demande quelques mots d'explication.

Renée, cousine germaine de Lucien Le Barsac, élevée à ses côtés, l'admirant et se moquant de lui, avait fait un mariage malheureux. Le colonel de Vincay avait présenté tout d'abord quelques avantages évidents ; il possédait une certaine allure, une distinction froide qui impressionnait la jeune fille à cette époque et l'inclinait même vers des pensées voluptueuses. Les premiers temps de cette union s'étaient déroulés pendant la guerre. Henri était lieutenant dans l'infanterie. C'était une situation très amusante que celle-ci. On le voyait rarement. Le mariage, dans ces conditions, ressemblait à une succession de petites aventures entre lesquelles on pouvait se considérer comme une grande personne, parler avec importance des offensives et des pertes, etc. Renée était grande, blonde, non sans charme. Elle n'avait pas les traits réguliers d'une Odette Malentraide. Ce visage un peu chiffonné plaisait beaucoup au lieutenant de Vincay. Il fit un premier enfant à sa femme après les batailles meurtrières de 17. On l'appela Elisabeth, par amitié pour la reine des Belges.

Les années suivantes ne furent pas mauvaises non plus. On était en Afrique du Nord, on donnait des coquetelles, ou plutôt on était invité. Comme le capitaine de Vincay ne dansait pas, on avait beaucoup de succès. On apprenait des pas nouveaux, on fumait exagérément et on appelait les hommes : « Mon petit ceci — mon petit cela », en utilisant leur nom de famille. A cette époque, le cousin de Renée, Lucien Le Barsac, paraissait dans une situation beaucoup moins mondaine. Il avait épousé une sorte de guenon sans religion, ce qui est un comble. Un enfant unique, Raoul, précieusement couvé, était cité à l'admiration générale. Renée le trouvait bel enfant et ne songeait pas du tout à lui préférer ses filles, Elisabeth et Simone — encore moins son fils, né en 1925, dans l'ivresse des victoires marocaines. Se promener le soir au bras d'un officier de marine qui rit fort et qui boit sec, montrer ses jambes ou bien brouiller une amie et son mari, ces occupations étaient dignes d'une jeune femme, quand l'adoration d'un marmot pouvait tout juste consoler des natures misérables.

Ensuite viendra une époque intermédiaire. En apparence rien n'a changé. Si l'on veut, c'est 1933. La jeunesse de Renée est beaucoup moins fraîche. Elle paie le charme de ses dix-sept ans, cet air effronté, ce regard chargé d'ironie et de sensualité. On est revenu en France. La carrière d'Henri de Vincay ne s'annonce pas aussi brillante qu'on pouvait l'imaginer. Il n'est pas certain qu'on aura la consolation, à cinquante ans, de fleurter avec des lieutenants, trop empressés de faire leur cour à la femme d'un général. On sort moins. On dépense presque autant. En apparence la conduite de la jeune femme est plus sérieuse. Elle ne se livre plus à ces excentricités qui faisaient dire à Rabat que la belle Mme de Vincay était la plus drôle des créatures (à la colonie, on est habitué aux avances des laiderons et à l'indolence des belles). C'est évidemment à cette époque, — et non plus tôt — que Renée prit des amants pour de vrai. D'ailleurs en petit nombre et de bonne qualité.

En 37, le ménage est installé à Paris. Renée découvre avec ennui qu'elle a vieilli. Tant d'ennui même qu'elle s'abandonnera à la mollesse avec autant de facilité qu'elle se donnait jadis au plaisir. (N'exagérons rien.) En elle, l'esprit n'a pas changé. Elle montre toujours à l'égard des hommes un intérêt insatiable qui peut même sembler excessif si l'on considère la sagesse de son existence. Le corps ne suit pas le mouvement. A plus de quarante ans, ce qui est une heureuse maturité pour certaines, elle a perdu tout intérêt à la sensualité ou plutôt elle a découvert que la sensualité se passait entièrement au niveau du cervelet. Une seconde découverte la confirmera dans ce sentiment. Elle a deux filles : elle se retrouve dans ces filles. Moins jolies sans doute, mais non moins précoces — et portées par l'approbation de leur mère, comme elle, Renée, était servie jadis par la sévérité de ses parents. Son charme venait d'un contraste entre un milieu austère et une apparence libre. Celui d'Elisabeth et de Simone sera quelque chose de plus vif encore, car le colonel de Vincay n'a rien dépouillé de sa sévérité. Mais trois femmes contre lui s'enivreront des mêmes idées, des mêmes goûts, des mêmes mots.

Cependant, Lucien Le Barsac était au comble de sa gloire et la plus étrange des gloires. Débarrassé de sa femme par un coup de la tuberculose, il venait d'épouser une amie, également veuve, très belle, beaucoup plus jeune que lui. Odette Malentraide lui apportera un peu du chic dont il était si nettement dépourvu. La reprise des affaires va l'enrichir. Lucien, qui était un cousin — sale, amusant, ridicule, intelligent, très laid, surtout très laid — s'est transformé en un grand vieillard alerte, bien habillé, fier de son fils Raoul, un intellectuel, fier de sa femme, de sa nouvelle voiture, une Ford V 8, insupportable de réussite et de progrès.

Heureusement, Raoul Le Barsac n'est peut-être pas la perfection dont parle son père avec émotion. On ne lui connaît pas d'amitié féminine. Il rougit dès qu'on aborde ces sujets. Quand les trois femmes ont découvert cette fissure, elles ne songent qu'à l'exploiter. Cette manœuvre est d'autant plus facile que Lucien n'a jamais dissimulé son tempérament gaillard, prenant ses nièces par la taille, leur débitant des fadaises, et tout cela au milieu des pires crises de neurasthénie, comme s'il s'était fait de la gauloiserie un devoir personnel. Raoul partait dans la vie sous des couleurs moins luxurieuses. Plongé dans ses livres, toujours au courant des spectacles, des concerts, de mille nouvelles publiées dans les journaux ou chuchotées, il avait des qualités, mais ces qualités avaient quelque chose de trop gentil, de trop simple. Il manquait de mystère, autant que de femme, aux yeux des Vincay. Se moquer de lui était devenu un exercice rituel qu'on exécutait indifféremment en duo ou en solo, au milieu des rires complaisants. Dans cette obstination, il y avait quelque chose d'assez trouble. Naturellement, on pouvait y démêler un sentiment de vengeance à l'égard d'une famille que le sort avait favorisée. Il y avait surtout la haine originelle des femmes à l'égard de celui qui ne les convoite pas. Ce désir d'être désiré, instinct profond, mal avoué, immense, s'exprime très bien par un crépitement de petites railleries : c'est du métal brûlant qui apparaît au grand jour sous la forme d'épingles.

On comprend alors ce qui motivait la curiosité de Renée à l'égard des amours de son neveu. L'air douceâtre, sympathique, innocent de Tessa n'est pas pour lui concilier les faveurs des demoiselles de Vincay. On la traîte comme une gourde. Il serait dommage, pourtant, que cette gourde épousât Raoul — d'autant qu'Elisabeth n'est pas mariée. Ce point, qu'on ne mettait jamais en évidence dans les conversations en était le pivot. Un observateur au cœur sec irait plus loin.

Elisabeth était jeune, mais il était certain qu'elle n'aurait plus ce mariage éblouissant qui ravage les amies et une famille entière. Cet espoir était mort. Quant à la seconde fille, Simone, sa nature farouche ne s'accordait pas avec ces visions un peu éthérées, où les roses, le miel, etc., jouent un si grand rôle. On la devinait mal, fondant de bonheur au bras d'un riche jeune homme d'un mètre quatre-vingt-cinq. C'était donc assez contrariant et n'en point parler n'arrangeait rien : chacune se demandait si les autres avaient les mêmes inquiétudes, les mêmes remords, s'accusant ou les accusant, tour à tour, de pessimisme.

Il y avait un élément modéré dans la famille. C'était Didier. Il ne participait pas à l'agitation sexuelle des trois femmes. Il avait son propre mouvement, son snobisme, ses distractions, mais surtout il avait quatorze ans. A vingt ans on se serait flatté de ses conquêtes : les femmes ont volontiers ce complexe de la proxénète à l'égard d'un frère ou d'un fils. Leur instinct dévorant s'incarne dans l'élément mâle de la famille et n'imagine plus les autres femmes que sous l'aspect de victimes.

Quand Didier rentra de son lycée, ce jour-là, il n'avait évidemment pas l'aspect d'un séducteur. Il avait une drôle de tête ronde, pleine de rousseurs, des cheveux admirablement lisses, un sourire facile et une façon amusante de redresser les sourcils à tout propos. Olivier Malentraide l'accompagnait, puisqu'il était invité à déjeuner. Celui-là paraissait un beaucoup plus grand garçon. Il possédait un visage tout à fait formé, les traits réguliers de sa mère, les yeux gris, l'air maussade des adolescents.

C'était midi. Simone vint traîner dans la chambre de son frère où les deux garçons s'étaient installés. Elle portait un vieux peignoir, des bigoudis et une expression mystérieuse sur le front. Elle n'abandonnait ces allures divinatoires que pour tomber dans une grossièreté qui enthousiasmait sa mère et scandalisait gentiment sa sœur. Celle-ci était d'une humeur plus égale et plus souriante. Elle posait son paquet, elle enlevait la veste de son costume tailleur et disait de sa voix chaude, roucoulante :

— Il m'est encore arrivé une histoire inouïe. J'avais rendez-vous avec un ravissant, au Pam-Pam, et j'attendais depuis cinq minutes quand je vois un grand brun, formidable tout à fait, qui descend de voiture et s'approche de moi. Je prends un air digne, tandis qu'il me fait des propositions malsonnantes, ô combien. Dommage même que nous ayons tant de principes dans la famille, car je me serais fait un argent des plus précieux, je dis : des plus précieux. Allusion...

Elle dit et poursuivit tandis que sa mère ouvrait des yeux admiratifs :

— A la fin, il laisse tomber, il fume une ou deux Craven, il boit son whisky, quand tout à coup je le vois qui commence à faire du plat à un petit snobinet, des plus mignons, je dois dire, qui était assis devant lui. Ça n'a pas fait un pli, ils sont partis ensemble. Quant à mon ravissant, il est arrivé en retard d'un quart d'heure, ce que j'ai trouvé des plus infects. Mais comme il a des yeux bleus formidablement pervenche, je n'ai plus insisté. Vous vous rendez compte ?

— Ben quoi, gémit Simone sur un ton tout à fait accordé à ses bigoudis et à son peignoir, tu t'es fait lever par une tapette, voilà tout.

— Simone ! déclara sa mère d'un air mécontent et ravi.

Renée de Vincay sentait le bonheur l'inonder. Entre la version fleurie de l'histoire, telle que la racontait Elisabeth et le résumé cynique de Simone, elle faisait une sorte de moyenne qui se trouvait, soudain, dater curieusement de l'après-guerre. C'est qu'elle traduisait inconsciemment le plaisir et son subterfuge, le scandale, dans le langage de ses plus grands succès, le langage de 1920.

Olivier avait entendu l'histoire avec une réprobation non dissimulée. Son ami devina ce sentiment, car il le rassura :

— Ne t'inquiète pas, dit-il. Il est vraisemblable que Simone a vu un type qui lui faisait de l'œil et qui avait l'air efféminé. A la rigueur, il était dans une Simca cinq et n'en parlons plus. Tout ça c'est verbal.

Olivier réfléchit une seconde et conclut :

— Alors, c'est plutôt pire.

A table, il n'était pas question d'invoquer de trop près la pédérastie, les ravissants et tout ce qu'il y a d'inouï dans la vie. Il fallait se contenter du formidable. Mme de Vincay questionnait le petit Malentraide avec passion sur le compte de Tessa.

— Avant tout, dit Simone, il faudrait savoir s'ils se sont embrassés.

— Raoul n'a encore jamais embrassé personne, déclara Elisabeth.

Renée se tourna vers les deux garçons et leur glissa d'un ton admiratif et sans réplique :

— Ce qu'elles sont rosses, n'est-ce pas ?

Puis elle reprit :

— Moi, je voudrais bien que ce petit Raoul se marie. D'abord, ton père serait ravi d'avoir des petits-enfants, je veux dire ton beau-père... On s'y perd, c'est le cas de le dire, avec ces remariages de tous les côtés !

— C'est vrai, remarqua Simone, c'est assez drôle de penser...

— C'est très drôle, dit Olivier.

Il y eut une demi-seconde de silence, une demi-seconde un rire étouffé quelque part et soudain le regard bleu acier du colonel se posa sur sa femme :

— Cette conversation ne me plaît pas, dit-il.

— Oh, là, là ! fit Simone, on ne peut pas parler du réarmement allemand ou de la campagne du Maroc toute la journée.

Renée intervint, non sans une jubilation secrète :

— Simone, voyons.

— C'est vrai, reprit la jeune fille, sous prétexte que papa est plein de blessures, il faudrait sortir avec des polytechniciens qui seraient affreux et s'entretenir de la bataille de la Marne jour et nuit. Zut, alors !

— Encore, ajouta Elisabeth, si on nous les laissait la nuit !

— Bravo, dit le colonel avec une ironie qu'il pensait chargée d'amertume. Excellents principes. On se sent fier d'avoir fondé une famille.

— Tu sais, pour la peine que ça donne à faire, papa, il ne faut pas te mettre sur un piédestal.

Cette phrase de Simone déchaîna un semblant de colère chez l'officier. Cet accès ne dura pas. La plupart du temps, le colonel de Vincay soignait ses attitudes. Au fond de son cœur, il n'était pas juré qu'il n'admirât pas, lui aussi, ses deux filles. C'était un Bourguignon, un provincial. Il n'avait sans doute jamais compris ce qui sépare la vulgarité et le chic.

— Revenons à Tessa, dit sa femme en tendant vers Olivier son petit visage rond, blondasse et fripé. Toi qui l'a vue plus souvent que nous, qu'en penses-tu ?

— Elle n'est pas mal, fit Simone, mais ce qu'elle a l'air gnangnan.

— Laissez-le parler, cet enfant.

— Mais... je n'ai rien de spécial à dire, répondit Olivier. Elle s'appelle Tessa Willenmach. Elle est Lorraine. Voilà tout.

— Ah, ce que c'est que d'être puceau ! glapit Simone.

Olivier rougit évidemment. Il se tourna vers la jeune fille tout d'un coup et déclara :

— Mais demandez son avis à Didier. Lui, c'est un connaisseur du cœur féminin. Il suffit de regarder ses cheveux. Ce sont des cheveux de connaisseur.

Ces paroles assez lâches à l'égard de son ami tombèrent à plat. Les trois femmes ne cherchaient qu'à se faire éclater de rire les unes les autres. Tout ce qui venait d'autrui ne pouvait les amuser. D'ailleurs l'expression d'Olivier, « les cheveux de connaisseur », n'avait aucun sens dans leur esprit. Une parenthèse à ce sujet.

Renée de Vincay avait toujours bénéficié d'une réputation d'intelligence. Cette réputation venait de ce qu'elle se mêlait aux conversations des hommes et non sans insolence. N'importe quoi, débité avec assurance, prenait un petit air de vérité dans la bouche d'une très jeune femme, très décolletée. Moins jeune et non moins décolletée, l'esprit n'était plus le même. Heureusement pour Renée, l'habitude crée l'assurance, et bien qu'elle n'eût plus une coquetterie directe à l'égard des mâles, elle conservait l'aplomb de sa vingtième année pour présenter ses meilleures inepties.

Il serait vain de la trouver stupide. Au cours de ce déjeuner, elle va déclarer que Tessa ressemble beaucoup à Odette. Cette affirmation ne repose sur rien. Elle n'est pas inspirée par la malveillance, car les deux femmes, ses deux ennemies, ont chacune leur beauté. En somme, c'est le type d'une de ces créations absolument originales que la bêtise tire de son propre fond. La bêtise est un monde à elle seule. Elle se moque des catégories prêchées par l'intelligence, elle ne dit pas le contraire de la vérité. Elle trouve n'importe quoi et s'enchante de sa découverte. Sans doute Renée est-elle capable de bon sens, mais la bêtise chez elle est essentielle et les rares îlots d'intelligence qui flottent à la surface ne trompent pas très longtemps. Il existe des imbécillités plus étouffantes. Celle de Renée recouvre à peine les choses et s'évapore. Si la jalousie ne vient pas à son secours, elle ne colle jamais, elle n'est, très exactement, rien.

Il serait faux de se représenter Renée de Vincay sous un aspect négatif et comme un certain mélange de haine, de sexualité misérable, de cupidité, d'ineptie. Rien n'aurait empêché de la prendre pour héroïne, à condition de situer le roman en 1920. Sa jeunesse, son charme auraient balancé bien des défauts ou plutôt il n'aurait pas été question de qualités ou de vices, mais de ses jambes, de ses épaules, etc. Ayant reporté ses goûts, ses ambitions sur les jambes de ses filles, la malheureuse n'était plus qu'une figure hybribe, nécessairement imparfaite et odieuse dès qu'on oubliait l'un des moteurs de sa conduite, qui était l'amour maternel. On épiloguerait sur ce sentiment. En tout cas, Renée travaillait avec tant de patience et de dévouement à son malheur comme au malheur de ses enfants qu'il convient de s'incliner devant cette prodigieuse volonté de la nature.

Didier avait de la chance. Il glissait dans cette abjection et en sortait sans autre péché qu'un peu de snobisme. Il disait en secouant la tête :

— Mes sœurs sont folles. Ma mère est piquée. Mais tout cela n'est pas grave. Nous avons de bonnes natures.

Cette expression indignait Olivier. Au sortir de table, il entraîna son ami. Il venait de faire une découverte qui le passionnait :

— Tu sais bien, dit-il, on nous représentait toujours les parents comme des êtres intéressés, vulgaires, etc., tandis que la jeunesse avait pour elle l'héroïsme, le goût de l'aventure. Ça, c'était le tableau idéal du monde. Mais il se passe quelque chose d'extraordinaire. Regarde chez toi. Ton père est plein d'élévation et tes sœurs ne font que repéter une chose : elles veulent vivre leur vie. C'est-à-dire qu'elles tiennent à leur confort, à faire d'excellents mariages, à bien manger. Si ton père invoque ses idées politiques qui l'ont empêché d'être général, elles lui jettent à la figure qu'il est démodé, que les idées ne servent à rien, tandis que l'argent se traduit en robes, en cinéma. Finalement, il leur conseille d'épouser le romanesque et elles ricanent en affirmant qu'elles veulent du réel.

— Tu mets du souffle dans tes observations, remarqua Didier. Moi, tout ça ne me paraît pas très intéressant. Je tâcherai de ne jamais être père de famille et je suis le moins enfant possible.

— N'empêche. C'est bien étonnant. Les parents sont de vieux jeunes gens et les enfants des petits vieillards. Ça ne donne rien de bon, c'est trop naturel. Moi, je voudrais que ta mère oblige tes sœurs à épouser des hommes qu'elles n'aiment pas, par intérêt. Je voudrais qu'elles se tordent les poignets, qu'elles soient amoureuses du garçon épicier, pas pour ses muscles ou pour ses yeux bleus : pour son âme de garçon épicier, par goût de l'impossible.

— Calme-toi, fit Didier en observant dans la glace

d'un magasin l'ordonnance de ses cheveux. Tu as des idées toutes faites.

— Mais non, je t'assure. C'est une situation nouvelle. A la maison, mon beau-père est beaucoup plus jeune d'esprit que son fils. Il n'y a pas de comparaison. Il s'échauffe pour un rien, il bout d'impatience, tandis que Raoul se réfugie dans ses livres.

— Et toi ? Quelle est ta place ?

— Oh ! moi... Moi, ce n'est pas pareil. Je ne suis pas pressé d'être libre. D'ailleurs, je ne vois pas comment ça pourrait débuter. Toi, le jour où tu auras une maîtresse ou une voiture, tu seras sûr d'avoir réussi. Tu seras passé de l'autre côté.

— Je t'ai dit cent fois que tu devrais être amoureux de la fiancée de Raoul. C'est le plus urgent. Ensuite, si tu ne sais pas ce que tu feras plus tard, c'est parce que tu pourrais faire mille choses très différentes. Tu n'as pas un caractère bien délimité. Ce n'est pas comme moi qui serai ambassadeur.

Olivier ne s'intéressait pas à tout ce qu'on pouvait dire de lui. Il savait seulement qu'il ne serait jamais amoureux de Tessa. La preuve, c'est qu'il ne souhaitait pas qu'elle épousât Raoul. Il préférait la perdre.

— En somme, continua Didier, tu dépasses tous tes amis parce que tu es très intelligent. Quand il y a quelque chose à comprendre, tu es formidable. Mais la moitié du temps, dans la vie, j'ai remarqué qu'il n'y avait rien à comprendre. Regarde le bridge, la danse. Tu es perdu. Tu prétends que je suis ridicule en tenant une fille plus âgée que moi entre mes bras ? Pas plus que toi quand tu lis Proust.

— Tu sais, pour finir, ce n'est pas un idéal de lire Proust, ni les autres. Moi aussi je ferais bien les ambassades, parce que tu as dit un jour quelque chose de vrai en parlant de l'espionnage, des bals masqués. Mais je ne trouve pas ça chic. Raoul a fait les Sciences Po. Il voit encore certains de ses amis. Eh bien ! je suis sûr d'une chose, au moins : il n'est pas souhaitable d'être aussi bête.

— On prétend que Raoul est intelligent, très intelligent.

— C'est un grand veau, dit Olivier. Les livres le protègent de la vie.

— Et toi ? fit Didier en riant.

....

Nul n'est plus calme dans l'angoisse qu'Olivier, nul ne la connaît mieux. L'adolescence est l'âge des découvertes, mais à l'ordinaire, elles intéressent plutôt qu'elles ne fâchent. Au cœur de la nuit, il reviendra sur son cas.

Sa conversation avec Didier, il l'a poursuivie tout seul. Maintenant il se représente les filles de Vincay sous les traits de deux petites vieilles, ridiculement vêtues de nuances fraîches. Au contraire, le colonel est un boy-scout de treize ans. Il gronde Elisabeth en invoquant sa bonne action journalière. Ce tableau lui donne une impression de sérénité. On est délivré dès qu'on a vu clair.

Hier, ils ont dansé toute la soirée. Ils profitaient d'une absence de M. Le Barsac qui est parti en Suisse. Il y avait les Vincay, Raoul, Tessa, le petit Frédéric, d'autres personnes. Il y avait sa mère. D'abord, il les a détestés parce qu'ils rient pour rien, et il sent très exactement ce qu'il reproche aux autres. Ce n'est pas la tristesse qu'il défend, bien qu'il lui ait donné asile dans son cœur, c'est la gaieté. Celle d'Elisabeth ou de Simone est fausse. Elle ne repose sur rien de drôle, sur aucune joie de vivre — sentiment qu'il jugerait infect, mais qui serait au moins véritable. Non, ce sont des attitudes commandées par le désir de prouver qu'on a du succès, qu'on s'amuse, qu'on participe à une sorte de religion des surprises-parties. Olivier, qui est dévot comme un âne, ne cesse pas de reprocher à son entourage d'autres dévotions. Par exemple, si sa mère dansait, tout bêtement, il ne lui en voudrait pas. Mais, vous savez, ce n'est pas ça. Elle célèbre son amour de la danse, elle veut montrer qu'elle est jeune. Si elle trouvait Daverny passionnant ou même intelligent, eh bien ! cela n'aurait rien d'extraordinaire. Hélas ! elle ne lui adresse pas la parole sans fixer aussi un public imaginaire, afin de démontrer qu'elle goûte follement l'intelligence, qu'elle trouve ça inouï, sensationnel, formidable. Olivier déteste ces acteurs qui jouent si mal, leurs clins d'œil, leurs apartés criés à pleins poumons. Sans très bien s'en rendre compte, ce puritain, cet ennemi de la chair condamne sa famille parce qu'elle cède à des passions abstraites.

Son père était évidemment d'une race différente. On le disait rêveur, paresseux. Qu'importe ! Son père est mort, son père n'est rien du tout, piétiné par les autres qui dansent où il aurait marché. Olivier possède quelques photos qui sont mélancoliques comme des souvenirs d'amour.

Au début de l'année 1939, le petit garçon va s'occuper de sa mère avec un soin nouveau. Il se sentait obligé de la protéger. Comme on l'a vu, il débordait de sentiments édifiants. Ce besoin d'intervenir dans les affaires d'Odette paraît moins pur. Une certaine façon de concilier la morale, la curiosité et le goût du malheur ne vaut pas cher. Car le plus souhaitable, c'est de trouver des choses extraordinaires. Il y a un univers raisonnable, celui des familles, de la bonne humeur, chacun a son caractère, ses manies, son visage dessiné. Et puis il y a une sorte d'éclair, une illumination vive ; d'un seul instant, tout retombe dans la nuit et on ne comprend plus, on cherche vainement ce qui s'est passé. On est à l'intérieur des choses. Cette obscurité est enivrante. Elle peut se nommer la vérité ou le mal, c'est une autre affaire. Elle monte à la tête : voilà l'essentiel.

Olivier abandonne ses livres, les archanges de la géométrie. Il étudie sa mère. Il veut la connaître aussi bien qu'une photographie. Ce n'est pas facile.

Dès qu'elle s'anime, elle perd sa vérité, elle prend un caractère insaisissable. A qui est-elle dans ces instants où elle rit, renversant la gorge en arrière, lissant ses cheveux de sa belle main froide, vivant enfin comme une créature indépendante et non plus comme une mère ? A qui est-elle vraiment, ce soir où Olivier la surprend dans les bras de Pierre Daverny ? Un baiser, un vrai baiser, tous les signes de l'amour, tel que les bons auteurs peuvent en parler. Dieu sait s'ils en ont parlé ! Toute la littérature est composée de jeunes femmes qui embrassent des garçons. Eh bien ! Olivier qui a lu tant de romans n'a pas à se plaindre. C'est beaucoup mieux que Proust et que Balzac.

C'est Mars. Les nuits sont uniformes et font une seule plaine immense, où il marche sans fin. Le jour, il ne montre rien de particulier, il a l'air un peu drôle, car ils ont trouvé cette expression-là pour les enfants tristes. Il ne lui est pas difficile de garder cet air menteur. Il ne disperse pas sa honte. Tous les soirs il la retrouve, fidèle. Sans cesse il revoit le visage penché d'Odette et bientôt ce visage est penché sur lui-même. Il le considère avec horreur, puis avec intérêt. C'est une immense statue qui occupe sa chambre. Il l'explore patiemment. Ses yeux lui demandent une heure pour en faire le tour. Ses cheveux sont là comme des filets entassés. Quelle aventure !

Il s'enfonce dans son exil. Les autres ne pourront plus le faire souffrir, ils ont perdu leurs armes. Ce mélange de mépris et de jalousie qui coulait lentement dans son cœur quand il les regardait est impuissant désormais. Tout a été consommé en une seconde, un jour, parce qu'une jeune femme embrassait un jeune homme sans beauté, mais non sans charme.

C'est le charme qu'il déteste, ce n'est pas la beauté. La beauté mérite de régner. Il y a dans la beauté une force et une pureté qui lui plaisent. La force, parce qu'elle s'impose d'elle-même. Elle ne tient pas aux discussions. La pureté, il l'invoque, à tout hasard, parce qu'il est bourré d'idées de ce genre.

Il réfléchit à cette histoire : que les femmes soient faciles, il lui semble qu'il l'a toujours pensé. Le plus extraordinaire est la joie fébrile de ses copains à cette idée. Ils en parlent avec des gestes de vieillard. Mon Dieu, qu'ils sont bêtes ! Quoi de plus odieux que la facilité des femmes ? Du point de vue chrétien, elles sont coupables. Sous l'angle de la séduction, elles perdent toute valeur. On ne va pas se retourner le cœur pour des personnes si complaisantes. (Depuis longtemps, Olivier excelle à poursuivre ses raisonnements sur les deux plans. Tant de choses dans la vie sont des impostures totales. Seul l'aveuglement des hommes donne une faible chance à leurs amours. Ils croient, ces imbéciles, qu'ils gagnent sur une rive ce qu'ils perdent sur l'autre. Vite ils traversent le fleuve. Ne pensez pas que ce voyage les désabusera. Chaque fois ils sont tournés d'un seul côté, imaginant l'autre sous des couleurs favorables.)

A la rigueur, il serait passionnant d'avoir une maîtresse, pas une amoureuse, une maîtresse ! Olivier se perd dans les dédales d'une sensualité qu'il feint d'ignorer. Puis il regarde attentivement dans les rues les hommes et les femmes qui marchent avec tant de sérieux. Il est difficile de penser que ces personnages, tout à coup la grâce va fondre sur eux, les transformer en héros. On imagine volontiers Phèdre en train de déshabiller le jeune Hippolyte, lui caressant les épaules et les jambes, en lui répétant des paroles tendres d'une voix égarée. Oui, cette scène est présente dans tous les esprits, c'est elle qui fait les bons élèves en leur donnant le goût de Racine. Mais un Lucien Le Barsac ! Qui pourrait lui retirer ses caleçons de filoselle, ses fixe-chaussettes, regarder sans rire sa peau velue ? Olivier passe un bon quart d'heure dans ces imaginations charmantes. Jamais il n'a rien supposé de semblable au sujet de sa mère. Elle n'est tout de même pas si bête.

(En général, Olivier trouve les gens assez laids et leur défend de s'aimer.)

Ces réflexions lui prennent une heure si l'on veut. Mais il les remâche pendant le mois de mars, qui est celui de sa découverte et il y trouve une sorte d'assurance. Il s'aperçoit aussi d'une chose importante : on peut tirer deux partis d'une vengeance. L'un est brutal, vise à la destruction de tout ce qui vous entoure et vous a blessé. L'ennui c'est qu'on doit alors utiliser des méthodes emphatiques. Olivier ne peut songer sans rire à incendier l'appartement. Il appartient malgré tout au XXe siècle. Cette époque distille son ironie dans les titres de ses journaux. « Ayant découvert que sa mère trompait son beau-père avec un jeune avocat, il achète pour dix sous d'allumettes et met le feu à l'immeuble » — ou encore : « Fils modèle et incendiaire. » Tout cela est trop bête, en vérité, et les journaux expriment une certaine vérité : celle-ci d'abord, qu'il n'y a que des rapports de famille, autant dire des rapports lointains, entre les moyens et la fin.

Le second procédé utilise les distances. Il consiste à vivre sa vengeance, à en faire le noyau de tous ses actes. Alors on reprend goût à la vie. Nous faisons de notre existence une alliance entre le monde et nous. Il nous est beaucoup donné. Tant d'objets, de rencontres, d'aventures forment la chair de nos jours. Nous fournissons le squelette, voilà tout. Certaines graves personnes s'appliquent à vivre sur leur squelette : principes, morale, ils ne connaissent rien d'autre. Oui, ce n'est pas mal, mais il y a mieux à faire. On peut dénoncer l'alliance. En apparence rien n'a changé. Au plus profond, la chair ne colle à rien.

A quinze ans, Olivier manifeste un esprit étroit, mais cet esprit tourne dans toutes les directions et couvre, pour finir, un grand espace. Dieu est la logique de ce système. C'est le Dieu des chrétiens, jeune homme qui est passé sur la terre en distribuant des sourires, des promesses et qui a disparu en laissant le souvenir d'un beau visage souffrant mangé par la nuit.

Cette nuit occupe le cœur des hommes. La dégorger, il y faut une vie entière et la plupart n'y parviennent pas.

....

Sa mère était assez belle tous ces temps-ci. Avec son air glacial et ses admirables mains blanches, ses yeux souverains, elle était certainement séduisante. L'adolescent l'examinait froidement. Il lui aurait presque donné des conseils : « Tu te fardes trop — le noir ne te va pas — mets un chemisier plus simple. » Il s'apercevait avec étonnement, devant cette créature indifférente, qu'il saurait parler aux femmes. Le repas s'acheva dans les raclements de gorge que M. Le Barsac ne manquait jamais de produire. Il avait un talent particulier pour se gratter, se pincer, se tordre le cou, renifler, souffler et, en somme, pour se rendre odieux.

— Tu me feras le plaisir de manger de la salade, dit-il avec fureur. Quand je pense qu'il y a des pauvres bougres qui crèvent de faim et Monsieur refuse de la betterave. C'est excellent la betterave.

— Il n'y a rien de meilleur, dit Olivier d'une voix blanche.

Tous les autres s'arrêtèrent de manger et le regardèrent. Odette intervint pour détourner l'orage :

— La salade est remarquable pour la ligne.

— Et tu tiens à ta ligne, n'est-ce pas ?

— Bien sûr, s'écrie-t-elle.

— Je dois dire que tu rajeunis de jour en jour, poursuivit-il sous les regards furieux de M. Le Barsac. Je ne sais pas si tu as un amoureux en tête, mais c'est tout comme. N'est-ce pas, Simone ?

Simone, qui était invitée, se lança dans une longue histoire où il était question d'une femme de quarante ans qui avait deux amants.

— Voilà, dit Olivier. Tu vois, tu as un amoureux. Il faudra nous le présenter.

Raoul rit bruyamment. M. Le Barsac, après s'être étranglé trois fois de fureur, quitta la table.

— Tu exagères, dit Odette. Il ne va pas décolérer pendant huit jours.

— C'est qu'il vous aime, ma chère amie, dit Olivier cérémonieusement.

Elle haussa les épaules.

— Si tu crois que les gens ont besoin de vous aimer pour être jaloux !

Elle a légèrement rougi pendant toute la scène, elle est charmante. L'adolescent l'avoue. Il est ravi de son effet. Lui qui ne parle jamais d'amour, il ne s'en est pas mal tiré. Avec une volupté nouvelle, il pense que le baiser surpris lui donne des armes terribles, non pas contre sa mère — il ne voudrait pas les utiliser contre elle — mais contre M. Le Barsac. « Il souffrirait peut-être ? Mais il ne saurait pas souffrir proprement. »

C'est encore un enfant qui se débat contre des fantômes trop grands pour lui. En tout cas, il ne perd pas ses forces dans ce combat. Il prend l'habitude de voyager d'un extrême à l'autre. C'est une bonne expérience. S'il pouvait savoir...

IV

Tessa n'avait pas toujours détesté cette odeur vaste, allant du tabac au citron, qui marque les lèvres des hommes. Le tabac était le plus courant et le citron sans doute très difficile à trouver. Entre les deux, on avait évidemment le choix et quelques essences variées se composaient dans sa mémoire pour lui prouver que tout cela avait compté.

Son fiancé la tenait dans ses larges bras, ses grosses mains chaudes passaient et repassaient le long de son corps. Ils étaient allongés sur un divan. Un air de jazz la rendait mélancolique et heureuse. Son beau visage était posé contre l'épaule du jeune homme et considérait l'infini. Elle pensait aux cinq hommes qui l'avaient embrassée dans sa vie.

C'était d'abord un stupide cousin et elle mourait de honte à cette idée. Il l'avait embrassée par surprise et s'était sauvé ensuite. Il avait son âge, quelques boutons sur la figure. Ça ne valait pas la peine d'être bien émue, ni de se dire le soir, au dîner, qu'on était maintenant une femme.

Le second était le plus merveilleux des êtres, la grande passion de son enfance, un personnage mystérieux, terrifiant, adorable, qu'elle aimait depuis toujours, qui était marié, malheureux, plein de mélancolie, de douceur amère et qui possédait quelques cheveux blancs sur les tempes. Il n'était pas beau, mais la tristesse et la quarante-cinquième année lui donnaient un prestige considérable.

Le troisième était n'importe qui, un soir, elle avait trop bu.

Et puis c'était assez réfléchir sur des temps lointains qu'elle sentait partir d'elle-même comme un sang fatigué. Elle allait se marier. Dans cette vie nouvelle, les souvenirs n'avaient pas le droit de compter, ni ces stupides rêveries, tant de choses ridicules dont elle ne parlerait jamais à personne. Au fond, elle avait bien l'âge qu'elle paraissait avoir : seize ou dix-sept ans. Les calendriers lui donnaient trois ans de plus, mais cette façon de mesurer ne signifie rien. La vie ne vous donne que ce que vous pouvez en absorber. L'innocence qu'elle jouait sans effort lui pèse à présent qu'elle doit avouer à son fiancé : mon ange, des hommes m'ont embrassée avant toi.

Elle a retardé cet aveu très longtemps. Elle sait qu'elle doit le faire. La franchise, l'amour le veulent — la franchise et aussi un certain plaisir de montrer sa bassesse, une volupté qu'elle n'aurait pas soupçonnée, elle, si mystérieuse, amie des mensonges comme des petits chats. Ce jour-là, tout intervenait : le porto qu'elle avait bu, ce divan où les mains de Raoul serrent son corps, les disques qui précipitent les battements du sang. Elle regarde le jeune homme. Ses tempes se dégarnissent un peu, ses cheveux sont noirs, presque crépus. Il y a quelque chose d'embarrassé sur son visage, il vous regarde rarement en face. Debout, il se tient légèrement courbé en avant. Quand il parle, c'est en creusant des rides sur son front, autour de sa bouche ; en remuant les doigts sans bouger les poignets avec une sorte d'honnêteté désarmante. Tessa redoute les gens intelligents qui lui paraissent moqueurs, épouvantables. Elle tremble devant M. Le Barsac. Raoul, qui sait tant de choses, est si doux qu'elle n'y résiste pas : il faut qu'elle lui fasse de la peine en lui disant la vérité, qu'elle s'en fasse un peu à elle-même, par cette occasion. Il le faut.

— Raoul, dit-elle. Serre-moi dans tes bras. Serre-moi de toutes tes forces. Je vais te dire une chose épouvantable...

Les grands yeux noirs de Raoul se posent sur elle. De bons yeux qui ont lu tant de livres et qui sont prêts à souffrir. Comment va-t-elle commencer ? Non, elle ne peut lui parler des quatre hommes qui l'ont embrassée avant lui. Le mieux est de mélanger les choses. Ce sera plus facile, les mensonges au pelage doux accourent déjà et se frottent contre elle, en montrant leurs petites têtes affectueuses.

— Voilà, dit-elle... Avant toi, il y a eu quelqu'un. Oh, ne dis rien, écoute-moi, ce n'était pas pareil du tout. Je n'ai jamais aimé que toi. Mais j'ai été bête, tu comprends, et il faut que je te le dise, même si tu es malheureux. Comme ça, nous le serons tous les deux.

Le porto et les aveux s'unissaient pour amener le rouge à son visage. Ainsi, avec ses cheveux si pâles, ses yeux purs, elle donne une image bouleversante du plaisir et de la sagesse.

— C'était un soir, chez des gens, on dansait, on faisait les idiots. J'avais un peu trop bu. Oui, j'étais un peu partie. Sans ça, ce ne serait jamais arrivé. Il y avait un garçon qui me faisait la cour, qui me débitait un tas d'inepties. Je ne l'écoutais pas, je me moquais bien de lui. Je ne sais même plus son nom. Il était tard, nous n'étions plus très nombreux. Alors, c'est comme ça... Enfin, tu sais comment ça se passe. Oh, pendant qu'il m'embrassait, je te jure que je ne pensais qu'à une chose : c'est que j'avais mal au cœur. Raoul ! cria-t-elle soudain en voyant le regard bouleversé de son fiancé. Raoul, tu ne dois pas être malheureux. J'ai été trop bête, et puisque je t'ai dit que j'avais bu. C'était quelqu'un dont je me fichais éperdument, que j'ai détesté ensuite, que je n'ai jamais revu.

L'intellectuel avait retiré ses mains maladroites, il les considérait avec horreur. Il supportait mal le porto. Il se disait : voilà donc les mains de n'importe qui, celles d'un homme et elles ont pu caresser Tessa. C'est ainsi. Il croyait comprendre que la jeune fille lui avouait un amant. Bien qu'il fût chaste et moral, il ne pouvait imaginer tant de troubles et d'embarras pour un seul baiser. Il tremblait, la vie lui paraissait épouvantable et Tessa plus précieuse que jamais. Elle pleurait d'une façon qui ne lui laissait aucun doute.

La maladresse féminine est sans égale. Si la jeune fille avait avoué son amour romantique pour un homme de quarante ans, son fiancé aurait montré de la joie. Tout cela lui aurait semblé enfantin. Au contraire, il se représentait sa fiancée, ivre et rieuse, entre les bras d'inconnus, à moitié déshabillée. Comme c'était horrible ! Comme c'était intéressant ! C'était ça la vie.

Il se dégagea des bras de la petite fille pour arrêter le phono qui battait depuis une minute sa course inutile. Il se versa un verre de porto. L'ivresse était une bonne chose, elle le remettait à plein dans son mal. Il se regarda, au passage, dans une glace qui surmontait la cheminée. Il était lourd, osseux, encombrant. Ses lèvres épaisses, son nez, ses oreilles, sa mâchoire, tout en lui tombait en avant. Les amis de Tessa, il se les représentait sous des traits brillants et décidés. C'étaient des garçons qui dansaient, qui se donnaient à l'existence de toutes leurs forces au lieu de rester, interminablement, entre des piles de livres nouvellement parus. Il n'appartenait pas, hélas ! à cette race des heureux enfants de la terre.

Tessa l'obligea à s'asseoir à côté d'elle et prit une expression tragique :

— Je ne boirai jamais plus une goutte d'alcool de ma vie, dit-elle sur un ton qui aurait suffi pour une promesse de suicide.

Elle était folle de compassion et du plaisir d'être aimée de cette manière angélique. Tant de pureté chez un garçon qui avait passé la trentaine, dont les parents étaient riches et désagréables, quel soulagement ! Jamais elle n'aurait peur de lui. M. Le Barsac ne perdait pas une occasion de la faire rougir. Il représentait tout ce qu'elle redoutait au monde. Comment pouvait-il avoir un fils aussi délicieux ? Elle se sentait prise d'un immense besoin de le consoler.

— Serre-moi dans tes bras, dit-elle. Ne me laisse pas seule... Tu ne veux pas ? Tu ne veux plus de moi ?

Raoul considérait son malheur sous tous les angles et pensait qu'il en aurait pour longtemps avant de l'avoir ramené à sa mesure. Nous ne détestons pas la souffrance, nous voulons seulement qu'elle nous soit adaptée, qu'elle serve à notre abaissement ou à notre assomption. Si elle appartient à un monde trop différent de celui dans lequel nous respirons, alors nous sommes perdus, car nos habitudes sont menacées. Ainsi pour l'intellectuel dans les premières minutes. L'idée qu'il s'était fabriquée de Tessa : un ange profondément différent des autres femmes, — s'écroulait. Lui, qu'une éducation sévère avait habitué à mélanger l'amour et le respect, il trouvait ces sentiments écartelés devant lui. La passion, sans autre support moral l'effrayait, il se sentait mal armé pour en jouer le jeu.

— Raoul, reprit la jeune fille sur un ton impérieux, je veux te montrer que tu es tout pour moi. Mais tu ne m'aimes plus. Si tu ne m'aimes plus, qu'est-ce que je vais devenir ? Oh, je sais...

Elle fixa le vide d'un air sombre. Puis elle dit avec douceur, certitude et une sorte de contentement :

— Je sais. Je me tuerai.

Cette promesse obligea Raoul à poser son front lourd sur l'épaule de sa fiancée. Elle lui caressa les cheveux en murmurant son nom d'une voix égarée. Hélas ! en fermant les yeux, en faisant appel à des souvenirs de romans et aussi à certaines attitudes de sa cousine Elisabeth, il voyait Tessa, les cheveux flous, enlacée par un jeune homme élégant, merveilleux danseur, spirituel, brutal et cynique. Il se dégagea d'un mouvement lent, demeura immobile, les mains sur les genoux, ses lourdes paupières abaissées. Une seconde ainsi, pendant laquelle il était déjà moins malheureux de se sentir sauvage et plaint. Il entendit la jeune fille qui se levait. Entre ses cils, il l'aperçut qui prenait son sac, sans doute pour se farder. Elle se dirigeait vers le petit cabinet de toilette, qui prolongeait sa chambre. Il était seul.

Les sentiments d'un Raoul Le Barsac peuvent sembler d'une excessive et ridicule délicatesse, à son âge. Ils s'expliquent à moitié par un caractère malhabile, où se mélangeaient la faiblesse d'un enfant gâté et celle d'un intellectuel. Et aussi, par sa famille. Son père n'avait jamais cessé de se présenter comme un grand amoureux des femmes. Les plaisanteries parsemaient sa conversation, les clins d'œil. Cette attitude gênait affreusement Raoul. Elle l'enfermait dans sa timidité. A vingt-quatre ans, mû par le sentiment du devoir, il était sorti avec des camarades et des filles. Ensuite, il s'était senti soulagé, comme un candidat qui vient de passer son permis de conduire, examen facile, dont il n'y a pas lieu de tirer gloire : en revanche, l'échec est lamentable. En trente-six, il avait connu quelque chose qui ressemblait à de l'amour pour une secrétaire de son père. Celle-ci l'écoutait avec admiration et l'embrassait en passant sa langue entre ses dents. Il lui serrait encore la main au cinéma et lui carassait vaguement les seins à travers sa robe. Ces gestes suffisaient amplement à satisfaire sa sensualité. Il n'est pas encore prouvé que M. Le Barsac fût d'une race beaucoup plus affranchie. Ses nombreuses liaisons avec son personnel — et quel personnel ! — ne donnent pas l'idée d'un tempérament ravageur. Mais la morale fait toute la différence des êtres. Pour l'Homme d'Affaires, la virilité, la santé, le goût du vin et de l'argent étaient des passions saines. Bien qu'il ne s'enivrât jamais et qu'il veillât toujours à ne pas sombrer dans la débauche, il ne manquait pas d'exposer ses principes. La sauvagerie de son fils, ses complexes, sa nature paresseuse et mollement tourmentée, constituaient une philosophie toute différente, qui l'humiliait. En général il n'en accusait pas Raoul, invoquant seulement la débilité de la jeunesse — idée confirmée par les sentiments expansifs mais chrétiens de son second fils Frédéric — ainsi que par la réserve d'Olivier Malentraide. Raoul était étourdi par sa tristesse, depuis un moment, quand la porte du cabinet de toilette s'ouvrit. Tessa entra d'un pas hésitant. Elle avait mis un de ses peignoirs. Deux pas, et elle défit la ceinture. Elle était nue.

L'intellectuel fut bouleversé d'une autre façon. D'abord elle était très belle. Il osait la regarder. Tessa Willenmach n'était plus un ange de pureté, mais une jeune fille comme les autres, qui s'était donnée à des inconnus, un soir d'ivresse. Il fallait se venger, il fallait être un homme à son tour. Une sensation de puissance courut dans les veines de Raoul. Par son regard, il était le maître, le profanateur. Cette scène prolongeait l'aveu terrible qu'il avait imaginé, plus que compris. En somme, sa fiancée dans les bras d'un garçon ou nue devant lui, c'était la même abjection. Cette fois-ci, il jouait un rôle actif. Il n'était plus un imbécile, il n'était plus trompé. Il se trompait lui-même. C'était une grande consolation.

Tessa contre lui se laissait embrasser. Il lui caressait les épaules et les seins. Elle tremblait légèrement. Elle pensait qu'il serait son amant. Cette aventure, tout l'y poussait : le désir de montrer qu'elle l'aimait pour de vrai, qu'elle lui donnait beaucoup plus qu'un simple baiser ; l'envie d'être une femme ; enfin la sensualité, qui l'entraînait vers son fiancé, lui faisait penser qu'il était beau, séduisant. Elle ne se disait pas que son acte faciliterait son mariage avec un garçon aussi honnête, dont les parents ne voulaient pas d'elle. Elle aimait les folies. Ses yeux bleus et purs fixaient le plafond, son cœur battait sous ses seins légers. Elle n'était qu'une petite fille de rien du tout, pas intelligente, à peine belle et voilà qu'elle était nue entre les bras du plus merveilleux des êtres.

Au bout de ses bras, Raoul portait deux grandes mains malhabiles. Elles prirent chacune un pan du peignoir et le refermèrent soigneusement. L'intellectuel se sentait vengé à peu de frais. Il éprouvait un grand bonheur de respecter à nouveau sa fiancée. Il l'avait vue si belle, qu'il ne doutait plus de trouver la force de l'épouser. C'était certain. Pour posséder vraiment cette jeune fille, il faudrait beaucoup de temps, des murailles sans nombre, il faudrait la merveilleuse habitude. Il devait surmonter son trouble, considérer qu'il avait atteint un palier surprenant et s'en contenter. Plus tard, il y aurait d'autres révélations. « A chaque jour suffit sa peine. » Ce proverbe convenait à la situation.

Raoul avait des idées très honnêtes sur le mariage. Il ne voulait pas gâcher, pour une minute d'un plaisir difficile, les principes qui plaçaient les cadeaux, la pompe religieuse, sur une ligne qui aboutissait dans un grand lit blanc avec toutes sortes de choses émouvantes devant soi. Le sang pauvre qui courait dans ses veines s'accordait à ces sentiments.

Tessa ramena les yeux sur son fiancé. Elle avait retrouvé son amour après de grands périls. C'était donc merveilleux. Sentimentale, sensuelle, timide et douce, elle adorait les scènes. Rien de ce qui était romantique ne lui était indifférent. Une seconde plus tôt elle s'enivrait à l'idée de se transformer en femme. A présent, elle était fière du respect de Raoul, ce geste lent des mains autour du peignoir, cette épaisse tendresse.

Ils s'embrassèrent pendant un bon quart d'heure. Elle devait partir. M. Le Barsac allait rentrer. Pour rien au monde elle ne voulait le rencontrer. Elle tremblait, du plus loin qu'elle le voyait. Souvent elle rêvait au premier soir de ses noces. Raoul s'avançait vers elle, à pas lents, inexorables. Son cœur battait de bonheur. Et soudain, dans le rêve, M. Le Barsac se trouvait remplacer son fils, se jeter sur elle. Quelle horreur! Cette horreur ne la quittait pas dans la vie et la paralysait devant un homme qu'elle admirait à d'autres titres.

Une fois habillée, ses longs, ses interminables cheveux peignés devant la glace, elle prit la main de Raoul, la serra de toutes ses forces. Il était resté étendu. Une sensation voluptueuse l'habitait à la pensée que cette pure jeune fille passait une combinaison, des bas, un slip, à deux pas de lui. Il se reprit sévèrement et considéra sa fiancée avec plus de respect.

— Au revoir, mon pauvre amour, lui dit-elle. Si tu savais comme je suis fière et comme je t'aime! Ne bouge pas.

Ces paroles suaves le ramenèrent définitivement dans les idées de la vertu. Le passé était oublié, Tessa merveilleuse de simplicité, de franchise et plus belle qu'il ne l'avait jamais rêvé, avec ses cheveux blonds jusqu'à la taille, ses seins et ses genoux ronds, ce corps crémeux et tremblant... Il y avait là de quoi rêver, en marge des romans, pendant une bonne semaine. D'ailleurs, pour que ces songes conservassent leur caractère bouleversant, il convenait que la jeune fille ne perdît rien de son angélisme : ce fut sainte Thérèse de Lisieux qui sortit de la pièce.

Elle suivit le couloir, traversa l'antichambre, sur le palier se heurta à M. Le Barsac qui rentrait. L'industriel était d'une humeur détestable. Son cousin de Vincay venait de lui parler d'Olivier, sur la foi de Didier, en termes élogieux. Il avait besoin de décharger son cœur impitoyable.

— Alors, s'écria-t-il sans prendre la main de la jeune fille, on vient de se bécoter avec Raoul, n'est-ce pas ? On l'aime, c'est le grand amour ? L'argent on s'en moque complètement ? Ah, là, là !

Il eut un geste de fou et claqua la porte au nez de Tessa qui descendit un étage à toute allure, s'arrêta sur le palier suivant, rouge, terrifiée, contre la cage de l'ascenseur. Elle serrait son cœur entre les mains. Soudain la scène romantique, honteuse et charmante qui venait d'avoir lieu dans la chambre de son fiancé, lui paraissait tomber sous le regard de M. Le Barsac.

Elle a confiance dans sa beauté, sans doute, mais cette beauté ne lui donne pas la moindre certitude. Elle sait bien qu'ici ou là elle peut l'emporter parce qu'elle n'est pas mauvaise dans les regards qui font rêver, parce qu'elle est mince et bien faite. Mais au fond d'elle-même, elle se trouve toujours aussi misérable. Comme elle a envie de s'abaisser ! Jamais elle ne sera trop bas. Telle est sa place.

Il y a dans ce parti pris quelque chose de délibérément tragique. Il est fréquent d'aimer les abîmes, il est juste de s'y précipiter, mais il est étrange d'accepter d'y descendre lentement, pas à pas, et d'envelopper cette déchéance d'une douceur qui trompe tout le monde et soi-même. Tessa n'a jamais aspiré qu'au bonheur et, pour lui, elle est prête à tout donner. Dans cette équation, son drame est inscrit, car elle est volée, mille fois volée dans l'affaire. Elle perd toute estime à ses yeux pour gagner, péniblement, l'approbation du monde. Et le monde dit bien qu'elle est charmante, il se laisse désarmer ; mais les armes tombées, reste la cuirasse : les êtres comme les choses, sous leur carapace d'indifférence, gardent leur mystère et ne s'offrent point aux suppliantes. On peut enlacer un chevalier, on ne le capture point.

Raoul était un bien faible chevalier. Son histoire semble tenir dans ces albums de photos qu'on lui avait généreusement consacrés depuis trente ans. C'est un enfant sérieux aux cheveux bouclés, qui règne sur un immense empire de jouets, aussi tristes que lui-même. Qui saura si ce petit garçon que vous apercevez dans ses beaux vêtements, n'a pas jeté un regard d'envie sur les illustres personnages de la terre, les plus fameux voyous de son quartier ou les vedettes de cinéma ? En vain. Son destin, régulièrement, l'a repris par la main et l'a conduit à respecter toutes choses. Quelle crainte dans ce respect ! A dix ans, le voilà sur sa première bicyclette : elle ne lui a pas été donnée pour s'amuser, elle a servi tout juste à faire une photographie qui se retrouvera vingt ans plus tard. Ailleurs, il est assis au premier rang de sa classe, parmi ces élèves médiocres, fiers de leurs timides succès, jalousant et méprisant ceux qui les dépassent. Une odeur de cuir neuf accompagnera la vie scolaire de Raoul Le Barsac, jusqu'aux portes du vénérable institut de la rue Saint-Guillaume. Maintenant, c'est un jeune homme, qui s'applique à être moderne, avec le même sérieux désespérant. Il est tellement à la mode, sur chaque image, qu'il est plus démodé qu'un autre. Décidément, seule la neutralité le sauvera. Il le sait d'une science secrète et ne trouve l'apaisement que dans le sommeil, égal drapeau des jours tumultueux ou mornes.

Des amourettes, sans doute, qu'on ne retrouvera pas sur l'album de famille et peut-être un grand ami, qu'on admirait, dont on copiait les gestes, dont on ramenait les idées chez soi et pour lequel on se faisait délicieusement gronder. Raoul a retrouvé tout cela, depuis trois mois : il s'est passionnément attaché à cet avocat, Pierre Daverny, dont le frère aîné est à côté de lui, sur une photo, en uniforme. Cette intelligence trop voyante, cette célérité d'esprit, ces gestes passionnés, cette existence même où l'ambition joue son rôle, entraînent chez Raoul Le Barsac un sourire humble d'admiration et de fausse ironie. Il tente malaisément de présenter sa médiocrité comme le calme éternel de la vérité, comme la sagesse des choses sur la terre. Il se raccroche à son âge, à son aspect pensif et même aux paroles de son père sur « son grand bon sens ». Sur ces timides pilotis, il installe sa vie et considère le fleuve brillant des autres qui poursuit sa course. Les femmes, l'éclat des jours, le succès, ces prestiges s'enfuient et reviennent, interminablement... Sans doute, sa nature ne l'inclinerait-elle pas, physiquement, à placer les femmes au premier rang de cette liste. Mais le bruit continuel du monde lui assure qu'elles sont le Signe des signes.

Si l'on remonte plus avant dans la destination d'un être, on peut penser que le malheur de ce faible garçon était déjà préparé par la volonté de son père qui attendait tout de ce descendant. Fils unique, le Fils, telle était sa vocation. Prévues bien à l'avance, ses réactions seront observées, on lui donnera du bonheur comme on donne des fortifiants, par gouttes ou en pilules, en attendant le résultat mécaniquement, férocement, puisqu'on a payé. Dès lors, il ne sera plus que la moyenne des espoirs et des déceptions de Lucien Le Barsac. Celui-ci n'a pas fait d'études, il était laid, il ne savait pas danser, il ne plaisait pas — il avait donc bien besoin d'un garçon sorti de Polytechnique, sachant parler aux femmes, rire et travailler, bien besoin. Cette vision est confirmée par l'attitude de son jeune frère Frédéric. Celui-ci n'était pas attendu. Ses parents ont appris sa venue avec désespoir. Dès lors il l'ont appelé « l'accident » et n'ont pu s'empêcher, très longtemps après, de s'exprimer en ces termes : « Avant l'accident, nous faisions tel voyage, nous avions tel projet. » Or, Frédéric, sur qui l'on ne comptait pas, s'est révélé comme un bon petit garçon, nullement malheureux, tout à fait d'accord avec la vie. Son père aime sa franchise, s'il déteste sa naïveté. Il ne cache pas ses idées, si généreuses soient-elles, il les expose publiquement, les voit piétinées, ne se décourage pas. Bientôt il aura des amourettes et on ne les attaquera point, ni on ne les vantera pas non plus. Quelle affaire dans l'existence de Raoul, au contraire, qu'une rencontre comme celle de Tessa ! Ses parents ont toujours redouté la présence d'un esprit étranger et moqueur. Le monde qui prospérait avenue Percier vivait dans le respect du travail, de l'ordre, des bons repas et des femmes légères — surtout le respect du Respect. Le romanesque n'avait rien à y faire, même pas l'envie sournoise du romanesque. Pourtant elle rongeait chacun, jusqu'à Odette, surprise par l'intelligence d'un jeune avocat. Chez Raoul, ce n'était évidemment qu'une envie molle, comparable à l'amour d'un enfant pour un papillon qu'il va tuer. A douze ans, on peut imaginer qu'il désirait déjà les jouets en bois du fils de son concierge — mais qu'il les désirait pour les détruire et détruire en eux cette flamme qu'un autre savait y placer.

Le doux visage de Tessa jouait un rôle comparable dans son esprit. Cette grâce merveilleuse, cette petite fille moderne, ces gestes vifs, ce long sourire aux dents blanches et pointues, il fallait apprivoiser tout cela à la tristesse du monde véritable. Pourtant Raoul aimait profondément comme on aime sa dernière chance. En lui, le choix restait possible, il pouvait aussi bien s'enfuir avec sa fiancée que l'étouffer dans sa médiocrité soigneuse. C'était un grave débat en lui-même, un terrible tournoi. L'ordre vous gardait des folies, sous son ombre le mot désespoir n'avait point cours, il se nommait neurasthénie. Du côté de Tessa, il y avait les couleurs du siècle, mille choses dont Raoul savait depuis longtemps qu'elles n'étaient pas pour lui. En épousant Tessa, il capturait un morceau éclatant de cet univers impossible. Il le ramenait dans ses domaines, l'élevait suivant ses lois : il y a dans la médiocrité un besoin de conversion plus grand que celui du bonheur, car il est animé par une inlassable rancune, quand le bonheur naît à chaque instant. Le mal a ses missionnaires et leur prestige n'est pas mince ; mais ils sont fragiles comme le prince délicat qui règne sur les enfers. Au contraire, les apôtres de l'ennui ne se laisseront rebuter par rien.

Seul dans sa chambre, après cette journée qui avait si bien comblé sa honte et sa sensualité, Raoul rangeait ses livres. Il apportait une passion maniaque à cette occupation, les recouvrant tous de papier cristal, gommant la moindre tache sur les couvertures et les classant suivant mille procédés. Cette action coutumière des mains et des yeux entretenait en lui la chaleur que d'autres trouvent dans la marche, la nage ou la boxe. Il caressait les titres, les noms des auteurs, respirant l'odeur du papier qui l'enivre plus, assurément, que nulle lecture. Dans ces petites boîtes rectangulaires, plusieurs aspects du monde sont rangés. Sages ou fantastiques, peu importe ! leurs armes sont émoussées, une simple couche de cellophane suffit à vous en protéger. Il y a même quelque chose de rassurant dans ces excès qui parsèment la littérature française : on sent bien que tout cela ressemble plus aux jeux d'un enfant qu'à ceux d'une grande personne. Cette constatation, d'ailleurs, ne va pas sans une amère rancune, devant des portes si bien fermées.

Aussi, voilà notre chambre, celle des voitures de pompiers à dix ans et des bons auteurs à trente. Il y a une heure, c'est une jeune fille nue qui s'y montrait. Cette nudité, mêlée à tant de souvenirs monotones, paraît plus troublante encore. Car c'est la vie et ce n'est plus tout à fait la vie. Dans ce tremblement, l'émotion de Raoul trouve la force de survivre.

Dieu qu'elle était belle et presque intouchable ! C'était le corps blanc de l'impossible, ses grands yeux violets et ses cheveux jusqu'à la taille. Incomparable visage ! Où Raoul a toujours ressemblé à une photographie maussade de lui-même, Tessa est une miniature, au dessin précis, aux couleurs vives et tendres. Sa bouche est fine et découpe des paroles d'une autre race. Ses dents ne peuvent s'enfoncer que dans des fruits délicieux. Le jeune homme redoute sa laideur, qu'il exagère infiniment. Il voudrait tout effacer de son souvenir puisqu'il était là et qu'il ne méritait rien de cette merveille. Mais les aveux mal compris de sa fiancée vont lui servir à compléter sa mémoire. Maintenant il confond les deux aventures et il se représente, observant à travers une cloison de verre, ce corps nu, livré à quels inconnus ? L'amère jouissance qu'il ressent alors est sans égale. Rien, rien en lui ne résiste à l'enthousiasme désespéré qui le saisit et lui dit que le plaisir, ce sont les autres.

Raoul entendit un grognement, ouvrit les yeux et aperçut son père devant lui. Il considérait le spectacle des livres si bien rangés avec satisfaction. Bien qu'il affectât un grand mépris à l'égard de la lecture, M. Le Barsac ne manquait jamais une occasion, en parlant de son fils, de mêler beaucoup de respect à son dédain. Il finissait par placer très haut les goûts ridicules de Raoul, ce qui situait encore plus haut son détachement personnel et faisait apprécier sa loyauté. « Toutes ces histoires en noir et blanc, moi, disait-il, je n'y comprends rien. Ah, je ne suis pas un idéaliste comme Raoul, etc. » De ces discours, l'auditeur, s'il était compréhensif, devait retirer l'idée que M. Le Barsac était une sorte de Catherine de Médicis et son fils un nouvel Erasme. On a, dans les familles, un art parfait de se monter en épingle, par de douces et amoureuses railleries.

— Tu as vu... cette jeune fille ? proféra l'Homme d'Affaires de sa voix soupçonneuse et chuchotante. Parler des êtres avec le démonstratif était encore une de ses coquetteries.

L'intellectuel coula un regard timide vers son père.

— Oui, dit-il, Tessa est venue... juste une heure. Elle m'a aidé à ranger mes livres.

— Je ne te demande pas ce que vous avez fait, déclara pompeusement le vieil homme, en se dandinant sur ses pattes de derrière et en examinant gravement la bibliothèque. D'ailleurs, si je le demandais, ça ne servirait à rien. Tu ne me le dirais pas. Tu es devenu aussi sournois qu'Olivier. On sait d'ailleurs, dit-il comme un conférencier qui sent son sujet et son public — on sait bien que les parents, ça ne compte plus. Ils sont tout juste bons à crever.

Indigné pour la millième fois par cette pensée, Raoul fit un geste que son père balaya d'un regard fulgurant.

— En tout cas, mon ami, dit-il, rappelle-toi que cette jeune fille ne vient pas ici officiellement. Vous pouvez bien vous peloter si ça vous chante. Ça ne changera rien.

M. Le Barsac, victime des mots qu'il prononçait sans y croire, fut entraîné vers un rêve détestable : son fils et Tessa sautaient le pas, un enfant était en vue, les décisions à prendre, le scandale, etc. Mais le monde nous punit toujours de nos mauvais instincts. Au plus fort de la comédie qu'il se jouait, l'industriel eut son regard happé par la porte entr'ouverte du cabinet de toilette. Il y pénétra et découvrit une jarretière oubliée. Il se produisit une étrange révolution dans son cœur. Le rêve et la réalité peuvent être à la même hauteur, la distance qui les sépare n'en est que plus grande, car nous devons faire à reculons tout le chemin parcouru dans l'imaginaire, avant de retrouver la source des événements réels — et on ne saute pas cet abîme. M. Le Barsac s'était assez moqué de la chasteté de son fils, pour être confondu par ce petit morceau de soie rose. Il trouva la force de cacher son indignation. Avant de demander à son fils comment les choses s'étaient passées, il allait s'interroger sévèrement lui-même. Ainsi d'un stratège qui apprend sa défaite : il examine ses principes, cherchant à y lire les raisons de son échec, sans plus s'occuper des leçons de l'expérience.

M. Le Barsac tenait la jarretière au creux de sa main moite. Son cœur battait jusqu'à l'étouffement. Il avait besoin d'exprimer sa peur. Il descendit l'escalier, sauta dans sa voiture, espérant trouver sa femme chez les Vincay. La pensée de Renée, de sa jalousie, l'obligea, en cette heure d'humiliation, à refréner son impatience. Il marcha devant l'immeuble de la rue d'Anjou. La nuit tombait. Plus son attente se prolongeait et plus vive sa colère contre Odette venait se mêler à son angoisse. C'était un sentiment beaucoup plus facile qui, vers sept heures et demie, entraîna l'industriel à grimper les trois étages. L'ascenseur était trop lent à son gré. Il se heurta à des jeunes gens qui descendaient en riant, et peut-être en s'embrassant. Telle était la jeunesse moderne et l'avenir n'était que scandale, filles-mères, responsabilité des parents. Ses nièces de Vincay, un peu éméchées, lui assurèrent qu'Odette n'était pas venue.

— Nous recevions quelques ravissants, précisa Elisabeth. Ils se sont bourrés de crème Chantilly et de porto ; puis ils sont partis. On ne peut plus faire aucun fond sur les jeunes gens d'aujourd'hui : ou ce sont des tapettes, ou ils ne pensent qu'à s'empiffrer.

En d'autres termes, c'était l'opinion du vieil homme, mais il dissimula son accord sous des paroles bourrues.

Il fut assez nerveux, pendant le trajet du retour, pour se disputer avec un agent et, deux minutes après, pour abîmer une aile de sa Peugeot. La scène qu'il désirait faire à sa femme était prête dans les derniers détails, mais Odette ne lui laissa pas le loisir d'en donner la représentation. Avec une hauteur souveraine elle déclara :

— Mon pauvre ami, si tu avais un peu de mémoire, tu te souviendrais que j'ai été hier chez les Vincay. Aujourd'hui, j'étais au Palais, pour entendre plaider le petit Daverny.

M. Le Barsac avait tort, il en eut conscience et l'amertume qui s'en dégagea lui permit de conserver une mine ulcérée pendant tout le dîner. En mangeant il se représentait mille couples enlacés et le pauvre Raoul finissant par suivre ce mauvais exemple. Cette rêverie venait balancer tant de repas où l'industriel avait gardé une mine éteinte à la pensée des médiocres succès féminins de son fils : un polytechnicien noceur aurait parfaitement satisfait ses ambitions. Pendant ce temps, Odette parla de l'atmosphère des assises, Frédéric se lança dans un grand discours sur la justice opposée à la charité, tandis que Raoul baissait la tête et qu'Olivier, à son habitude, refusait les plats en prétendant qu'il n'aimait pas le ragoût, ni le fromage. Ces airs dégoûtés provoquèrent l'indignation du vieillard qui eut des paroles éloquentes sur les gamins qui font les importants et exigent des plats spéciaux quand on les nourrit par charité. Les derniers mots dépassaient totalement la pensée de M. Le Barsac, qui était d'un naturel mesquin, mais généreux. L'accès de colère avait soulagé ses nerfs. La bouffée de remords produisit en lui une sorte d'apaisement.

A neuf heures, suivant sa coutume, il était dans sa chambre. Odette vint l'y rejoindre, un livre à la main, car elle connaissait depuis quelques semaines des accès d'insomnie et de littérature. En se grattant la tête, en se déhanchant, il tourna autour d'elle avant de commencer son discours.

— Mon petit, dit-il, j'étais énervé, tout à l'heure. Je le reconnais.

Cet aveu, après le repentir que lui avait causé ses paroles sur la charité, lui causa un grand bien. Désormais il se sentit parfaitement bon et cette sensation lui permit de s'exprimer avec une douleur pleine d'émotion.

— J'ai fait une découverte qui m'a laissé pantois. Surtout, pas un mot à personne, pas un mot à Renée, en particulier. Depuis le temps que je lui prédis que ses filles tourneront mal, ce serait une catastrophe si elle savait. Cet après-midi, j'ai rencontré Tessa Willenmach qui sortait de la chambre de Raoul. Tu me connais. J'ai toujours été pessimiste. On m'a assez reproché, toi la première, de voir les choses en noir. Eh bien, j'ai flairé la catastrophe. Ça, je l'ai sentie dès le premier instant. La preuve, je l'ai eue quelques minutes plus tard. Tiens. Regarde.

Il lui présenta la jarretière qu'il avait conservée dans une poche de son gilet. Odette fronça les sourcils, s'empara de la pièce à conviction comme elle avait vu faire aux jurés, pendant l'audience de l'après-midi, et la rendit à son mari.

— Eh bien, dit-elle calmement mais non sans ressentir une étrange bouffée de chaleur aux tempes, eh bien, je l'avais toujours dit. C'est une petite sainte nitouche qui fait ses coups en dessous. Ce sont les plus dangereuses. Depuis combien de mois cela a-t-il lieu ?

M. Le Barsac admira la vivacité d'esprit de sa femme, déjà prête à compter les mois. Tous deux songeaient à la maladresse de Raoul.

— Je ne l'ai pas encore questionné, dit-il. Je voulais t'en parler, ne pas m'emballer. Tu me connais. Je suis un violent. D'abord, tirons des plans.

— Tout ça me paraît assez simple, déclara la jeune femme en s'asseyant et en brossant ses cheveux qu'elle venait de décolorer en platine. Ou le malheur est arrivé et il faut s'entendre avec cette petite. Ou bien nous avons eu de la chance... Mais ce serait trop beau.

Sur ce point, M. Le Barsac est sceptique. Il a le souvenir de son fils Frédéric, de l'accident qui lui est arrivé, à lui, un homme si prudent, si adroit dans les exercices périlleux de l'amour. Où un homme de son espèce a éprouvé des malheurs, à quarante ans, âge mûr, âge raisonnable, qu'en sera-t-il d'un grand nigaud comme Raoul ? Le vieil homme, qui détestait les enfants, renifla des idées de layette, de lait suri, etc.

— La première chose, reprit Odette, est de s'adresser à Tessa. Elle ne saura toujours plus que ton fils. Si le pire est à craindre, ce qui est vraisemblable, on pourra prendre avec elle des dispositions, des précautions, sans que Raoul soit trop au courant.

— Mon petit, ce que tu dis là est plein de bon sens. Moi, je lui parlerai, à cette gamine et je saurai le fin mot de l'histoire. Tu te doutes bien que Raoul n'a pas fait les premiers pas. En trente-six, un peu avant notre mariage, il sortait sans arrêt avec une de mes dactylos, une fille pourtant qui se fardait joliment, eh bien, quand j'ai mis le holà, il n'y avait rien eu, tu entends, pas ça.

Le couple gagna ses lits jumeaux. Odette se coucha avec son roman et M. Le Barsac avec cet autre roman, de la jeunesse moderne, irrespectueuse et débauchée. Pour finir, il était profondément fâché à la pensée des plaisirs que cette jeunesse se donnait en cachette. De son temps, les jeunes filles étaient la vertu même. On ne se débauchait qu'avec des créatures. Tout cela était beaucoup plus sage. Il gratta cette idée pendant une heure ou deux.

Le lendemain, à midi, son plan était tracé. La jeune fille était la secrétaire d'un banquier dont il pensait le plus grand bien. Il irait la chercher à son bureau. Il l'inviterait à déjeuner, et peut-être dans un bon restaurant, afin de l'intimider. Là, il la confesserait tout à son aise. Il ne serait pas mauvais de la voir pleurer.

Il avait oublié que la banque fermait seulement à midi et demi. Introduit dans les salons directoriaux et comme on lui demandait s'il désirait voir M. Lorne, il ne sut refuser. Etienne Lorne était son homme de confiance depuis un an. Il se précipita, non sans mollesse, d'ailleurs, à la rencontre de son client et le fit asseoir. Le vieillard décida d'avancer d'un pas dans sa confiance cet homme si prévenant. Il lui demanda ce qu'il pensait de sa secrétaire, sous le rapport de la moralité. M. Lorne considéra son visiteur d'un regard profond et caressant.

— Vous me posez une question qui m'intéresse beaucoup moi-même, dit-il de sa voix étrange, obscure et presque orientale. Non pas que j'aie des doutes, telle n'est point ma pensée. Mais je vous dirai qu'il m'est arrivé de réfléchir au caractère de Mlle Willenmach.

M. Le Barsac roula des yeux inquiets — d'une inquiétude vague, d'ailleurs, car une réponse favorable ou un avis hostile l'auraient pareillement déçu, l'une l'obligeant à donner son fils en mariage à cette malheureuse, l'autre lui représentant l'avenir sous des couleurs de chantage. Le banquier perçut-il ces sentiments mêlés ? Il joignit les deux mains, fit légèrement craquer ses os et poursuivit en des termes qui rappelaient par leur fluidité, leur lente élévation, la fumée d'un cigare.

— Je vous répondrai que ma conclusion n'est pas encore définitive... Mais, reprit-il en apercevant un geste de dépit chez son interlocuteur, mais, avec mes modestes facultés de raisonnement, je me suis tout de même fait, ce que j'oserai nommer une opinion...

— Dites, mon brave, déclara nerveusement M. Le Barsac.

Il admirait et méprisait ces subtilités.

— Mlle Willenmach est à mon service depuis deux ans. Ce n'est pas très longtemps et pourtant, c'est un espace de temps qui permet de préciser sa pensée. On n'est pas encore habitué et je prétendrai même qu'une habitude exagérée empêche de connaître quelqu'un et surtout une secrétaire.

Des remarques de cette force bouleversaient toujours M. Le Barsac, qui rentrait chez lui tremblant de crainte et de joie à la pensée qu'il possédait un banquier si bon observateur du cœur humain.

— En somme, je dirais éventuellement que du point de vue professionnel, c'est une employée qui est satisfaisante. Je n'irai pas jusqu'à prétendre qu'elle est sans défauts. La perfection, sur la terre et particulièrement chez les secrétaires, n'existe pas, nous le savons.

Un nouvel éclair de joie jaillit des yeux de l'industriel.

— En ce qui concerne les qualités morales, les qualités privées, chez un être... je n'apprendrai pas à homme d'affaires tel que vous et qui a eu, j'imagine, un nombreux personnel sous ses ordres, un personnel qui s'est renouvelé au cours du temps, je n'apprendrai pas à quel point la vie intime peut éventuellement être différente, en bien ou en mal, de la vie professionnelle.

— J'entends, j'entends. Mais dans le cas présent?

— Puisque vous me poussez dans mes derniers retranchements, je vous avouerai que vous me prenez au dépourvu. Cependant... cependant la jeune fille en question, qui possède d'incontestables avantages physiques, montre un grand sérieux dans sa conduite. Pour tout dire, elle me paraît difficile à approcher. Difficile, mais non point sans doute inabordable, car les créatures humaines sont faibles, terriblement faibles...

M. Le Barsac eut un sursaut. Il comprenait enfin où son banquier voulait en venir et quelle était son erreur. C'était une idée stupide mais flatteuse. Il prit congé avec l'intention d'emmener Tessa dans un excellent restaurant. La ravissante confusion d'Etienne Lorne amena un sourire de gracieuseté sur son visage, quand il s'inclina devant la jeune fille. Elle accepta l'invitation en rougissant et la rougeur était un bon signe, pour qui espérait des larmes une heure plus tard. Cette harmonie fut troublée par deux incidents. Tout d'abord la Peugeot était rangée de telle sorte qu'on tombait en plein sur l'aile abîmée la veille. Cette aile, dans l'esprit de M. Le Barsac, était édifiante à plusieurs titres, puisqu'elle lui rappelait sa terreur, sa maladresse et la maladresse possible de son grand fils. Le second incident eut lieu place Saint-Augustin, dans un encombrement. L'industriel conduisait fort bien et depuis longtemps, mais avec une nervosité excessive. Ce jour-là, il faillit se jeter sur une somptueuse Chrysler découverte. Le conducteur de ce monstre blanc et vert eut un sourire en direction de la Peugeot et déclara gentiment :

— Eh bien, grand-père, ce n'est plus la campagne, ici !

Cette cordiale remontrance fit écumer M. Le Barsac. Il esquiva de justesse un camion, brûla un feu rouge et s'arrêta devant le Weber avec une exaspération intense. Tessa avait largement contribué à ce sentiment en prenant sa défense et en prétendant que la Chrysler, le camion et le feu rouge étaient dans leur tort : comble de l'humiliation. En revanche, il y eut deux petites faveurs du sort : le degré d'inclinaison du maître d'hôtel et le sourire complice de la dame du vestiaire qui le connaissait bien. On est obligé de tenir un compte exact de ces petites humeurs qui coloraient l'âme du vieil homme. La suite de l'histoire en dépend.

— Voyons, déclara-t-il devant le menu qui était aussi long que ses bras, voyons ce qui vous chanterait. Vous n'allez pas prendre de tout, ajouta-t-il en pensant que la jeune fille ne devait pas avoir l'habitude des grands restaurants.

Tessa fut assez maladroite pour commander des huîtres, qu'elle aimait et qui étaient ruineuses, puis de la blanquette, chose qu'elle détestait et dont l'absorption la priva de ses airs touchants pendant dix minutes. M. Le Barsac discuta avec le sommelier, heureux de montrer sa science et à une ignorante et à un égal. Le repas s'écoula en clapotements de langue, en reniflements et en hochements de tête, d'une part ; en petites mines distinguées, même au plus fort de la blanquette, d'autre part. Dès l'entrée des fromages, M. Le Barsac sans trop regarder sa voisine, sinon par éclairs fulgurants de ses beaux yeux bleus, commença :

— Vous vous doutez bien que je ne vous ai pas emmenée ici pour parler de la saison des huîtres et du sauternes.

— Je sais, dit-elle. J'aime Raoul et...

— Laissez-moi causer, dit-il sans y mettre la moindre intention mauvaise, mais simplement parce qu'il n'était pas distingué. Les jolis sentiments, les bécotages, tout ça, vous comprenez, j'ai eu vingt ans, je sais ce que c'est.

Au même instant son amère jeunesse lui revint à la mémoire et cette tristesse imprégna toutes ses paroles.

— Moi, je ne suis pas opposé à ce qu'on s'amuse entre jeunes gens. Il paraît que ça fait de la peine au bon Dieu, mais moi, ça ne m'en fait pas.

Tessa rougit et il se rappela soudain qu'elle passait pour bonne chrétienne. C'était bien la peine. « Ce sont les pires », murmura-t-il pour lui seul. Puis, comme cette idée lui plaisait, il fit un détour vers la question religieuse et il trouva même deux preuves de l'inexistence de l'autre vieillard. La jeune fille s'avoua vaincue par un charmant sourire. Le sourire, sa victoire, un verre d'excellent vin rouge, calmèrent M. Le Barsac.

— Ecoutez-moi, dit-il, ce n'est pas la peine de tourner autour du pot. Je pourrais être votre père et je connais la vie. Raoul m'a tout avoué. C'est un enfant, un intellectuel, un as dans son genre, si vous voulez, mais un gamin à mes yeux. Donc je ne vous ferai pas de reproches sur la question morale et patati et patata. Je suis un réaliste.

Il jeta un coup d'œil sur sa victime. Elle avait un visage grave de morte.

— L'autre aspect de la question, n'est-ce pas, tient dans une seule phrase. Je vais être obligé de me montrer brutal, mais enfin toutes ces histoires prouvent que vous n'êtes plus une enfant de Marie. C'est pourquoi j'estime, enfin, je considère qu'en tant que père de Raoul, j'ai le droit de vous demander si vous avez pris des précautions ?

D'une voix perçante, aussi curieuse chez elle que la sévérité du visage, Tessa répondit :

— Quelles précautions ?

— Allons, mon petit, ne nous énervons pas, nous sommes ici pour parler de nos petites affaires, tranquillement, sans nous presser. Il me semble que je vous ai facilité la tâche. Beaucoup en auraient profité pour vous faire de la morale. Pas moi. Que diable ! encore une fois, j'ai eu vingt ans, dit-il d'une voix funèbre.

Il s'arrêta une seconde de parler, pour chasser avec sa langue des petits morceaux de fromage restés entre ses dents. Devant le visage buté, méprisant de la jeune fille, une colère soudaine se fit en lui.

— Oh, ce n'est pas la peine de jouer les dignités outragées. Ça vous tortillait de coucher avec un homme, c'est fait, il faut en supporter les conséquences. Vous comprenez que si vous êtes dans une mauvaise situation, la responsabilité de Raoul demande à être discutée de très près...

— Imbécile ! dit-elle d'une voix blanche en levant sur lui un regard douloureusement haineux.

Cette interruption plongea M. Le Barsac dans l'étonnement. Il hoqueta, grommela quelques paroles sans suite et n'osa poursuivre son discours. Il était indigné, mais surtout il ne comprenait pas cette insolence. Il avait l'impression, néanmoins, qu'elle le libérait de son principal souci. Si Tessa avait attendu un enfant, elle n'aurait pas prononcé ce mot invraisemblable. Avec allégresse et fureur, il la couvrit d'injures. Puis il se calma brusquement.

— Montez, dit-il comme elle semblait le quitter. Montez, je ne veux pas que vous soyez en retard à votre bureau par ma faute.

Au volant de sa Peugeot, un peu étourdi par le vin et par les gros mots, M. Le Barsac considérait l'horizon des voitures, balançait sa tête dans tous les sens et parlait :

— Vous devriez me comprendre, n'est-ce pas. Moi, j'agis comme un bon bougre de père de famille. Si vous aimez Raoul et je me doute que vous l'aimez, vous voyez que je suis raisonnable, eh bien ! vous sentez qu'il n'est pas encore capable de se marier. C'est un enfant, il l'a montré en faisant ce qu'il a fait avec vous, une jeune fille... Si, si, si, il a des torts, je n'en démordrai pas.

M. Le Barsac continua sur ce ton pendant cinq minutes, jusqu'au moment où un croisement lui fit tourner les yeux sur sa voisine ; elle pleurait silencieusement.

Nous avons parlé de la bonté ravageuse de M. Le Barsac. Elle est certaine, mais ses frontières sont mal connues. En tout cas, elle joua son rôle. Il pensait depuis un instant qu'il avait employé des termes excessifs et qu'il ne serait pas grand-père. Lui, qui détestait les minauderies féminines, trouva ces larmes à son goût. Il eut donc un accès de bonté après sa dureté, comme d'autres ont une crise de foie en sortant de table.

Il fit entrer Tessa dans un café, l'obligea à boire du rhum, à se moucher.

— Allons, dit-il, allons, vous n'êtes pas si malheureuse... Je ne pense aucun mal de vous, moi, voyons... Je sais que vous appartenez à un excellent milieu. Dans mon esprit et dans celui de ma femme, c'est l'essentiel. Et Lorne m'a dit tout le bien qu'il pensait de vous...

Pour dissimuler son repentir, il n'était pas fâché d'invoquer les noms d'Odette et de son banquier. Tessa avait une sorte de crise nerveuse qu'elle comprimait de son mieux. Ces efforts enchantèrent le vieil homme. Quand elle fut plus calme, comme il lui proposait de la ramener chez elle, elle répondit qu'elle avait un travail urgent. C'était une excellente réponse. M. Le Barsac en pensa le plus grand bien. Le soir même, il déclara d'une voix fastueuse à sa femme :

— Il faut être franc. Cette petite a d'immenses qualités. Elle n'a pas le sou, c'est une affaire entendue, mais elle est courageuse, travailleuse et...

— Et pleureuse, dit Odette. Mais oui... Il est évident que tu as séché ses larmes. N'importe quel homme, à ton âge, ne résiste pas à ce plaisir.

M. Le Barsac fut peiné par cette remarque. Il ne faisait encore que de l'éloquence à propos de Tessa. L'intervention d'Odette le jeta dans le camp de la jeune fille. Il souffrait parfois en constatant la réelle dureté d'Odette — dureté qui se dissimulait sous la froideur, l'harmonie et trompait. L'amour de Tessa pour son fils lui paraissait véritable. Il avait été surpris de ne pas entendre la jeune fille se lancer dans un réquisitoire contre l'argent. Sans avoir jamais lu Alexandre Dumas fils, il avait *La Dame aux Camélias* gravée dans le cœur et ses réponses toutes prêtes. S'il respectait l'argent, il n'y tenait pas plus qu'au mérite, au travail, au sérieux. Il n'aurait jamais supporté de gagner à la loterie.

M. Le Barsac adorait, suivant son expression, « savoir où il en était ». Il ne le savait pas ce soir-là et pourtant il n'était pas si malheureux.

La passion de Tessa à l'égard de son fils, quelle chose ridicule et touchante ! Elle l'aimait, elle le trouvait bon, intelligent, fort — toutes ces paroles étaient sorties de ses lèvres — paroles baignées de larmes et de rhum. A l'avance cette gamine était soumise aux impératifs de l'avenue Percier. Elle ne serait jamais une rebelle. Qui pouvait prévoir, au contraire, l'attitude d'une héritière, élevée dans des idées de luxe, d'indépendance, peut-être même de littérature ? Quel mauvais vent soufflerait alors et comme Raoul serait prisonnier ! L'exemple de ce petit Malentraide était là pour montrer quelle torture était un étranger installé sur vos terres.

Il avait tout essayé. Les premières fois, avec naïveté, il avait joué ses cartes, en prenant l'enfant par la douceur et en lui expliquant combien son père, Georges Malentraide, était futile, rêveur, comment il ne rendait pas sa femme heureuse. Ensuite il avait joué, oui, il avait été obligé, lui, de jouer l'amitié à l'égard de ce mort détestable. « J'aimais beaucoup ton père, disait-il. Dans son genre, c'était un cerveau. Pas fait pour le mariage, d'ailleurs, pas fait pour la réalité. Si tu avais entendu ces scènes entre ta mère et lui ! Ah, elle a toujours eu son caractère, ta mère ! Et lui, ce bougre de Georges, n'est-ce pas, il avait une rage de se mettre dans son tort ! Dame, ta mère était jalouse ! » L'enfant le regardait toujours avec un air méprisant et supérieur qui lui portait sur les nerfs.

Il restait à se venger, il se vengeait par bouffées de colère. Dans la bonté qui se venge, il y a une âcreté sans pareille. M. Le Barsac ne demandait qu'à aimer le jeune Malentraide, si celui-ci acceptait, une fois enfin, la vérité. Puisqu'il s'y refusait, puisqu'il se figeait dans une hostilité constante, alors, c'était la guerre et menée sans défaillance, d'un bout à l'autre de l'année.

En Tessa, il y avait une beauté soumise. Elle désirait se rendre utile, se faire bien voir ; tout cela, de sa part, était louable. Et puis, ça n'avait pas été si mal de lui parler, les yeux dans les yeux, de ses petites coucheries avec Raoul, de la regarder trembler, avec ses grands yeux innocents, son air de ne pas y toucher — quand il avait ce petit morceau d'étoffe rose dans la poche de son gilet.

V

Didier de Vincay était profondément scandalisé à l'idée de se trouver dans un marché avec un filet sous le bras et une liste dans sa poche. Que sa famille n'eût pas de bonne, il n'en souffrait pas du tout, car ses camarades ne venaient pas chez lui, à l'exception d'Olivier. En tout état de cause, une bonne ou rien, c'était pareil. Didier tolérait cette misère, tant que sa mère, une femme de ménage, plus rarement Simone, faisaient les courses.

Sa mère était gravement atteinte. Les efforts qu'elle déployait depuis un mois pour faire échouer le mariage de Raoul échouaient. A cinq heures, les fiançailles seraient célébrées. Sans s'intéresser à ces histoires, Didier n'en avait rien perdu. Malgré lui, il avait suivi les intrigues de Renée, intrigues folles, intrigues désespérées. Il y avait eu quelques scènes violentes entre les deux cousines. Le jeune garçon comprenait que sa mère fût jalouse d'Odette. Lui-même en était profondément amoureux certains jours d'ennui. Comme il était amoureux d'une quinzaine de personnes, cette passion ne tirait pas à conséquence.

Ses sœurs n'étaient pas les moins déchaînées. Elles

haïssaient Tessa, tellement différente, douce et suave. Elisabeth racontait d'une voix compassée :

— Il y aura quelque chose de très amusant, cette semaine. Ce seront les fiançailles d'un parent, du côté de ma mère, avec une fille, pas mal d'ailleurs, un peu gourdiflote, mais ils arriveront peut-être à un résultat, en y mettant le temps. Cette pauvre Tessa est rouge comme une pivoine dès qu'on lui adresse la parole. Qu'est-ce que ce sera quand elle aura connu les délices de l'amour! Elle en sera tellement étonnée qu'elle restera d'un beau vermillon plusieurs mois.

— Tu sais, disait Renée, il y a fort à parier que Raoul soit impuissant. C'est drôle, parce que son père, autrefois, avait des qualités de ce côté-là.

— Il les a toujours, reprenait Simone. Il a une façon de vous peloter!

Mme de Vincay était gentiment indignée. Le colonel fronçait les sourcils en essayant de comprendre quelle attitude, ferme et nuancée, était attendue de sa part. Didier se représentait mollement Tessa en train de se livrer à l'amour; cette grande nouille de Raoul gâchait le tableau. Toutes ces histoires lui paraissaient assez futiles. Très mauvais élève, dédaignant la littérature autant que les rivalités familiales, il avait conçu une idée beaucoup plus nette de ces choses nommées la danse, les jeunes filles, l'alcool, l'amusement de vivre. Son cœur indifférent le rendait plus âgé qu'Olivier.

Il traversa la foule des ménagères, en respirant précautionneusement. Ces odeurs de viande, de poisson le dégoûtaient. Il fallait encore acheter des objets ridicules : le pain, le lait — il tremblait de honte.

C'est en sortant du marché qu'il fit la rencontre. Il pouvait s'imaginer aisément plusieurs situations humiliantes. Il ne s'en était pas privé. Mais il n'avait jamais prévu une chose pareille, une chose aussi invraisemblable. Il croisa, en effet, des cousins éloignés de son père, d'autres Vincay : une jeune femme élégante et une petite fille de onze ans, une sauvage brune dont il ne se rappelait plus le prénom. C'étaient les personnes les plus brillantes de la famille, elles passaient leur temps en Amérique et voilà qu'il se montrait, avec son pain et son lait, dans le plus ridicule des costumes de golf. Il dit bonjour en rougissant sous les regards surpris de la petite fille et disparut en courant.

Au début, les intrigues de Renée contre le mariage présentaient des chances de succès. Pour son neveu, elle ne souhaitait qu'une aventure rocambolesque. Ces rêves, sans méchanceté profonde, par désir de justice.

Tessa fut sauvée par sa faiblesse même. Odette, oui, Odette prit sa défense. Au fond, Mme Le Barsac jugeait cette jeune personne un peu trop pure, un peu trop faïence anglaise, etc. Sans la jalousie de Renée, le mariage échouait. Tessa n'avait aucun esprit de repartie. Sa niaiserie ne plaisait pas longtemps. Sans être intelligente, Odette est femme et adore l'intelligence. Elle a besoin d'autorité, elle en impose à son mari, à ses relations. Ses traits sont ceux d'une statue. De quoi serait-elle esclave ?

Depuis un mois, elle conduisait une sorte de fleurt assez stupide, assez amusant, assez nouveau, avec un jeune avocat passionnant. Grâce à lui, elle avait l'impression d'apprendre les secrets de l'univers, dont son mari commentait les nouvelles officielles. Ce dernier était un homme d'affaires admirable, hélas ! il ne serait jamais distingué. Dieu merci, le corps de Lucien ne tenait pas seulement dans cette apparence commune : son corps réel était un grand appartement, deux voitures, des robes, la possibilité de recevoir, etc.

Pierre Daverny l'embrassait. Elle se laissait à peu près faire. Très agréable, ces lèvres encore pleines de paroles mystérieuses, les grands noms de la politique, les spectacles nouveaux, les scandales financiers, cette rumeur du monde qui lui venait confortablement, un soir sur deux, dans la personne de ce garçon. Elle l'aurait voulu très chic, très froid, très anglais, très peu Le Barsac et elle tentait de le guider dans ce sens avec un succès inégal. Inscrit au barreau depuis un an, s'étant fait remarquer comme premier secrétaire de la Conférence, préparant l'agrégation de Droit, il bouillonnait d'idées, de mouvement, de travail.

Dans un cœur sec comme celui d'Odette, uniquement remué par des passions sociales, cet amour est une chose curieuse. La première fois qu'elle a vu Daverny et qu'il a parlé pendant une heure de suite, avec cette fougue, ce goût de convaincre, cette logique de l'absurde auxquels on ne résiste pas, elle s'est retournée vers Raoul et vers Olivier en leur disant : « Qu'il est intelligent ! Il a tout pour lui, ce garçon : il sait tout, il a tout vu, il est beau... On se demande quelle place les femmes peuvent jouer dans sa vie. » Cette réflexion était extraordinaire, car elle montrait un enthousiasme dont Odette n'était pas coutumière.

Un soir de mai, peu avant les fiançailles de Raoul, les autres étant partis au cinéma, elle était restée seule, buvant à petites gorgées un coquetelle dont elle avait lu la recette la veille et dont le nom romanesque l'enchantait. Elle attendait un appel de Pierre et considérait le téléphone.

Soudain la porte s'ouvrit sur son fils ; il la regarda, un instant, immobile, de ses yeux tristes et clairs.

— Tu es là ? dit-il simplement. Tu bois quelque chose ? Il faut que j'en boive, alors.

Il s'approcha et, avec étonnement, elle le vit avaler d'un trait le reste du shaker. Il était rouge, mais il ne toussa pas.

— Eh bien, dit-elle, pour un garçon qui n'aime pas l'alcool, tu ne te conduis pas mal !

— Oh ! là, là, ce n'est rien du tout. Tu comprends, je n'en bois jamais, parce que je trouve que ça fait vulgaire. Sans ça...

Vulgaire ! Où allait-il chercher des idées pareilles ?

— Maintenant, il ne reste plus rien, dit-elle, plus rien pour moi.

— Fais-en un autre.

Dans l'âme d'Odette, sous une couche de froideur et de snobisme, il y a un certain appétit de relâchement, de mollesse et même d'extraordinaire. Il serait drôle de boire entre cet enfant sage et le téléphone qui allait lui donner la voix de son fleurt, dans une minute. Tous ces hommes, si différents... Son premier mari, si blond, si veule et si mal installé sur la terre, représenté par ce petit garçon, les mains dans les poches, la mine boudeuse et décidée. Lucien Le Barsac, épanoui sur tous les meubles, les faux objets d'art, la propreté méticuleuse, les tapis achetés comme un placement — enfin ce nouveau venu, ce jeune fou qui ne serait rien pour elle, rien du tout, mais qui était amusant et admirable — deux mots d'une faible résonance dans son esprit (cependant ils justifiaient son attente). Elle lui parlerait sans quitter des yeux son fils, en regardant l'affreux tableau qui occupe une cloison, une *Décollation de saint Jean-Baptiste.*

— Va faire un coquetelle toi-même, puisque tu es si malin. Tu trouveras ce que tu voudras dans le frigidaire ou à côté. Il y a là tout ce que ton père n'aime pas : du whisky, du gin... Enfin... Lucien.

— Oui, eh bien ! oui, dit-il d'une voix curieuse et traînante, ce n'est pas la peine d'en faire une histoire.

Il sortit, elle pensa qu'il était un peu ivre mais que ce ne serait pas mauvais pour lui. Les enfants n'étant que trop raisonnables, on était obligé de les distraire d'eux-mêmes, de leur montrer le vrai visage de l'existence.

Il revint avec cinq ou six bouteilles et fit un mélange invraisemblable, qu'elle regarda en jurant bien qu'elle n'y toucherait pas. Mais elle accepta un fond de verre et constata que son petit garçon n'était pas si mal doué. De temps à autre, elle éprouvait à son égard des bouffées d'affection, qui demandaient à s'exprimer immédiatement.

— Tu as des ennuis au lycée ? demanda-t-elle enfin. Tu as l'air tout drôle ces jours-ci.

— Moi ? Non. Oh ! non. J'ai l'air tout naturel.

Il avala son verre d'un trait, toujours sans tousser.

— Au lycée, tu comprends, je fais ce qui me plaît. Je suis vraiment un élève remarquable. Ce n'est même pas gai.

— Pourquoi, pas gai ?

— Parce qu'ici, j'ai l'air idiot.

— Mais non, mais non ; on t'admire beaucoup. Elisabeth le disait encore à Tessa et à Raoul l'autre jour : « Olivier est formidable, il sait tout. »

— Ah ! elle disait ça ?

— Oui... Elle a une vitalité d'enfer, Elisabeth, tu ne trouves pas ?

— Si, je trouve.

Le silence se fit une seconde. Il se versa un nouveau verre de gin. Odette pensait qu'une bonne cuite lui serait infiniment plus profitable qu'une ivresse maussade.

— Je ne suis pas d'un caractère affectueux, dit-il lentement, en baissant les yeux.

— Toi ? Mais si. Qu'est-ce que tu as ?

— Je ne sais pas... Je ne t'entoure pas beaucoup d'affection.

Elle éclata de rire, d'un rire violent, en cascades. Elle pensait à Pierre, à son fils, à l'alcool, cet autre fard qui vous grime à l'intérieur de vous-même et elle pleurait de joie.

— Si, dit-il avec un sérieux affecté. Pourtant je t'aime bien et je suis fier de toi.

Alors elle fut parfaitement intéressée. Elle cessa de rire, se redressa et espéra qu'il allait répéter ses paroles, ses passionnantes paroles, qui voulaient dire : jeunesse.

— Pourquoi ? prononça-t-elle d'une voix changée, presque rauque.

— Tu fais jeune, dit-il. De loin, tu as de l'allure. Puis tu es élégante.

Il venait d'articuler ces phrases lentement, comme s'il les regrettait. Soudain, il s'élança, ses beaux yeux clairs pétillant.

— Tiens, si tu venais me chercher un jour au lycée, les autres te prendraient pour ma bonne amie. Il ne faudrait pas que tu t'approches de trop près, naturellement. Mais tu as tellement de chic ! L'argent, prononça-t-il doctoralement, ça arrange une femme.

Il était amusant, il était touchant, il lui parlait avec cruauté, naïveté. Elle l'aimait. C'était son fils. Il n'était pas mal réussi du tout. Puisque les autres les avaient laissés, elle était heureuse de se retrouver avec lui.

— Tu pourrais avoir des amoureux, dit-il. Tu es assez jeune pour ça.

Elle rit à nouveau, en se forçant, puis elle le regarda avec des yeux curieux, grands ouverts.

— Je dirai même, continua-t-il, que je n'en serais pas mécontent. Je vais t'expliquer pourquoi. Tu comprends, ton mari, Lucien, est bien gentil, mais il ne te vaut pas. Tu aurais un amoureux, ce serait une revanche.

Il avait terminé presque à voix basse. Elle ne voulait plus le regarder, elle voulait être un peu plus ivre. Elle pencha la tête en arrière.

— Jeune idiot ! Pourquoi veux-tu que j'aie un amoureux ? Et comment ça ?

— Je ne sais pas, moi... Tu l'aimerais.

— Pourquoi parles-tu de choses que tu ne connais pas ? Tu es insupportable, tiens, et moi je suis folle.

— J'aime autant.

Soudain, elle sentit qu'elle allait parler. Pourquoi ? Elle ne le savait pas. Comme elle ne pouvait pas tout lui dire, elle s'arrêterait de temps en temps. N'importe ! Elle avait besoin de se montrer. La vérité, la nudité du monde : plaisir sans égal de coïncider avec soi-même. Se déshabiller ou parler, c'était pareil. Elle le sentait et quelque chose en elle criait, criait : cette rage, ce besoin d'être libre, c'est-à-dire d'expulser les autres de son cœur, oui, c'était bien ça. Dans ce cœur méprisable, être libre signifie : être chez soi.

— Tiens, tu es trop drôle, commença-t-elle, les yeux vagues. L'amour, mon pauvre petit, tu auras bien le temps de savoir ce que c'est. Ça paraît extraordinaire et c'est bête comme tout. Moi, je ne suis pas sentimentale, Dieu merci, je trouve ça grotesque. D'ailleurs... Si c'était de mon âge, si j'étais comme Elisabeth ou Simone, eh bien ! je trouverais ça charmant. Voilà le mot : l'amour c'est charmant, ça fait passer le temps, ça détend les nerfs.

A cette pensée, elle rit sèchement. Le silence régna un instant.

— C'est plus amusant de fleurter ? demanda-t-il d'une voix lente, lente, agaçante et triste.

— Je pense bien ! C'est extraordinaire. Si tu savais ce que les hommes sont bêtes. On en ferait ce qu'on voudrait... Mais on ne veut rien en faire, voilà l'ennui...

Elle fit un geste, heurta son verre et regarda le liquide sucré tomber sur le tapis.

— Ça possède tout de même un avantage. Ça ne dure qu'un bout de temps. Après...

— Après, quoi ?

— Oh ! tout... Tu es ennuyeux, à la fin. Ce ne sont pas des sujets de conversation.

— Non, dit-il sérieusement. Pas beaucoup.

A cet instant, le téléphone retentit.

— Tiens, dit-il, voilà un amoureux.

Elle sourit avec mépris. Elle était heureuse des paroles incompréhensibles qu'elle venait de prononcer. Elle ne les adressait à personne. C'était pour se libérer des ennuyeux vêtements que les autres vous imposent, nécessaires assurément à la vie sociale, c'est-à-dire à la vie. L'amour était de ceux-là.

Pierre, c'était un peu différent. Elle avait trente-cinq ans. Il vient une heure où le cœur le plus sec s'interroge sur son destin et se demande passionnément s'il s'est bien reconnu dans tous ces miroirs qu'on lui a présentés, s'il ne s'est pas menti désespérément, car bientôt, ce sera trop tard et, de la vérité qu'il aura cru choisir, il ne sera plus le maître.

Le téléphone continuait à sonner. Olivier le regardait comme s'il savait tout. Elle ne répondrait pas. Ce serait plus drôle ainsi. La voici, à nouveau, dans ses rêves, bien rangés comme des piles de draps, comme des invitations auxquelles on va répondre. L'ivresse avait écarté ses rideaux. Elle voyait les choses en face, la vie de tous les jours, des distractions, des sorties, l'argent, aucun espoir, aucun désespoir, une froide et continuelle exactitude dans la poursuite de soi-même. Elle n'écoutait pas son fils qui lui conseillait de décrocher l'appareil — qui tendait le bras, prenait le récepteur. Elle l'arrêta, prit sa main fraîche et la garda dans la sienne tandis que le téléphone criait bêtement. Ces doigts serrés tout d'un coup, cette amitié du hasard ne sont pas une chimère. En face de la sentimentalité, de la faiblesse, du plaisir, la mère et le fils se retrouvent au même point.

Elle va s'endormir calmement. Cette fausse confidence marque assez d'excentricité, à son goût. Le sommeil satisfait à la fois sa veulerie et sa dignité, parce qu'on s'y abandonne mais au secret.

Olivier marcha de long en large dans sa chambre, oubliant seulement de se regarder dans la glace au passage, ce qui est pourtant le témoignage de la sincérité chez les adolescents. Les choses étaient claires dans son esprit, l'ivresse rendait seulement leurs couleurs plus vives. Jamais, jamais il ne pourra prendre le monde au sérieux. A présent qu'il est seul, que le silence donne aux objets de sa chambre un air de sage et de grande vérité, il rit et pleure à la fois en songeant à l'impossible, au ridicule dont la vie s'entoure. Quelle chance d'avoir découvert que sa mère n'aimait pas M. Le Barsac. Alors, tout va changer.

Les autres n'ont pas tort, sans doute. Il est sombre, peu intéressant, il ne s'entend avec personne, surtout pas avec lui-même. Un garçon de son âge et normal serait amoureux. Il sait, il devine qu'on lui en veut si fortement de sa sécheresse. Mais quoi ? ils s'arrangent parfaitement sans lui. La petite Tessa avance bravement sous les paroles désagréables, traverse les rires, le mépris — pour tomber dans les bras de Raoul. Didier de Vincay a des amourettes et s'en occupe avec autant de soin qu'un bon élève de ses compositions. Ses sœurs sont plus exemplaires. Elles parlent des hommes avec une volupté tranquille. Ennuyeux discours ! Ces sermons interminables sur les voitures, sur la politique, le cinéma, l'amour l'ont écœuré comme un libertin, jadis, naissait des contraintes religieuses. On a fait un devoir du plaisir, on l'a installé pompeusement dans les conversations familiales et tout se passe au grand jour de cette bêtise radieuse qui illumine la bourgeoisie française. Rien n'est défendu, sinon d'être malheureux. Cette liberté, offerte par les voix grasses de M. Le Barsac ou de Renée de Vincay, est la pire des servitudes.

Il est compréhensible que, dans une famille aussi normale, il ait réinventé Dieu à lui tout seul. On ne lui en a jamais beaucoup parlé. Il est heureux de l'avoir trouvé, il parle avec lui, sans respect, mais avec admiration. Dieu est seul de son avis : il estime qu'on n'a pas besoin de s'approuver continuellement, ni de s'aimer. Il est temps de dénoncer l'imposture. On a voulu mettre Dieu à la portée des hommes, quand il fallait faire l'inverse.

Plus tard, Olivier partira. Bien qu'il ne sache pas la goûter, bien qu'il la considère avec tristesse, sa vie lui apparaît facile à l'avance, dès qu'il sera parti. Un long voyage est, pour lui, le signe de la fin des peines. Vieillir, changer, ces actions sont également futiles. Ce n'est pas ça qu'il attend. Son cœur instable, violent et malheureux réclame la paix en même temps que les larmes. Ainsi du guerrier : il connaît l'ivresse et déjà la lassitude.

Au même instant, un vieil homme s'éveille dans la nuit. L'habitude est venue, la malédiction, de ces discours solitaires, ces confessions devant un tribunal imaginaire. Le travail est une douce nécessité de la vie. M. Le Barsac remâchait cette pensée avec l'énergie que donne une contrariété incessante, quand elle est bien dirigée. Au juste, l'homme d'affaires ne pensait point qu'il fût nécessaire de s'abrutir. Bien au contraire, il savait prêcher les joies du délassement, le bonheur de savourer un verre de fine, la volupté d'une bonne partie de foute, comme il disait lui-même pour foutebôle, avec la négligence de ceux qui connaissent les termes du métier. L'essentiel était, suivant l'expression magnifique, de se donner au travail. C'était un point sur lequel Raoul se montrait incertain, troublé, assez mou — confessons-le — devant les difficultés de l'existence, toujours nombreuses, toujours affamées. A présent qu'il était question de le marier, il faudrait financer le ménage. Tel était l'aspect douloureux du problème, mais Tessa ne lui déplaisait pas. Il la persécutait avec allégresse. Il trouvait qu'elle manquait de confiance dans la vie. Cet air sage n'était pas à dédaigner non plus, car Raoul n'était pas fatalement invincible. L'idée que son fils serait trahi un jour bouleversait M. Le Barsac. Il voyait dans cette éventualité le témoignage d'une malédiction sans égale ; il aurait pris sur ses épaules mille souffrances à venir, pour être assuré d'une heureuse postérité. Cet étrange sentiment ne lui était pas inspiré par l'amour paternel. Il lui était rendu nécessaire par le mal qu'il s'était donné, sa peur et sa prudence, enfin cet édifice patient qui demandait une récompense. Tout cela, sous peine d'injustice, devait servir à quelque chose.

Il se leva pesamment et regarda l'heure à sa montre posée sur la table de nuit, une montre de sportif, avec un bracelet en cuir brun. Il s'approcha de la fenêtre et songea que les choses prenaient pour lui une odieuse tournure, puisqu'il ne trouvait plus le sommeil et qu'il gardait sa fatigue. La nuit était pourtant une grande étendue d'eau noire, dans laquelle les hommes allaient se désaltérer de plein droit. C'était en somme leur récompense, depuis des millénaires. Le vieil homme n'employait sans doute pas ces comparaisons, mais le sentiment qui l'habitait était voisin de l'amertume d'un buveur entouré d'eau salée. Telle était son aventure depuis quelque temps ; c'en était fini de ces rivières douces qui vous caressent à l'intérieur de vous-même et vous emportent, sagement, vers la journée suivante. Il était en pleine mer et il constatait avec douleur que la nuit, loin de servir à son recueillement, à la pitié pour soi-même, aux sombres et nourrissants projets d'avenir, ne lui réservait plus qu'une tempête perpétuelle.

Il passa une robe de chambre sur son pyjama rayé et se dirigea vers la salle à manger, avec l'idée d'y manger des noix. C'était quelque chose comme un souvenir d'enfance, la ferme de son père, jadis, où l'on amenait les noix par quintaux. Il goûtait leur odeur, il appréciait leurs qualités digestives, mais il les aimait surtout pour le plaisir qu'elles lui donnaient, celui de mâchonner en reniflant. Assis devant la grande table longue, mangeant ses noix et buvant du vin épais, l'Homme d'Affaires éprouvait une grande impression de bonté, car il se voyait, racontant son expédition nocturne, le lendemain, et il devinait à l'avance que les autres jugeraient cette aventure bien touchante chez un capitaine d'industrie de son espèce. Oui, il ne pouvait y avoir nulle méchanceté dans un cœur comme le sien, friand des joies les plus innocentes, simple, bourru mais pitoyable, travailleur, énergique, se gourmant pour un rien, âpre à mériter sa propre estime, prudent, prompt à l'émotion, moderne cependant jusqu'en son horreur des vieilles morales, sage, malin, sachant goûter les vins et les nourritures de ce monde, aimant les femmes, leurs formes larges, leur mystère à fleur de peau, l'impression qu'on avait, en les prenant, de traverser un miroir — et, de l'autre côté, il n'y avait plus ni beauté, ni laideur, c'était un pays où l'homme régnait par droit de naissance — sérieux enfin, rassurant, bien assis dans la vie, disert en automobiles, en actions immobilières, en terrains, en immeubles de rapport, mais aussi en sports, car il avait pratiqué la natation dans sa jeunesse, avec le rang de champion et un maillot noir, farouche enfin sur les principes essentiels de son univers, haïssant le mensonge, les secrets, les fleurs bleues, la paresse, la chance. Ce puissant système croquait ses noix, buvait son vin et regardait la blancheur de la nuit passant à travers les rideaux, blancheur empoisonnée.

Il regagnait sa chambre de son pas vif, quand il aperçut de la lumière dans la chambre d'Olivier. Il se précipita, ouvrit la porte et resta stupéfait. Le petit garçon était assis sur son lit, immobile, les bras croisés, l'œil vague comme celui d'un ivrogne.

— Eh bien, dit M. Le Barsac sans méchanceté, tu dors tout éveillé maintenant ? Les notes d'électricité, tu ne t'en soucies pas ? Ah ! ce que c'est que d'être un pur esprit. On ne regarde pas à la dépense.

Olivier, sans remuer les paupières, déclara d'un petit ton modeste :

— Vous non plus. Vous en avez les moyens.

— Les moyens, les moyens, je ne dis pas ! Mais il y a une différence énorme, mon cher, entre des achats qui vous font plaisir et gâcher son argent. Je suis hostile aux deux extrêmes et la meilleure preuve c'est que je trouve Raoul un peu avare, tu comprends, il offre à sa fiancée une bague ridicule, ridicule, n'est-ce pas ?

Béat à l'évocation de l'avarice de son fils, charmé par cette occasion de discourir sur un sujet qui lui tenait à cœur et finalement un peu transporté par le vin rouge, M. Le Barsac s'était laissé tomber sur une chaise placée au pied du lit de son pupille. Les pieds largement écartés, la tête en avant, se grattant le ventre d'une main négligente, tordant ses rides dans tous les sens, il parlait.

— Un achat, même coûteux, on le retrouve toujours. Vois-tu, mon cher, il n'y a pas intérêt à acheter de la mauvaise qualité. Dans la façon de mener sa barque, c'est exactement la même chose. On peut se donner à fond quand l'occasion se présente, qu'il s'agisse du travail ou du sport, mais ça n'avance à rien de traînasser en faisant des mines dégoûtées. Moi, j'ai toujours su reconnaître des employés qui, n'est-ce pas, se jetaient dans leur travail, je ne dis pas, attention, qui faisaient les fous, parce que tu vois des gaillards, des dactylos, tiens, surtout, les femmes ! Elles veulent tout bouffer au début, ah ! elles n'ont jamais assez de travail, à les entendre, mais au bout d'un mois, mon vieux, plus personne : ça se fait attendre à la sortie, ça flanque du rouge à lèvres plein ses tiroirs, des saloperies de crème, ah ! là, là... Une infection, une infection !... Donc, je prétends, chaque chose en son temps, mais surtout, savoir ce qu'on veut, ne pas reculer quand ça en vaut la peine.

— Et ma mère ? demanda l'adolescent qui n'avait pas quitté sa bizarre attitude, mi-rêveuse, mi-compassée.

— Ah ! ta mère, ah ! les femmes, tiens, c'est autre chose. Un jour c'est un petit chapeau, plus elles peuvent en fourrer dans leur armoire, plus elles sont contentes, des robes, des bas de soie, ah ! elles aiment ça, mais, que veux-tu ? c'est la vie. Il n'y a rien à faire pour les changer. Je n'ai connu, au cours de mon existence, qu'une personne sérieuse, ma secrétaire, Mlle Pourset, ah ça ! c'était quelqu'un, pas de dépenses inutiles, non, mais voilà une femme qui, à cinquante ans, s'achetait une maison à la campagne... Eh bien ! j'estime et je considère qu'elle a eu raison. Remarque, ce n'est pas qu'elle soit plus heureuse, parce que la propriété, ça donne des soucis, mais enfin, en sorte, elle peut se dire qu'elle a de quoi et si tu calcules, mettons que je lui ai donné tant de mille par mois, n'est-ce pas, ça représente des économies, une maison.

— Ce n'est pas ce que je voulais dire, reprit Olivier de sa voix douce. Je me demandais si ma mère était une dépense utile ou de l'argent gâché ?

L'industriel, au comble de la joie d'avoir parlé si longtemps, fronça les lobes de son cerveau, dans l'espoir de comprendre la question du jeune homme et surtout de percevoir les intentions dont il la sentait entourée. A l'avance, il flairait une insolence qui le désolait, car il se sentait une âme bonne, descriptive, compréhensive et il s'irritait des chemins épineux dans lesquels on voulait le jeter de force.

— Ta mère, balbutia-t-il, ta mère... Ah ! tu n'as pas beaucoup connu ton père, s'écria-t-il, frappé d'une inspiration heureuse, car l'idée d'un autre discours, pareillement rieur, lui tombait du ciel.

Il passa sa langue entre deux dents pour chasser quelques particules de noix et poursuivit :

— Ton père était un homme de valeur, je l'ai toujours dit. Moi, j'ai toujours pris sa défense, même contre Odette, quand elle était injuste envers lui. Il avait des idées, mais un paresseux, n'est-ce pas, un rêveur et pas de santé. Ah ! La santé ! dit-il avec lyrisme et en reniflant de volupté. C'est la base. On ne fait rien sans elle. Si je pense à Raoul, je me dis, intelligent et cultivé comme il est, c'est encore la santé qui lui manque le plus. Fatigué pour un rien, Raoul, c'est un handicap. Frédéric, c'est autre chose. Il est robuste, mais il est léger, extrêmement léger.

— Tout cela ne nous dit pas, fit Olivier, si ma mère a été une dépense inutile.

— Dépensière, non, tu tombes à côté, c'est ton erreur, car ta mère est une femme de tête. Si tu regardes ses fourrures, c'est du premier ordre ; en cas de révolution, de guerre, ça ne sera jamais perdu. Cette pauvre Renée qui s'achète un tas de zibelines en peau de toutou ne pourra pas en dire autant.

— Vous ne comprenez pas bien ma question, dit Olivier avec patience. En somme, vous n'étiez pas obligé de vous remarier. Frédéric et Raoul étaient élevés. Vous saviez ce que c'était, le mariage. Et les femmes...

— Parfaitement, parfaitement, tu permets ? Moi, je n'aurais jamais laissé ta mère dans le besoin, en tout état de cause. Je connaissais tes parents depuis leur mariage ou à peu près. Ton grand-père me vendait des peintures, quand j'avais ma fabrique de jouets. C'est te dire. Odette a toujours eu de grandes qualités.

— Il faut avouer qu'elle n'est pas mal fichue, dit Olivier avec une négligence étudiée.

Cette expression était extraordinaire dans la bouche du garçon, et M. Le Barsac, malgré l'heure et l'ivresse, s'en aperçut. Il posa son beau regard, lourd et brûlant, sur son interlocuteur, avec un mélange de surprise et d'indignation. Mais derrière le regard, soumis aux nerfs, aux impressions subites, aux soubresauts de la vie, il y avait son cerveau de deux heures du matin qui ne demandait qu'à poursuivre dans le calme son ronronnement. Cette envie détermina la réponse du vieillard, réponse où un sentiment de dignité se mêlait à une familiarité complice : les hommes contre les femmes.

— Je ne dis pas, je ne dis pas, mon brave. Elle a toujours su porter la toilette, je le reconnais. D'ailleurs, les femmes, avec des chiffons et de la crème, tu les changes du tout au tout.

— Je me demande tout de même pourquoi elle vous a épousé.

— Tu te demandes, tu te demandes...

Cette fois-ci, le cerveau avait cessé son ronronnement et dans le silence qui suivait, M. Le Barsac éprouvait une sensation d'inquiétude, comme celle d'un guerrier tiré de son lit, jeté dans un champ clos où il doit combattre, alors qu'il n'a point d'armures et que sa vaillance n'est pas encore éveillée. Il n'était pas prêt pour la colère et il protestait contre le rôle qu'Olivier cherchait à lui donner.

— Va demander aux femmes ce qu'elles ont dans la tête, reprit-il en s'abritant derrière cette maxime générale, tout en s'efforçant de ne pas voir les intentions blessantes de son pupille.

— Oh ! la tête, passe encore. Evidemment, il y a des mariages de raison. On pourrait imaginer qu'elle s'est sacrifiée pour moi.

— Sacrifiée !... hurla le vieil homme.

Il hoqueta.

— Sacrifiée ! Ah, tu me fais rire, tiens, tu m'amuses... Sacrifiée !...

— Voyons, reprit Olivier en mettant beaucoup d'honnêteté dans sa voix, il y a une certaine différence d'âge.

Ce terrain, bien qu'assez déplaisant, choquait beaucoup moins l'industriel, car il le connaissait, pour l'avoir parcouru de long en large, au cours de ses récentes insomnies.

— Je ne prétends pas le contraire, dit-il sur un ton péremptoire. Je pourrais être son père. Si, si...

— Il y a aussi la différence des physiques.

— Mon brave, clama M. Le Barsac un peu plus haut qu'il n'aurait dû, je n'ai jamais joué les gigolos. Les sourires en coin, les cheveux gominés, j'ai toujours laissé ça aux cartes postales en couleurs. D'ailleurs, tu te mets le doigt dans l'œil jusqu'au coude, si tu penses que les femmes sont amoureuses des jolis-cœurs. Ah! là, là, c'est pas ça l'amour, rugit-il en soupirant. Tiens, Mlle Pourset me disait un jour...

— Je sais, je sais, fit Olivier avec une certaine lassitude en gardant les bras croisés et les yeux dans le vague. Il y a des exemples illustres : Mirabeau...

L'industriel tenait à parler de sa secrétaire et non point de Mirabeau qu'il soupçonnait d'être un littérateur. Mais son pupille avait pris l'initiative des opérations.

— Il n'y a pas que ça. Elle trouve sûrement que vous n'êtes pas très distingué.

M. Le Barsac fit front à cette attaque par une lueur mauvaise dans les yeux. Il allait régler le compte de ce nouvel ennemi qu'on lui jetait dans les jambes.

— Oh! les airs chichiteux, mon garçon, ça ne m'a jamais impressionné. Ta mère a toujours cru qu'elle était une princesse. Eh bien! pas du tout. Je vais te dire exactement...

— Voyons, fit Olivier, vous avez assez de qualités pour le reconnaître. Vous n'êtes pas distingué. Vous mangez salement à table. Vous vous exprimez souvent comme un représentant de commerce...

L'ivresse et la colère de M. Le Barsac l'empêchaient d'apercevoir que l'assurance d'Olivier tenait au gin absorbé deux heures plus tôt, en compagnie de sa mère. D'ailleurs, c'était la nuit, époque fantôme de la vie où un adversaire en vaut un autre. Tous les coups portaient, l'âge n'y changeait rien, il fallait se défendre, d'abord reprendre son souffle, puis écraser l'ennemi par une offensive soudaine. L'industriel avait toujours réclamé le dernier mot dans les discussions et d'une façon presque maladive. Quand les raisons des autres se faisaient trop fortes, il entrait dans la colère comme on utilise une arme nouvelle. Alors, il ne recevait plus aucune nouvelle de l'extérieur, il ne croyait plus personne, il n'écoutait pas, il était seul et il fonçait, se déchirant aux idées d'autrui comme un sanglier se déchire aux épines d'une forêt (car la mauvaise foi, hélas ! ne tient qu'à moitié son rôle protecteur), puis il aboutissait toujours à une sorte de clairière, qui était un de ses grands principes, le respect de l'ordre, du plaisir amoureux ou du travail et là, il savait bien que personne ne saurait l'en déloger. Il avait passé un long temps de sa vie parmi des petits employés, des commerçants, des courtiers : ce contact l'avait assuré de ses vertus civiles. Chose étonnante, en effet, il méprisait l'incorrection des manières, adorant les attitudes comme il faut, les phrases bien tournées, les gestes élégants.

Cependant, l'injustice est une bonne nourriture pour les forts et M. Le Barsac ressentait vivement l'injustice des paroles d'Olivier. Il lui répondit sur le ton d'une impératrice outragée, en saisissant des deux mains les revers de son peignoir, en jetant son gros visage en avant, et en pinçant les narines.

— Mon brave, sais-tu que tu me fais de la peine ?

Il n'y avait là aucune humiliation avouée, mais

beaucoup de mépris. Hélas ! l'adolescent répondait, répondait encore une fois.

— C'est bien ce qui m'ennuie. Vous allez croire que mes paroles sont inspirées par la haine, alors que je cherche à comprendre, seulement à comprendre.

Le nom de haine fut un éclair pour le vieil homme. Il se pencha encore un peu plus et souffla :

— Tu me détestes, mon ami, hein, tu me détestes ?

— Pas maintenant, non. Nous parlons tranquillement.

— Assez de comédie, je le sais toujours, quand on me déteste. Moi, j'aime à vivre dans la confiance, j'ai horreur du mensonge, des regards en dessous. Eh bien, mon petit, tu me détestes, c'est clair ? Tu essaies de baver sur des choses que tu ne comprends pas.

A cet instant où Olivier, malgré son inconscience risquait d'être débordé par la fureur du vieillard, c'est un réflexe digne de sa mère qui lui vint aux lèvres, car il blêmit légèrement et répondit sans mesurer une seconde son insolence :

— Non. Pour l'instant, c'est vous. D'ailleurs ça fait partie de vos manières peu distinguées.

M. Le Barsac se leva d'un bond, défaisant sa robe de chambre du même mouvement, les pattes légèrement ramenées en arrière, les yeux fous.

— Non, cria-t-il, pas d'insolences ! Hein, surtout pas d'insolences ! Moi, je n'aime pas ça. Je ne les ai jamais tolérées, reprit-il avec moins d'animation. J'ai toujours été juste. Seulement, il y a des limites. Si tu n'es pas satisfait de moi, mon petit ami, il faut t'en aller. Il ne faut pas te forcer. Tu te crois supérieur, tu te crois tout permis, tu me détestes, tu détestes ta mère, tu n'aimes personne, tu as tes idées, eh bien, c'est permis d'avoir ses idées. Mais on n'a pas le droit de rendre la vie impossible aux autres. On n'a pas le droit. Bougre, mon petit ami, j'en ai vu d'autres que toi. Des flambards, des malins, des gens qui croyaient que c'était arrivé. Tiens, ton père, c'en était un, tout pareil, rien dans le ventre, Monsieur, ces types-là, ils n'ont rien dans le ventre. Alors quoi ? Ils veulent imposer la loi autour d'eux, ils veulent des prévenances ? Ça se mérite, le respect, la considération, ça se gagne... Moi, quand j'ai débuté dans la vie, j'ai travaillé dur, j'en ai monté des escaliers ! J'ai sonné à des portes, c'était pas du rêve, j'en ai eu ma claque. Toi, ton père, vous êtes des gens qui croyez qu'il n'y a qu'à se montrer ! Que la vie va vous tomber dans les bras ! C'est de la canaillerie, ça, ce serait trop facile.

— Si je vous détestais, répondit Olivier très lentement, si je vous détestais vraiment...

— Des grands airs ! Ah, les grands airs !

— Bien sûr que non. Pourquoi faites-vous attention à ce que je dis ? Pourquoi vous mettez-vous en colère ?

— Je fais attention, je fais attention... Parce que c'est un comble, parce que c'est inimaginable... C'est une raclée que tu mériterais, mon petit ami, une raclée... Etre réveillé pour s'entendre parler de cette façon ! Un petit morveux ! Je n'aime pas ça, pas ça du tout. Je cognerais dessus, moi, je le rouerais de coups ! Je suis un violent.

— Ce n'est pas moi qui vous indispose. C'est mon père et il est mort. Vous n'y pouvez plus rien. Vous avez toujours été jaloux de mon père.

A cette minute, l'âme terrifiée de M. Le Barsac sent bien qu'elle doit abandonner le rôle facile de sa colère. Quelles seront ses armes ? D'où lui viendra la victoire ?

Cette victoire lui est plus nécessaire que la vie et qu'importe si ces paroles viennent d'un ridicule enfant ou du sommeil ou d'un monde inconnu ! Dans une sorte de rêve, il entendit l'adolescent qui continuait :

— Ce n'est pas difficile à comprendre. On adore les photographies dans cette maison, il y en a un tas, de l'ancien temps. Mon père pouvait bien être paresseux, rêveur, tout ce qu'il vous plaira. Rien qu'à vous regarder, l'un à côté de l'autre, sur ces petits morceaux de carton, on devine qu'il a tout et que vous n'avez rien. Ce n'est pas faute de vous donner du mal. Vous n'êtes même pas réellement méchant. Mais vous êtes incapable d'être heureux et vous crevez de dépit.

Olivier, qui avait presque crié, s'arrêta pour reprendre son souffle. Les mots finissent par détruire l'ivresse. Maintenant, le vieil homme et l'enfant se retrouvaient face à face.

— L'orgueil ! dit le vieil homme. Tu n'es qu'un orgueilleux et tes parents étaient bien de la même espèce. Ils ont vu où ça les a menés, la vie se chargera de te dresser à son tour, je ne suis pas inquiet, mon bonhomme, je ne suis pas inquiet... Georges Malentraide — et il eut un sourire sur les lèvres — un drôle d'oiseau, vraiment, mais d'abord, un petit sauteur ! Qu'est-ce qu'il a fait dans sa vie ? Rien, trois fois rien, pas d'argent, pas de santé, pas de relations. Alors quoi ? Un mariage, ah ! oui, çà il était bien tombé, un joli couple, un joli couple... Seulement Odette, elle, elle avait le sens des réalités. Ça ne pouvait pas durer, on l'aurait parié dès le début, parié, quoi, comme on prévoit une affaire, comme on attend un bénéfice. C'est pas malin, il n'y a qu'à laisser les billes rouler jusqu'au bout, attendre et regarder, c'est pas sorcier, c'est la vie. Ça donne de belles photos, ah ! oui, et s'il y avait quelque chose derrière les photos, hein ? Tiens, tu l'aimes bien ton père, tu as raison, mon garçon, il faut aimer ses parents, mais tu n'es plus un enfant, tu es avancé pour ton âge, on le répète assez souvent, les responsabilités, ça ne te fait pas peur. Tu regardes, tu espionnes, tu fouilles, tu veux savoir le fond des choses, quoi, c'est normal, c'est de ton âge. Les femmes, ça t'intéresse pas encore, mais ça viendra peut-être et ça sera pareil, mon brave, tu te monteras le bourrichon. Une fois que tu en auras déniché une, tu en feras un conte de fées, rien de trop beau pour elle, une vraie Sainte Vierge, elle pourra être putain comme chaus-son, tu n'en croiras rien, tu ouvriras des yeux ronds devant elle. Rien d'étonnant. On est tous passé par là. Eh bien, ton père, c'est la même chose, il est mort, c'est une affaire, ça, il n'a plus à se tracasser pour faire bonne contenance, c'est réglé, c'est un type épatant et pour un paresseux dans son genre, au fond, c'est l'état idéal d'être mort. Il n'a rien à souhaiter de mieux. Ah, c'était plus difficile de son vivant, les fins de mois, par exemple, quand il faisait le tour de ses amis pour emprunter de l'argent et, le mieux surtout, la scène du suicide. Il la connaissait, celle-là, sur le bout du doigt, un vrai poème. Ça prenait ou ça ne prenait pas. Avec moi, ça ne prenait pas, je voyais les choses de trop près, mais je lui prêtais de l'argent à ton père, sais-tu, et ce n'est pas dans mon caractère, mais cet argent, je savais qu'il ne serait pas perdu, car je ne suis pas un imbécile, contrairement à ce que vous avez tous pensé. J'étais le grand ami de la famille, n'est-ce pas, le sauveur, on ne jurait que par moi, j'étais la bonne poire, la bonne poire... Alors, mon bonhomme, on me racontait tout et je t'assure que c'était intéressant, tu ne peux pas croire comment. Moi, j'ai toujours adoré les femmes, c'est ma nature, mais j'ai eu des débuts difficiles, je n'étais plus tellement jeune, je n'étais pas vieux non plus, j'avais quarante ans et c'est un grand âge pour celui qui aime les femmes. C'est un grand âge. Ta bonne mère le sentait bien que j'avais ce caractère-là et on devait en discuter le soir, quand on était trop fauché, on devait calculer jusqu'où il fallait aller, comme risettes, comme ma-mie-mon-cœur, pour le faire cracher, ce pauvre Lucien, ce pauvre Lucien. Mais voilà. J'ai toujours oublié d'être bête, je l'ai oublié en naissant et gâcher de l'argent, ce n'était ni dans mes moyens, ni dans mon tempérament, et les risettes, à mon âge, maintenant, peut-être, oui, ça me distrait, je ne dis pas et je ne tiens pas à me fatiguer plus. Mais, à cette époque, j'étais un gaillard, tu ne m'aurais pas vu atteint comme je le suis par la crise, les menaces de guerre, la neurasthénie, non, j'étais en pleine possession de mes moyens, tu me feras le plaisir de le croire : de sérieux moyens. D'ailleurs, j'en ai la preuve, je t'ai parlé de ton père, je t'ai dit ce que c'était, ce n'était rien ton père, rien, en amour comme pour le reste, ça j'en mettrais ma main au feu, et puis j'ai des preuves. Tes parents, tu les mets sur un piédestal, des gens épatants, qui s'adorent, qui se regardent les yeux dans les yeux, perdus, en plein ciel, forcément, ça grandit, un socle. Mais c'est autre chose l'existence, on descend du socle et on va sur des canapés. Je dis des canapés et tu ne comprends pas pourquoi, tu n'as pas à comprendre, il vaut mieux que tu gardes tes illusions, un intellectuel, c'est un gars qui a des illusions et tu es un intellectuel. Comme Raoul.

« Mais Raoul, avec la petite Tessa, je suis tranquille, je sais que ça filera droit le ménage, et je suis là pour y veiller. D'abord, ils auront toujours de l'argent, c'est important, ça empêche de faire des bêtises. Si tes parents en avaient eu, de l'argent, je ne serais pas là, moi, ou plutôt Odette ne dormirait pas dans la chambre, au bout du couloir. Tu vas dire que je l'ai eue par l'argent, ta mère, eh bien, tu te tromperas encore une fois, mais ça me sera égal, tout à fait égal, car je l'ai eue et le reste je m'en fous. Tessa, Raoul, ils s'aiment, ce sont des enfants, ils vont jouir de la vie un bon coup et même ils ont commencé, j'en ai la preuve, cette preuve-là aussi, moi je regarde ça d'un œil favorable, parce que la santé, le travail, d'accord, mais le reste, des fariboles. Tu verras un jour.

« Ta mère le savait bien, ça n'a jamais été une idéaliste, elle le méprisait ton père. D'abord parce que c'était un faible et aussi pour des trucs que j'ai mis longtemps à deviner, mais qui me sont apparus, clairs comme le jour, plus tard, beaucoup plus tard et c'était ma revanche, à moi qui n'avais plus vingt ans, la nuit tous les chats sont gris. Tu imagines que j'ai profité de la mort de Georges, hein, pour épouser ta mère, ça te ferait plaisir, ça me donnerait le mauvais rôle, tu n'en demandes pas plus. Eh bien, mon ami, tu te fourres le doigt dans l'œil, parce que ce petit ménage-là, il avait craqué depuis longtemps. L'un courait avec n'importe qui, des boniches, des copines, et l'autre, elle avait trouvé un homme, peut-être pas un acteur de cinéma, mais un homme et... »

Le monologue de fou que poursuivait M. Le Barsac en marchant de long en large fut enfin interrompu par un geste d'Olivier qui était resté immobile, sans un clignement d'œil, et qui, soudain, s'empara de la lampe posée sur une table, à son chevet. Il posa la main sur l'ampoule brûlante, la serra et la fit éclater. La pièce fut alors plongée dans une torpeur blanchâtre où rien n'avait plus grand sens, ni cette conversation nocturne, ni même l'aspect du vieil homme, planté au milieu de la chambre, la lèvre pendante, les yeux hagards. Olivier eut encore une seconde d'hésitation, puis il sentit la blessure qu'il venait de se faire et le sang coula tranquillement sur ses draps. Il releva la main et se barbouilla la figure, avec ivresse, de ce liquide dont l'odeur lui paraissait bienfaisante. Complètement dégrisé et d'ailleurs violemment ému par les coupures du jeune garçon, M. Le Barsac s'approcha et souffla :

— Tu t'es coupé ? Tu t'es coupé, dis ?

Il s'approcha de la porte, alluma le lustre et aperçut le masque rouge d'Olivier. Il se crut dans un autre cauchemar et hurla, à travers le couloir :

— Odette, Odette !

La jeune femme fut là en un instant. Le couple s'affaira autour de l'adolescent qui se laissa soigner en silence. Il s'effrayait de son calme et s'admirait, il se demandait pourquoi cette innocente blessure le soulageait à ce point et il ne savait quel nom attribuer à son impassibilité : lâcheté ou maîtrise de soi ? Il considérait avec intérêt le corps souple d'Odette, penchée sur son lit, ses grands yeux froids, la naissance de sa gorge et cette beauté étrangère.

Le lendemain était le jour des fiançailles de Raoul. Le petit incident de la veille fut abondamment commenté, d'autant qu'Olivier avait perdu beaucoup de sang, portait un bandage et présentait une pâleur remarquable. Les demoiselles de Vincay affirmèrent qu'il avait essayé de se tuer par chagrin d'amour, que c'était une chose touchante et que cet enfant était un grand romantique. Elles accompagnèrent ces paroles de sous-entendus grivois et leur mère, en roucoulant de plaisir, leur ordonna de se taire. Quant au colonel, leur père, il se contenta de regarder l'adolescent dans les yeux et de lui demander d'une voix de chef :

— Ça va mieux, maintenant ?

Sans répondre, Olivier se dirigea vers le buffet. L'officier prit les mains de Tessa qui était dans les parages et les pressa longuement.

— C'est un grand jour, dit-il.

— Un grand jour, répondit la jeune fille en rougissant.

Elle portait une robe blanche et noire. Ces couleurs convenaient aux cheveux clairs et tressés qui lui entouraient la tête. Ses traits, admirablement découpés, frappent par une perfection vivante, très différente de la beauté d'Odette. Odette est fidèle aux proportions géométriques, voilà tout, c'est une grave et molle statue, harmonieusement méchante. Tessa Willenmach, avec cette pâleur étonnante, ses yeux immenses et tirés, son grand front, son cou un peu long peut-être, ressemble à quelque chose de blessé, pleure et sourit à la fois. Les étrangers ne s'y trompent pas. Ils se récrient sur son charme et ils ne peuvent s'empêcher de la faire souffrir, en lui parlant de ses cousins de province qui sont des gens modestes — ou en lui demandant comment elle a connu Raoul et en répondant : « Comme c'est drôle, comme c'est romanesque ! » sur un ton qui signifie : « C'était inespéré pour vous. »

Odette Le Barsac n'était pas la dernière à ce jeu. Elle savait sa cousine Renée malheureuse, elle avait gagné la partie de ce côté-là. Maintenant, il lui déplaisait de voir cette petite fille triompher au milieu du salon, dans une robe qui était beaucoup trop jeune femme et avec une simplicité déplaisante. Elle s'approcha de sa future belle-fille et l'entretint de ses parents.

— Ce sont de gentilles gens, dit-elle. Evidemment, ce ne sont pas des fiançailles de province. Vous devriez vous farder un peu plus.

— Je ne sais pas me farder, répondit Tessa. J'exagère dans un sens ou dans l'autre.

Renée de Vincay, la bouche pleine d'éclairs, mais ayant retrouvé une sorte de jeunesse dans une robe qui lui allait bien, intervint en riant :

— Toutes les provinciales sont comme ça. Ou elles ressemblent à la Cruche cassée, ou elles ont l'air de petites grues.

Raoul fit remarquer timidement que sa fiancée habitait Paris depuis trois ans ; ce fut l'occasion, pour Elisabeth et Simone, de poser à la jeune fille mille questions sur son travail, sur l'intérêt qu'elle y prenait, sur les motifs qui l'avaient entraînée vers cette carrière de secrétaire.

— Moi, dit Renée, je trouve complètement stupide cette rage qu'ont les parents de forcer leurs filles à travailler, faire des études. La jeunesse doit s'amuser. Ah, ce ne sont pas celles-là, continua-t-elle en désignant sa progéniture, qui se lèveraient à sept heures du matin pour se rendre à un bureau. Ah là, là, non !

Odette, trop heureuse de lutter, en un seul mot, contre deux ennemies, déclara sèchement :

— Mais vous oubliez que Tessa y était forcée ».

— Forcée, forcée ! reprit Mme de Vincay, on exagère toujours. C'est une mode, voilà tout.

— Moi, plutôt que de travailler, dit Elisabeth sur un ton supérieur, je préférerais me faire bonne sœur. Ou fille de joie. Sans préférence.

— J'ai déjà été bonne sœur, dit Tessa avec l'animation exagérée d'une personne qui peut enfin se mêler à la conversation. J'ai été élevée dans un couvent.

— Très bien ! Ça diminue le nombre des possibilités !

Elisabeth partit sur cette remarque pour aller observer de plus près ce jeune avocat, Pierre Daverny, dont on parlait comme d'une sorte de génie. Mais il ne lui prêta pas la moindre attention et elle considéra que c'était seulement un garçon aux cheveux en brosse, aux cols trop élevés, sans charme, sans sexualité, sans intérêt, sans goût pour la peinture. Il bavardait avec le petit Malentraide et tous deux tenaient une coupe de champagne à la main.

— Vous êtes à l'âge le plus admirable qui existe, disait l'avocat. On ne retrouve jamais l'intelligence de la quinzième année, on ne fait que décroître. C'est bien vrai, pour ma part, c'est simple : chaque année de plus et je perds un peu de lucidité, je m'enfonce dans des habitudes, je fais comme les autres.

Il parlait avec une extraordinaire rapidité qui contrastait avec la lenteur pâteuse des paroles qui sortaient de la bouche d'Olivier. Celui-ci était ivre.

— Justement, vous avez de la chance. On ne ressemble jamais trop aux autres.

— Quelle erreur ! Il n'y a que deux âges avouables dans la vie : l'adolescence et la vieillesse. A quatorze ans, on apprend tout pour la première fois, on tient à soi parce qu'on devine seulement son caractère. Et la vieillesse, c'est admirable, la vieillesse ! Je donnerais n'importe quoi pour avoir quatre-vingts ans. On est parfaitement égoïste, on ne s'occupe plus des femmes...

— Toujours aimable, fit Odette qui s'approchait.

— Ce n'est pas aimable, peut-être, dit Pierre en inclinant la tête sur un sourire qui n'était pas sans grâce malgré l'aspect bavard et passionné de son visage à cette heure. Mais justement, ça prouve l'avantage d'être un homme. Une femme n'a qu'un âge, ou alors elle disparaît, c'est une chose, n'importe quoi. Au contraire, un homme a une jeunesse, une maturité, une vieillesse. La maturité est un âge faux, trompeur, mais la vieillesse est une véritable maturité.

L'élocution même du jeune homme donne beaucoup de sérieux et de simplicité à ses propos. Les mots lui viennent à une allure d'éclair et personne ne s'est jamais moins écouté parler. Il y a une sorte de rage logique dans son attitude et les excès, très français, de ses idées, n'appellent pas le rire.

— Comme vous avez les idées larges ! dit Olivier. Ça vous laisse de la place pour vous promener.

Personne n'écouta ni ne comprit cette intervention, sauf l'avocat lui-même qui sourit en murmurant :

— Peut-être.

M. Le Barsac se dandinait au milieu de la pièce, parlait de la politique internationale et lorgnait son grand fiston qui allait d'un groupe à l'autre, les épaules rentrées, la mine attentive, prévenante et affectueuse. Il était heureux, cet enfant, son rêve était réalisé. Depuis toujours, en effet, n'était-il pas attiré par les femmes d'une condition inférieure à la sienne ? Il y avait là l'occasion d'un trait d'esprit et l'industriel ne le manqua pas, abandonnant les catastrophes mondiales pour une fine raillerie qui fut de se pencher près de l'oreille de son banquier en murmurant :

— Au fond, Raoul est satisfait. Il n'a jamais aimé que des dactylos.

Cette parole fut malheureusement entendue de Tessa qui s'empêchait de pleurer, depuis une heure, en buvant beaucoup de champagne. Son futur beau-père l'accablait de sourires canailles, d'allusions et autres propos tendant à démontrer qu'il connaissait son secret. La jeune fille n'osait évidemment lui avouer qu'elle s'était déshabillée devant Raoul, un jour, à tout hasard, parce qu'il était malheureux, pour faire quelque chose, dans une atmosphère de pureté, d'émotion, de douceur, qui échapperait complètement au vieil homme. Tout supporter, mais pas un tel ridicule !

Dans cette extrémité, elle considérait avec amitié le visage sérieux d'Olivier Malentraide. Elle avait remarqué depuis longtemps qu'il pâlissait aussi souvent qu'elle rougissait et cela formait deux traductions d'un même texte, dont le titre était indifféremment le trouble, la colère réprimée ou la honte. Elle se dirigea vers lui et ne sachant trop comment l'aborder, elle lui dit :

— J'en ai assez de toutes ces grandes personnes. J'ai bien envie de danser avec un esprit supérieur, pour une fois.

Il s'inclina et répondit :

— Je suis cet esprit supérieur.

Il dansait très mal, il ne disait pas un mot et il sentait l'alcool. Entre ses bras, elle ne retrouvait donc aucune amitié et d'ailleurs elle redoutait vaguement les conversations compliquées, les grands mots, les auteurs célèbres. C'était une journée à passer, une mauvaise journée, pendant laquelle on lui triturait les doigts en la forçant à confesser son bonheur. Elle se creusait la tête pour trouver chaque fois des formules nouvelles, mais c'était chaque fois le même sourire confus, charmant, misérable.

La réception tirait à sa fin, et Olivier était enchanté de son ivresse qui justifiait (à son avis) son aspect sévère, sa démarche de somnambule et toutes les excentricités qu'il s'interdisait en temps normal. Ainsi, ne venait-il pas de danser avec cette jeune fiancée ?

Cependant, afin d'assurer sa contenance, il s'empara d'un shaker, passa de l'autre côté du buffet, suivit le couloir, entra dans la cuisine. Trois domestiques qui n'avaient plus rien à faire parlaient avec la concierge et une bonne du troisième qui étaient montées, attirées comme des papillons par la lumière. Il ouvrit le frigidaire et entreprit d'exécuter un mélange. On le regardait avec admiration, mais aussi en riant sous cape, car le peuple considère ces boissons avec autant de respect que de mépris ; ce mépris s'appelle encore la pudeur. Il versa du cognac, de la chartreuse et du whisky. Puis il goûta d'un air compétent et proposa à l'assistance de goûter à son tour. Ils refusèrent tous, à l'exception de la bonne du troisième qui n'aurait pas pris le verre avec plus de crainte, s'il s'était agi du Graal.

Olivier sortit et — mû par une inspiration curieuse, mais admirablement choisie si l'on pense à la suite des événements qu'il ne pouvait encore prévoir — il cracha dans le shaker. Ce geste lui convenait à peu près autant que de danser ou de féliciter une femme.

Mais notre ange gardien nous fait quitter un instant nos plus solides habitudes, quand il le faut et quand il le faut seulement. En suivant le couloir, l'adolescent vit la porte de sa chambre ouverte. Des petits groupes s'y étaient installés, comme en témoignaient des assiettes pleines de mégots et des mégots pleins de rouge à lèvres. Pour l'instant, il n'aperçut que sa mère et Pierre, en train d'écouter un disque de jazz, d'un air abruti. Il resta une seconde à l'entrée de la pièce, en les examinant de ses grands yeux clairs. Odette eut une sorte de rire nerveux. Il lui fit signe de se taire en plaçant un doigt devant sa bouche. Pierre lui tournait à moitié le dos, écoutant la musique, sa belle main crispée devant lui. Il s'approcha et versa son breuvage dans leurs deux verres, lentement, puis il partit en essayant de conserver son équilibre.

C'étaient deux verres à citronnade. Odette, poussée par l'amusement de cette entrée surprenante, prit le sien et le vida entièrement en regardant Pierre. Le disque fini, celui-ci se retourna et but à son tour, machinalement. Le coquetelle devait dépasser quarante-cinq degrés. Il ne put s'empêcher de tousser.

Odette renversa la tête en arrière, écartant ses bras posés sur le divan. Sa robe noire et verte lui allait aussi bien que possible. Elle le savait pour l'avoir vu dans une glace et dans le regard furieux de Renée. Tout cela contribuait à lui donner une impression de facilité. L'alcool, qu'elle supportait bien, ne nuisait point à ce bonheur.

— Mon petit Pierre, dit-elle soudain, vous n'êtes pas gentil. Vous ne m'avez presque pas fait la cour.

L'avocat la regarda soudainement :

— Très bien, dit-il. Je vais vous faire la cour. Vous avez un visage, etc.

Elle l'interrompit d'une voix lente, en gardant la tête en arrière et les lèvres molles — une voix fausse, d'ailleurs, mais la fausseté avait toute raison de jouer son rôle dans cette circonstance.

— Il me semble, dit-elle, que nous parlons beaucoup et que nous n'agissons presque pas...

— Vous avez raison. C'est ma faute.

— Non, dit-elle. Je me sens un peu partie. Je ne sais si c'est votre silence enchanteur, ce disque ou les admirables coquetelles de mon fils, mais je suis légère, tellement légère ! Il me semble qu'il faudrait faire une bêtise pour retomber sur la terre. Ce serait le seul moyen.

— Très bien, dit-il. Faisons une bêtise.

Elle demeura une seconde immobile.

— Demain, dit-elle. Vers trois heures, au bar du George V.

Il ne restait vraiment plus grand monde. M. Le Barsac fumait un énorme cigare. Il avait mal à la tête. Son fils se tenait à ses côtés, digne et compassé, secrètement heureux, tout en prenant une mine intelligente. Son petit frère Frédéric s'empiffrait de gâteaux et riait. Quelques lumières éteintes, les derniers adieux, cette belle journée d'avril s'achevait sur une douce soirée, douce et suave. Un vent léger entrait par une fenêtre ouverte et caressait le visage bulbeux de M. Le Barsac. Une vieille dame, après un dernier petit four, précipita sa retraite en se jetant sur Tessa, en lui serrant les mains, en l'embrassant à tout hasard et en lui criant dans l'oreille :

— Allons, allons, je vois que nous sommes heureuse.

— A en mourir, dit Odette qui arrivait, en passant son bras autour de la jeune fille. Nous sommes heureuses à en mourir.

VI

Dans la douceur des lampes qui s'allument, elle découvrait le bonheur de posséder un amant intelligent. Odette n'appréciait l'amour que pour une raison : c'est qu'il était parfaitement vulgaire et permettait de se détendre. Ceci encore : l'adultère prouvait un caractère moderne. Elle se demandait comment elle avait pu rester si longtemps sans tromper son mari. C'était si curieux : les mains longues et fines de l'avocat sur son corps, humbles et pressantes. Puis la pièce qui changeait tout d'un coup. Le plafond, les murs oscillaient, tout s'abattait, la recouvrait à la fois dans un bonheur éclatant et c'était drôle en vérité de manquer à ce point de sang-froid, comme si elle avait eu dix-huit ans, comme si l'amour n'avait pas été une chose simple et plaisante, une chose à faire. Tour à tour vidée, puis comblée d'elle-même, entre les bras de cet imbécile, de ce type merveilleux, de ce visiteur, de cet inconnu, de ce beau blond, de cet amant bien sympathique.

A trente-cinq ans, on connaît trop bien son corps ou on ne le connaît plus. Dans le plaisir, on se retrouve soudain en face de lui et on n'y comprend rien. C'est un étranger dont on admire les réactions amoureuses, les cris, les gestes et même les qualités. On l'expose avec une impudeur tranquille, parce qu'on ne le retrouve que dans la honte. On ne se donne pas, on ne se prête même pas, on regarde ce qui se passe avec un étonnement mêlé de rage. Car c'était ça.

— C'était ça, l'amour, disait Odette. Et tu es mon premier amant. Je ne te ferai pas de discours, je ne t'affirmerai pas sur le nom du Seigneur que je suis heureuse, non, mille fois non : moi, je ne suis pas sentimentale. Mais j'aime tes mains et le chemin qu'elles font jusqu'à moi. J'aime bien mes jambes, mon ventre, à présent. Je t'aime bien. Crois-tu que la passion existe ?

« Toi, tu m'oublieras vite. Tu es ambitieux. Et je tiens à toi, je tiens à ta tête rasée, parce que tu réussiras. Tu es beau, tu es intelligent, tu réussiras. Tu seras quelque chose comme un chef. Tu es né pour commander. Les femmes adorent ça. Tu es monstrueusement égoïste. Tu ne vois rien qu'à travers tes idées. Je ne me fais pas d'illusions, les choses me plaisent comme ça. Et puis nous avions bu cet affreux mélange, je t'avais dit : demain.

« Pourquoi la vie ne changerait-elle pas un jour ? Pourquoi ne pas se laisser aller ? Ce qui me plaît, c'est que tu me voulais. Je ne t'aime pas, j'aime ta volonté. Tu as le visage le plus obstiné de la terre.

— C'est la seule chose que je n'ai pas encore changée, répondait Pierre. Je le déteste. Il montre beaucoup trop de tension, comme tu dis, j'ai l'air ambitieux. Ça me dégoûte à l'avance.

— Eh bien, tu seras un grand avocat, un grand homme politique...

— Et tout sera joué. J'aurai quarante ans, je n'aurai plus qu'à me laisser glisser un peu plus en moi-même, jusqu'au bout, jusqu'au fond... On ne se révolte jamais assez. Il est grand temps de le faire. Ça commence trop bien. J'ai été premier secrétaire de la Conférence, on a parlé de moi, on m'a confié un procès important, en deux ans je me suis presque imposé... Je ne suis rien, mais dix personnes qui comptent savent qui je serai et parient sur mon nom... Ce désolant départ me dégoûte. Il me manque ce grand échec qui enivre un cœur. Où le trouverai-je? Accepterai-je d'être le premier, au Palais, comme il y a des premiers en boucherie, en électricité, en médecine? C'est abominable. On n'est plus libre.

— Qu'est-ce que ça peut te faire, grand Dieu, d'être libre? Regarde ton ami Raoul. Il flotte, il n'est rien, c'est un imbécile, un intellectuel... Il faut dépasser les autres, le reste ne compte pas. Tu ne seras jamais assez passionné. Moi, je suis molle et paresseuse, je me connais, je m'aime de cette façon. Ce n'est pas une raison. Je hais, toutes les femmes haïssent les hommes qui s'abandonnent.

— D'abord ce n'est pas vrai, les femmes adorent vous consoler, panser les blessures, sucer le sang, etc. Et puis qu'importent les femmes! Je vivrais seul vingt ans si je sentais que ça m'est nécessaire. Je peux tout sur moi. Il y a sans doute une raison. Je ne m'aime pas.

Il passait lentement sa belle main fine sur son visage.

— Ce n'est pas mon caractère, mes habitudes, c'est tout ça et autre chose. Je ne tiens pas tellement à moi.

— Tu adores les idées. Toi aussi, tu es un intellectuel. Cependant, on devine qu'elles t'obéiront.

— La volupté de se commander ! Et celle de s'obéir ! Tyran, esclave de soi, quelle invention ! Quelle ivresse ! On ne se lasse pas de se rendre malheureux, de se contraindre. Oui, tu n'avais pas tort. Un jour, j'ai décidé de t'aimer. Je me suis lié avec Raoul qui m'écoutait volontiers. J'ai perdu un grand temps chez toi. Ce n'est pas que tu n'en valais pas la peine, au contraire. Mais enfin, tu aurais été laide, sans chic, j'aurais pu me décider pareillement.

« D'ailleurs, reprenait-il avec un sourire modeste et charmant qui lui était familier et qui surprenait sur ce visage austère, d'ailleurs tout le monde agit de la sorte. Mais on s'en aperçoit mal, on ne se commande qu'à moitié ; au lieu de se fouetter pour atteindre l'extrémité de la forêt, on tourne en rond, comme au manège C'est abominable. Il faut briser le cercle. »

Odette comprenait toujours les paroles du jeune avocat parce qu'elle les traduisait dans son langage mondain. Les mots qui se présentaient à son esprit, elle aurait pu les utiliser dans une conversation de bridge ou de tennis. Des petites phrases courtes, énervantes, crépitaient dans sa cervelle, tandis que Pierre s'abandonnait à ses monologues. Il se lançait dans de grandes métaphores, des paradoxes éclatants, et elle se répétait : « Il a un cran du diable. — Il a quelque chose dans le ventre. — Ce n'est pas une chiffe. — Il arrivera, ça j'en mettrais ma main au feu. »

Chez cette grande femme snob, paresseuse, morale, au cœur sec et aux reparties brillantes, il y avait un immense respect de la force. Contrairement aux femmes du monde qui tentent d'étouffer leur admiration, elle éprouvait une sorte de reconnaissance à l'égard des êtres intrépides, assurés : ceux qui tranchaient et décidaient. Elle avait goûté, en son temps, l'énergie de M. Le Barsac. Ce qu'elle pouvait aimer en Pierre, c'était justement qu'il résumât tant de choses étrangères à son univers familial, qu'il fût un ambassadeur de la vie telle que les femmes y pensent toujours : vaste, intelligente, chimérique, émouvante parfois. Là-dessus flottait un plaisir facile qu'elle gouvernait à son gré, dont elle pensait qu'il était bon pour sa santé, qu'il prouvait sa jeunesse ; enfin, qu'il était distrayant.

Elle ne regardait plus sans ironie la petite Tessa Elle avait connu une journée de fiançailles, bien gentille, bien innocente, avec un garçon simple, qui ferait son bonheur et tout cela ne serait pas très extraordinaire, en vérité. La modestie de ces âmes vertueuses lui paraissait du dernier ridicule. Elle songeait que cette réception du mois dernier, loin de l'enfoncer dans le royaume des vieilles dames, l'avait au contraire délivrée et qu'elle avait connu, seule, de véritables fiançailles — avec l'extraordinaire, avec une promesse pour demain, avec la nouveauté du monde.

Elle ne se doutait pas qu'au même instant, son fils et son mari s'adressaient les mêmes félicitations. M. Le Barsac pensait qu'il avait agi comme un homme moderne, sans préjugés, désirant le bonheur de ses enfants, prêt à leur donner deux mille francs par mois, à les loger, traçant des plans à cette intention, engageant des dépenses sur le papier, les rognant, les supprimant, gouvernant le maquillage de Tessa, les lectures de Raoul, faisant des projets à la place du couple, sortant avec lui le dimanche et même le soir, se conduisant enfin comme un père faible et heureux.

Pour Olivier, les choses étaient moins simples. Lui

seul pourtant avait passé une certaine frontière, mal reconnaissable. Quand Tessa se préparait au mariage, M Le Barsac à une nouvelle tyrannie, Raoul à la volupté, les Vincay à une médisance régulière, lui, il avait donné sa mère à un étranger. Il était entré, il leur avait versé le philtre, ils avaient bu et, désormais, ils avaient été les moins forts. La morale du jeune garçon pouvait se donner carrière dans ces réflexions.

Odette, Pierre Daverny, Georges Malentraide son père, Lucien Le Barsac, ces visages avaient flotté devant ses yeux, comme des masques sans regards, des masques d'autrefois — un temps très ancien, des querelles de ménage, un couple désuni, une mort, un remariage, un tranquille bonheur. Il avait allumé un bel incendie. Maintenant des flammes sortaient par les yeux de ces figurants. On avait quitté la vie de tous les jours pour un drame épouvantable. C'était bien fait

En apprenant à mépriser les êtres, il avait appris à les détruire, puis à les recomposer, comme il lui plairait de le faire. C'était enivrant, cette science admirable, une boisson plus intéressante que les sales coquetelles de l'avenue Percier — pas un mélange, surtout, la pureté même, la pureté du dégoût. Il se sentait capable de jouer un rôle, il se reprochait de ne pas l'avoir fait, une fois au moins, quand Tessa s'était approchée de lui en déclarant qu'elle voulait danser avec un esprit supérieur. Il l'aurait convertie aux meilleures doctrines.

Mais à quoi bon ? Pour lui, christianisme et solitude vont de pair. C'est assez normal. Il a grandi dans un milieu moderne, et comme il n'est pas totalement idiot, il a fini par comprendre une chose : M. Le Barsac n'aime pas l'argent pour le plaisir qu'il peut en tirer, il fait de l'argent une idole, voilà tout. Elisabeth de Vincay parle des hommes sur un ton de gourmandise, avec une frénésie qui indique une solide piété à leur égard plutôt qu'une sensualité véritable. « Les anciens valaient mieux, pensait-il. Ils vénéraient le gui, le tonnerre, des phallus géants. C'était plus avouable que les frigidaires ou Raoul. » Personne n'est chrétien. Les chrétiens eux-mêmes ne songent qu'à démontrer deux choses : d'abord que le Christ ne manquait pas de bonne volonté et que, s'il avait vécu plus longtemps, il aurait lu Marx et en aurait tiré des conclusions. En second lieu, qu'il n'y a pas une différence radicale entre une église et un bar des Champs-Elysées. Quant aux anciens Ordres humains, la Monarchie, l'Armée, la Littérature, le dévouement pas plus que le génie ne les empêchent de tomber en morceaux. Tout le passé de la France est là dans un miroir brisé. Alors on vit très heureusement.

On peut aussi prendre un éclat de verre, le regarder un long moment et s'en servir pour s'en couper les veines. Olivier préfère déjà cette méthode. Il la trouve plus risquée, mais plus profitable. Il sait que derrière lui la vie existe ; toutes sortes de panneaux publicitaires lui disent où est le plaisir, où est la sagesse, où est l'humanité. N'empêche ! Il voit beaucoup plus de choses dans le morceau de la glace qu'il tient entre les mains.

Quand nous naissons, nous nous trouvons mariés à notre époque. La plupart ne s'en aperçoivent même pas : ils sont trop à leur aise. D'autres, de sales têtes (de mauvais cœurs) sont d'exécrables maris. Ils font chambre à part : d'un côté la vie de tous les jours, en face leurs soucis privés. Comme ils sont lâches, ils appellent ces soucis une âme, ils invoquent un Dieu pour justifier cette existence intérieure. C'est trop facile. L'époque ne perd pas son temps à être jalouse. Elle les traite d'impuissants.

Olivier n'a pas une estime particulière pour ce rôle d'imbécile. Il l'accepte, parce que son caractère est tel et qu'il n'a pas pu s'en délivrer. En tout cas, il compte y trouver quelques avantages : celui par exemple de mépriser le siècle et ses habitants. Ça, c'est facile. Il n'a qu'à regarder. Il ne sait pas combien de temps cette folie va durer, mais pour l'instant, il trouve qu'on peut très bien vivre du mépris. Comme il a bu un demi-verre d'alcool à 90, un jour stupide où il avait surpris sa mère dans les bras d'un jeune homme — il dit : « Je vivrai de mépris et d'alcool à 90, contrairement à tous les proverbes. »

Sa mère n'embellissait pas. Au fond, l'amour ne lui valait rien.

Olivier examinait cette femme avec curiosité. Comme elle l'avait rendu malheureux ! Cependant, il tient sa revanche, il lui a joué un bon tour.

Ce n'est pas le hasard qui l'avait amené dans cette pièce et le hasard n'était pour rien non plus dans le coquetelle qu'il avait versé. Il avait tout décidé, sans le savoir. Désormais, la petite existence tranquille de l'avenue Percier était terminée. A son tour, sa mère se sentirait prisonnière, elle serait là, les yeux qui battent plus vite, le mouvement du cœur qui se traduit par quelque chose, il ne sait quoi, mais il ne la quittera pas, il verra bien. Il faut qu'il voie. Si elle ne souffre pas à son tour, à quoi bon ? Il l'aimera mille fois mieux dans son malheur, ils auront quelque chose à partager, enfin !

Lui qui ne connaît rien à l'amour, mais dont mille romans ont fleuri la cervelle, il prévoit la suite. Il a surpris une lettre de son amant et, en vérité, c'est une chose passionnante, c'est la vie même, ses cruelles paroles. Eh bien, les choses s'annoncent parfaitement, il ne s'était pas trompé sur le compte de cet avocat. Odette ne pourra plus tenir dans l'atmosphère ridicule de la maison. Elle tremblera de rage, elle sentira son cœur, comme un poing fermé sur les vers grouillants de la haine. Que cette main s'ouvre enfin, qu'elle lâche sur le monde sa colère !

Avec un peu de chance, elle se tuera.

Oui, elle ne sera pas lâche. Elle n'acceptera pas de vivre ainsi. Elle se tuera.

Evidemment, pensait-il, si par hasard je l'aimais d'une façon anormale, ce serait un crime. Mais tout est clair et la preuve, c'est que je n'ai pas de haine pour ce garçon. Il peut l'avoir embrassée, je m'en fiche. Oh, je sais ! Si j'allais me confesser, le bon Dieu prendrait la forme d'un petit abbé gras et suant pour me glisser dans l'oreille que tout cela, n'est-ce pas, ce sont de mauvaises pensées, deux Pater, un Ave et il n'y paraîtra plus. Mais Dieu connaît d'autres visages et tant pis pour lui s'il se dresse contre moi : cette idée grotesque, cette bonne farce — cette grande Action, Il me l'a inspirée, Lui seul. C'est en Son nom que je la commets. S'il me lâche ensuite... Oh, « ensuite » n'aura aucune importance.

Il était comme un petit imbécile. Il ne connaissait rien de la vie. Ses livres lui avaient menti. Ils parlaient d'étreintes, de baisers, ils employaient de belles phrases et les idiots allaient s'y prendre, comme des mouches dans une liqueur sucrée ! En un minute, il avait plus appris qu'en dix ans. Et si la lettre de cet avocat n'est pas digne d'entrer dans les anthologies, il s'en fiche : il la sait par cœur, oui, elle lui est bien entrée dans le cœur.

A défaut d'un drame spectaculaire, l'adolescent espérait un départ, une crise terrible, dans laquelle M. Le Barsac perdrait la face. Il vengeait son père en songeant à l'humiliation du vieillard. Les morts sont naturellement désireux que les vivants se trahissent, car, dans le règne du mensonge, ils sont là, ironiques et cruels. Saignez, mes beaux amis, faites saigner le doux visage de la vérité, partagez-vous sa chair délicate et révélez l'imposture finale des choses.

....

M. Le Barsac lisait *Le Temps* jusqu'à la dernière ligne. Ce jour-là, il y avait un grand dîner avenue Percier, pour présenter Tessa à la famille. Soudain, M. Le Barsac se précipita dans le couloir, appelant sa femme afin de lui montrer une nouvelle. Ce n'étaient que trois lignes en dernière heure. Une traction avant, sur la route de Chantilly, avait heurté un autocar. Il y avait eu quinze blessés, parmi lesquels un avocat du barreau de Paris, Me Daverny, transporté dans le coma à Marmottan. L'Homme d'Affaires hoquetait. Olivier s'était approché. Il n'aperçut pas sa mère, il l'entendit :

— Quelle idiotie ! cria-t-elle avec rage. Mais quelle imbécillité ! On ne peut rien imaginer de plus bête !

Elle s'enferma dans la salle de bain. Son mari regagna son bureau en grommelant des paroles injurieuses à l'égard du destin et en reniflant de toutes ses forces l'odeur mortelle qui venait de pénétrer dans l'appartement. L'adolescent resta derrière la porte fermée, l'oreille tendue, tremblant de peur à son tour, car il devine que sa mère est dans la solitude des drames. Il se déchire les doigts, autour des ongles, avec acharnement. C'est une occupation facile.

Combien de temps restera-t-il ? Il n'en sait rien. A la fin, une peur nouvelle le saisira. Il ne craindrait pas le sang, car il est le signe de la violence ; le poison est un ennemi plus grave et quel visage aura-t-elle dans cette mort ? Son cœur bat trop vite et ne lui permet plus de rien entendre. Il part et, lâchement, il la laisse seule derrière cette porte où elle doit mourir.

Mais il meurt de bonheur, il ferme les yeux tant il est heureux : sa mère vient de les rejoindre au salon dans une longue robe grise. Elle serre les mains, elle parle, c'est incroyable et la vie est trop belle. Maintenant, il sait que c'est fini. Il lui dira tout, qu'il sait, qu'il est avec elle et elle n'aura pas mal en secret plus longtemps.

Il la regardait avec une joie radieuse : comme elle était belle, et comme ses mouvements étaient sûrs ! Elle reprenait du porto, mangeait une olive, ses dents brillantes, toute la grâce du monde.

Il y avait douze personnes. C'était un assez grand dîner. Comme elle était courageuse ! Comme il l'aimait pour son courage ! M. Le Barsac semblait beaucoup plus troublé. Certaines secondes, il demeurait le regard fixe, absent de la conversation.

Après avoir longuement parlé des bruits de guerre, on en vint à des nouvelles plus frivoles. L'accident de Pierre Daverny fut inscrit au programme.

— Mon petit, disait M. Le Barsac à l'adresse de sa

femme, il y en a, c'est leur métier, ils sont militaires, ils ont des bottes, un grand sabre, il ne faut pas ensuite qu'ils viennent nous raconter des histoires. Ils n'avaient qu'à se mettre dans la blanchisserie si ça ne leur plaisait pas de se faire casser la figure. Celui-là, j'estime que c'est dommage. Ça prouve qu'il faut conduire prudemment en toute saison et même en ligne droite.

— Vous parlez de Pierre Daverny ? demanda Elisabeth. Le ravissant d'Odette, son grand fleurt.

Un rire spirituel courut sur les lèvres des invités. Odette avait trop bu, car elle était rouge, elle qui supportait si bien le vin. Elle parla sèchement :

— Il était charmant : fin, distingué, brillant...

— Ma parole ! Elle en portera le deuil, dit Renée de Vincay avec une joie totale sur le visage.

Olivier était muet d'indignation. Il oubliait naturellement qu'autrefois, quand il n'y avait que des sourires entre sa mère et ce garçon, il l'avait haï, il avait juré sa perte. La conversation fut interrompue, car Simone, qui ne parlait jamais, venait de désigner avec effroi la main pleine de sang d'Olivier. En serrant son verre de cristal, les cicatrices de ses brûlures s'étaient ouvertes. Il rougit, lamentablement.

— Voilà pourquoi il était pâlot, déclara Renée. Je l'avais dit avant le dîner. N'est-ce pas Lucien ?

— Mon petit, la jeunesse d'aujourd'hui est absurde. Elle ne prend aucun soin de sa santé. Sais-tu que ce grand imbécile ne fait jamais de sport ? Non. Monsieur trouve ça indigne de lui. Résultat... Eh bien, on le verra dans vingt ans, le résultat.

— Oh, dit Tessa d'une voix douce, pour l'instant il n'est pas mal conservé.

Il y eut ces rires faciles qui dénouent les situations tendues et Olivier remercia Tessa au fond de son cœur. Il lui pardonnait de s'être moquée de lui. Il revint à sa mère. Il la regarda. Elle parlait, non sans animation, à son voisin. Elle souriait parfois, pas très souvent, mais ce n'était pas non plus son habitude, ou bien elle laissait sa bouche entr'ouverte une seconde, d'un air plein de mélancolie. Il la trouvait folle à lier, inconsciente.

Cette soirée, pour Olivier, sera une très bonne leçon. Il y apprendra que les grandes personnes ont des secrets dans la vie. Méprisables secrets : un peu de vin, des histoires drôles, la chaleur qui se dégage d'un être penché sur vous... Il les observe avec volupté : leur visage ingrat luit de contentement.

Comme la conversation languissait, Elisabeth entreprit de la ranimer en lui adressant la parole :

— Eh ! Le chevalier à la triste figure ! Tu as avalé un parapluie ?

— Un autocar, répondit-il très sérieusement.

— C'est plus nourrissant ? demanda Tessa en soufflant sur la fumée de sa cigarette.

— Beaucoup plus. Et puis c'est la mode. Le fleurt de Maman a commencé, je continue.

Ces paroles, prononcées un peu fort, furent entendues par tout le monde. Odette rougit.

— Mon garçon, dit-elle avec dignité, tu es tout simplement odieux.

— C'est la jeunesse actuelle, dit M. Le Barsac. Renée intervint :

— Mais c'est tout à fait normal ça, c'est une loi de la nature. Les jeunes poussent les vieux dans la tombe, ha, ha, et ils piétinent.

Le regard de M. Le Barsac montra qu'il n'approuvait nullement ces paroles déshonnêtes. La conversation changea de cours. Odette continuait à faire l'intéressante, à crier, à s'agiter, elle, la silencieuse, la froide, l'impassible.

Deux jours plus tard, Olivier sera parfaitement fixé sur cette amoureuse. Oh ! sans doute la blessure de son amant l'a-t-elle frappée ! Elle en a parlé le lendemain.

— Ce dîner était insupportable. L'accident arrivé à ce pauvre garçon m'a vraiment perturbée. J'ai téléphoné deux fois. Il n'est pas impossible qu'il s'en tire. Il a une chance sur dix.

Elle a pris de l'aspirine, elle a lu un roman policier. Il n'apparaît pas qu'elle pleure en cachette.

Olivier se demande si les écrivains célèbres sont des menteurs. Ils parlent de fidélité éternelle, de voluptés sans nom, etc. Au fond, la vie est plus calme. Cette découverte n'a rien de très gai. Si les meilleurs auteurs avaient raison, Odette serait en ce moment dans une boîte de chêne. Olivier, revêtu d'un costume noir, serait un petit garçon intéressant. Tessa lui tapoterait affectueusement la joue et ce geste serait doux.

Ces gens-là ne valent rien. Si l'on s'intéresse à la vie, il vaut mieux s'adresser à M. Le Barsac. C'est un homme qui connaît les réalités de l'existence, la dureté des temps, etc. Ecoutons-le.

Vers la fin de l'été mil neuf cent trente-neuf, une guerre a éclaté entre la France, l'Angleterre et l'Allemagne. Cet événement n'a pas surpris l'industriel qui le prévoyait depuis dix ans. Néanmoins il a ressenti cette nouvelle comme une offense personnelle. La guerre, la mort, la maladie le concernent évidemment, puisqu'il est le symbole des sages habitants de la terre, qui ont mérité leur bonheur et ne s'en laisseront pas dévorer une parcelle par ces chiens errants, ces catastrophes, ces folies qui courent l'Europe. D'un point de vue matériel, ses précautions sont prises. Sa fortune est placée en or et en Suisse, deux provinces également respectables, dont le nom est cher à tout homme d'ordre.

Moralement, cette aventure ne sera pas une mauvaise leçon pour la jeunesse qui se laissait beaucoup trop aller, non pas tant dans les plaisirs — il en faut — mais dans une sorte de maussaderie sans espoir, indigne du cœur humain. M. Le Barsac a marié son grand fils huit jours plus tôt. Il a pris en main le bonheur du ménage, organisant lui-même l'itinéraire du voyage de noces, calculant au plus juste ces distractions, établissant son budget. Il a fait comprendre sévèrement à sa belle-fille qu'elle ne doit plus se farder et il médite d'intervenir dans sa toilette, bien qu'il n'ose se lancer sur cette pente. Souhaitons que la guerre, avec son régime d'austérité, lui en donne l'occasion.

M. Le Barsac trouve sans doute dans la guerre d'autres satisfactions, d'un ordre purement matériel et comme financier. Il ne convient pas d'insister sur cet aspect vulgaire des choses, qui n'a jamais été déterminant chez cet homme énergique, moral jusque dans ses plaisirs, laborieux jusque dans ses chances — car il n'a voulu croire, pour de bon, à la guerre qu'un jour après la déclaration officielle, tant on a rendu les Français méfiants sur leurs intérêts les plus chers. A présent, il écoute la T.S.F. soir et matin, il se penche sur les cartes de géographie, il interroge les statistiques, il se demande quelles seront les pertes, en matériel et en hommes. Les odieux jeunes gens voient enfin leur superbe abattue. La paix laissait ces jeunes fous saccager les vertus civiles, la guerre sera le domaine des vieillards. Cette pensée pleine d'espoir brille dans les yeux de M. Le Barsac.

De son côté, Odette est très heureuse. Elle a connu les charmes d'une passion, d'un drame épouvantable ; elle a tenu tête, elle a caché sa douleur, sa crainte aussi qu'on ne retrouvât les lettres qu'elle avait eu la sottise d'écrire. La vie n'a pas été ingrate avec elle, et pour la récompenser de son impassibilité, elle lui rend son amant, malade, mais vivant. Pourtant, elle n'en fera plus un très grand emploi. Elle revient aux choses sérieuses et trouve que ces émotions ne sont plus de son âge qui est de trente-cinq ans.

Avec la déclaration de guerre, le colonel de Vincay a trouvé un emploi. La France généreuse ne se passe d'aucun de ses fils et il exerce des fonctions mystérieuses, la mâchoire tendue, le béret sur l'œil, sur la frontière belge. Sa femme se croit revenue au temps des campagnes marocaines. Ses deux filles ne sont pas moins animées. Elles seront les marraines de deux aviateurs, les combleront de pain d'épice et de poulovers que les trois femmes tricoteront le soir, amoureusement, tandis que le Colonel se plaindra vainement du froid. Tant pis pour lui. Un père, un mari, n'est plus un mâle.

Ce mot rappelle l'existence de Raoul, puisque tel est son nouveau métier. Il s'y est préparé par de grands rangements, traçant des listes de tous les objets qu'il conserverait, leur faisant subir un examen pour savoir s'ils seraient dignes de partager la vie du jeune ménage. Il a tenu, les derniers temps, son journal intime avec un soin total. Il craint d'être obligé par sa vie nouvelle d'abandonner ce confident. Il se contentera de carnets. A cette intention, il s'est livré à des achats de papeterie qui lui permettront de noter les dates les plus importantes de son existence. Son dernier mois de célibat représente cent vingt pages d'une écriture serrée.

Cependant on n'y trouvera pas certaines pensées troubles, qui viennent à Raoul, quand il pense à son mariage. Il n'a pas oublié les aveux de Tessa, tels qu'il les a interprétés. Sa fiancée — et lui-même par l'occasion — doivent souffrir de cette humiliation. Il se propose d'en entretenir longuement Tessa et de lui représenter, à chaque instant, l'horreur de sa conduite. Alors, ils verseront tous les deux des larmes amères. Au surplus, cette idée est très prenante : Raoul s'abandonne à un masochisme de bonne qualité, qui lui fera d'autant plus d'usage qu'il ne repose sur rien.

Tessa ne vivait plus que dans l'attente du mariage et l'espoir qu'elle serait libérée de ses beaux-parents. En vain : le jeune ménage habitera avenue Percier. Les jours seront donc nécessairement malheureux. Reste sans doute les nuits et la jeune fille a fondé un grand espoir sur ce secteur.

La guerre a interrompu le voyage de noces qui n'en était qu'à son huitième jour. Le couple est rentré à Paris, non que Raoul soit visé par la mobilisation, car il porte des pieds plats, mais surtout parce qu'il n'est pas moral de se livrer aux délices de l'amour, pendant qu'une grande nation fait honneur à ses engagements.

Tessa trouve que ces délices n'avaient rien d'exagéré. Raoul a dû confesser son erreur en découvrant qu'elle était vierge. La surprise ou la timidité ont agi de telle sorte qu'en une semaine, il n'a pas trouvé le moyen d'arranger les choses. La jeune fille en éprouve une certaine rancune.

Pour en terminer avec le dernier personnage de cette histoire, Olivier Malentraide a reconnu ses erreurs, confessé les excès de son âme romantique. Il voyait la vie en termes dramatiques et les autres, avec une patience méritoire, lui démontraient tout le contraire.

Olivier a perdu ses illusions, c'est une chose excellente, c'est comme les dents de lait ; ensuite il en vient d'autres, des illusions de grande personne, l'ambition, l'amour, etc. Il ne croit plus que son père ait jamais ressemblé à un héros, ni que sa mère soit une sainte. Suprême infortune, il ne pense pas que M. Le Barsac soit une canaille.

Les ordres chevaleresques et religieux : un jour il faut partir, s'arracher de ce monde comme d'une peau répugnante. Ce temps viendra.

Sa mère fut tuée le 3 juin 1940 dans un des premiers bombardements de la région parisienne.

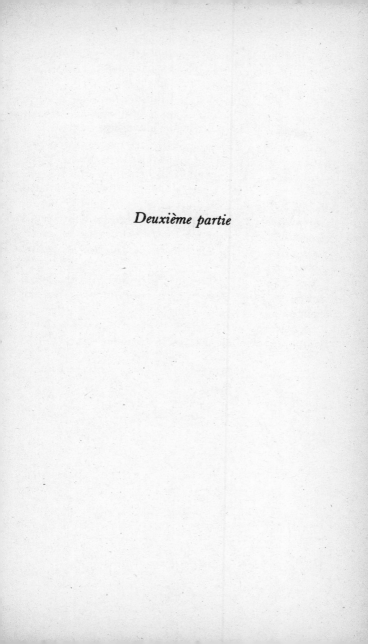

Deuxième partie

I

La jeune femme se tenait la tête entre les mains pour résoudre ce grave problème. Comment faire ? Il n'y avait qu'un jour merveilleux dans la semaine. C'était dimanche. Et dimanche, il fallait se pencher sur toutes sortes de choses dont elle ne se rappelait plus : le calcul, l'orthographe...

Il mangeait des tartines de confitures plus grosses que lui. Son nom était Clarence, un drôle de nom, un nom qui lui était venu comme ça ; et contre ce nom, tous les odieux personnages de l'ancien temps n'avaient rien pu. Il était très beau, ce petit garçon. On pouvait le comparer à certains coquillages nacrés et transparents. Trouvés sur les plages, abandonnés, ces coquillages n'ont rien à vous dire. Collés contre l'oreille, ils sont pleins du vent de mer. Elle ne se lassait pas de regarder son fils, en tenant son visage au bout de ses deux mains, effleurant à peine les joues lisses. « Il sera parfaitement heureux, pensa-t-elle. Il n'aura pas besoin de mentir. Il ne se trompera jamais. Il réussira, comme ils disent. » En attendant, il travaillait mal. Il était d'une paresse qui leur donnait à tous les deux, le dimanche, un mal invraisemblable.

Tessa trouvait ses réponses passionnantes. Le sérieux d'un enfant de sept ans ! Il avait des opinions décisives sur les choses. Il parlait de lui comme d'un étranger, il disait : « Non. Je crois que ça ne m'amusera pas. »

Cette journée d'hiver, avec la petite montre-bracelet qui brillait dans l'ombre et la rage de ne pas allumer, parce que ce serait montrer qu'il était tard, la jeune femme la passa avec un horrible mal de tête. Enfin, elle le reconduisit dans ce vieux lycée où il était pensionnaire, où il affirmait qu'il se plaisait bien, où il disparaissait parmi les autres, avec ses cheveux blonds et sa blouse noire. « Allons, pensa-t-elle. Ces sentiments élevés ne me valent rien. » Elle prit un taxi, parce qu'elle était en retard. Elle endossa la fameuse robe élégante. Elle n'était pas prête quand la sonnerie retentit. La porte s'ouvrit sur un jeune homme très bien habillé qui souriait.

— Comme Didier est beau ! s'écria-t-elle. Avec de grandes initiales sur notre écharpe, il me semble même...

Didier de Vincay embrassa la jeune femme sur le poignet.

— Mais, dit-il d'une voix douce, cette originale robe noire n'est pas mal non plus.

Elle lui tira la langue et acheva de se coiffer, tandis qu'il restait immobile, debout, considérant les rideaux flétris, le tapis usé de la pièce.

— En somme, dit-il, je devrais bien tuer ton mari et t'entretenir sur un grand pied.

— Tu serais un amour.

— Je ne suis pas encore d'un âge à être un amour, voilà.

— Pourquoi dis-tu toujours « mon mari » ?

— Je ne vais pas l'appeler ton Raoul.

Elle eut un rire léger. Puis elle reprit, en continuant à se brosser les cheveux avec acharnement, ce qui lui mettait du rouge sur le front et sur les pommettes :

— C'est vrai. On ne peut pas l'appeler « mon Raoul ». Ça non, je n'y tiens pas.

— Et Clarence ?

— Clarence va redoubler une classe. C'est presque certain.

— Ton mari doit être enchanté.

— Enchanté. Il lui fait l'éloge de la paresse, lui dit que les bons élèves sont des crétins, n'arrivent à rien, etc. L'autre le regarde avec des yeux extasiés. Dieu sait que Raoul a toujours été intellectuel, mais à ce point ! Il est complètement perverti. Tu sais, je crois que ce sont les journaux. Ne ris pas. Il en sort la tête en feu. Il croit vivre une époque révolutionnaire.

— C'est un an trop tôt. Nous ne sommes qu'en 47.

— Pourquoi ? Tu crois qu'il va y avoir la révolution ?

— Que tu es bête !

— Explique-moi. Les hommes ne veulent jamais rien vous expliquer. Ça y est, je suis prête. Où allons-nous ? L'idiot, le plus idiot, dit-elle pendant qu'il l'aidait à passer son manteau, c'est que je pourrais presque le prendre avec moi, maintenant que Raoul fait ces voyages. Ce serait tellement bien. Une seconde, j'allume la minuterie. Il n'est plus trop souvent à la maison. Il cherche moins à faire son seigneur et maître. Et, encore une fois, Clarence l'aime beaucoup trop. Regarde cet ascenseur, regarde : il marche à présent ! D'ailleurs c'est un autre ennui. Il se sent libre, il n'a plus besoin de moi, il me donne le moins d'argent possible : d'où cette éternelle robe noire, qui te fait pitié.

— Oh ! s'écria Didier.

Il arrêta un taxi. Puis ils reprirent leur conversation.

— D'ailleurs, ces histoires de famille ne doivent pas te passionner. Est-ce que tu vois la tienne, de temps en temps ?

— Ben, oui... Enfin il y a des années où nous nous voyons un peu... Toi, c'est différent. Tu as toujours été à plaindre. Tu peux être détestable, ça n'y changera rien. On a envie de s'apitoyer et sans ennui, d'une façon agréable, tu sais.

— C'est un genre que je cultive.

— Quel numéro ? demanda le chauffeur.

— Là, l'endroit éclairé. Cet endroit infect.

— Didier ! s'écria la jeune femme en entrant dans le restaurant. Toujours les endroits les plus chics ! Mais tu es un ange. Quel dommage que les anges ne vous sortent pas plus souvent. Et je vais manger du caviar, et je commanderai les choses les plus chères et tant pis si c'est mauvais.

— Tu as beaucoup de succès. D'abord, on te donne dix-huit ans. Tu ressembles à la plus innocente des jeunes filles.

Il regarda le sommelier dans les yeux, goûta une gorgée de bourgogne et conclut :

— Riche en tanin.

Puis il se pencha sur son amie :

— Cette expression suffit pour asseoir une réputation. Dans les salons, c'est à peu près pareil. Il y a deux ou trois formules qui impressionnent les sommeliers, je veux dire les vieilles dames. Tiens, je vais t'annoncer une nouvelle qui t'amusera. Tu te rappelles de mon plus grand ami ? Tu te rappelles d'Olivier Malentraide ?

— Oui. Bien sûr. Les yeux tristes. Les prix d'excellence. Le jeune Hippolyte.

— C'est ça. Il revient. Il ne m'avait pas écrit depuis un an. Il revient d'Angleterre.

— Mais il n'est pas mort, ce garçon ? Quand rentre-t-il ?

— Dans la semaine. Ne bois pas ce vin, il est infect. Tu veux une cigarette ? Je suis fou de joie. C'est tellement passionnant, ça vous vieillit tellement de se retrouver. On s'aperçoit qu'on a changé. On trouve ça émouvant. Et, l'autre, ses aventures, son aspect, un peu déplaisant d'abord parce qu'il n'est plus celui d'un enfant... Mais pardonne-moi. Je crois que, moi aussi, je suis riche en tanin.

Ces sorties avec Didier, trois ou quatre fois l'an, Tessa les aimait toujours comme des surprises. Elle l'admirait. Il dépensait son argent et son esprit d'un air modeste, avec des gestes d'excuse. Comme elle se sentait proche de ce garçon impertinent, rieur, blond et dangereusement frivole. Car la légèreté est un abîme, à la condition d'avoir quelque chose à y jeter. Didier y prodiguait sa vie. Tout cela ne suffisait pas encore. Dans ce gouffre épais et solennel du temps, les heures que nous abandonnons disparaissent, mortes et muettes. Il faut beaucoup de force pour qu'elles brillent et brûlent en tombant. Didier avait tout de même cette force et Tessa l'enviait.

« Naturellement, pensait-elle, je sors, je vois du monde, on me fait la cour. Mais chaque fois, il faut calculer, et celui-là on doit lui permettre de vous malaxer la main, celui-là un petit geste et pour ce coquetelle il faudra se priver d'une paire de bas, et... Tandis qu'avec lui, tout arrive merveilleusement. Il a toujours de l'argent. Il me présente à des gens que je ne reverrai jamais et que je trouve merveilleux. Il est spirituel, il n'a peur de personne. Et nous sommes pareils sur un point : nous avons le cœur sec. Et c'est un sourire chaque fois que l'autre retrouve cette ressemblance... »

Après le dîner, il l'emmena danser dans un cabaret de Montparnasse, où un orchestre Cubain jouait d'interminables congas. Tessa dansait parfaitement. Puis elle buvait une gorgée de ce champagne qu'elle aimait tant. Puis elle se sentait un peu ivre et regardait le jeune homme, de tous ses yeux mélancoliques.

— Quel dommage que tu ne sois pas amoureux de moi ! Je t'aimerais sûrement.

— Quel dommage ! disait-il. Dieu sait que cet endroit me pousse à la mélancolie.

— Oh ! mais il faut me raconter ces choses-là, Didier. Nous ne sommes pas des amoureux, mais nous sommes frère et sœur. Tu ne dois rien me cacher. C'est tellement formidablement agréable de consoler.

Didier abandonna l'expression songeuse qui rendait si bizarre sa tête ronde, pleine de taches de rousseur et répondit d'un air détaché :

— Ma chère, un pressentiment me dit qu'ici il se passera quelque chose. Par exemple, ici, je rencontrerai la plus belle fille d'Amérique. Son père sera dans les cuirs et peaux. Je l'épouserai.

— Ah, oui, j'oubliais, tu as toujours eu tellement d'idéal. Dommage, dommage qu'il ne te soit rien arrivé, encore, dans le genre des chagrins d'amour ! Comme ce serait bien si tu avais été malheureux !

— Bien sûr, bien sûr, mais je... je ne possède pas cet article. Il y a des magasins spécialisés dans les peines de cœur. Raoul, je suis sûr.

— Oui, naturellement. Et nous nous plaignons de notre estomac.

— Tu as cru en lui, autrefois? Tu le trouvais intelligent et bon. Un coquetelle idéal.

— Un détestable coquetelle. Trop sucré pour commencer, plein d'angustura dans le fond.

— Voilà où nous en sommes. Et tu passes ton temps avec des imbéciles. Et tu bois trop d'alcool. Et, non seulement tu n'es pas heureuse, ce qui n'a pas la moindre importance, mais tu n'es pas tellement malheureuse. Tu te fais à cette vie-là. Bonjour, dit-il en relevant la tête et en apercevant un couple en tenue de soirée. C'était une bonne pièce? C'était une pièce ennuyeuse?

— Comment sais-tu que nous étions au théâtre? demanda l'homme en souriant sous ses longues moustaches taillées en brosse.

— Parce que je sais ces choses-là. Bon. Très bien. Tessa Le Barsac. La Comtesse de Marèges. Le Comte de Marèges. Asseyez-vous un peu.

Le Comte de Marèges était un grand gentilhomme bien découplé qui riait généreusement et portait un smoking gris, ce qui était excentrique pour la saison. Il invita plusieurs fois Tessa et comme il dansait de naissance, Didier observa le couple avec amusement Un peu plus tard, son ami lui dit :

— On t'a vu chez les Vallances. Tu as tort. Manifestement, il ne faut pas aller chez les Vallances.

— Je vais partout. Je suis d'un naturel très gracieux, tu sais. Et puis, à mon âge, ça n'a aucune importance. Il n'y a que deux moyens d'être précieux, dans le monde : aller partout ou n'aller nulle part.

— Nous restons chez nous, dit Edmond de Marèges. Il faudra venir, Mademoiselle.

— C'est une dame.

— C'est une toute jeune dame.

— C'est-à-dire qu'elle est très jolie.

Tessa rougit et regarda son cousin d'un air fâché.

— Tu vois, reprit Didier, elle rougit. C'est un avantage de plus.

Pendant que les deux hommes endossaient leur manteau au vestiaire, Edmond regarda son ami d'un air tragique :

— Elle est exquise.

— Mais oui.

— Il faut que je la revoie. Au nom du ciel, il le faut.

— Tu la reverras sans doute.

— Didier, je ne plaisante pas. Elle m'est nécessaire. Tu imagines, dans une soirée. Ce sera la candeur. Elle est mariée ?

— Oui, en somme.

— Didier, si elle ne vient pas à la maison, nous sommes brouillés. Et quelle robe exquise ! Quel âge a-t-elle ?

— Tu sauras tout ça.

— Didier !

— Allons, tu n'es pas amoureux. Tu ne me feras pas croire ça.

— Mais non, mon cher, dit-il sur un ton offusqué.

Il descendit le petit escalier tournant qui menait à l'air libre et, avant de sortir, il déclara gravement en se retournant vers son ami :

— Mais je suis épris.

II

On ne lui connaissait pas de liaison. On la jugeait donc fidèle. Et pourquoi pas heureuse ?

D'ailleurs, dans les années quarante, les vertus et les vices étaient inconnus. Tout était normal, situation qui se résumait par un mot parallèle : « C'est humain. » Ce mélange est bon pour écœurer une âme insatiable, comme celle de Tessa. Elle courait aux extrêmes dans l'espoir d'y retrouver les essences perdues. En vain.

Un jour où elle revenait du cinéma, au bras de son mari, elle fit une rencontre qui devait jouer un certain rôle dans sa vie. Ce rôle n'est pas facile à déterminer. N'empêche, c'était drôle de se cogner, au bas de son escalier, contre ce grand garçon avec sa mèche sur le front, cet Olivier Malentraide dont lui avait parlé une semaine plus tôt son cousin de Vincay. Elle ne le reconnut pas, mais il y eut quelque chose, un éclair dans les yeux, une sorte d'hésitation et Raoul, lui, trouva le nom de l'inconnu. Après quelques exclamations, Raoul proposa d'aller dans un bar du quartier.

— Tu aurais pu nous écrire, quand même !...

— Puisque je venais vous voir...

— Depuis quand es-tu à Paris ? Qu'est-ce que tu as fait tout ce temps-là ? Ne réponds pas. Je vois que la vie t'a formé. Si, si. Ces détails-là frappent du premier coup d'œil. J'ai tout de suite compris que tu étais revenu de tes idées de petit jeune homme. Remarque, l'enthousiasme, il en faut. On ne crée pas sans enthousiasme et on a besoin de constructeurs.

« Mon Dieu, pensait Tessa. Il est ivre ! Ce garçon ne pourra pas me supporter, à la pensée que j'ai un mari pareil. »

Olivier répondait d'une voix sourde, les yeux baissés, la tête entre les mains. Avec ses grands yeux clairs, il semblait fixer les mots qu'il venait de prononcer. La jeune femme ne l'écoutait pas, mais cette attitude la frappait. A son tour, elle observait les lèvres du garçon.

— Je ne suis pas resté en place, disait-il. Forcément, la guerre, ça aidait... Enfin, c'était une occasion...

— Oui, je comprends, tu étais trop jeune pour participer à toute cette histoire, la vivre vraiment. Eh bien, moi, mon vieux, moi aussi j'ai voyagé. Mais pas dans l'espace, dans les idées. J'ai acquis des idées nouvelles, je me suis tourné vers d'autres horizons. Jusqu'alors, enfin jusqu'à la dernière année de la guerre, je cédais, sans m'en rendre compte, à l'hypocrisie de ma classe. Elever notre enfant, tu sais que nous avons un enfant ? Me consacrer au bonheur de Tessa... Jusqu'à l'alibi de la culture... Si, si... Je mesure mes mots : la culture est un alibi. Enfin, mon vieux, je suis très à gauche.

Devant le silence d'Olivier, il reprit :

— Je suis très très à gauche. Ç'a été toute une évolution, tu te doutes bien. Tu te rappelles le traditionalisme de mon père, son respect de l'ordre ? Eh bien...

— Mais pas du tout, il n'était pas traditionaliste. C'était un anarchiste.

Tessa éclata de rire et son mari lui jeta un regard douloureux. Olivier semblait très sérieux.

— Il ne croyait à rien, reprit-il, il avait une morale très souple. C'était assez décourageant même.

— Justement, une morale très souple : c'est tout le procès du libéralisme. Nous luttons aujourd'hui pour une République dure et pure. Certes, l'époque de mon père a eu sa grandeur. Elle garde son prestige, mais elle a fait son temps.

— Tu es dans la politique, alors ? Je croyais que tu étais dans les savons.

— On m'a proposé d'être membre du Comité Directeur de la Fédération de la Seine du Parti Socialiste. Je n'ai pas accepté. Mais je suis très dans le mouvement, je fais des conférences en province. Dans la banlieue aussi.

— Une seule fois, dit Tessa.

— Comment une seule fois ? J'étais encore à Toulouse avant-hier. A Toulouse, c'était même un discours.

— Je disais : une seule fois dans la banlieue.

— Parfaitement. Tu comprends, mon vieux, c'est une question de tactique électorale. La province est heureuse de voir arriver quelqu'un de Paris. Tandis qu'à Ivry ou à Saint-Denis, ça ne les impressionne pas.

— Pourtant tu es impressionnant, dit Tessa.

Il acheva son whisky sans relever cette affirmation.

— Autrefois, reprit Olivier, tu n'aimais que les livres. Tu achetais toutes les nouveautés et tu les recouvrais de papier cristal.

— C'est bien ça. Je voyais le monde à travers une

feuille de papier cristal. Mais en 44, tout a changé. Je me suis senti emporté par la ferveur populaire. Tu me diras : pourquoi n'ai-je pas été jusqu'au communisme ?

— Non, non, je ne te le demanderai pas. La politique, moi, tu sais...

— Oui, tu es de ces jeunes qui ont traversé le désastre comme des vacances, ces vacances dont parlait Radiguet.

— Vous avez vu *Le Diable au corps* ? demanda Tessa.

— Oui. Dès que je suis arrivé à Paris. Didier me l'avait conseillé. C'est... c'est émouvant.

Ulcéré par cette intrusion du cinéma, Raoul Le Barsac commanda d'autres whiskies et but le sien en trois gorgées.

— Tu ne buvais pas d'alcool non plus, dit Olivier. Tout t'est venu en même temps.

Ils parlèrent quelques minutes encore. Maintenant, Tessa s'accrochait à la conversation (ainsi d'un boxeur qui recule sa défaite par le corps à corps). Elle devinait ce qui se passerait.

Il se passa ceci. Raoul était furieux d'avoir dépensé tout cet argent en whiskies. Seule cette boisson lui paraissait noble. Mais il jugeait scandaleux d'avoir perdu deux mille francs parce qu'il venait, au bout de cinq ans, de revoir Olivier qui lui était indifférent. Son avarice prodigieuse venait au secours de sa colère d'avoir été interrompu si souvent par Tessa. Il donna deux gifles à la jeune femme et se coucha sur elle.

Trois jours plus tard, il trouva Olivier beaucoup plus sympathique. Celui-ci lui avait écrit pour lui demander un rendez-vous. Raoul le reçut dans son grand bureau. Le jeune homme cherchait un moyen de gagner sa vie. Ce moyen fut trouvé. Olivier Malentraide n'entra pas dans les savonneries, mais dans une filiale qui fabriquait du papier sulfurisé.

Plus tard, quand elle y réfléchira, Tessa accusera son mari et Didier de l'avoir obligée à voir Olivier. La raison ? Elle était simple. D'un côté, cet imbécile qui parlait avec tant de condescendance du jeune Malentraide. Et puis les éloges de Didier, qui était si intelligent, et considérait son ami comme un être surprenant. Ce n'était pas vrai. Olivier n'avait rien d'extraordinaire. Il ressemblait à un type qui arrive de l'étranger et ne connaît pas le monde. Sa timidité, on en fait de la sauvagerie. Son ennui est transformé en tristesse. Tessa ne tombait pas dans le piège. Pourtant, elle voyait Olivier.

Il était différent des êtres qu'elle rencontrait. Cet avantage est vieux comme le monde. En plus, il était épais, taillé dans une matière opaque et ténébreuse · rien de cette grâce qu'aimait la jeune femme. Cela, c'était rassurant. « Au fond, pensait-elle, il devrait m'adorer. Pourquoi ne m'aime-t-il pas ? C'est anormal. Je ne peux pas supporter ça. » L'orgueil n'inspirait pas ces paroles. Elle aurait trouvé drôle que ce grand garçon lui fît la cour et lui obéît.

Il y avait un moyen d'en sortir. Il fallait en parler à Didier. Malheureusement, Didier, elle ne le rencontrait pas souvent. Il apparaissait quand il en avait envie. La famille avait subi de grands changements, depuis la guerre. M. Le Barsac vivait seul, puisqu'aussi bien, il avait perdu sa femme et marié son fils aîné en 39. Son cadet, Frédéric, lui donnait un grand souci. Il menaçait d'entrer dans les ordres. Quant aux Vincay, ils avaient disparu de la circulation. Le

Colonel était mort d'une pneumonie en 42, les filles ne s'étaient pas mariées. Elles devaient travailler, vaguement, les jeunes filles étaient toutes secrétaires, à présent. Tessa n'y rêvait pas sans volupté. Didier vivait à l'écart des siens. Il ne parlait de ses sœurs qu'avec curiosité, demandant à tout le monde de leurs nouvelles. Lui-même ne disait rien de son existence. I ne semblait pas travailler, il sortait beaucoup. Son ami, le comte de Marèges, citait son nom avec vénération, lui trouvait du chic et ne le prenait pas au sérieux. Tessa, elle, le trouvait sérieux. Il avait l'air de s'amuser. Dans la vie, ce n'était pas une mince affaire et elle admirait de tout son cœur le seul ami qu'elle se connaissait au monde. Ah, si, il y en avait un autre, mais tellement officiel celui-là et parlant de la « camaraderie » avec des larmes dans la voix... D'ailleurs Hossenor était son amant.

Le salon d'Edmond de Marèges, avenue Marceau, était bien commode. Il permettait à la jeune femme de voir un monde différent, aussi corrompu que le sien, mais beaucoup mieux élevé. On la trouvait adorable. Ses immenses cheveux blonds, son air tendre, son apparence de gaieté, charmaient tous les invités. Le maître de la maison n'était pas le moins charmé. Il lui serrait la main avec émotion, lui racontait sa vie. Dans les grands jours, il lui décrivait même sa métaphysique personnelle. Tessa se retenait pour ne pas rire. Elle était d'un grand parti pris car les discours du comte de Marèges n'avaient rien de si bête — ou plutôt, elle n'était pas assez difficile de nature pour en juger exactement Mais elle l'avait placé dans une certaine catégorie d'êtres. Elle n'aurait pas eu un instant l'idée de le considérer sous un angle différent. Cet excellent gentilhomme, sans être plus amoureux qu'il ne convenait, souffrait donc beaucoup. Cette souffrance lui donnait une idée : Tessa devait être une femme supérieure.

Didier venait assez souvent dans la maison. Tessa était ravie de le voir, dansait avec lui pour lui faire plaisir ; surtout, elle lui parlait. C'était merveilleux : avec son cousin, elle jouait son rôle et elle ne le jouait pas, indifféremment. Elle était elle-même dans les deux cas. Nous nous pressons beaucoup trop de penser qu'il est en chacun une part d'artifice et une part de vérité. D'un côté l'ambition, l'espérance, les fameux complexes, la comédie — de l'autre le cœur infatigable, le naturel. Quelle erreur ! La réalité d'un être se trouve dans les deux camps et ses masques lui tiennent à la chair plus qu'on ne le prévoit.

Vers deux heures d'un matin de mai, ils étaient tous deux sur un divan de cuir, dans le petit salon des Marèges. Il était question d'Olivier.

— D'abord, il ferait bien dans la collection. Et puis ce serait excellent pour lui. Ça le lancerait dans le monde.

— Il n'écoute personne, pas même son intérêt. Ensuite, tu es trop immorale pour lui.

— Explique-moi un peu. D'où vient ce genre ? Enfin personne ne croit plus en Dieu depuis longtemps. C'est prouvé, archi-prouvé. Ce qu'il est excentrique, ton ami. N'empêche, ce serait drôle et puis, la religion, ce n'est pas si mal, après tout.

— Tu serais parfaite dans le rôle de la Sainte Vierge, sinon que tu as les yeux cernés, comme une personne qui fait trop l'amour.

— Quelle histoire! Je ne fais presque jamais l'amour, comme tu dis dans ton langage répugnant.

Didier baissa les yeux. Il prononçait toutes choses d'un air innocent et gai. Il disait des choses drôles avec calme. Il semblait toujours adossé à un mur invisible. Cet appui lui donnait sa force et sa désinvolture.

— Ecoute, je connais Olivier, mieux qu'il ne se connaît et, ça, ce n'est vraiment pas difficile. C'est un drôle de type. Il a au moins trois caractères différents, il n'est pas facile à résumer. Chez beaucoup, on appelle ça de la complexité, on trouve ça excellent, un signe de richesse, si tu veux... Chez lui, c'est d'une brutalité totale : d'un plan à l'autre, il n'y a rien. Ne bois plus de cognac, ça ne te réussit pas tellement. Il est intelligent, autrefois il avait tout lu. Seulement on ne le voit pas s'intéressant aux « choses de l'esprit » comme dit Edmond. Il est carré, c'est une nature carrée. S'il touche aux idées, c'est en les faisant un petit peu saigner au passage, pour voir si elles sont vivantes.

— Tu n'as jamais été aussi éloquent de ta vie. La vérité c'est que tu es jaloux. Tu as peur que je te prenne son amitié.

— Il n'a aucune amitié pour moi et j'en ai pour lui. Il doit me mépriser, trouver mes projets ridicules... Il est démodé, grandiloquent en silence.

— Vous habitez dans le même immeuble. Tu lui as trouvé une chambre? Je voudrais bien venir vous voir. J'arriverais vers trois heures du matin, en pantalons noirs ou en robe du soir, indifféremment. L'essentiel serait d'être nue en dessous et..

— Oh, la barbe!

— Comment la barbe? Tu as un de ces toupets. Je

suis très bien, toute nue. De visage, j'ai l'air trop douce, mais une fois déshabillée, ça change.

— Ça suffit comme ça. Je n'ai pas l'intention de tomber amoureux de toi. Inutile de m'envoyer des prospectus ou des modes d'emploi.

— Ça alors... !

— Bon. Je m'excuse. Je manque de suavité. Où as-tu mis le cognac ? Détraquons-nous un peu le foie.

— D'ailleurs je ne t'aimerai jamais. Tu es sans beauté réelle.

— Et même sans beauté imaginaire. J'en suis désolé. J'en arrive à pousser des cris de douleur la nuit. Tu es fixée ?

— Ce que tu peux être de mauvaise humeur. Si je t'ai vexé, tu m'as vexée aussi.

— Tu ne m'as pas vexé. Quand va rentrer ton mari ?

— Cette nuit ou demain.

— Tu vas te faire attraper, s'il est rentré. Il est deux heures, un peu plus de deux heures.

— Je ne rentrerai qu'à trois heures.

— Tu as douze ans ?

— Non, mais je trouve idiot de se faire gifler pour rentrer avant trois heures.

Didier eut un rire léger :

— Toi aussi, tu es morale, tu vois...

En tout cas, au sujet d'Olivier, ce n'est pas lui qui la décida. Ce fut Hossenor.

Elle trouvait Hossenor remarquable. Il était terriblement intellectuel, il avait des opinions politiques et sa signature apparaissait parfois dans *Combat* en caractères gras, petits et très noirs. Un soir où ils se promenaient ensemble, les bras ballants — Tessa adorait ces promenades au hasard, les mains dans les poches, une cigarette aux lèvres ; et ensuite elle trouvait ça stupide — un soir, Hossenor lui parla d'Olivier. Il le trouvait enfantin, mystérieux à l'excès et il disait encore :

— Il est de la race dont on fait les fascistes.

La conclusion, il y avait une conclusion, était que la vie le formerait. Tessa réfléchit quelques minutes. Elle avait déjà entendu ces paroles, mais où donc ? Ah, sur les lèvres de son mari. Cette rencontre ne manquait pas d'intérêt. Ce jeune et curieux Malentraide avait donc un certain charme. Elle demanda au journaliste si Olivier était intelligent.

— Le problème n'est pas d'être intelligent. Il est de savoir ce qu'on fera de son intelligence.

Ces soirées se terminaient toujours de la même façon : on allait dans un café, on mangeait des œufs durs qu'on trempait dans du rhum. La jeune femme adressait des œillades aux types les moins moches et les plus costauds. Ceux-ci commençaient à échanger des paroles inconvenantes sur sa poitrine, ses jambes. Hossenor souriait vaguement. Les gros mots ne faisaient pas peur à ces esprits affranchis. Plus tard encore, dans un quartier perdu, on découvrait une impasse. Au bout, quelque chose comme une lumière donnait des formes étranges à un tas de sable. C'était véritablement surréaliste. Hossenor le faisait remarquer. « Au fond, pensait Tessa, la littérature est devenue plus souple, plus charmante, plus vivante. Avec le surréalisme, il est question de l'amour, des promenades au hasard, de fumer quatre paquets de cigarettes dans la même journée. Et puis, il n'y a pas besoin de rien lire. » Didier prétendait que tout cela ne valait rien. Elle ne le croyait pas. Son cousin occupait un autre domaine : celui des confidences invraisemblables, des projets scandaleux. Elle lui disait tout, presque tout, lui demandait conseil pour son maquillage, ses robes. Rien de pareil n'était possible avec Hossenor qui s'intéressait surtout aux statistiques et, dans un film, ne voyait pas les yeux des acteurs, mais les intentions formidables du chef opérateur. L'intellectuel, sûrement, était dans le vrai.

Très bien. Elle dînait avec Olivier le lendemain. Raoul avait invité huit personnes. Elle voyait mal comment son charme pourrait agir. Elle y réfléchit un certain temps, en lisant un roman policier. Seule, chez elle, jamais elle ne fumait — à moins qu'elle ne fût trop malheureuse et vraiment trop abandonnée. Alors, une cigarette qu'on allume, le petit mouvement sec du doigt pour faire tomber la cendre, oui, cela donnait une impression de liberté. En même temps on faisait comme les autres.

Elle mit un costume tailleur qui n'était pas jeune mais qui lui allait bien. Il était noir avec des garnitures grises. Ses chaussures noires au laçage compliqué, ses cheveux en torsade, son visage vertueux, c'était bien elle.

Olivier arriva le premier. Il s'assit sur un canapé, les mains sur les genoux, le dos voûté. Qu'il était grand ! Elle lui dit bonjour, sans le regarder plus longtemps. C'était un bon système. A table, elle l'observa enfin. Vraiment, ce jour-là, il avait une sorte d'intérêt. Il était pâle et mal coiffé. Ce désordre arrangeait son visage trop régulier et rendait plus proches des yeux, des lèvres, qui semblaient toujours regarder ou parler ailleurs. Raoul et ses amis s'entretenaient de questions politiques. Olivier s'ennuyait certainement. « Il faut qu'il soit amoureux de moi, pensait la jeune femme. Il a un air... un certain air... » Elle ne savait formuler sa pensée. Elle savait seulement que ce serait amusant.

Après le dîner le hasard des fauteuils lui permit de s'asseoir à côté du garçon. Elle lui demanda ce qu'il pensait de Didier. Il lui répondit d'un air ennuyé :

— Beaucoup de bien. Il est très gentil.

— Ce n'est pas de l'enthousiasme.

— Il a changé.

— Et vous ? Vous aussi, vous avez changé.

— Je ne crois pas. Ah si, je travaille dans les papiers sulfurisés, ce n'était pas mon idéal dans la vie. D'ailleurs, autant vaut, car je vais être renvoyé.

— Vraiment ?

— Oui, il faut même que je prévienne Raoul. C'est ennuyeux, parce que je ne veux rien lui demander d'autre.

— Didier vous aidera. Il connaît tout le monde. Il a toujours de l'argent.

— Je suis un imbécile. J'aurais dû garder cette place.

— Cher Olivier ! dit-elle. Non, vous n'avez pas changé. Vous êtes toujours ce petit garçon au regard clair et désespéré qui...

— Dans les papiers sulfurisés, interrompit le jeune homme, il y a deux catégories, l'une contient surtout... etc., etc.

Elle était folle de rage. Il devait lui rester quelque chose de cette rage dans les yeux, le soir, car son mari lui fit une cour empressée. Elle ne se défendit pas. Cela lui donnerait le temps de réfléchir avant de s'endormir. D'ailleurs, en pensant à Olivier et en fermant les yeux, elle s'imagina une seconde ressentir un rien de plaisir sous les caresses de Raoul. Alors elle pardonna au jeune homme son insolence.

« C'était la faute des circonstances, pensa-t-elle. Le plus simple est d'organiser un autre dîner. Raoul part en Suisse la semaine prochaine. Je ferai venir Didier. Didier est indispensable. Qui encore? Mettons une petite fille, n'importe laquelle. Par exemple Juliette. Elle n'est pas mal. »

Elle n'était pas mal, mais elle était trop élégante pour un dîner de ce genre. Tessa portait simplement une jupe grise et un poulover noir. Juliette de Saint-Romain sortait de chez Dior. Le repas fut très gai. Il n'y avait pas de plats sérieux. Des pamplemousses, des olives, des radis, des hors-d'oeuvre, de la salade, des fruits, des amandes, c'était un dîner cru ; et à la vodka. Premièrement, il fallait impressionner ce garçon. L'enivrer au besoin. Ces petits chrétiens ne supportent pas l'alcool. Donc il serait ivre. On saurait enfin ce qu'il avait dans la tête. Il crierait, il disputerait, il montrerait sa belle âme. Ce serait passionnant.

Il n'en fut rien. Olivier buvait la vodka comme du petit lait.

— Quel tartuffe! dit son ami. Il prétend qu'il ne boit jamais.

— C'est que je déteste le vin, le cognac et toutes ces saletés. J'aime la vodka. Elle est blanche. Elle est sûrement intelligente.

Juliette de Saint-Romain jugea l'ami du charmant de Vincay un peu bizarre.

Naturellement, il fallait danser. C'était le meilleur moyen de parler. Il y eut une discussion. Didier exigeait des disques langoureux et lents, Tessa préférait les sambas. Finalement chaque couple eut raison. L'un s'établit dans le salon avec la téhéssef. L'autre, dans le bureau de Raoul, avec le piceupe.

Excellent. Olivier dansait avec une ingéniosité étonnante. Tessa ne put s'empêcher de rire. Tout de suite, elle se reprocha cette maladresse. Il allait se vexer. C'était évident. Dans quelques domaines comme l'intelligence, le courage, la danse, les hommes sont effroyablement susceptibles. Ils gâcheraient leur bonheur plutôt que d'admettre une défaite. Au fond, ils n'aiment pas les femmes, ils aiment des créatures qui leur répètent qu'ils dansent bien, qu'ils sont courageux et spirituels. Olivier, pourtant, n'appartenait pas à cette catégorie si répandue.

— Il paraît que je danse bien quand je suis ivre, dit-il. Je souffre amèrement de mal danser. C'est une infirmité.

Tessa le considérait avec étonnement. Il était si niais ou si gentil ? Elle savait tellement, elle devinait si facilement les réponses des autres. Didier aurait déclaré :

— Je dois avouer que je danse admirablement. Il faut ajouter cette qualité à toutes celles que je possède déjà.

Hossenor :

— Tout ça, ma pauvre amie, est d'un conformisme ! Exceptons les danses sacrées chez les nègres. Ça, c'est déjà plus valable comme érotisme...

Raoul :

— Mon petit...

D'ailleurs, Raoul dansait parfaitement et Didier se débrouillait.

— Il ne faut pas vous désespérer. Ça viendra. Quel âge avez-vous ?

— Vingt-trois ans.

— Vous voyez bien.

— Je crois que c'est plus compliqué. Les découvertes ne sont pas données à tout le monde.

— Vous croyez qu'il y a une valeur en soi dans la découverte ?

Il éclata de rire et elle rougit. Cette question, elle l'aurait posée à Hossenor, bien sûr ! Mais elle devenait stupide avec ce type qui, pourtant, ne montrait aucune intelligence.

Ils s'arrêtèrent de danser, pour s'asseoir sur deux chaises, non pas face à face, mais l'un à côté de l'autre. Elle avait fait un dry. La petite Saint-Romain et son cavalier le burent entièrement. Olivier déclara que ce mélange était infect. Il prépara lui-même quelque chose de bien meilleur avec du gin, un rien d'apricot brandy et de citron.

— Longtemps, dit-il à la jeune femme en revenant vers elle et en souriant, j'ai détesté, j'ai admiré les coquetelles. Regardez-moi bien : je suis la dernière personne que ce mot aura troublée. Et puis je me suis aperçu que c'était aussi simple à faire que de s'habiller : ne pas mettre de couleurs, ne pas mélanger le vert et le bleu, le sherry et la menthe...

— C'est une belle Américaine qui vous a appris ça ?

Il rougit légèrement.

— Non... J'ai trouvé ça tout seul.

Très bien. Il avait rougi. Il fallait se laisser embrasser dès ce soir. Se laisser embrasser en riant. Après quoi on se reverrait et elle ne se laisserait plus faire.

— Si nous changions les disques ? J'espère que vous

allez être ivre et un slow serait excellent dans ces conditions.

Il regarda les titres des disques et choisit un morceau de Rex Stewart.

Il dansait déjà mieux, en effet. Sa joue contre la sienne était plaisante : la douceur, chez un garçon un peu sauvage, est aimable. Enfin il avait de grandes mains et elle ne détestait pas cette impression d'être prisonnière entre les pattes d'un ours. En passant devant le bureau de Raoul, elle prit un verre, en but une gorgée et le tendit au jeune homme. Il avala le coquetelle d'un trait.

— Et maintenant, dit-elle, vous êtes ivre ?

— C'est à vous de me répondre. Si je danse bien, je suis ivre.

— Oh, vous dansez très bien !

Elle se serra contre lui. Il était grand, large et maladroit : tous ces signes étaient bien du vingtième siècle, charmants au vingtième siècle, il fallait y obéir. Mais il ne parlait plus.

Ils dansèrent une heure environ. Puis ils partirent à la recherche de Didier et de son amie. Ils ne les trouvèrent nulle part.

— Ces dégoûtants ont filé à l'anglaise, déclara Tessa. Nous sommes seuls.

Elle eut honte d'avoir parlé si fort. Olivier releva ses cheveux de son front.

— Je suis heureuse de cette soirée, dit-elle. Vous vous rappelez que nous avions dansé ensemble, le jour de mes fiançailles. Et pas depuis ?

— Je me rappelais.

— Vous étiez un drôle de petit garçon. Vous m'intimidiez parfois. Vous m'intimidez toujours.

Elle avait réparé sa gaffe (« Nous voici seuls »), en même temps elle disait presque la vérité.

Il ne lui répondit pas et regarda un tableau qui était à la place d'honneur dans le salon.

— C'est un ami d'Hossenor qui l'a peint. Raoul le trouve affreux. Alors je l'aime.

— C'est bien la seule raison pour l'aimer, dit-il. C'est ce qui fait la force de la peinture moderne : ceux qui la détestent ne sont pas aimables.

Il se versa encore un verre de vodka.

— Dieu, que j'aime la vodka !

Il s'avança vers elle, lui prit la main.

— Voilà. Au revoir. Merci.

Plutôt par habitude, elle ferma les yeux, car il allait l'embrasser. Il remit seulement en place une petite mèche de ses cheveux à elle qui était tombée. Ce geste étrange la fit sourire. Elle le regarda descendre l'escalier. Elle était contente et déçue et elle s'en étonnait.

« Il est très intelligent », dit-elle à haute voix en se couchant. Excellente soirée. Il dansait mal, mais il avait su la tenir entre ses bras. Tous ces détails mis à part, c'était un sombre crétin. Elle s'endormit profondément.

III

— Ah ! dit-il avec un sourire, on a fait la foirinette pendant mon absence ?

Tessa le regarda avec mépris. Elle supportait les gros mots et détestait les expressions familières. Puis Raoul se coucha sur elle, etc. Elle était furieuse. Cet homme empâté, bientôt quarante ans, les cheveux noirs luisants, un peu frisés, les mains velues, ce mari ne l'enchantait pas. Il lui faisait l'amour tout de travers, en soufflant comme une locomotive. Puis il essayait de dormir sur sa poitrine : elle détestait cette familiarité. Dieu merci, il n'avait pas un tempérament excessif — son père l'avait dressé sur ce chapitre, lui assurant qu'on doit se ménager, qu'il faut garder des forces pour l'avenir et pour les affaires, etc.

Pourtant, de ces nuits fastidieuses, Clarence était né. Elle n'y songeait pas sans bonheur. Comme il était beau et charmant ! Au fond, elle le préférait à tous les hommes au monde, à la danse, à elle-même. Il lui semblait que cet enfant posséderait quelque chose, une chose qui lui manquait. Quand il était malade, elle ne vivait plus ; elle restait des nuits entières à le regarder.

Son sommeil n'était pas celui des autres. Elle adorait son sérieux.

Elle revit Olivier. Il lui avait téléphoné. Elle se fit emmener au cinéma, un après-midi. Dans l'obscurité, elle regardait les grandes mains blanches de son voisin. Il était agréable qu'il eût ces mains-là. Seul avec elle, il parlait. Il disait des choses étranges. Il lui faisait voir les êtres sous un aspect différent. Il expliquait leur conduite. Il paraissait lire tout ce qu'il disait dans un texte imaginaire, placé devant ses yeux. « Et il a de beaux yeux », pensait la jeune femme.

Les vacances approchaient. Le ménage Le Barsac irait sans doute à Royan. Comment attirer Olivier ? Cette question préoccupait Tessa et Didier.

— Tu n'as plus aucun ressort, lui disait son cousin. Tu n'es même plus capable de séduire cet enfant de chœur.

— Ecoute, ce n'est pas facile. Jamais il ne me fait de compliments. Jamais il ne propose de me revoir.

— Si tu abuses de lui, l'Evêché de Paris ne sera pas content.

— Brave cœur !

— Je devrais le défendre, fit Didier, et je ne le défends pas.

— Tu ne saurais pas. D'abord, tu me préfères.

— Oui, dit-il. Il y a de l'amitié entre nous.

Elle se leva, lui tapota les joues, les embrassa, mais tendrement. Elle l'embrassait de temps en temps. Il prenait rarement l'initiative. Il fermait les yeux, avançait les lèvres. Elle le voulait pour complice et non pour amant.

Tessa découvrait que les deux jeunes gens ne se connaissaient plus. Chacun en était resté à celui qu'il avait connu et s'irritait des changements apportés par le temps et les rêves. Les insolences de Vincay, Olivier les considérait comme des railleries à l'égard des professeurs. Et Malentraide qui dansait mal, qui restait immobile, les yeux sombres, c'était toujours un bon élève perdu dans la vie.

Le soir même, elle sortait avec Hossenor. Il était déchaîné. Il y avait une histoire de pétition, les uns la signaient, les autres ne la signaient pas, on s'y perdait. Pour changer d'air, Tessa lui demanda soudain :

— Voyons, si je te montrais tout d'un coup un diplomate chilien. Si je te disais, je l'ai rencontré hier, il m'a plu, il m'a paru nouveau, nous avons couché ensemble, le soir même et le voici. Que répondrais-tu ?

Hossenor haussa les sourcils.

— La jalousie est un sentiment périmé, quelque chose d'absolument primitif. Ne compte pas sur moi, je n'ai pas ce sentiment-là en magasin. Simplement, j'exige que tu voies des êtres dignes de toi.

Tessa lui adressa une fausse révérence.

— Grand merci, mon seigneur, dit-elle. Il me semble que vous attachez à ces histoires de draps une importance excessive...

— L'érotisme... commença Hossenor.

Il en parla pendant une demi-heure. La jeune femme ne comprenait pas toujours. Mais ça lui paraissait intéressant. « J'ai eu raison, pensait-elle, de ne pas nommer Olivier. Il m'aurait démontré qu'il ne valait rien et il y serait arrivé. » Evidemment, elle méprisait la plupart des hommes. Pas Hossenor qui était si intelligent, si intellectuel. Pas Olivier, mais cela viendrait quand il aurait montré le fond de son cœur.

Elle n'avait rien d'une piquée. Elle ne cherchait pas

à entasser des conquêtes. Elle n'avait pas non plus une sensualité excessive, du moins elle ne le pensait pas. La liberté des mœurs lui paraissait une conquête moderne, une habitude, comme celle de fumer en public pour une femme. C'était le premier point. Quant à Olivier Malentraide, elle avait ressenti une certaine colère, tout d'abord, il ne s'occupait pas d'elle, il ne la regardait même pas. Ensuite, elle savait bien que son beau-père, M. Le Barsac, le haïssait. Il était intéressant de narguer cette famille odieuse. Intéressant de sentir ces grandes mains si blanches...

Didier lui servait d'allié dans cette affaire. Il lui décrivait le caractère de son ami.

— Le plus ennuyeux, disait Tessa, le plus ennuyeux, c'est qu'il ne m'embrasse pas. Je sais que je l'intimide. Mais nous n'arriverons à rien sans cette formalité. Quant à m'en occuper moi-même, pas question. De quoi aurai-je l'air ensuite ?

— Quelles sont exactement tes intentions ? demandait Didier d'une voix douce et calme.

— Elles ne sont pas méchantes. Des « simulacres anodins », comme dit ton grand ami Hossenor...

— Expression qu'il tient de son grand ami Gide... Et après ?

— Je lui en veux de sa force. Il a l'air tellement sûr de lui aussi, tellement enfant... C'est excessif. En général, cette assurance est réservée aux raseurs.

— Il n'est pas raseur ? De quoi parle-t-il ?

— Je n'y fais pas attention. En tout cas, ce n'est pas ennuyeux.

Elle souriait, mordait ses lèvres minces.

— Tu sais, j'aurais facilement de l'affection pour

lui. Il a de beaux yeux, il est grand, il s'habille correctement.

— Le dernier point est moins sûr. Il a d'autres qualités : il est courageux, coléreux... Je serais à ta place, je m'enverrais en l'air avec lui.

Didier de Vincay employait rarement des expressions aussi vulgaires. Elles ne déparaient pas sa conversation, toujours douce, intelligente et sucrée.

— Non. Je ne le ferai sûrement pas.

— Ce que tu es compliquée !

Après un moment de silence, la jeune femme reprenait :

— N'empêche : ce garçon à mes pieds, bien malheureux, bien dégoûtant, ce sera une bonne revanche sur les gens vertueux. Ils m'agacent, ils m'ont toujours exaspérée. Ils ne sont pas sincères, tu comprends, ou alors...

— Ce n'est pas la peine de crier si fort. Je te connais. Tu te donnes du mal pour être vertueuse, voilà tout. Il serait intéressant d'apprendre qu'Olivier...

— Oh, assez de propagande pour ce jeune homme !

Deux jours plus tard, elle le voyait.

Jamais, jamais elle ne s'avouait l'obscure rancune de sa vie, ce besoin fiévreux de sortir du chaos auquel on l'avait condamnée, de s'imposer par une force empruntée, mais la plus assurée, car elle tient à l'opinion des autres.

La perversité, pour désigner Tessa, serait un grand mot. L'impatience, le désir de secouer la vie, une sorte d'effrayante perplexité, oui, c'était plutôt cela. Autrefois, avant son mariage, l'existence ne lui paraissait pas si compliquée. Tout était fou, excessif et provisoire. Elle sentait que cela ne durerait pas. Raoul Le Barsac ne comptait pas vraiment pour elle, à cette époque; au moins était-il un signe de changement. Hélas! Tout avait recommencé. Partout, elle flairait l'imposture. Sa gaieté n'était pas véritable : c'étaient les mouvements d'une femme qui ne respire plus. Pour tous les autres, pour tous ceux qui ne savaient pas cela, cette danse était comique. Imbéciles! Elle étouffait.

Et pourquoi ne pas se venger des hommes? Ils étaient le mensonge. Avec leurs épaules, leur appétit, la politique dont ils parlaient, ils faisaient impression, jusqu'au jour où leur faiblesse éclatait. Ils étaient peureux. Ils pensaient à l'avenir. Ils cherchaient le bonheur. Les lâches!

Un type comme Hossenor était intelligent. Avec lui, on avait l'impression de toucher le fond des choses. Oui, s'il disait vrai, s'il y avait des idées derrière ces objets colorés qui passaient et repassaient, alors, une chance, peut-être, un espoir... Cela faisait une sorte de progrès. Malgré son application, Tessa ne circulait pas très facilement dans cet univers de révélations, de prodiges, de catastrophes, dont Hossenor avait les clés. Elle avait confiance, sans que cette confiance fût très nourrissante.

Parfois, une minute, une heure se remplissaient d'amusement, de passion. Ces instants valaient la peine. Ils étaient là, comme des bouées, flottant longtemps encore dans la mémoire. Quand un homme était cerné par un grand nombre de ces taches lumineuses, elle le trouvait aimable, elle désirait le revoir.

A côté de ces chances, il y avait la désolante vulgarité de son mari. Le mariage était bien un sacrement, l'Eglise ne mentait pas sur ce point. Sinon, jamais la vie commune, jamais cette souffrance étalée au long des heures — ce visage infect et purulent qu'ils formaient à eux deux ! Au début, elle avait cru s'échapper par le mensonge. « Tu fais des progrès, pensait-elle, tu bavardes, tout, autour de toi, te semble véritable et tout est faux. » Cette ivresse n'avait pas duré.

La vulgarité, la faiblesse n'engendrent que la vulgarité. A présent, Tessa se moquait de son mari comme une petite bonne rit de son patron. Assise sur un divan, entre Didier et Hossenor, elle regardait Raoul qui pérorait au loin. Dans un coin de la pièce, Olivier et deux jeunes filles écoutaient.

— Il est de plus en plus chauve, disait-elle. J'attends avec impatience le jour où il sera chauve. Ce jour-là, j'irai brûler un cierge en l'honneur de.. er l'honneur de qui, Didier ?

— Je conseille de ne pas brûler de cierge, fit Didiei Hossenor fronce déjà les sourcils. Il ne trouve pas ça moderne. Allume une ampoule électrique en l'honneur de Karl Marx, ma chérie. Ce sera beaucoup mieux.

— Cet homme si velu ! Après tout, bonne idée.

— Didier aura donc des culottes courtes toute sa vie, déclara Hossenor.

— Mais oui, et de jolies jambes, continua Tessa en riant.

— Hossenor ne s'intéresse qu'aux pieds, dit le jeune homme, calmement. Seuls il les trouve en contact avec la réalité.

— Je ne travaille pas dans l'idéal. Mille regrets.

Les jeunes filles se poussaient des coudes et trouvaient cet échange intellectuel passionnant. Olivier restant immobile, les yeux brûlants, Tessa se tourna vers lui :

— Olivier ne dit rien. Il réconcilie tout le monde. Car il a de l'idéal, mais il le cherche par terre.

— Il ne nous trouve pas assez intelligents, fit Hossenor. Il estime que nous ne comprenons rien à la Sainte Vierge dont il est amoureux. Au fond, c'est un zouave pontifical, on ne le dirait pas, mais c'est comme ça. Il cache sa barbe.

Olivier releva lentement les yeux :

— Je crains, au contraire, de très mal cacher mon ennui.

— Charmant ! fit une des jeunes filles. C'est d'un bien élevé !

Olivier jeta un coup d'œil rêveur sur Juliette de Saint-Romain qui venait de parler. Hossenor reprenait déjà :

— Ne soyons pas injustes. Trouvons un moyen pour l'intéresser, ce garçon. Donnons-nous un peu de mal.

Malentraide fit quelques pas, les lèvres tremblantes, blanc comme un linge. Cela ne dura pas. La jeune femme le regretta. Elle aimait Hossenor, Olivier l'amusait à peine — cela n'empêchait rien : un peu de vacarme, de scandale, des verres cassés, tout cela lui aurait plu.

— Mais... fit Olivier — puis il éclata de rire. Mais, ça ne vous regarde pas. Vous n'êtes pas le maître de maison.

— Je regrette beaucoup, dit Hossenor. J'apprécie quand même la politesse.

Il aperçut les regards et détendit l'expression de son visage.

— Mais je ne suis pas moral. Je ne cherchais pas à vous éduquer. Seulement à vous distraire.

— C'est facile. Il y a quelque chose que j'aime bien. J'adore les gifles.

Il dominait Hossenor d'une tête, et se balançait sur ses deux jambes, les mains dans les poches :

— Oui, j'adore les gifles et je me demande pourquoi on ne m'en donne pas plus souvent. Ça m'élèverait le caractère.

Hossenor était rouge comme un paon. Tessa le trouvait ridicule d'être le moins fort. Elle offrit à Malentraide le verre de vodka qu'elle tenait à la main depuis cinq minutes. Il le vida d'un trait.

Juliette de Saint-Romain prit la jeune femme à part.

— Comment pouvez-vous recevoir un personnage pareil ? Il est d'une grossièreté ! Vous avez vu sa façon de boire la vodka ?

— J'ai vu, dit-elle. Et même il recommence.

— Je trouve ça répugnant.

— Moi aussi.

— Vous êtes forcée de l'inviter. C'est un ami de votre mari ?

— Tout à fait ça.

— Ça ne doit pas toujours être gai de se marier.

— Ma chère petite Juliette, ça se résume en un mot : c'est exaltant.

Didier s'approcha.

— Ça a failli mal tourner, tu ne crois pas ?

— A deux doigts. C'était intéressant.

— Je trouve aussi.

— Demande à Olivier pourquoi il en est resté là. Il a acheté une conduite.

— Il faut trouver l'occasion.

Elle se mordit les lèvres, regarda autour d'elle.

— Attends ! Voilà l'occasion.

Olivier Malentraide venait de renverser son verre sur son costume. Elle le prit par le bras et l'entraîna vers la salle de bains.

— Enlevez votre veston, dit-elle. Ça partira avec de l'eau chaude. Encore un peu, ici. Le sucre, ce n'est pas méchant. Pourquoi n'avez-vous pas giflé Hossenor ? demanda-t-elle sur le même ton de voix, en lui tournant le dos.

— C'était impossible, dit-il. Pas lui.

Elle le regarda. Comme il avait l'air grave !

— Non. Je ne le giflerai jamais. Ça, je me le suis juré. Vous, je l'aurais fait volontiers, tout à l'heure.

— En voilà une idée. Vous êtes une brute. Mettez votre veston. Pourquoi ça ?

Il ne répondit pas.

— Giflez-moi, dit-elle en riant. Ne vous gênez pas, giflez-moi.

Il lui donna une superbe gifle qui la laissa muette d'étonnement. Elle pensait qu'il allait l'embrasser. Il ne la regardait plus.

— Je vous dois des explications, dit-il. Je vous les donnerai.

— Tout de suite, alors. Vous m'avez fait terriblement mal. Vous n'êtes qu'un petit imbécile.

— Sortez avec moi, dans une heure. Je vous attendrai au Philips.

— Vous êtes tombé sur la tête ?

— Ça ne fait rien. Je vous attendrai toute la nuit.

Elle le regarda partir avec étonnement. Elle savait bien qu'elle n'irait pas. Amusant : il l'attendrait. Voir combien de temps il l'attendrait. Quelle gifle il lui avait donnée ! Et pourquoi, grand Dieu ? Une ou deux fois, il l'avait vue se conduisant mal avec tel garçon — là, il aurait pu se fâcher. Pas cette fois-ci. Elle secoua la tête, posa la main contre sa joue brûlante et regagna le salon. « Ça manque d'ambiance », pensa-t-elle. Sur ses indications, Didier fit un coquetelle étonnant avec du gin, un rien d'apricot brandy, un rien de citron. Raoul était complètement parti. Il riait grassement en enlaçant une brune dont le mari, inspecteur des Finances, avait courtisé Tessa tout un été. « J'ai épousé un homme d'honneur, déclara la jeune femme. Il se venge. » Hossenor semblait hébété. Didier l'enivrait perfidement. « Voilà où mène la littérature. Ça devient infect. » Elle avala une coupe de champagne. Elle aimait ce petit vin régional, elle le trouvait amusant. « Et l'autre imbécile qui m'attend en bas ! » Quelle tête il devait avoir, quelle tête ridicule avec ses yeux graves ! C'était un spectacle à ne pas manquer. Elle se retrouva dans l'escalier, sans savoir encore quel était son projet.

Il l'attendait sagement en mangeant des olives. Elle rit de son air sérieux.

— Asseyez-vous, dit-il. C'est très bien d'être venue.

Elle commanda un whisky. Elle cherchait quelque chose, elle ne savait quoi.

— Je vous ai détestée, ce soir, dit-il. Je ne trouve pas votre mari très... très remarquable. Mais vous n'aviez pas le droit d'en parler devant des étrangers comme vous le faisiez. C'était infect.

— Oh !... Pas des étrangers... Didier est mon cousin... Hossenor, un vieux copain... Les jeunes filles, mon état-major...

— Alors, s'il vous plaît, placez-moi parmi les étrangers.

— Ce whisky est délicieux, dit-elle sans lui répondre, car elle trouvait ses paroles aussi ennuyeuses qu'harmonieuses. Tout d'un coup, une idée lui vint et une sorte de tendresse la parcourut :

— Les autres jours, vous n'êtes pas un étranger, Olivier ?

— Non.

— Voyons, vous avez de la sympathie pour moi ?

— Sûrement pas.

— Vous me trouvez jolie ?

— Oh ça... oui, sans doute.

— J'aime que vous me fassiez de la morale.

— Ma morale, dit-il, c'est l'envie de donner des gifles.

— Et vous n'avez jamais peur ? Vous êtes très fort, dit-elle avec ivresse et admiration.

— Oui, je suis fort et je n'ai jamais peur. Pas même de vous.

— Je n'ai pas de chance.

Elle sourit plaintivement, versa un peu d'eau Perrier dans son verre et resta une seconde immobile, buvant et le considérant.

— Pourquoi ne me faites-vous pas la cour ? demanda-t-elle avec effort.

— On vous l'a bien assez faite comme ça, dans votre vie.

Il y eut encore un instant de silence. Puis elle reprit :

— Olivier... J'ai été heureuse de votre gifle, vous savez.

Il rit silencieusement. Malheureusement, il n'était pas ivre du tout.

— Ne vous moquez pas de moi. Je m'en voulais peut-être, moi aussi. Invitez-moi à danser.

Il la prit dans ses bras et tourna en sautillant. Elle éclata de rire :

— Ce que je voudrais vous séduire ! dit-elle.

Il rit à son tour :

— Ce que ça va être difficile !

— Je me doute bien, mon cher, que vous avez un passé romanesque lourdement chargé.

— Vous avez un tas de qualités, et les plus épatantes, certainement, mais je ne vous estime pas.

Elle rit à nouveau. Il avait fait cette confession sur un ton tellement sérieux ! Il avait l'ivresse raisonneuse. Celle de Tessa était embrasseuse, voilà tout. Embrasseuse, embrasseuse, ce mot ne s'employait pas et pourtant il correspondait à sa nature réelle. Elle trouvait qu'elle avait épuisé un être quand elle avait senti le goût de ses lèvres. Voilà pourquoi elle n'avait jamais eu d'amant, sinon Hossenor — un copain, d'ailleurs, un simple copain. Des hommes timides et peu doués pour mille choses possédaient souvent des lèvres intéressantes. L'univers était peuplé de bouches, gardiennes austères de la vérité, du mensonge, du plaisir et d'autres dieux moins farouches. Fiévreusement, elle parcourait ces lèvres et vivait dans leur société. Le petit Malentraide continuait à parler, l'œil perdu dans les songes, la voix dolente. Elle n'entendit que la fin de son discours :

— D'ailleurs, c'est normal. Je ne suis pas sympathique et je n'en souffre pas. Ce n'est pas amusant d'être différent des autres. J'aimerais mieux leur ressembler. Mais il n'y a rien à faire. Tant pis pour moi.

— Oui, oui, bien sûr, tout ça est d'une vérité

profonde et même sensationnelle, si j'ose dire. Mais ne me marchez pas sur les pieds et suivez mon raisonnement : vos yeux sont d'une couleur indistincte et nacrée. Vos joues sont fraîches, vos lèvres sentent le citron et accessoirement le champagne bon marché. Je m'embrouille dans mes discours, mais ça ne fait rien, je ne supporte pas l'alcool, c'est bien connu. Je disais donc : vous serez détestable dans trois ans, vous aurez les passions de tout le monde, vous rechercherez le succès pour vous persuader que vous êtes un homme, naturellement vous ne comprenez rien à ce que je vous dis, aucune importance, tu es beau, tu danses mal, donc tu es beau et maladroit et Malentraide et je suis folle et ça n'a rien de drôle, si tu crois que c'est malin de m'avoir poussée à boire, moi qui ne supporte absolument pas l'alcool, c'est complètement absurde et ça ne t'avancera à rien, je dis : à rien. Cette musique est déplorable, tout ça ne nous avancera à rien, rien n'avance dans la vie, Dieu reconnaîtra les siens, tu l'as très bien dit tout à l'heure. Embrassez-moi, s'il vous plaît.

Elle s'attendait inconsciemment à recevoir une autre gifle qui l'aurait tirée de son ivresse. Il lui dit simplement :

— En public ? Comme c'est mon genre !

L'orchestre avait cessé de jouer. Il paya, l'aida à passer entre les tables et lui prit le coude dans sa main. Ça, il était autoritaire. En fait, il avait les qualités de son métier (son métier étant la jeunesse). Mais Tessa commençait à le détester pour sa froideur souveraine. Il marchait sur la terre comme un dieu insolent.

En même temps, elle avait mal au cœur, elle songeait à l'appartement, à la cendre sur les tapis, aux regards vaseux de son mari, le lendemain. Elle fut distraite de ses pensées par les mains d'Olivier qui entourèrent son visage. Il l'embrassa avec une rare douceur. Elle leva vers lui des yeux confiants.

— Quelle est la couleur de votre rouge à lèvres? demanda-t-il. Bon. Ne répondez pas.

A nouveau, il l'embrassa. Ils étaient devant la porte de son immeuble. Il appuya sur le bouton et entra derrière elle. C'est encore lui qui trouva la clé dans son sac et ouvrit sans bruit. Un grand désordre les accueillit. Trois ou quatre personnes, parmi lesquelles Raoul se trouvait en bonne place, gisaient sur un divan ou par terre. Ce spectacle la dégrisa. Elle éteignit la lumière. Olivier ne devait pas voir ça. Elle l'entraîna à l'autre bout de l'appartement. Elle voulait sentir encore une fois ses lèvres et aussi ses mains contre son visage, dans ses cheveux. Elle alluma une petite lampe, sur une table basse, puis se laissa tomber dans un fauteuil. A son avis, elle allait passer une heure agréable en se laissant embrasser et un peu caresser.

Olivier restait debout, les bras ballants. En lui, quelque chose de gauche, d'imbécile et charmant. Elle aurait aimé voir ses épaules nues. Il se pencha sur elle, l'embrassa avec une certaine violence. Puis il commença à la déshabiller. Elle résista sans succès. Il ne se gênait absolument pas pour déchirer ce qui lui déplaisait.

— Sale brute, dit-elle. Vous esquintez tout. Jusqu'à cette soirée qui était si bien.

— Chère Tessa, dit-il, vous avez de la mélancolie de reste.

Il embrassait ses épaules et ses seins. Ce mélange de force et de douceur avait toutes les chances de succès.

Elle devait se l'avouer. Quand elle fut déshabillée, il l'étendit par terre et fut son amant. Ensuite elle parlait et criait à la fois :

— Je te déteste... Tu n'es pas trop maladroit pour un chrétien... Comme tu es grand !

Après elle serra ses bras autour de sa taille pour le garder en elle. Le poids de ce garçon lui plaisait. Elle n'avait pas eu le temps de réfléchir à rien. C'était un excellent amant. De ce point de vue pratique, il n'y avait rien à regretter.

Elle sentait ses muscles et ses os. Elle aimait cet assemblage.

— J'aime ta force, dit-elle.

— Pas moi.

— J'aime aussi ta voix et tes cheveux. Et toi, tu n'aimes rien, en moi ?

— Si, dit-il... Si. J'aime que vous soyez nue et sage et blanche, sous une lampe qui ne vous éclaire pas beaucoup.

— Tu ne seras plus sauvage, à présent, dit-elle encore, en lui caressant les cheveux et en refermant ses yeux du bout des doigts. C'était amusant de sentir ce regard triste, prisonnier — elle l'effleurait, il battait faiblement sous sa main.

— Je ne suis pas sauvage, dit-il lentement. Je fais semblant.

— Si. Mais tu seras mon sauvage. Tu n'aimeras que moi.

— Je n'aimerai que vous.

— Tu me verras tous les jours et tu m'obéiras.

— Je vous obéirai.

Elle se redressa, puis l'embrassa sur tout le visage.

— Tu es beau. Ne parle pas. Je suis ta maîtresse.

En appuyant sur l'interrupteur, elle fit clignoter la lampe. Il apparaissait et disparaissait comme un bloc de marbre, étranger, obsédant, venu du fond de la nuit. Une certaine tendresse remplissait le cœur de Tessa. En même temps elle pensait : « C'est gagné. Puisqu'il ressemble à une statue, il sera malheureux comme les pierres. » Elle songea encore à son mari et à Hossenor, vautrés dans le salon. Elle sourit amèrement.

IV

« J'aurais fait un fameux révolté. Quel dommage que je ne sois pas né dans une autre époque, dans un autre milieu ! Ça, Didier, tu ne peux pas le comprendre. J'aimais l'ordre jusqu'au délire. Je ne sais pas si j'allais trop loin. Ce que je voyais autour de moi m'indignait. C'est un sentiment dont je suis revenu. Tu trouves drôle que j'avale d'un coup ces grands verres de vodka ? C'était ça votre monde moderne ? C'était si simple ? Ça consistait à boire très vite cette gorgée d'alcool. Quel enfantillage ! Comme j'étais sérieux à quinze ans !

Je me suis sauvé en Angleterre, dans les premiers jours de 42. Ca n'est pas la peine d'employer un autre mot. J'étais, naturellement, admirateur de Bainville, nationaliste, chauvin. C'étaient de bonnes idées. Ça ne donne pas du courage. Je ne fais pas allusion au courage qu'il faut à la guerre. C'est très facile, la guerre. De loin, on ne distingue que des instants d'émotion, de la fumée, le visage de Fabrice à travers la fumée. De près, on s'ennuie, on se laissera mourir de la même façon quand il le faudra. On ne sera jamais seul : ce qui est tellement terrifiant les jours ordinaires devient épatant une fois qu'on doit y rester. Bon. Alors assez de mélo. La seule chose difficile est de prendre une décision. Partir de chez soi ! Claquer les portes ! Au fond, ils étaient gentils avec moi. On m'avait installé dans un rôle. Si j'en sortais, je dérangeais les idées de ma famille. Ces idées sont comme un puzzle — elles imitent merveilleusement la réalité. Qu'il manque une seule pièce, que le moindre changement se produise, et la vie devient impossible.

D'autres raisons, j'en trouverais. La colère, l'impatience, pourquoi pas la curiosité ? Loin de couler dans des fleuves séparés à l'avance (alors la colère devient courage et la curiosité sagesse), tout cela allait bondir, se retourner, s'abattre sur moi.

Partir pour Londres était une des choses les plus difficiles de la terre, si l'on n'avait pas de relations. Tu n'as pas besoin de rire. Il existait des réseaux, des chaînes. Je n'en savais rien.

Je n'avais pas d'argent du tout. J'aurais pu en voler à mon beau-père. Depuis deux ans... enfin depuis la mort de ma mère, nous ne nous parlions presque plus. J'étais logé. Je mangeais ce que je voulais. Je ne sais pas si tu te rappelles, j'avais le même costume — eh bien, ça, tu vois, cette veste trop courte, ridicule, voilà une chose qui vous fait partir de chez vous. Ne pas le dire à haute voix, surtout ! Ne pas avouer que la guerre n'était qu'une occasion.

Je ne me plains pas une seconde. M. Le Barsac était un homme pitoyable et bon, il l'est resté, j'imagine. Tout ça est compliqué. Chacun avait ses torts. Pour être franc, c'est lui qui souffrait de me laisser à l'abandon, sans un sou pour acheter mes livres de classe, etc. Et c'est moi qui étais heureux de mon dénuement, du rôle qu'il jouait par ma faute. Dès cette époque, j'étais le plus fort. J'étais le plus fort le lendemain de la mort de ma mère. Ça me libérait de ce côté-là. Je te ferai un dessin sur un tableau noir, le jour où tu voudras comprendre.

Est-ce que tu te rappelles un type qui venait beaucoup à la maison, juste avant la guerre? Il s'appelait Pierre Daverny. Un avocat. Il était intelligent, un type osseux, tu ne vois pas? Il venait me voir tous les six mois. Il m'emmenait déjeuner. Je suis parti en Angleterre grâce à lui. Ce type-là avait quelque chose de bien, il ne vous conseillait jamais d'être prudent, de se ménager, etc. Au lieu de trouver excessif de ne dormir qu'entre deux heures et sept heures du matin chaque nuit, il comparait avec ses anciennes performances. Il ne s'étonna pas du tout de ma nouvelle lubie. Il me répondit que j'avais raison, qu'il était idiot de vivre une époque pareille sans s'agiter, que les Allemands étaient coupables, etc.

J'ai voyagé dans une sorte de bateau de pêche. Mon vieux, c'était du courage. Primo, j'avais le mal de mer. Secundo, je ne sais pas nager. Mais j'étais si content de quitter la France! Je n'aurais jamais pensé à ça sans tous ces événements. Quelle délivrance! Et quelle chance! Une fugue approuvée par la morale.

Je débarquai en Angleterre le 3 février 1942. Londres était un roman de Dickens, un jouet Hornby. J'étais ivre à la pensée de tout ce que je laissais derrière moi : mes grandes ambitions intellectuelles, la vie bien tracée que je m'étais fixée plus jeune, tant de rêves qui avaient pris l'apparence compacte de projets. Avec quelle joie, une joie inimaginable, avais-je, en un jour, saccagé cet univers! Je ne sais ce que je reprochais inconsciemment au vieux temps — au vieux monde. J'avais adoré la philosophie, l'histoire, les sciences exactes, si touchantes avec leur imperturbable gravité. Tout d'un coup, je les avais regardées comme on regarde de vieilles maîtresses. Vite, un peu d'air. Trop d'idées avaient défilé sous mes yeux. Je ne les respectais plus. J'avais rêvé de la philosophie universelle à quinze ans et c'était fini. Je n'aurais jamais d'enfant de cette personne majestueuse.

J'avais une religion, une sorte de religion : un catholicisme violent et plus logique sans doute qu'il n'était mystique. Pour le reste, je ne connaissais rien de la vie. C'est le seul point sur lequel je n'ai pas changé.

Il était doux, le premier soir, à Londres, de manger des saucisses fumées, de la confiture de myrtilles, dans une chambre d'hôtel, sous un bombardement : un vrai. Il était même amusant de relire *Athalie.* Comme un imbécile, je m'étais trompé de volume. L'aventure, oui, mais avec un bon auteur! C'était sagement calculé. L'aventure, comme on dit, n'est qu'une alternance d'émotions vives et d'ennui. Les unes n'iraient pas sans l'autre.

Le lendemain, Daverny m'emmenait dans un cottage, gardé par un marin. On m'interrogea. Tu as lu des livres sur la question. C'était sans intérêt. J'avais choisi automatiquement, par une sorte de réflexe (jamais je n'y avais pensé auparavant) : l'aviation. Tu peux rire, c'est permis. Moi-même, l'idée que je serais aviateur m'amusait profondément. Je m'étais fait une belle surprise en répondant ça. Daverny entrait dans un état-major. Il m'accompagna jusqu'au premier camp d'entraînement où je devais passer trois mois.

Au moment de le quitter, je lui dis qu'il s'était conduit comme un père pour moi, ce qui le fit rougir. Nous ne nous sommes jamais revus. Il est parti en Afrique au moment du débarquement. Je crois qu'ils ont fait toutes sortes de gouvernements, là-bas, pour commencer. Il a d'abord été chef de cabinet d'un ministre, puis commissaire à quelque chose : l'information ou la marine marchande, je ne sais pas. Ensuite, on m'a dit qu'il avait été nommé préfet, dans le Midi. Ça m'a paru d'une incroyable bêtise. Maintenant, j'ai reçu une lettre. Il est à Madagascar, il dirige le cabinet du gouverneur. Il paraît que c'est très important.

De mon côté, je ne restai pas en Angleterre. J'avais un cœur excellent, des connaissances générales qui épataient mes instructeurs. Je fus désigné avec cinq Ecossais, un Irlandais et un Polonais, pour aller au Canada, suivre un entraînement spécial.

Le voyage me plut beaucoup. Pas le Canada... Notre camp était situé aux environs de Québec. J'étais libre. Je vivais à l'air libre. Je me rappelais ma famille comme une moisissure sur un fruit piétiné. J'avais eu une autre famille... Celle-ci était la pire de toutes : elle manquait de rigueur. J'enviais Baudelaire, Stendhal. Au moins, ils avaient eu quelque chose contre quoi se révolter. Moi, rien, une fondrière, un humide empire journalier et creux. Quand tout ce qui vous entoure est aussi déplaisant, il vaut mieux se heurter à des principes. Oui, cent fois, mille fois des principes, plutôt que des fantômes.

J'avais passé mon brevet de pilote. C'était au milieu du mois d'avril 1942. J'effectuais un grand vol au milieu de l'Amérique. Un des avions qui nous accompagnaient est entré dans le nôtre. Il faut dire que nous étions en plein brouillard. Nous étions quatorze dans l'appareil qui avait pris feu. On ne se douterait pas à quel point ça dure longtemps. On ne manque pas de temps non plus dans les catastrophes. Nous avons sauté en parachute. Je n'étais pas mauvais dans les parachutages. Le cœur vous bat à tout rompre pendant quelques secondes. Et puis on est tellement heureux de flotter ! Comme si on respirait après une noyade. Enfin, cette fois-ci, mon parachute s'est ouvert trop tard. Il m'a freiné au dernier moment et j'ai traversé en flèche des branches d'arbre, je ne sais pas quoi d'autre. On m'a ramassé et conduit dans un hôpital. J'étais dans le coma. On m'a fait plusieurs transfusions. Si j'ai changé de caractère, je le dois sans doute à ce sang nouveau : un sang américain, un sang de bon vivant. Au bout de quelques jours... Je ne te fais pas le compte de mes blessures. C'était du genre idiot : une cuisse cassée, des côtes, etc. Donc, au bout de quelques jours, je me suis rendu compte que j'étais en vie. On m'adressait des compliments de tous les côtés.

Ensuite, tu imagines comme on se trouve intéressant. On marche avec des cannes. On mange du bouillon de légumes, des pêches cuites. On lit Alexandre Dumas et Dickens à la bibliothèque. Des dames viennent vous voir et vous apportent des paquets. Le soleil est neuf, chaque matin.

Au début juin, j'étais presque rétabli, j'eus la chance de rencontrer un lieutenant qui appartenait à la Mission Militaire Française. Il était vaguement chargé, je l'ai compris plus tard, de récupérer les Français incorporés dans les Armées Alliées. J'appelle ça une chance et je n'en sais rien. Dans la mesure où mes camarades d'entraînement furent tués pour la plupart, évidemment... Mais moi, j'ai toujours été un opposant, un réfractaire. J'aurais été dans la minorité.

New York me fit tourner la tête. C'était une ville à mon goût : une Ville. Au Canada, j'avais aimé l'air qui était vif, ce qu'il y avait de solide en toutes choses. Ah, et aussi les bagarres, l'amitié qui se manifestait dans les bagarres. A New York, on ne se battait pas pour rien. Mon métier était amusant. Nous étions en guerre avec les Américains. Il fallait leur chiper tous les Français qu'ils enrôlaient. Le but était de grossir les effectifs des Armées de la France libre. Tu penseras que j'étais dans un bureau, en train de tirer des plans et de comploter. Eh bien, pas du tout. Ce qui avait plu, en moi, au lieutenant Caplain — il s'appelait Caplain — c'était ma taille, mes épaules. Je lui servais de garde du corps. Il y avait trois façons de procéder. D'abord les permissionnaires. On reconnaissait vite les Français à leur tenue débraillée (ou au contraire à leur aspect trop pimpant). Il fallait boire avec eux, leur raconter des histoires. C'est en voyageant qu'on découvre à quel point les Français ont le cœur tendre. On les fait pleurer comme un rien en leur parlant du vin rouge, des toits de tuile ou d'un clocher de village. Dans tout ça, je n'étais pas mauvais. Je préparais le terrain. Caplain ou un autre officier arrivait ensuite. Regards loyaux, longues poignées de main, etc.

Dans la seconde méthode, l'émotion n'intervenait pas. On entrait dans les camps et on organisait des désertions. Naturellement, on ne nous laissait pas entrer. Il fallait nous présenter comme des Belges ou des Polonais. On pouvait aussi se disputer avec une sentinelle. Ce n'était pas le plus mauvais.

Le troisième procédé était la voie régulière : paperasses sur paperasses. A force de réclamations répétées, les Américains nous rendaient de temps à autre un alcoolique invétéré. Naturellement, nous prenions n'importe quoi. Des Italiens, des Suisses, des Canadiens faisaient admirablement notre affaire. C'est ce qui rendait les Américains complètement fous.

Pendant toute cette période de la guerre, comprise entre le 12 juin 1942 et le 20 mars 1943, j'ai bu beaucoup trop de whisky, j'ai passé un mois en prison ; on peut compter encore : trois foulures du poignet, deux dents cassées, une fracture du crâne. C'était bien amusant. J'étais sergent dans les Armées Françaises, je mesurais un mètre quatre-vingts, je pesais soixante-dix huit kilos et j'avais dix-neuf ans.

Je ne t'ai pas parlé de ce qui ferait briller tes yeux, car les amours des autres ont toujours beaucoup de succès. En Amérique, on croit, on s'imagine que les femmes sont des héroïnes de romans policiers. Ce n'est pas vrai. Ce sont des femmes d'intérieur. Il est vrai qu'à l'intérieur de la nuit, elles ne sont pas mal non plus.

Les Français intéressent. En public, on les méprise. Dans l'intimité, on leur pose des questions. Une blonde m'a dit un jour qu'il y avait les hommes, les enfants et les Français.

C'était un premier point. De mon côté, si je n'avais rien de séduisant, j'avais des talents. Par exemple, dans les regards tristes, j'étais imbattable, reconnaissons-le franchement. J'étais peu loyal, sans scrupules. C'est ce qui arrive toujours quand on place sa morale trop haut. Je ne me faisais aucun reproche. Je m'étonnais seulement de voir réussir les mensonges les plus grossiers. Etre bon comédien, tu sais ce que ça veut dire ? Ça veut dire : fuir la nature de toutes ses forces, porter un masque en carton-pâte, reconnaissable à cent mètres. Voilà le comédien.

....

Une ou deux filles lui éclatèrent de rire au nez. Puis une femme au visage immuable, aux yeux noirs, à l'air calme, s'empara de lui et l'entraîna vers un canapé où il se laissa tomber, en conservant sa raideur native.

— Vous vous êtes passé la tête sous l'eau ? lui demanda-t-elle. L'avez-vous fait vraiment ?

Il ne la regarda pas. Le regard fixe, il commença à parler français.

— Tout ici m'intéresse. Les temps sont venus et je suis désespéré. Officier, déjà, des légions de l'Europe : la force, le sentiment de la force. Tout ici, évidemment, m'intéresse et me dégoûte.

La femme l'abandonna. Il laissa retomber sa tête en arrière. Comme ça, il n'avait pas mal du tout. Il voyait le plafond et cette surface blanche avait tout pour lui plaire. De temps à autre, à travers le grillage de ses cils, il distinguait les couples. Ceux-là, il n'aurait pas parié très cher qu'ils existaient vraiment. Un petit peu, juste un petit peu et la grande nappe blanche qui entourait la pièce pour les ensevelir.

La lumière inondait les murs. Les autres dansaient et riaient. A nouveau il se trouvait à l'écart. Cette solitude n'était pas cruelle. Il y puisait sa force — c'est-à-dire qu'elle était plus forte que lui. Il venait d'un autre temps et considérait avec ivresse la dissipation du temps futile où il vivait.

A la fin, il suivit le conseil de la jeune statue et remonta l'escalier. Les rires américains lui chatouillaient le cou comme des grappes de raisin. Oui, on pouvait sans doute mettre la main sur cette gaieté, la presser contre ses lèvres. Mais tout lui défendait de le faire. Au premier étage, il hésita parmi les portes. Avançant le long de la balustrade, il tomba sur des vêtements qui jonchaient le sol. Maintenant, il respirait une odeur de fourrure. Ce n'était pas désagréable. La vie était sans doute de se tremper la tête dans l'eau, de rejoindre les danseurs. Il préféra rester sagement étendu, les mains immobiles contre sa poitrine. Alors il croyait vivre, oui, quelque chose lui jurait qu'il avait raison et qu'à travers tout cet alcool, ces souvenirs récents, une vérité troublante, dans une robe blanche allait s'avancer vers lui, poser ses lèvres sur les siennes.

Les lèvres de Jane. Son existence était folle et stupide et il l'aimait ainsi. Toutes ces randonnées en voiture, ces parties organisées n'importe où, ce désordre fiévreux — eh bien, il était à l'aise dans cet univers. Dieu qu'il avait découvert des plaisirs simples : celui de conduire à toute allure dans la nuit (et l'amusement d'entendre les motos de la police derrière soi. Jane donnait un chèque et proposait du whisky). Voir beaucoup d'êtres. Passer au milieu d'eux avec une double indifférence, parce qu'on est français et parce qu'on appartient à une femme.

Elle le regardait dans les yeux. Elle était belle comme une statue. Il n'aurait jamais deviné tant d'heures voluptueuses dans cette inconnue, cette dame en noir.

En plus, il était un homme. On l'avait trompé sur lui-même. On lui avait dit qu'il était bon pour les études, une vie doucereuse et coite. Quelle imposture ! Il était fait pour s'enivrer et se réveiller sans le moindre malaise, le lendemain. Il lui fallait du mouvement, des cris, et le corps brûlant de Jane contre le sien.

Le plaisir lui apparaissait comme une chose grave. C'était un mystère et s'il existait un autre mystère que celui de l'Eglise, le monde était donc gouverné par deux princes, deux princes ennemis sans doute. Il ne comprenait rien aux gens qui parlaient de tout cela avec des rires, une nonchalance écœurante. Il haïssait cette complaisance.

Jane et lui parlaient, riaient; elle avait certainement un caractère : il s'effaçait dans le souvenir d'Olivier. Son injustice était grande. Les êtres, pour lui, étaient limités à leur « nature essentielle ». Ils ne portaient qu'une couleur, une devise. Aussi, ce garçon intelligent écoutait les autres, et ne répondait presque jamais. Les questions intellectuelles l'intéressaient chez Spengler, chez Nietzsche, pas chez les gens qu'il voyait. L'une c'était un certain sourire, ou bien une prononciation ou bien un geste, par hasard, un jour — et Jane, un corps de statue. Il était trop sensuel pour être compréhensif. Le règne de l'immédiat était le sien.

L'avantage de cette vie fiévreuse, c'était la négation de certaines questions. Suis-je heureux? Où vais-je? — elles ne tourmentaient pas beaucoup Olivier en temps normal. Encore moins depuis qu'il était l'amant d'une belle excentrique.

C'était encore les journées brûlantes, passées à la campagne, dans sa maison. Elle le cachait. Il lisait des magazines démodés, de vieux romans et aussi des lettres qu'elle lui écrivait sur n'importe quoi : sur des mouchoirs, le dos rasé d'un dogue, les portes. Son crayon était un bâton de rouge à lèvres. Elle le nourrissait uniquement de fruits. Il était assez intelligent pour comprendre que ce désordre faisait tout son amour pour elle. C'était la rançon de son ancienne sagesse. Il avait été imbattable en grec, en français, en histoire. Il était de première force dans les whiskies, les femmes et les grandes vitesses au volant. C'était simple et terrible à la fois. Si le mot « terrible » paraît trop fort, disons que c'était un peu ennuyeux : quelle sécheresse tumultueuse, derrière ces talents!

Quand il songeait à son passé, Olivier ne voyait que de la paresse, de l'égoïsme, un honteux laisser-aller.

Il y avait eu la pauvreté. Il y avait eu la douleur. Mais la pauvreté n'était pas définitive. Il n'était ni dans son pays, ni dans son destin. Quant à la douleur, c'étaient des enfantillages. On est malheureux parce qu'on ne vous a pas donné la boîte de meccano à laquelle on rêvait. On est malheureux parce que nos parents ne sont pas comme on les souhaiterait.

....

Je t'ai donné une date : le 20 mars 1943. Les Américains en avaient assez de nous. Nos officiers regagnèrent Alger. Je les suivis, après un mois passé dans un camp, en plein Texas. Bonne région, le Texas. Région sauvage. On m'expédia ensuite sur un bateau. Quelle traversée ! Tu ne peux imaginer. Quelle chaleur ! La paix, le temps de paix, pour moi, c'était alors un verre de citronnade. On me débarqua au Maroc où un capitaine français voulut m'affecter à un camp de prisonniers. C'était mon genre ! Je fis valoir mon brevet de pilote, un tas de papiers prouvant que j'avais eu le premier prix de bombardement, etc. Sur le terrain de Casa, il y avait six vieux Blenheim, assez maniables malgré tout. Je m'y habituai très vite. Je transportais des officiers, du Maroc en Algérie et réciproquement. Je me fis des amis et un beau jour on m'envoya, rends-toi compte, en Italie. Je faisais partie d'une escadre de forteresses volantes, dont le terrain était à Naples. Ce fut le coup de foudre : j'adorais les Italiens, j'adorais Naples, j'adorais les avions, j'adorais la vie.

Ce n'était pas la guerre pour de vrai. Ne t'imagine pas des choses extraordinaires. Le bombardement demande d'autres qualités que la chasse. Un bon pilote de bombardement se reconnaît, s'il ne crispe pas trop les mâchoires et s'il est capable de s'occuper simplement de son tableau de bord au milieu d'un tir de barrage. Ça demande du calme, de la simplicité.

Je fus abattu dès ma troisième sortie. C'était peu de temps avant la débâcle allemande. J'avais une jambe cassée, la même qu'en Amérique. Les Allemands me firent prisonnier sans trop de sauvagerie. Je fus délivré trois semaines plus tard par des partisans qui me causèrent une peur épouvantable. Puis une division marocaine arriva. J'allai passer une permission d'un mois à Tunis. J'avais un peu d'argent pour la première fois de ma vie — de l'argent à moi. Parce qu'en Amérique...

En Amérique, je ne m'étais pas toujours très bien conduit de ce côté-là.

Tout d'un coup, l'envie d'aller en France me tourna la tête. Je commençai des démarches. Il se trouva que le moyen le plus facile était de regagner l'Amérique, où l'on me verserait dans une escadre de bombardiers de nuit, en formation. Tout ça fut une profonde erreur de ma part.

A peine débarqué, on me trouva du paludisme. Je te jure que c'était une pure invention. On m'enferma. Au début du deuxième mois, je m'échappai en assommant une sentinelle. Ce sont des manières que les Américains détestent. Je fus recherché et si je ne fus pas pris, je le dus à des procédés qui n'ont rien de fameux. Je partis à la recherche d'une amie que je m'étais faite autrefois, qui s'appelait Jane S... Elle me cacha trois mois. Puis elle en eut assez et me jeta à la porte. J'étais bien ennuyé. Je demeurai un mois à New York, vivant d'une drôle de façon. Enfin les journaux m'apprirent la venue d'un général que j'avais transporté plusieurs fois, de Casablanca à Alger. Il me fit savoir que le moyen le plus simple d'arranger les choses était de m'engager dans une formation américaine, à destination de l'Extrême-Orient. Les Yankis étaient sensibles à des gestes pareils. C'était donc entendu.

On m'envoya d'abord aux Philippines. Puis à Hawaï. J'effectuai trois heures de vol et la bombe atomique m'empêcha d'aller plus loin.

Pour que tu ne penses pas que j'étais un sacré maladroit, je te signale que les Japonais ne m'ont pas abattu une seule fois pendant ces trois heures.

Je m'entendais bien avec mes collègues. Les Américains sont du vingtième siècle : ils volent de naissance. On ne leur apprend pas les tactiques allemandes ou anglaises qui sont plus brillantes. Ils travaillent bien tout de même quand un général ne les oblige pas à voler trop haut.

Tandis que je marchais dans les rues d'Honolulu, dans un uniforme de toile beige, je pensais de temps en temps que je n'étais vraiment pas à ma place dans ce rôle; qu'il y avait là une imposture, que les autres finiraient par la découvrir et me renvoyer dans une école à Paris.

On se fait beaucoup d'idées fausses sur les Hawaïennes.

La guerre était finie. Il y eut des prises d'armes, des défilés. J'aurais donné cher pour aller au Japon.

Je ne vois plus grand'chose à te raconter. Je fus démobilisé six mois après la capitulation japonaise. J'étais alors à San Francisco. C'est une ville qui n'a rien d'extraordinaire.

J'avais beau chercher, je ne voyais rien à faire, pour moi, dans la vie. Travailler, se marier, bien sûr, bien sûr... J'avais encore de l'argent. Il fallait que je reste en Amérique. Je ne pourrais pas te dire pourquoi. J'avais l'impression qu'en France... Oui, en France, tout recommencerait comme avant. Je perdrais l'avantage de ces années remuantes. Je n'aurais plus l'air d'un homme.

Ça ne marchait pas. Dans une compagnie privée où l'on m'engagea, pour conduire un autocar, je fis des imbécillités. J'étais ivre au départ, ivre à l'arrivée. J'insultais les passagers. Note bien que je n'aimais pas l'alcool. C'était un genre. Et puis, après tout, si. J'aimais peut-être ça.

La misère n'est pas tellement difficile, quand on sait qu'un événement pourra, — sinon l'abroger — du moins la couper en deux. Si je quittais l'Amérique un jour, si je me décidais, j'avais au moins une chance, en France, de reprendre une vie normale.

Là encore, il y a plusieurs méthodes. En ne déjeunant pas, la journée est difficile, mais on a un but, chaque heure vous fait progresser. Et puis, entre le dîner et le sommeil, quelle époque heureuse !

Quand on m'a rapatrié, j'ai pensé que j'allais te retrouver marié, avec des enfants. Et tu habites une chambre de bonne, tu n'as plus qu'un costume propre, tu passes ton temps chez des gens et tu crèves de faim. Ce n'est pas réussi non plus. Des enfants t'auraient fait beaucoup de bien.

Ta mère est à moitié folle — elle l'était déjà, mais c'était l'autre moitié de la folie ; elle est passée du côté insociable. Une de tes sœurs travaille dans un bureau, l'autre est vendeuse. Rien de bien confortable dans tout ça.

Mon beau-père...

Ah, oui, il y a encore cette petite Tessa. Je me demande comment vous pouvez être amis. Vous n'avez rien de commun.

Voilà trois mois que je te vois à peu près tous les jours. Tu as l'avantage de ne pas poser de questions. Mais tu as l'inconvénient de t'ennuyer. Tu es trop paresseux pour être intéressé. Tu verras. Tu n'épouseras même pas une blonde milliardaire — seulement une petite fortune, la médiocrité, Didier, fais attention ! Dans mon esprit, tu as six mois pour réussir un coup éclatant. Alors nous ne boirons plus de la vodka dans des verres de cuisine, tu m'inviteras à chasser le dimanche et ta femme sera amoureuse de moi. Ne ris pas. Ça, j'y tiens.

Je continuerai à prendre le métro. La paix est venue. Barbès-Rochechouart, Trinité, Concorde ont remplacé Honolulu, Frisco, Newhaven. Dieu merci, je n'aimais pas la guerre, enfin, pas spécialement. Mais il faut avouer, il faut avouer...

Dans le ménage Le Barsac, il y a eu des changements plus intéressants. Les opinions politiques de Raoul me font rire, parfois, la nuit, quand je me réveille. Non pas qu'elles soient mauvaises. Elles sont excellentes, recommandables. Elles lui vont mal, voilà tout. Il s'est converti. Il n'est pas né révolutionnaire et la révolution exige des aristocrates dans leur genre, des gens qui ont une tradition, un souffle derrière eux.

Tessa s'est décapée. Pour les autres, elle produit toujours l'impression d'avoir dix-huit ans. Pour moi qui ne l'avais vue depuis si longtemps, sa peau a durci, ses yeux ont foncé. Voilà trois mois qu'elle me regarde d'une certaine façon que je connais bien. Elle ne sait pas qui je suis.

En tout cas, elle peut se moquer de moi. Je ne verserai pas des torrents de larmes. Et si c'est le contraire, si c'est moi qui me moque d'elle, alors tout sera dans l'ordre.

L'ordre ! Je sais bien ce qu'il a fait de moi et quelle pauvreté il apportait avec lui. Oh, je sais. J'accumulais des expériences, je fabriquais des souvenirs. Mais la mémoire est d'une autre haleine. Elle fait ce qu'elle veut. Mes manières ne lui convenaient pas. Elle m'a rejeté, elle m'a renié.

Journées passées dans la désolation éternelle ! Heureusement que cette nouvelle lubie m'est entrée dans la tête. D'ailleurs je ne t'aurais pas raconté tout ça si tu ne t'étais pas amusé à fouiller dans mes affaires, à trouver ces papiers. Je trouve tellement ridicule d'écrire. Publier un livre, oui, c'est permis. Mais il faut écrire en cachette. Maintenant que tu sais ce qui m'est arrivé, je serai moins ridicule. Après mon premier accident, je te l'ai dit, on m'a fait une transfusion de sang. Un roman, c'est exactement pareil, dans l'autre sens. On perd un peu de soi-même. C'est une bonne chose. On est toujours trop riche de soi, riche à éclater d'apoplexie.

D'ailleurs, je peux encore tout déchirer. Alors, au lieu d'écrire ce qui m'arrivera — ça m'arrivera. Tout n'est donc pas perdu. »

V

Très désireux de ne pas perdre un pouce de son intelligence, M. Le Barsac faisait le bilan de sa fortune, de son passé, et, en quelque sorte, de tous les événements de son existence qui l'entouraient à présent, comme des courtisans, le chapeau à la main, attendant le lever du Roi. D'une part, il avait établi sa situation matérielle sur des bases solides. Il possédait un navire de pêche qui drainait les mers pour lui, de vastes prairies dans le nord de la France, une grande quicaillerie au centre de Paris et une fabrique de toile cirée dans la banlieue. La diversité de ces industries donnait à l'argent qu'il en tirait des couleurs également diverses, également rassurantes, car il paraissait impossible que tant d'idées saines fussent improductives, le monde ayant grand besoin, à la suite des guerres qu'il avait entreprises, de poisson, de beurre, de casseroles et de toile cirée. Il suffisait à M. Le Barsac de se plonger dix ans en arrière pour admirer le chemin qu'il avait parcouru et qui l'avait porté, aujourd'hui, à figurer parmi les riches hommes de la nation. Sans doute le présent était-il moins fécond en motifs d'émerveillement, car une mévente immorale régnait sur les articles de ménage, plusieurs ruminants étaient morts, la situation politique restait angoissante et qui dira si la sagesse n'eût pas été de se réfugier au Maroc ? L'avantage des bilans tient précisément dans le fait qu'ils vous arrachent aux conditions actuelles, toujours déprimantes, pour vous prouver qu'on s'est montré digne des projets qu'on nourrissait au fond de son cœur et de la réputation d'intelligence qui vous a toujours précédé dans la vie. L'intelligence et le travail apparaissaient à l'âme fiévreuse de M. Le Barsac, comme deux ambassadeurs extraordinaires, devançant leurs clients, s'approchant des événements, charmant le hasard, flattant la Bourse, pour leur recommander les sujets les plus habiles et les plus méritants. L'idée de mérite n'était jamais absente de ces songeries, car elle avait toujours gouverné le cœur du vieil homme, lui inspirant des maximes farouches à l'égard des êtres injustement beaux, heureux ou brillants.

Son fils Raoul dirigeait une savonnerie qui marchait fort bien et dans laquelle un sang ardent, noble et commerçant trouvait son plein emploi. Ce fils avait épousé d'une part une jeune fille pauvre, mais élégante, luxe dont la famille se trouvait honorée — d'autre part des idées politiques avancées. M. Le Barsac ne jugeait pas ces idées coupables. Entre de bonnes mains, pensait-il, il n'est que de bons outils. Si la révolution appartenait aux honnêtes industriels, eh bien, ce n'en serait pas plus mal. Le fils de Raoul, Clarence, donnait plus d'inquiétudes à son grand-père, car celui-ci avait soumis l'enfant au feu croisé de sa psychologie et de son expérience, pour en déduire qu'on n'en sortirait pas un homme d'affaires. Certes, il n'avait jamais aimé ces petits animaux incompréhensibles, incompréhensifs, heureux d'un rien, criards, bien indignes, en somme, de vivre et de se transformer un jour en graves habitants de la terre. Au surplus, Clarence n'était pas gai et M. Le Barsac entendait qu'on fût à la fois un luron et un bourreau de travail. A son avis, qui n'aimait pas, qui ne savait goûter les voluptés de l'existence, le vin, les voitures, les petites poules de temps à autre, la bonne cuisine, ne présageait rien de bon, car il est entendu que tous ces besoins spirituels sont l'aiguillon du travail, comme si cette activité avait besoin de deux garanties, l'une tirée d'elle-même et tournant autour du devoir accompli (M. Le Barsac aurait employé des mots plus modernes : la bonne humeur, par exemple...) — l'autre fondée, comme nous l'avons vu, sur la convoitise des biens de ce monde.

Au milieu de ce bouquet d'heureuses pensées et de bonnes maximes, une dernière joie s'était glissée. Il s'agissait d'Oliver Malentraide. Quand on lui avait annoncé son retour, M. Le Barsac n'ayant eu aucune nouvelle de cet enfant ingrat pendant cinq ans, avait reniflé que le jeune homme connaissait des passes douloureuses, celles-là mêmes qui forment le caractère. L'arrivée brutale du disparu venait confirmer cette intuition, car un honnête garçon, un garçon posé, travailleur, un garçon bien, avertit sa famille de son arrivée, donne des renseignements sur sa situation, demande des conseils. Avec sa bonté, qu'il n'essayait plus de dissimuler, M. Le Barsac avait accueilli le malheureux en passant l'éponge sur son silence et en lui marquant une grande bienveillance.

Longtemps l'industiel n'avait su s'il désirait aimer,

être aimé ou haï. La mort de sa femme l'avait plongé deux ans dans une sorte d'hébétude. A présent, il savait. Il voulait être bon. Tout cela fermentait dans son cœur chaque fois qu'il voyait Olivier.

De son côté, le jeune homme lui parlait simplement. Ce vieillard l'intéressait bien peu. Ils étaient deux vieillards l'un en face de l'autre.

Quand il quittait Tessa, au contraire, il avait quinze ans. Il retournait dans ses anciens domaines, là où il avait rêvé peut-être à cette jeune femme, là où il avait détesté ses rires, envié sa beauté moderne. Il sortait de ses bras, il l'avait aimée, mais, plus sûrement encore, il s'était rencontré avec lui-même. Dans les prunelles de cette grande personne qui criait de plaisir, il avait vu son image à quinze ans. Austère image! Ce petit garçon était resté là, quelque temps, considérant les mouvements excessifs de ces deux corps, la sueur qui les unissait, les mots sans suite qui sortaient de leurs lèvres. Puis, il était parti, avec mépris. Devant Olivier, il n'y avait plus que Tessa, une jeune femme désirable, après tout. Il l'avait séduite par le hasard du whisky et d'une mèche de cheveux retombant sur son front.

Sa vie changerait. Les trois mois d'enivrante solitude, passés seul dans Paris, ces mois d'étranger disparaissaient. Il avait retrouvé sa famille, ce milieu puissant qui nous garde et nous observe, envers et contre nous. Pourquoi le nier ? Il était ce qu'on pensait de lui, ses intentions n'y changeaient rien. Quant à se libérer de ces fantômes, il n'y songeait pas. Il laissait faire la vie. Il la trouvait bien trop juste, bien trop fatale, d'elle-même. Devant son beau-père, la première fois, il avait tout compris : la médiocrité dévorait cet homme insatiable. Tout était joué. Dans ces parties qu'on appelle ordinairement l'existence, il est clair que les gagnants meurent jeunes. Les vieux habitués, assis autour de la table, serrant fiévreusement leurs derniers jetons — la chance ne les éclaire plus jamais. Ils s'émerveillent d'avoir tenu si longtemps, d'avoir sauvegardé leur mise. Ils arriveront devant Dieu et montreront leur vie dont ils n'ont rien fait, ils lui diront comme ils furent économes. Olivier ne savait plus haïr.

Il avait menti à Didier en lui parlant de Tessa sur ce ton dédaigneux. Du bout des doigts il avait suivi les contours de ce visage : ce dessin parfait ne demandait que la répétition. Invoquer le bonheur ? Il se trouvait plongé dans un fleuve tumultueux qu'il connaissait bien. L'avantage des fleuves, c'est qu'ils mènent quelque part. Leur nom est passion.

Olivier ne songeait plus, depuis longtemps, à diriger sa vie. Cette faiblesse est permise, dès qu'elle est connue. Certains s'abandonnent comme on s'arrache de soi-même.

Tessa avait l'air d'adorer cet amant qu'elle avait connu si jeune : ce hasard lui plaisait. Elle trouvait chez Olivier ce qu'il faut de familier et ce qu'il faut d'étranger pour rendre souhaitable la vie aux côtés d'un seul être.

— Tu m'as fait détester Raoul, lui disait-elle. Oh, c'est une famille avec laquelle j'avais un compte à régler. Toi aussi, d'ailleurs.

— Comment ! Jamais je ne laisserai raconter des choses pareilles. Lucien Le Barsac est un très brave homme. J'ai toujours eu de la sympathie pour son fils. Ne riez pas. Vous n'y comprenez rien.

— Moi, je vais rendre Raoul bien malheureux, dès que je pourrai. Lui, lui seul, ce n'est rien. Je hais quelque chose d'autre. Tout ce qui me fait peur dans l'argent, dans les familles, dans les hommes, tout ça est en eux... Les hommes, c'est le moins grave et le moins certain. Je me vengerai.

— Ne soyez pas si enfant.

— Naturellement, mon cher, je me doute que tes sentiments hautement religieux te poussent vers la clémence. Pas moi. Cependant... Oui, le bon Dieu ne doit pas être un Le Barsac.

— C'est en effet peu probable.

— Tu es toujours un petit chrétien ?

— Vous êtes une fille peu intéressante, Tessa Pas de moralité, pas de culture... Heureusement, vos jambes sont très bien. Vous êtes haute sur jambes. C'est un départ dans la vie.

— Et puis je ne porte plus de combinaisons roses depuis que vous me l'avez défendu.

— Très bien.

— Et puis je ne bois presque plus d'alcool, à présent.

— Excellent.

— Et je vous aime tendrement. Et parfois, la nuit, je rêve de t'avoir à côté de moi et de t'embrasser jusqu'à t'étouffer.

— Excellent.

— Et tu me plais et tu es l'homme le plus intelligent de la terre.

— Vous êtes une fille obéissante.

— J'aime que tu dises : vous êtes une fille. C'était tellement idiot d'être une femme, mariée à ce type.

— Ne recommencez pas... Vous savez que tout ça est arrivé parce que vous parliez de votre mari sur ce ton.

— J'appelle ça une bonne conséquence.

Tessa était assez grande, blonde au possible, légère à soulever. Olivier la portait d'un bras, comme un sac de linge sale, la faisait tomber sur un divan. Puis il arrachait tous les boutons de son chemisier, coinçait les fermetures éclair de sa jupe, faisait filer ses bas. Sous cet angle, c'était un amant détestable. Tout ce temps-là, il la vousoyait. « Vous » lui faisait penser à une longue robe de chambre, « tu » à une main passée sous cette robe de chambre.

Pour Tessa, il y avait un problème embarrassant, celui de Hossenor. Elle craignait de paraître stupide à ses yeux si elle lui avouait son amour, son espèce d'amour, à l'égard d'Olivier. Il n'était pas facile non plus de se partager. Elle découvrait que c'était un système odieux. Les embrassades avec le journaliste ne l'avaient jamais troublée que pour une raison : elle se sentait faible entre ses bras. Cette jouissance, mêlée d'humiliation, ne valait pas les impressions que lui donnait Olivier Malentraide et en particulier, pour cinq minutes, l'idée qu'elle était une grande amoureuse.

Avec du cynisme, elle aurait déclaré à Hossenor qu'il ne lui plaisait plus, qu'il faisait mal l'amour, etc. Cette méthode aurait indigné l'intellectuel : d'où un flot de moqueries, une ironie insupportable. Une autre méthode consistait à parler d'Olivier comme d'une passade. C'était également difficile. Elle aurait pu, c'était la dernière solution, alarmer la jalousie de Raoul. Sentir que sa femme était désirable lui aurait causé un grand plaisir.

Ces calculs se révélèrent inutiles. La campagne électorale s'ouvrait. De grandes ambitions habitaient

Raoul Le Barsac : il se présenterait dans la Haute-Vienne, sur une liste progressiste. La Haute-Vienne était un bon département, un département où l'on pensait bien, c'est-à-dire que les réactionnaires s'appelaient : socialistes et les radicaux : communistes. Bien qu'il ne fût pas tête de liste, il décida d'emmener un nombreux état-major : deux secrétaires, un publiciste qu'il avait connu pendant la guerre, dans les bureaux de la Place de Paris. Il supplia Hossenor de l'accompagner. Il avait une admiration farouche pour l'intellectuel. Celui-ci n'avait rien lu, ne savait rien, mais possédait une assurance qui épouvantait Raoul. Une dernière idée lui vint, tout à fait par hasard.

Un jour qu'il revenait de son usine, il croisa Olivier Malentraide et remarqua la misère de son costume, ses souliers percés, son teint pâle. Une bouffée de chaleur parcourut l'industriel. Olivier lui avait parlé, très rapidement, de son séjour en Amérique et de sa petite guerre contre les Américains. Il ne serait pas mauvais d'assurer le service d'ordre des réunions électorales. On trouverait toujours, sur place, des militants dévoués, mais il convenait d'avoir sous la main un tacticien, pour ces basses besognes et quelqu'un, en même temps, qui ne répugnât pas à se battre s'il le fallait : « mettre la main à la pâte », une expression de Lucien Le Barsac revenait sur les lèvres de son fils. Enfin, il était souverainement habile d'emmener Hossenor et Malentraide qui se détestaient. Le vrai chef est un homme qui sait jouer des rivalités.

Tessa se débattit contre tous ces projets. Elle les trouvait ridicules. La politique ne chantait pas dans son esprit. Que son mari fût socialiste lui paraissait être une fantaisie baroque, une chose dont il valait mieux ne pas parler, de crainte qu'on n'en rît. Il aurait été communiste, à la rigueur, cela aurait présenté un petit caractère amusant... L'idée que le départ de son mari, de Hossenor et d'Olivier, sous le même drapeau rose, avait quelque chose d'indécent, cette idée l'effleurait à peine. Les femmes voient très mal ces choses-là. Ce n'est pas un manque de délicatesse de leur part. Simplement, elles ne croient pas à la valeur des mots. Pour Tessa, rien de sensuel dans le nom de Hossenor, c'était un copain, voilà tout. Un amant ? Oui, bien sûr ; ce n'était pas la chose importante. Avec le petit Malentraide, ah... La nature sensuelle et menteuse de Tessa était comblée par un type d'un genre aussi pierreux. Au fond de son cœur, elle ne se livrait pas entièrement. Il restait la part de Clarence, un petit univers où les hommes n'avaient pas changé : ils étaient tous des maîtres ennuyeux, bavards... Ce qui améliorait Olivier, dans son esprit, c'était le souvenir qu'elle avait de lui. Ce souvenir était vague. Elle le complétait et le rendait passionné. Oui, Olivier était dans le camp de Clarence.

Enfin, Raoul n'était rien.

En revanche, Olivier fut enthousiasmé par l'idée d'accompagner ces deux hommes qu'il détestait inégalement. Une telle alliance avait quelque chose de monstrueux, on pouvait s'y complaire. La lucidité jouait dans cette partie le rôle d'une fameuse drogue. Dernière volupté : donner des coups de poing, en Haute-Vienne, pour le salut de la Sainte Progression.

A Limoges, il déchanta. Limoges n'était nullement une ville dans la manière de San Francisco, Honolulu ou Singapour. Faite de pentes et de montées, mal équilibrée sur elle-même, grisâtre, pleine de cafés où coulait la bière chaude, la capitale du Limousin débordait d'affiches rouges, jaunes et blanches.

La liste Mascoulier, c'était son nom, se trouvait coincée entre les communistes et la S.F.I.O. Elle était résistante, antifasciste et républicaine. Les rouges la voyaient d'un mauvais œil. Ils l'accusaient de diviser les forces révolutionnaires dans le pays. Quant aux socialistes, ils s'en souciaient assez peu. Ils comptaient leurs adhérents parmi de vieilles gens, insoucieux des nouveautés de Paris, et de gros propriétaires, de riches commerçants, qui ne tenaient pas à progresser dans la vie, car ils se trouvaient suffisamment âgés de la sorte. Le docteur Mascoulier possédait lui-même des fermes dans le pays. Il se présentait sous une étiquette aussi baroque, parce qu'il se rappelait quel avait été, avant guerre, le rôle des socialistes indépendants, placés entre la S.F.I.O. et les radicaux. Ils n'étaient qu'une trentaine à la Chambre, mais fournissaient un grand nombre de ministres. De la même façon, les progressistes, entre les communistes et la S.F.I.O., avaient un bel avenir politique. Si les rouges l'emportaient, ils auraient grand besoin d'un alibi bourgeois et le prendraient naturellement sur leur droite. En cas d'union nationale contre les bolcheviks, on serait toujours heureux de s'étendre sur la gauche.

Hossenor se croyait Malraux. Il s'était établi dans un rez-de-chaussée, puis avait sorti de ses valises un immense portrait de Trotsky, un grand portrait de Jaurès. Ces affiches, personne n'y prêtait attention, sauf Raoul, qui frissonnait de joie en les apercevant. « Aller au peuple », pour la plupart des bourgeois, ressemble étrangement à la visite que les vaches font au taureau. Quant aux circulaires, elles avaient un ton à la Saint-Just ; il était question de la conscience prolétarienne, du non-être capitaliste, de la loi d'airain, etc. Le docteur Mascoulier remit heureusement les choses sur leur vrai terrain : récoltes, travaux en cours, prix du beurre.

Les premières réunions se déroulèrent à la campagne. Elles n'étaient pas difficiles. Les paysans, s'ils votaient à l'extrême-gauche, n'appartenaient à aucun parti. Les discours devant quarante personnes dans les mairies, les poignées de main, les banquets, au milieu de cette routine Olivier n'avait rien à faire. Il s'adjoignait, pour la forme, deux ou trois journaliers, dans les plus gros bourgs. Il n'éprouva un ennui que dans un petit patelin, près de Châlus, où une dizaine de fortes têtes troublèrent le discours de Raoul Le Barsac. Olivier, qui n'avait aucune envie de se battre contre ces braves gens et qui les approuvait tout à fait de conchier le progressisme, les entraîna dehors et leur lança un défi. Le chef de la bande et lui-même devaient boire du vin rouge jusqu'à l'abandon. Le jeune homme perdit au bout du quatrième litre, mais l'enthousiasme était général. A Saint-Martin-la-Huchette, on parla beaucoup de ces candidats qui prouvaient leur mérite au vin rouge. Hossenor condamna cette méthode, sans imaginer que la Liste Républicaine et Progressiste avait trouvé cinq cents électeurs inattendus. L'intellectuel quittait malaisément la ville. Suivant son expression, il la « noyautait ».

Dans les moindres cafés, Olivier offrait des tournées. Il trouvait ce travail odieux. S'il avait osé, il aurait commandé du rhum. Mais pourquoi pas des side-cars ou des alexandras ? Il n'eut de bagarres qu'à Nexon et à Saint-Yrieix, pendant des campagnes d'affichage, la nuit. Il se heurta chaque fois aux communistes. A Saint-Yrieix, il l'emporta. Il avait armé ses hommes de chaussettes pleines de sable. L'avantage de cet instrument est grand, puisqu'il se cache facilement et qu'il ne fait pas couler de sang. A Nexon, ils furent écrasés. Leurs ennemis, par une coïncidence curieuse, brandissaient des chaussettes pleines de boulons. « J'étais en retard d'un siècle », dira Olivier en se faisant panser.

L'expérience ne fut pas inutile. Quand vint le temps des réunions à Limoges, il chercha une vingtaine de garçons solides. Cette marchandise se faisait rare, car il arrivait après tout le monde. Il en trouva cinq dans les cafés. Puis, un jeune prêtre fanatique, dont la mère avait été fusillée par les Allemands, lui amena ses deux frères. Hossenor lui proposa une douzaine de collégiens qu'il élimina avec perte et fracas, à l'exception d'un nommé Villedieu, élève de Seconde, qui pesait déjà soixante-dix-sept kilos à dix-sept ans. Après une demi-heure de conversation, ce gentil jeune homme avoua qu'il était à gauche pour faire enrager ses parents. Olivier l'approuva de tout son cœur.

Il expérimenta cette petite troupe au cours des séances d'affichage. Tous se comportèrent assez bien. Cependant, il voyait venir avec inquiétude la première grande réunion. Le docteur Mascoulier lui trouva un facteur nègre convaincu ; puis, sur ses instances, il fit venir de ses trois fermes une dizaine de journaliers auxquels on promit double salaire.

Raoul avait proposé de distribuer des savonnettes aux populations ; son colistier estima que cette offensive en faveur de l'hygiène serait mal reçue.

Huit jours avant les élections, Olivier se trouvait au pied de la tribune, aux côtés de Villedieu et du facteur.

Un garde du corps de couleur, à son avis, comptait double pour l'œil. Il avait placé ses autres hommes de la façon suivante : deux à l'entrée, quatre au premier rang et dix derrière la tribune. La bagarre éclata dès le premier discours. Des interruptions s'élevèrent dans un coin de la salle et plusieurs assistants reçurent des coups. Olivier ne bougea pas, malgré les objurgations de Hossenor et de Raoul. Il attendait la suite, qui ne tarda pas. Une cinquantaine de grands gaillards partirent des premiers rangs et montèrent à l'assaut de la tribune. Olivier reçut un coup derrière l'oreille et tomba. Il se releva, ceintura un type qui escaladait la tribune, retomba avec lui et le cloua au sol, à coups de talon dans la figure. Ses hommes occupaient les deux tiers de l'estrade. Olivier appela Villedieu, qui, avec une règle de fer, faisait le vide autour de lui. Tous deux se mêlèrent aux communistes et montèrent sur l'estrade. La règle de Villedieu se révéla, encore une fois, une arme incomparable. Olivier reçut une chaise sur le dos, fut un peu étourdi, mais rejeta dans la salle trois manifestants. Le nègre arriva à cet instant et fit quelques ravages, grâce à d'énormes souliers cloutés.

A présent, ils étaient maîtres de la tribune, mais devant une salle à peu près vide et en délire. Une centaine de communistes occupaient les premiers rangs et les bombardaient de boulons et de pétards, en chantant l'*Internationale.* Les orateurs s'étaient réfugiés dans l'arrière-salle, à l'exception d'un brave homme qui leur amenait sans arrêt des chaises pour se protéger.

Olivier fit un saut dans la pièce voisine, afin de voir si ses employeurs étaient en sûreté. Ils l'étaient, car la seule porte donnait sur un garage, fermé par un rideau métallique. Ce garage donna une idée au jeune homme. Aidé de Villedieu, il bascula deux bidons enflammés sur les assaillants. Ceux-ci éprouvèrent un sentiment d'indignation violent devant un tel procédé. Un seul eut le visage brûlé, mais ils reculèrent tous.

Les pompiers arrivèrent dix minutes plus tard. Tout un côté de la salle était en feu. Olivier avait pris soin de brûler ses vêtements en plusieurs endroits et de récupérer un bidon, pour le placer sur la tribune. le lendemain, les journaux réactionnaires parlèrent avec indignation des procédés communistes. Dès lors, les rouges furent traités d'incendiaires dans tout le département, ce qui les desservit beaucoup. La droite gagna au moins dix mille électeurs par ce seul procédé.

Olivier avait écœuré les chefs communistes de la région. Il reçut une balle dans l'épaule, la nuit qui précéda le jour des élections. Une autre balle lui frôla l'oreille. Tout cela était régulier. Il se jeta par terre, sortit son Colt et attendit. Au bout d'une minute, il se diriga vers un café, dont il apercevait la lumière. Il rasait les murs. Une troisième détonation retentit au moment où il entrait. Le patron du café se jeta sur lui.

— Allez, dehors, dehors ! souffla-t-il d'un air furieux, en voyant le sang qui couvrait l'épaule de Malentraide. Trois ou quatre consommateurs regardaient le jeune homme avec haine.

Olivier prit son revolver par le canon et frappa le gros homme sur le poignet. Un garçon, qui s'était approché, recula.

« J'avais raison de haïr les cafés dans ma jeunesse, pensa-t-il. Je n'y trouve que des ennemis. »

Pourtant, un blême et long jeune homme à lunettes l'aida à retirer sa veste. Olivier renversa un litre de rhum sur sa blessure, qui saignait beaucoup. Puis il s'assit derrière le comptoir. Les assistants le regardaient avec horreur, sans un mot. En cherchant son mouchoir, il trouva dans sa poche une enveloppe. C'était une lettre de Tessa qu'il n'avait pas eu le temps de lire. Il fut sur le point de la jeter, puis il pensa : « C'est le moment ou jamais, au contraire, d'entendre parler d'amour. Le sang, le Colt, la frousse de ces Limousins serviront de cadre à ma lecture. »

Tessa lui parlait de Clarence, d'un chapeau qu'elle s'était acheté grâce à lui (il envoyait à sa maîtresse une partie des sommes qu'on lui remettait), etc., etc. Ah ! si, elle lui parlait également d'amour.

Le blême jeune homme lui demanda s'il pouvait l'aider.

— Non, dit Olivier. Vous êtes bien gentil et vous allez dans un bien sale café. Je m'en vais.

— Qui est-ce qui vous canarde ? Attendez voir, je vous suis.

— Vous êtes cinglé. C'est un mari qui n'est pas content de moi. Vous n'avez pas à vous en mêler. Un mari pas content de mes charmes.

— C'est ça, vos charmes ? demanda-t-il en montrant le Colt.

Olivier sourit. Ils éteignirent les lumières et sortirent. La nuit était silencieuse. Son compagnon le guida et Olivier fut bientôt dans une avenue plus fréquentée. Au moment de quitter ce brave type, il lui expliqua d'où venaient ses ennuis :

— J'ai fait des misères aux cocos. Alors ils m'en font.

— Non ? Sans blague ? Ça alors... ça alors...

— Eh ! Faut pas vous trouver mal.

— Ça tombe drôlement, parce que moi, du Parti, j'en suis.

— Dans ces conditions, je dois dire !

— Remarquez : je ne regrette rien. Un gars dans la mistoufle est un gars dans la mistoufle.

— C'est une chic morale.

— Dites donc : laissez tomber, hein ! La morale, moi... Qu'est-ce que vous leur avez fait aux gars de chez nous ?

Olivier raconta son histoire.

— C'est vous le type des bidons d'essence ? Ben alors... J'aurais jamais cru. Vous avez pas l'air. On en a parlé avec les copains. Y en a qui disaient que vous étiez de la D.G.E.R., l'espionnage, quoi... Quel âge vous avez ?

— Dans les vingt-trois, vingt-quatre...

— Vous promettez. Et pourquoi vous êtes en cheville avec ces tordus ?

— Je suis un copain de Le Barsac.

— Le Barsac ? Le second sur la liste ?

— C'est ça. Un copain, c'est pas le mot exactement. J'ai été élevé par son père.

— Et y vous élevait à foutre des bidons d'essence, son père ? Enfin, ça change tout. N'empêche. Vous avez des drôles de procédés. Vous êtes un sale sauvage dans votre genre.

— Il en faut, il en faut.

— Il en faut des quoi ?

— Des sauvages. Vous avez vu comment ils étaient les civilisés, dans le café ?

— Ça, évidemment. C'est des salauds, ces mecs-là. Parce que je le répète : je regrette rien.

La conversation dura jusqu'à deux heures du matin.

Olivier quitta un monarchiste convaincu, monarchiste et communiste, car le jeune homme ne lui avait nullement conseillé de voter pour le Grand Capital.

« Je ne pouvais tout de même pas lui dire que j'étais payé pour faire ce métier, pensa-t-il ensuite ; que je trouvais drôle de défendre le mari de ma maîtresse ; que l'argent de cette campagne électorale passait en robes, en chapeaux... Au fond, ce n'est pas brillant. En groupe, ces gens sont peut-être de sales cons. Reste qu'ils luttent pour manger à leur faim et qu'ils ont bien raison. »

Olivier se dégoûta un peu plus, le lendemain. Les permanences du Parti montraient la photo du militant brûlé par sa faute. Une grande boursouflure lui recouvrait le front, l'oreille et la tempe droite. Les honnêtes gens, en effet, pensèrent en passant devant les vitrines du P.C. que c'était bien fait. Il est même vraisemblable que certains firent des détours pour contempler plus souvent ce spectacle enivrant d'un méchant puni.

La vertu, pour sa part, fut récompensée, car le docteur Mascoulier fut élu, vers huit heures du soir. Tout le monde s'en réjouit, Raoul le premier. Il y eut un dernier banquet, auquel Olivier n'assista pas. Il resta dans sa chambre pour faire de la jolie littérature.

C'était la quatrième dimension dans la vie, celle que vous donnent une feuille de papier blanc, un stylo. Il avait presque tout manqué. Au départ, il possédait une jolie haine familiale. Là-dessus on peut construire. On se fait un caractère, des goûts, par réaction. Malheureusement, ça n'avait pas tenu à l'usage. Son beau-père était un fort brave homme. Sa mère une morte sage et indifférente, un peu fâchée seulement d'avoir quitté la vie en se salissant sous les plâtras, les éboulements.

Les banales aventures, pendant la guerre, ne méritaient pas d'être rappelées. Quelques instants émouvants, la trépidation d'un mois ou deux, ne balançaient pas des semaines d'ennui, d'attente, de mol espoir. Il n'avait pas aimé la guerre. C'était même étonnant, chez un jeune garçon, un si bon pilote.

Qu'appelait-on une vie active ? Travailler dans tous les sens, se remuer, voir des gens, parler, faire des projets. Au contraire, il tournait au ralenti. Un métier stupide, des dimanches passés devant une pile de livres, les nuits avec Tessa... Tout cela ne l'avançait à rien.

Et ensuite, ce voyage au Limousin, ces coups donnés dans le vide. Quel écœurement ! Il manifesta sa haine contre lui-même, dès sa rentrée à Paris, auprès de Didier.

Didier de Vincay était un ami d'une curieuse espèce. Il habitait une chambre de bonne, dissimulait soigneusement sa misère, sortait beaucoup. La pudeur, le cynisme et la gentillesse décoraient cette âme. (Didier ne s'occupait pas beaucoup de son âme.) Il recevait Olivier le soir, lui offrait un tabouret, un grand verre d'alcool et lui parlait des Marèges, d'un nouveau modèle de voiture ou du superbe mariage qu'il ferait un jour.

— Tu organises trop bien ton existence, disait Olivier. Tu assortis tes idées, tes goûts, tout ça est bien rangé.

— La barbe ! Pas d'apologie du désordre. Ne fais pas ton petit Hossenor. Il existe toujours, ce journaliste ?

— Oui, oui...

— Il fait toujours l'amour à la belle Tessa.

— Je ne lui ai pas demandé.

— Tu devrais. Ne bois pas la vodka d'un seul coup. Tu vas t'étrangler. Tu n'es pas sur un pied à lui poser des questions pareilles, peut-être ?

— Voilà. Exactement.

— Ah, ah... Tu ne me trouves pas moral de te parler de cette façon ?

— Oh...

— Pas bien tendre, pas religieux... Je crois un peu en Dieu, pourtant. C'est un garçon faible, aimable... Compliqué, oh ! ça, compliqué !... Qui sait ? Le Seigneur que nous croyons barbu, sale, inculte, vêtu de lainages, nous recevra peut-être avec un jabot, de la dentelle, pour nous parler de nos peintres et de nos dernières voitures de course.

— Mais, Didier, tu me cachais cette nature poétique !

— N'est-ce pas ?

— Et tu tires ça de toi-même ? C'est bien moi qui voudrais parler aussi joliment du bon Dieu. Alors j'aurais du succès chez les Marèges où l'on ne m'a reçu qu'une fois, sans me regarder.

— Et Tessa tomberait amoureuse de toi.

— Ce serait trop demander, trop difficile. Bonsoir. Ta vodka est très bonne. J'ai une grande nouvelle à t'annoncer : demain je me lève à sept heures et je prends le métro Pasteur. Comme tous les matins. Une grande nouvelle, chaque matin. Bonne nuit.

« Il est complètement fou, pensa Didier. J'ai dû le choquer en lui parlant de Dieu ou de Tessa. Où va-t-il chercher ses amours ! »

Olivier avait beaucoup trop bu. Les paroles de son ami avaient entraîné dans son cœur un mouvement d'agacement, une sorte de gêne. Tout d'un coup, ce fut le bonheur. Il longeait le métro aérien qui passait au-dessus de sa tête, dans un grondement plein d'étincelles. Il lui semblait deviner la raison de son impatience, de sa colère devant tant de choses, pourquoi il n'était pas heureux dans les bras de Tessa, il compliquait tout, jusqu'à cette vie stupide qu'il menait, lui qui ne s'était pas montré un enfant pendant la guerre et qui avait repris si facilement le masque et les manières d'un écolier, la paix revenue.

« Ainsi vous étiez encore là, mon Dieu ? Comme vous étiez patient ! Vous avez attendu tout ce temps ? Pendant que je faisais tant de choses défendues ? Comment pouvez-vous m'aimer de la sorte ? J'ai honte et je ne sais comment me présenter devant vous, qui êtes si faible. Pourquoi êtes-vous si faible ? Pourquoi êtes-vous comme ça ? C'est une drôle de prière, je sais bien et c'est un drôle d'amour. Ah ! Prince des Enfers, mon beau cousin, nous savons nous moquer et nous savons pleurer jusqu'au sang. »

Il rentra chez lui à grands pas. Il était ivre de ces belles paroles. Il se coucha, tomba dans un sommeil épais. Le lendemain, il n'y paraissait plus.

VI

« Le désir des désirs : l'ennui. » (Tolstoï. *Anna Karénine.* II-VI-25.) Olivier s'émouvait de cette phrase. Il restait de longues journées étendu sur la plage. Les flots qui battaient le ciel éveillaient en lui un faible intérêt.

— Venez, dit-elle, venez. La mer est épatante aujourd'hui. Mon cher, continua-t-elle sur le même ton, je vous ferai un aveu, tout à l'heure et vous me gronderez.

— Entendu, je vous gronderai.

— Je vous assure que vous perdrez votre calme.

— Ça ne fait rien.

Il ne lui posa aucune question. S'il posait des questions, elle ne répondait pas : alors, il était curieux et bafoué. S'il n'en posait pas, humiliée par ce silence, elle parlait. En plus, il avait l'avantage de passer pour indifférent. La vie était pleine de problèmes, aussi simples à résoudre. Depuis quelque temps il savait que la vie n'était pas une affaire difficile à suivre.

Elle nagea près du bord qu'il ne quittait pas, tant il nageait mal. Il aimait son visage, couché sur la mer, son visage d'amoureuse, un peu crispé comme il était dans le plaisir. Un visage fier, sans doute.

Plus tard, ils gagnèrent des dunes isolées. Olivier aimait cette mer blanche de soleil et de sable. Le satin rouge, la peau foncée de Tessa éclataient au milieu de ce calme. Certains versants présentaient une herbe pauvre. Au sommet on trouvait des petites forteresses naturelles. Très loin, la plage, les cabines rappelaient la civilisation : de ces coquillages, des corps mous, blanchâtres, sortaient timidement.

— Retournez-vous, commanda Tessa, comme ils arrivaient au terme de leur ascension. Ne me regardez pas. Croisez les bras si vous voulez.

Elle adorait établir des décors. Elle avait trouvé en Olivier un excellent élève.

— Bien, dit-elle. Je vais vous apprendre des choses épouvantables, mon cher amant. Je ne vous aime pas. Je ne vous ai jamais aimé. J'ai décidé un jour qu'il serait drôle de jouer avec vous. Pourquoi ? Parce que vous étiez différent, vos airs tristes, vos mines penchées, tout ça... Donc, cher Olivier, je me suis moquée de vous alors que je ne me suis jamais moquée de gens qui ne vous valent pas, Hossenor, par exemple.

Il regardait la mer immobile. Il croyait voir des petits enfants se disputer pour un ballon. Il lui répondit d'une voix incolore :

— Vous avez eu... cet amant-là aussi ?

— Naturellement. Les hommes ne m'intéressent pas. Mais j'aime le déménagement. J'avoue que je compte bien sur vos reproches ou, mieux, sur votre malheur. Vous allez me trouver rosse, détestable et ça me fera plaisir. plaisir. J'ai besoin qu'on me prouve comme je suis mauvaise. Ne répondez pas encore, mon chéri. Ce n'est pas le pire. Je suis une comédienne, la nuit aussi. Mes cris étaient calculés. Je ne crois pas que vous m'ayez jamais fait plaisir de cette façon. En revanche, vous embrassez gentiment pour votre âge.

Il restait là, les yeux creux, les mains sur les hanches.

— Je crois que j'ai fini. Partez sans me regarder. Ce sera plus amusant de se revoir seulement au casino, ce soir, vous voulez ?

— Je veux bien, dit-il.

Il partit lentement. Il s'efforçait de regarder la mer et de ne penser à rien — surtout pas qu'il avait eu raison. Il avait horreur de cette raison. Depuis si longtemps qu'il se répétait : « L'amour est une invention. Il faut appartenir au siècle, ne croire à rien. Les corps se ressemblent tous. »

Il avait éprouvé de la passion pour Tessa. La passion n'est qu'une suite d'émotions, comme une route bien organisée où des chevaux de poste sont là, de lieues en lieues, pour se relayer.

« Quand j'étais petit, je croyais en des choses extraordinaires — on veut maintenant me persuader d'aimer une femme. J'ai pris l'habitude d'actions plus nourrissantes.

« Mes rapports avec Dieu, même s'Il n'existe pas, sont les plus importants.

« Il est fatal qu'Il existe, sinon tout s'écroule. Comme j'aurais besoin pourtant, que tout s'écroule ! Comme j'attends ce déluge, cette eau neuve du malheur universel sur mes lèvres ! O dérision, douce dérision qui te refuses et t'écartes avec dédain de tes soupirants ! Tu n'aimes que les petits croyants. Tu en fais ton ordinaire. Du plus loin que tu les vois, tu fonds sur eux, tu les dévores. »

Il avait découvert, non sans horreur, que les paroles de Tessa ne le bouleversaient pas. Elles passaient à travers lui, sans le toucher. Pourquoi cela ? Pourquoi était-il ainsi ? A présent encore, il cherchait à se mettre dans la peau de son personnage : malheureux, solitaire, désespéré. Il ne voulait pas ressembler à un roué. Il courait après une honnêteté perdue depuis longtemps — sans le savoir.

Jours étranges, à Paris ! Comme il l'avait embrassée, voilà plus d'un an, ce fauteuil, cette lampe — comment se passaient leurs rendez-vous — leur stupéfaction de se trouver si proches de caractère — tout cela... Il l'avait passionnément aimée, mais c'était bien fini. Il n'aimerait plus personne comme il l'avait aimée. En ce sens, il ne lui restait pas de cœur — seulement un grand viscère qui dirigeait sa vie, en battant follement.

Il découvrait, d'un coup, une vérité déplaisante : il n'avait pas abjuré le nom de Dieu. Il restait ce qu'il avait toujours été : cet enfant violent et rêveur, incapable de simplicité. « Au fond, pensait-il, je n'ai jamais eu besoin d'être aimé. Je n'ai jamais désiré que la perfection — mais la perfection hait le désir. »

Les autres cherchent l'affection comme on ramasse des champignons, et se lèchent les babines à l'avance. Ces moisissures du cœur ne compteraient pas pour lui, jamais elles n'avaient compté. Il s'enfonçait dans ces sombres forêts avec la volupté d'être seul. (Une chance sérieuse fait que ces deux mots : volupté, volonté, commencent de la même façon.)

Quand Olivier pénétra dans le casino, ce soir-là, il fut accueilli par les rires de Tessa. Lui qui ne savait pas s'il aurait l'air assez triste, son visage devint immobile, les yeux fixes et elle fut contente de lui. En dansant, elle lui décrivait avec un grand luxe de détails pourquoi elle ne l'aimait pas. Il l'écoutait distraitement. Il pensait que rien n'avait changé en elle, ni son regard ni sa taille qu'il sentait sous sa main. Pourquoi donc lui en vouloir ? Son indifférence qui l'avait effrayé à quatre heures, lui paraissait normale. L'indifférence n'a rien de la sécheresse. On garde son tumulte ou son besoin de tumulte. Simplement on avance dans un monde où l'air a changé : on regarde plus qu'on ne ressent. Ou plutôt on regarde plus qu'on n'est regardé.

— Je me demande, disait Tessa, si vous allez continuer à me servir d'amant. Je suis terriblement hésitante. C'est dangereux. Avec vos grandes mains, vous êtes capable de m'étrangler, etc.

Il lui joua la comédie sans plaisir. Il ne voulait pas montrer sa force car, en lui-même, il ne lui reconnaissait pas ce nom. Trahir une passion, il suffit d'égoïsme ou de bêtise — tout cela n'est pas la force. Et puis il y avait autre chose.

Quelques jours plus tard, un incident fâcha Olivier Malentraide et contre sa maîtresse et contre lui-même. Ils étaient sur la plage, Clarence à côté d'eux, assis quand ils étaient vautrés. Tessa s'ennuyait, c'était aussi perceptible que le hâle sur la peau. Elle s'adressa soudain à son fils :

— Que penses-tu d'Olivier, Clarence ?

L'enfant se retourna, la regarda avec étonnement.

— Fais comme s'il n'était pas là et donne-moi carrément ton avis. Tu le trouves intelligent ? Tu le trouves beau gosse ? Tu es là pour conseiller ta mère. Réponds.

Olivier enfonçait ses ongles dans sa main.

— Il ne s'intéresse ni à vous ni à moi, dit-il.

— Evidemment, murmura Tessa, nous sommes des grandes personnes.

— C'est ça reprit Olivier avec force. Entre votre beau-père et nous, il n'y a aucune différence, voilà ce que nous oublions. C'est le même âge, le même camp. Au fait, vous avez des nouvelles de votre beau-père ? Il va mieux.

— Il va très mal. Je me demande...

— Mal à ce point ?

— Non, je ne vous parle pas de ce type-là. Je me demande pourquoi vous aimez les enfants ? Pourquoi vous aimez-vous à ce point ?

Olivier fit un geste vague. Le soir, Tessa l'entraîna sur la digue et lui dit :

— Tu étais parti depuis une heure, ce matin et Clarence m'a déclaré : « Je n'aime pas Olivier. » Pas un mot de plus, pas d'explication. Quel instinct, quel sens de la propriété !

Le jeune homme s'arrêta et lui donna une gifle un peu forte. Il s'en repentit aussitôt car, dans le langage du siècle, la violence passe vite pour un signe d'affection.

— Autrefois, dit-elle sèchement, cette gifle je l'aurais aimée. Je vous aurais trouvé fort, sincère, tel que vous deviez être. Maintenant, c'est un genre que je hais. Rentrons.

Ces paroles étaient prononcées avec froideur. Elles irritèrent Olivier, autant que son geste l'avait choqué. Enfin il était plein d'inexpérience. Toutes ces raisons expliquent ce qui va suivre. Il prit le bras de la jeune femme et parla, sur un ton monocorde et pressé :

— Voilà le mot, dit-il. Rentrons dans les choses sérieuses. Cette comédie me fatigue, je n'y comprends rien et nous la jouons mal. Tessa je ne vous aime plus. Vous me parliez, l'autre jour, sur la dune et je n'étais pas malheureux. J'ai tout fait pour l'être. Vous ne pouvez savoir à quel point j'en avais besoin. Je ne respecte ni la force ni la froideur. Pourtant c'étaient mes armes. Je donnerais n'importe quoi pour vous aimer. Tenez, dit-il, imaginez un grand malade du foie : il n'aime pas ce qu'il mange, il aime son appétit. S'il le perd, il se sent perdu. C'est mon cas.

— Ecoute, cher, fit observer la silhouette mince de la jeune femme, il fait un peu froid et vos histoires d'estomac peuvent attendre demain. Non ?

— Pour finir, dit-il, je ne suis pas certain que vous ne m'aimiez pas. Je ne sais ce que vous me trouvez. Ce sera tant pis pour vous.

Un réverbère illuminait le visage de Tessa. Elle renversa la tête en arrière, tant elle riait.

— Avant huit jours, dit-il, vous ferez toutes les bassesses qui m'étaient destinées. Je ne le savais pas il y a une minute et je le sens. Je déteste l'injustice. Celle-là comme les autres.

Sur un ton mélodramatique, elle lui dit :

— Ne croyez-vous pas, cher Casanova, que je vais m'abîmer le visage si je ris encore ? Est-ce que je peux rire un peu encore ?

— Vous me désespérez, dit-il. Je souhaite me tromper.

Ils regagnèrent le casino. Elle y fit un peu la folle. Olivier ne se reprocha plus son discours. « C'est la dernière chance pour la dégoûter de moi pensa-t-il. Si la fierté craque aussi, quel déluge de larmes et comme j'aurai l'air d'un mufle ! »

Il songea toute la nuit à cette scène. Il se reprochait deux choses : d'avoir été grotesque et d'avoir été véridique.

Un matin, en se promenant, il aperçut un petit garçon debout sur un mur, s'appuyant contre un arbre et regardant tristement autour de lui. C'était Clarence. Il ne bougeait absolument pas. De loin, on l'aurait pris pour une statue. Cette imagine ne quitta pas Olivier.

Il ne pensait pas du tout que le petit garçon fût malheureux à cause de lui. D'ailleurs, il n'était pas forcément malheureux. La tristesse est une visite plus sereine qu'on ne croit. Mais il avait toutes chances de détester sa mère quand il serait plus grand. Il verrait les autres rire avec elle, prononcer des mots incompréhensibles, la mêler à leur conversation... Olivier se sentait « un autre ».

Le cercle était bouclé. Son enfance et la fausse jeunesse qu'il vivait à présent, se retrouvaient dans cette situation exemplaire. Comme Clarence était trop petit, Olivier devait tenir les deux rôle, en imagination. Tout cela réclamait une conclusion et elle était simple : « Je me déteste, si j'emprunte les yeux de cet enfant ; et je n'aime pas non plus sa mère. Je perds des deux côtés. » Certains jurent qu'il est possible de vivre sur deux plans. D'un côté ce qui est bien prouvé, la désolation du monde — de l'autre le charme des minutes heureuses. Dieu nous aurait donné ces deux connaissances pour nous permettre de nous faire la guerre, détruire et glorifier, tour à tour, sa création.

Ce jeu fatiguait Olivier à l'avance. Il lui semblait que la fin était proche.

Il essayait de s'attendrir, il se revoyait à quinze ans, il passait en revue ses souvenirs — stupides et glacés dans une mémoire qui les moquait. Il n'était absolument pas malheureux. Il y a une secrète satisfaction dans le mépris, puisqu'il vous libère. Traîner de jour en jour, de plaisir en plaisir, écœurait Olivier. Plus encore l'écœurait cette certitude que tout arrivait : les femmes, le succès, tous les hasards que nous convoitons, tout cela nous arrive. Il suffit d'aimer. Mais comment aimer dans la certitude ?

Après cette saison désespérante, peut-être passerait-il de l'autre côté des choses et alors, il verrait : une loi rigoureuse et juste — mais à quoi bon rien espérer, si l'on ne brûle pas d'amour ?

Quant au bon Dieu, depuis le temps qu'on l'aimait, il devait attendre autre chose de la terre — une sorte de charme, la séduire, la tenter... Tel était le mot. Tenter, c'était donner envie et risquer à la fois. Olivier ne savait pas clairement ce qu'il faisait. Quand on prend le plus long chemin dans la vie, cette ignorance est normale. Et pourquoi ne pas traverser la forêt entière, si la forêt est là, ombre et mystère ?

Au milieu de ces idées passait et repassait l'image du petit Clarence debout sur son mur. Olivier avait la fièvre. Il se coucha. Quelque chose l'empêchait de respirer. Sa logeuse appela un docteur qui lui trouva une très mauvaise pleurésie.

Une pleurésie en été, ce n'était pas bien malin. Il s'aperçut très vite qu'il allait mourir. Il le savait. Oui, il le savait, la nuit, quand il restait interminablement les yeux ouverts, intéressé, passionné par chaque seconde qui passait. « C'est bien fait », pensait-il. Naturellement il faisait comme tout le monde, il revoyait sa vie. Chacun, dans ces moments-là, est un bon romancier et recompose toutes choses suivant un ordre émouvant. Il avait tout gâché, presque tout. Et pourtant, cette idée ne lui donnait pas de bonnes résolutions dans l'hypothèse, très improbable, où il remettrait le pied sur la terre, où il vivrait.

Non, il serait, au contraire, la dureté même. C'était facile à comprendre : Dieu n'aimait que les libertins. Il méprisait les amoureux. Aimer une femme, aimer l'argent, un métier, quelle dérision ! Dieu préférait mille fois les cyniques, les esprits libres. C'était évident. Ne pas se laisser prendre à rien, plus d'une heure, plus d'un jour, tel était le grand commandement.

Cependant, comme on lui injectait de la pénicilline par grande quantité, il dura quelque temps. Quelque temps encore et les médecins pensèrent qu'il s'en tirerait. Au bout d'une semaine, en effet, il était sauvé — et mou comme du coton.

Tessa n'avait pas quitté le pied de son lit.

— Tu es fou, disait-elle. Tu as voulu mourir pour me punir. Tu n'as pas de cœur. Tu sais bien que je t'adore. Je ne peux me passer de toi. Tu es beau, tu es plus intelligent que tout le monde. Quel monstre, tu fais. Comment m'as-tu crue une minute ?

— Je ne vous ai pas crue. Mais... Vous savez... il n'y a aucun rapport.

— Sûrement, il y en a. Je suis trop coupable. Je voulais voir, tu comprends, essayer, m'essayer... Tu avais l'air si sûr de toi. Jamais je n'aurais pu te rendre jaloux en dansant avec n'importe qui.

— Oh si, c'était facile.

— Maintenant, nous serons heureux.

Elle l'embrassait. Elle portait un peignoir de soie bleue. Il aimait frotter son front contre cette soie.

Il devinait qu'une existence odieuse allait commencer pour lui. Vivre aux côtés de la passion, sans l'éprouver, alors quelle jalousie ! Et quelle chance avait cette pauvre folle qui lui embrassait les mains, lui caressait les jambes ! Il la ferait souffrir le moins possible. N'empêche : elle payait cher son audace passée. Crédulité des incrédules.

Qu'avait-il aimé, lui ? La douce surface sensible de la terre, les femmes... Ces corps baignaient dans l'imposture comme des noyés dans la mer. Il vient un temps où le nageur a honte du sang qui court dans ses veines. Il se sent trop différent. C'est l'affaire d'une gorgée plus amère que les autres et il se rend.

Olivier écoutait cette voix menteuse qui lui répétait

— Tu es un enfant, tu ne sais rien. La vie bientôt va commencer pour toi.

Troisième partie

LA FILLE AUX LACETS

Notre avis est donc que si les aventures rapportées dans cet ouvrage ont un fond de vérité, elles n'ont pu arriver que dans d'autres lieux ou dans d'autres temps ; et nous blâmons beaucoup l'auteur qui, séduit apparemment par l'espoir d'intéresser davantage en se rapprochant plus de son siècle et de son pays, a osé faire paraître sous notre costume et avec nos usages, des mœurs qui nous sont si étrangères.

LACLOS.

Le 22 décembre 1951, un des moteurs de l'avion qui assurait le service Paris-New York pour la Pan-American World Airways, prit feu en vue des Açores. Les soixante passagers commentèrent vivement l'événement. On fit appel à leur sang-froid. Tandis que l'équipage luttait contre le sinistre, ils considéraient avec indignation l'injustice qui leur était faite. La fumée imprégna le premier étage. Chacun, regagnant sa place après avoir passé son gilet de sauvetage, n'était plus qu'un malade qui n'ose bouger, épiant les organes de son corps pour y déceler la trahison.

L'avion tombait et remontait parmi les nuages, comme si le ciel tout entier n'était plus qu'un battement de cœur, à la fois mou et brutal. Maintenant, on oubliait de s'affoler. On était seul. Dans cette solitude crispée, une assez belle jeune fille brune, enfouie sous un chapeau noir aux bords immenses qui l'entourait de sa corolle, demeurait le regard fixe, une sorte de mélancolie peinte sur les lèvres, comme si ce banal accident avait dû marquer la fin du monde.

Elle n'avait rien cru des paroles rassurantes prononcées par le chef de l'équipage. Elle était en vue des

Açores. Elle savait. Et il fallait garder les yeux bien ouverts dans la fumée, parce que viendraient ensuite des choses plus graves, dont elle ne voulait rien perdre. Elle s'aperçut qu'elle récitait des prières depuis une minute. Le nom de Marie, les promesses des Saints passaient et repassaient au-dessus de l'angoisse, avec la patience des mouettes qui survolent les mers. Malheureusement, si l'on connaissait une prière pour demander à Dieu un bon usage des maladies, il n'existait rien de pareil à l'égard de la mort. Les hommes avaient exilé ce mot très loin d'eux, mais la jeune fille brune savait bien que notre passage sur la terre est réglé par deux ordres, dont la vie n'est que le premier. Or, la vie n'est pas très importante, puisqu'on a tout le temps pour recommencer, effacer, brûler. La mort était plus difficile : qu'elle durât un an, une minute ou une nuit, il convenait d'avancer sans hésiter, de répondre aux questions d'une voix franche, de ne plus jamais regarder en arrière. Pas une faute, non, pas une faute à commettre : un vrai métier de chevalier. Sur les autels de la mort, l'inconnue passait sa veillée d'armes. Son avenir, c'était hier.

Elle distinguait un visage railleur, le visage d'un de ces vivants qu'elle avait aimés. Et puisque l'amour avait joué son rôle, comme le sommeil ou les repas, elle pensait à ce dernier visage, non par goût réel, mais parce qu'il fallait bien en choisir un et parce que ce nouveau secret lui était révélé ; on ne passe jamais seul les portes de la mort.

Le 118-BW de la Pan-American s'abîmait dans la nuit du 22 décembre et la jeune fille brune disparaissait au milieu de la fumée. En face d'elle, à quelques centimètres, triste ou gai, nul ne le savait, il y avait ce visage et celui-là seulement. Il la suivait dans cette affaire ? Et c'était lui et ce ne serait plus un autre, c'était décidé ? La vérité manquait tout de même de sérieux et, parmi les hurlements, elle éclata de rire, tandis que l'avion tombait. Puis ce fut comme à l'ordinaire quand les hommes disparaissent de la terre : un grand vacarme, une fumée, des cris. Le silence reprit ses domaines.

I

A moitié nue sur son divan, faisant semblant de lire une brochure sur le bouddhisme, Catherine fumait beaucoup trop de cigarettes pour une jeune fille de son âge. Elle était bien agacée. Sa meilleure amie, son amie tournait mal. Il y a plusieurs façons de mal tourner. Les plus courantes sont les moins graves. On se marie, on attend des enfants, on part pour l'Amérique : tout cela est réparable parce que tout cela est vieux comme le monde et qu'il y a trente-six chemins pour s'évader de ces provinces pénibles. Les situations mal définies sont mille fois plus périlleuses : impossible d'y entrer par des calculs, impossible d'en sortir sans aide. Ce sont de vrais marécages et Catherine fut enchantée de cette expression. Elle allait la retenir et elle la trouverait dans la conversation, devant Dominique. Dominique, sans rien en montrer, serait émerveillée par tant d'intelligence.

Elle se leva, passa un vieux poulover gris, une jupe noire et entra les pieds dans des souliers de daim. Elle adorait sortir sans bas, en plein hiver. Les airs de pauvresse lui convenaient. Ses yeux de chat battu, ses cheveux de garçon, sa bouche révérencieuse et triste, ses épaules basses, tout cela ne réclamait pas l'admiration, mais constituait un charme doux, insensible, auquel les imbéciles étaient pris les premiers. C'est dire si Catherine de Saint-Romain avait de succès auprès des hommes.

Elle traversa l'avenue de Ségur. Son amie habitait juste en face. C'était bien inventé. Seulement au moment de sonner, elle eut peur. Ce n'était pas très malin d'aller la voir une seconde fois dans la journée, sans prévenir. Dominique raffolait de l'imprévu ; en même temps, elle était cérémonieuse au possible. L'imprévu, pour elle, c'était un garçon comme ce Cheverny. Catherine pinça les lèvres de fureur et quitta le palier en laissant filer dans son imagination tout un avenir de douleur. Elle resterait chez elle, sans faire un geste, entre les cigarettes et les traités de bouddhisme. Pendant qu'elle serait malheureuse à mourir, Dominique passerait sa vie dans les bras de ce ridicule, impressionnant et bien élevé jeune homme. Trente ans ! Il avait près de trente ans !

Dès l'ascenseur elle entendit le téléphone qui retentissait. Elle se précipita, mais trop tard. N'empêche : c'était une raison pour téléphoner à son tour. La voix sauvage de Dominique, comme toujours, la fit changer d'univers.

— Oh, j'étais à moitié endormie, dit-elle. Le téléphone m'a réveillée, j'ai cru que c'était toi... Enfin je lisais quelque chose... oh, sur le bouddhisme, tu sais...

Après cinq minutes d'une conversation semée de « oh » et de « heu », elle se décida à demander timidement si elle reverrait bientôt son amie. C'était le genre de questions sans espoir. Un gouffre, un gouffre d'absence allait s'ouvrir, l'aspirer, la dissiper en cendres, en fumée. Il n'en fut rien. Dominique lui répondit :

— Nous sortons ce soir. Mets ta robe chaudron.

— Ah... Heu... C'est habillé ? C'est un endroit que je ne connais pas ?

— Oui.

— Ah... Bon. A quelle heure ?

— Je viendrai te prendre à sept heures et demie. Ou plutôt non. Nous nous retrouverons à huit heures à la Rhumerie.

— Oui... C'est-à-dire que je ne sais pas si je... Enfin, écoute, je m'arrangerai. Ne t'inquiète pas.

— Je ne m'inquiète pas.

— Oh... C'est avec... C'est Robert de Cheverny qui... avec qui nous sortons ?

— Ça t'ennuierait ? Ça t'ennuierait vraiment ?

— Oh non... Pas du tout. Il est « charmant ».

— Nous sortons avec quelqu'un que je ne connaissais pas avant-hier.

— Ah... Et... il est plus intéressant que Robert de Cheverny ?

— Ce n'est pas le même genre.

— Oui... Je vois... Ce n'est pas mauvais signe, en somme... Bon... Eh bien, je crois que je viendrai... Au revoir.

— C'est un écrivain, déclara Dominique d'une voix triomphale.

Il aurait appartenu au clergé régulier ou à la race mandchoue, Catherine ne s'en serait pas plus souciée. Elle ne redoutait pas, comme autrefois, les nouvelles rencontres de son amie. Ces courts enthousiasmes ressemblaient trop à des allumettes qui crépitent, dégagent quelques odeurs sulfureuses (l'enfer, la jalousie) et ne laissent entre les doigts qu'un souvenir ridicule. Au contraire, il était peut-être excellent que la jeune fille abandonnât Cheverny pour un inconnu. Cheverny avait une sorte de charme, au moins l'avantage de son âge, de son calme, de la considération des familles. Malgré son anarchie permanente, Dominique était sensible à ces arguments. Catherine, dans cette affaire, n'était inspirée que par l'amitié. C'est une passion violente, dès qu'on la débarrasse des vêtements respectables qu'on lui donne en société. Avec ce garçon Dominique se perdait. Franchement! Quel plaisir pouvait-elle prendre à écouter des conversations interminables sur l'avenir de la monnaie ou les dernières théories de la Valeur?

La robe chaudron était boutonnée dans le dos par de gros boutons noirs, très serrée à la taille et sans ampleur dans le bas. Elle se portait avec des souliers gris et de longs gants de la même couleur. Dans cette tenue, Catherine est amusante. Elle n'a que vingt ans et tout cela lui donne un sérieux excessif. C'est beaucoup d'élégance pour ce petit chat qu'on voudrait prendre dans ses bras, poser sur un coussin, caresser, abandonner. Ajoutons qu'il s'agit de la plus charmante jeune fille de Paris, chrétienne au possible et que ces deux réputations l'encadrent comme deux anges autour d'un blason. L'ange du monde n'est pas le plus puissant dans l'affaire, comme on pourrait le penser. Son collègue du ciel, sans avoir beaucoup de fanatiques, impressionne encore les salons, donne à la plupart une conscience heureuse : cette jeune fille est des nôtres, se disent-ils et si Dieu la réclame à ses côtés, nous serons certainement invités à notre tour.

La Rhumerie était un des endroits de Paris que

Dominique adorait. Elle n'y buvait que du lait. Elle y trouvait « une atmosphère », elle s'en étonnait comme une provinciale et ce gentil café de la Rive Gauche, où l'on voit Antoine Blondin, était pour elle pavé de rêves, d'aventures, de rencontres. C'est là qu'elle avait fait la connaissance d'Olivier Malentraide, qu'elle désirait présenter à son amie. Avec son caractère chimérique, elle se promettait beaucoup de ce dîner. Il fut terne. L'intellectuel tournait ses yeux gris d'une jeune fille à l'autre, en paysan qui ne sait pas se décider au marché. A côté de lui se tenait Didier de Vincay, le cousin de Dominique. Il s'exprimait avec sécheresse et facilité. C'était pourtant le contraire de cette animation que Dominique aimait tant.

Au moment où commence ce récit, Olivier était un grand et brun jeune homme aux lèvres minces, aux paupières fripées, au nez bref et droit, qui possédait un air décidé jusqu'à la passion. Il se renversait volontiers en arrière, ou bien il se penchait très en avant, présentant à ses partenaires un visage tendu, où l'inquiétude se marquait par mille petites rides tremblantes sur un visage lisse, en sable blanc : deux petites mares d'eau grisâtre, les yeux. Son charme venait sans doute du calme, de la régularité de ses traits, équilibre balancé par l'ardeur de sa physionomie ; et tout cela comme s'il y avait deux visages en chacun : l'immuable, le catégorique, le masque mortuaire — et l'animal qui l'habite, tente de le déformer.

Catherine ne suivait pas la conversation. Elle ne trouvait pas les idées générales plus intéressantes que les fards. Elle savait assez bien admirer et mépriser en même temps : ce sont là deux mouvements de crainte, différemment orchestrés.

Après le dîner, vers onze heures, ils allèrent danser au « Jimmy's », avec le désir de s'amuser un peu plus. Olivier paya le taxi en laissant huit cents francs de pourboire, ce qui commença à impressionner les jeunes filles, que leurs parents laissaient sans le sou, ainsi qu'il convient à des personnes bien élevées. Interrogé par Dominique, il ne répondit que par des glissades. Elle questionna son cousin Didier pendant un tango.

— Oui, oui, il est très dépensier. Ça ne doit lui faire aucun plaisir. C'est un genre.

Dominique s'empressa de détester un personnage si fortuné. Elle n'aimait que les poètes abandonnés dans les mansardes, les jeunes peintres tuberculeux. Démodée, elle l'était avec tant de bonne santé, qu'on n'osait se moquer d'elle ; Catherine moins que les autres, qui réglait ses moindres gestes sur ceux de son amie. Il faut dire que Dominique de Vincay, née en Ecosse, habitant l'Amérique, nous était tombée du ciel en mil neuf cent quarante-neuf. Les choses dont nous sommes si fiers, nos caves, nos traditions, elle s'en moquait éperdument. Elle vivait à la diable. Tandis qu'Olivier Malentraide dansait en lui marchant sur les pieds, Dominique se sentait resplendir de force, de pauvreté et frappait le sol, durant les sambas, comme une esclave nègre qui veut faire surgir la liberté de l'ivresse. Précisément, elle avait bu deux coupes de champagne, elle détestait cette boisson civilisée, elle était partie tout à fait ailleurs. Catherine, au contraire, dansait avec beaucoup d'abandon, manifestant une sorte de tendresse à l'égard de n'importe qui. Il y aurait eu beaucoup à dire sur cette « tendresse ».

Le « Jimmy's », à minuit, était plein. Les maîtres

d'hôtel se passaient des tables par-dessus la tête des clients. La piste diminuait. Parmi les nappes et les bouteilles de champagne qui voltigeaient, Dominique vit apparaître des amis, les Marèges et quelques gens du monde. Ces surprises l'enchantaient. Elle était fière de montrer un intellectuel à des personnes de son milieu et elle n'était pas mécontente non plus de s'affirmer auprès des jeunes génies comme une duchesse. Malheureusement, Malentraide connaissait les Marèges. Les cartes du snobisme étant parfaitement distribuées, la partie s'engagea. Didier parla beaucoup. Catherine se trouva isolée. Elle demanda à l'écrivain s'il s'amusait.

— Enormément, dit-il. Votre amie est passionnante. Vous aussi.

— Oh, non, dit-elle de sa voix sucrée. Je ne suis pas passionnante du tout.

— Tant mieux, fit-il avec gentillesse, tant mieux. Vous serez plus reposante.

— Oui, mais ce n'est pas agréable de se reposer. On aime à se fatiguer dans la vie.

Cette espèce de bavardage qui ne semblait intéresser très vivement ni l'un ni l'autre, conversation d'invités négligés dans un salon, dura jusqu'au moment où Dominique s'en mêla. Leurs voisins parlaient politique, mais pas d'une façon amusante, sans rien toucher aux principes, à la sociologie, à des doctrines économiques. Ils se contentaient de se lancer à la face des noms d'hommes d'Etat. C'était d'un ennui mortel. Dommage même, il était dommage de penser que Didier de Vincay se mêlait à cette frivolité. Son ami n'était pas plus sérieux. Au moins ne jouait-il pas la comédie. La sottise des hommes, dès qu'ils prophétisent, est immense. Bons à calculer, peut-être... Les divagations historiques leur réussissent très mal. Ils cherchent à s'impressionner par des mots savants. Ce genre d'émotion ne vaut pas cher.

Avec Olivier, les deux jeunes filles s'amusèrent beaucoup. Elles l'appelèrent : « le petit huron », « l'iroquois », le détaillant en sa présence et en faisant plusieurs bouchées, pour que le plaisir durât.

— La vie est d'une injustice ! disait-il. Regardez Didier : il est intelligent, pas mal beau, etc. Vous le laissez complètement tomber. C'est pareil avec votre ami de Marèges, qui descend sûrement de saint Louis et que vous traitez sans pitié. Pourtant, c'est avec moi que vous parlez. Mais non, mais non... Il faut rester. Je finis par m'attacher.

Dominique rit gravement et lui répondit :

— Vous êtes intéressant, vous aussi. Vous êtes riche comme tout.

— C'est vrai, admit-il.

— C'est épatant d'être riche, dit Catherine. Il me reste trois cents francs pour finir le mois.

En partant, ils prirent quelques décisions.

— Il faut nous revoir très souvent, s'écria Dominique avec force. Je le veux.

— Moi, j'en ai envie ; c'est un degré au-dessus, dit-il.

— En plus, remarque bien, il est intelligent, dit la jeune fille en se tournant vers son amie.

On les déposa avenue de Ségur en taxi. Elles montèrent toutes deux dans l'escalier du 24, prirent du jambon et du lait dans le frigidaire et s'installèrent dans la chambre de Catherine, pièce baroque et drôle, car des rideaux suaves, un couvre-lit à fleurs étaient accompagnés de reproductions de Picasso et de photos surréalistes.

— Tu le trouves vraiment intéressant ? demanda la plus charmante jeune fille de Paris.

— Tu es folle ? Il est in-si-gni-fiant. Un type comme Didier a de l'allure, enfin un certain chic intellectuel, une présence... Mais ce type-là, je m'en moque é-per-du-ment. Il ne sait pas danser. Il est futile, c'est un Français.

— Ah... et ton cousin, tu n'as jamais eu un faible pour lui ?

— Si, si.

— Ah... Et... Tu crois qu'il... Tu crois qu'il t'a embrassée ?

Dominique partit d'un rire strident.

— Je crois, je crois ! C'est oui ou c'est non, ce n'est pas : je crois !

— Oh... C'est si peu important... Tu te laisses raccompagner par un « homme », tu te laisses embrasser. J'imagine que tu n'y fais pas attention... Non ! Tu... Tu y fais attention ?

Dominique noya son air mystérieux dans son verre de lait. Les gouttes blanches sur ses lèvres, ses yeux tragiques et rieurs à la fois, ses cheveux si noirs composaient un étrange tableau, un tableau actuel. C'était une des premières habitantes de la terre, nées de la peinture moderne, modelées par Braque, Léger, Masson.

— Tu es une beaucoup trop petite fille pour rien comprendre à ces choses-là, proféra-t-elle. Didier est intéressant. Se laisser embrasser par lui ne peut pas être ennuyeux. Tu m'entends bien : se laisser embrasser. Il faut garder sa dignité, ne pas bouger, ne pas remuer une paupière. C'est ce que tu ne saurais jamais faire. Tu es trop veule.

La morale n'intéressait pas Catherine. Comme toutes les personnes vraiment religieuses, elle s'en passait fort bien. Et jetant un coup d'œil vif et timide sur son amie, elle demanda :

— Et Robert de Cheverny ? Il n'est plus en faveur ?

— Ah çà, je ne sais pas. Je ne sais vraiment pas. Tu comprends, il est intelligent, il parle d'une manière élégante, seulement... En Amérique, il y a les gens de Boston. Lui, c'est ça. Il est de Boston.

— Il ne doit pas t'embrasser alors.

— Ce que tu peux être agaçante avec tes embrassades. Tu ne vois rien d'autre dans la vie. Avec Robert, avec Didier nous avons des conversations, des choses qui te dépassent, puisque tu n'es qu'une petite sotte.

A cet instant, Dominique se jugea cruelle. En se mordant les lèvres comme après une gaffe, elle se leva, s'approcha de Catherine, la prit par les cheveux.

— Ça n'a aucune importance que tu sois une petite sotte, dit-elle. Aucune. Regarde-moi.

— Tout de même... Tu es si intelligente...

— Ça ne me sert à rien, répondit la jeune fille brune avec simplicité.

Elle se séparèrent, il était trois heures du matin. Catherine raccompagna son ami jusqu'à sa porte. Elle était en taille, elle tremblait. Une main ferme la saisit à nouveau par les cheveux, amena son visage sous la lueur d'un réverbère. Quelques secondes, elle demeura quelques secondes ainsi, les yeux fermés, blanche, heureuse d'être à moitié nue, en janvier dans la rue, heureuse de ces doigts musclés qui lui faisaient un peu mal, juste ce qu'il fallait. Puis l'étreinte se desserra.

Elle garda les paupières baissées. Tout d'un coup, elle tombait de sommeil, ou bien c'était autre chose, une sorte d'ivresse. Elle se sentait glisser entre deux parois d'une neige noire comme le basalte.

Elle rentra chez elle en traînant les pieds. Elle regrettait que le trajet fût si court, car si elle était malheureuse, elle aimait ce malheur, il lui plaisait d'y rêver. Elle se glissa sous ses draps tout habillée. A présent, elle était bien, son paresseux malheur autour d'elle, dans le cube de nuit que renfermait sa chambre. Tout ce qu'il y a de méprisable dans cette mélancolie s'efface, car ce petit visage qui remue doucement les lèvres est touchant. Et d'ailleurs, ces humbles passions...

Maintenant que les deux jeunes filles sont endormies, il est temps d'expliquer un peu d'où elles sortaient. A propos de Catherine, il est inutile de se poser beaucoup de questions. Les jeunes chats viennent au monde sans se faire remarquer. Ils passent silencieusement parmi les autres, leurs griffes poussent en cachette ; un jour, ils les sortent, à l'étonnement général. Dominique est moins discrète.

Elle ne manquera pas d'allure. Il ne faut pas dire qu'elle a perdu la partie. Là où son destin l'a placée, elle peut rire, comme elle savait si bien le faire. Dans les eaux vagues du souvenir, son corps vacille, se déforme et danse pour la dernière fois.

Allure : le mot rappelle ce vêtement de métal qu'endossaient les chevaliers. Il brillait sous le soleil. Il était l'image de la passion indomptable et glacée. Si le combat tournait mal, le guerrier se trouvait prisonnier de sa coquille de fer et piétiné. Voyez ces gens du monde, leurs plaisanteries. Défaite, Dominique ne saurait leur répondre. Elle passe, les redoute et les méprise.

Peu après les événements bizarres de la libération, le monde parisien avait retrouvé son équilibre. Ce n'était pas tant l'assurance des sociétés bien établies qu'une légèreté farouche. Les masses les plus lourdes finissent par basculer, quand cette frivolité échappait aux mains cruelles de l'époque. Chez les Marèges, Dominique était mieux que chez elle : elle était dans son rôle. Ceci demande des éclaircissements.

Depuis la fin de la guerre, on s'appliquait à répéter mil neuf cent vingt-cinq. On découvrait une nouvelle fois le surréalisme, la mythologie du cinéma. On faisait un grand mélange de poésie, de couture, de musique nègre. On était à l'avance démodé, car l'expérience des parents permettait de choisir les détails les plus fragiles et de s'y établir, comme sur une terre d'élection. Ce soin patient et presque désespéré, cette tristesse sous les rires, réclameraient sans doute une interprétation morale. Les uns penseront que la jeunesse tentait simplement d'imiter une époque brillante, comme on recommence un coquetelle dont on connaît la recette. D'autres invoqueront un souci national, celui qui mêlait les faux succès de quarante-cinq et la victoire de dix-huit. (Ainsi d'une actrice vieillie qui habille son gigolo avec les vêtements de son premier amant.) La dernière solution, la plus simple revenait à dire que cette génération attendait ses maîtres — dans la vérité, dans les plaisirs, ses maîtres — et qu'elle trompait sa faim à bon compte, en obéissant aux incassables vieillards qui régnaient depuis trente ans.

Au milieu de cette molle frénésie, le salon des Marèges était une bonne reconstitution historique de ce qu'avait été pour Radiguet et pour quelques autres, tel salon, illustre — qui d'ailleurs existait toujours, avec les meşmes acteurs, plus réussis chaque année, se surpassant tous, et cette fièvre d'émulation remplaçant la jeunesse. Edmond de Marèges savait recevoir. L'imprévu de ses réceptions leur donnait du charme. Le salon de l'avenue Kléber passait pour brillant. Dominique régnait sous cette lumière.

Et en somme c'était de la chance. Elle n'était pas si bien partie. Il y a toujours à quatorze ans, cette nuit où on se promène devant sa glace en se trouvant ennuyeuse au possible, ennuyeuse à voir. On se déshabille, on s'habille, et toujours ces yeux épouvantés par la fille veule et blanchâtre collée sur la glace. Une mère écossaise vous confirme dans cette idée. Elle vous traîne partout avec une mine rechignée. Dominique, alors, joua de cette corde. Son plus grand plaisir fut de gouverner ses petites camarades. Elle savait les gifler et elle était aimée : à cet âge, la violence est reine sur la terre. Elle avait acheté un couteau d'apparence exotique. Elle appelait cette arme une navacha et jurait de la lancer sur qui la trahirait.

De ses copines, elle exigeait une fidélité totale. Elle plongeait ses yeux noirs dans leur fade regard, elle lisait les pensées, elle savait bien, elle savait en une seconde lesquelles s'étaient amourachées du professeur de français. Et c'était une guerre sans merci contre les lâches, les inconstantes filles du collège. Avec un rasoir, on coupait les cheveux. Les encriers coulaient sur les draps blancs et le mépris, c'étaient les lèvres rouges de Dominique, la sauvage, l'unique, la mystérieuse. Ces petites Américaines se soumettaient à la dictature, car elles y trouvaient tout à la fois : le féminisme, l'apologie de leur sexe ; de l'autre côté, la haine de la féminité, une odeur de conquête. (Il est évident que ce chef de bande avec ses nattes et les lunettes qu'elle portait par contrition, adorait secrètement son professeur.)

Elle raffolait de la danse, d'une façon mystique. Elle ne rêvait à rien d'autre que de se trouver un jour dans les bras d'un homme et devant tout le monde. Seule avec lui, cet exercice l'aurait ennuyée. Sous les regards, c'était une invention exaltante.

Un jour, à quinze ans, elle saisit par le poignet sa meilleure amie dont elle était la confidente. En ce temps-là, elle savait que les maîtres du monde écoutent et ne parlent pas. Toutes deux se dirigèrent vers un coin de Broadway qui leur parut un des plus hauts sommets de la débauche. Dominique s'était bourrée de fards, comme on se bourre de confitures. Le danseur professionnel l'invita. Elle le suivit, ainsi qu'un ange à la fin du monde. L'orchestre jouait un tango. Elle n'eut pas le temps de prévoir ou de réfléchir, elle dansait admirablement et bientôt on quitta la piste pour les regarder. Favorisé par ce corps d'enfant, amusé, son cavalier fit un numéro. La copine attendait à sa table, ivre d'émotion. Dominique lui en voulut de savoir qu'elle était une petite fille et non une princesse russe.

Elle passait un examen huit jours plus tard. Elle rédigea ses copies avec fièvre, voulant couvrir dix pages en deux heures. Il y a quelque chose d'érotique dans la précipitation. Rien d'étonnant, ensuite, si elle accompagna un garçon blond, pâlichon, étiré vers le ciel plutôt qu'il n'était grand. Elle espérait profiter de cet état brûlant, qui était le sien, pour faire une bêtise, aussi considérable que possible. Quelque chose d'invraisemblable ne lui aurait pas déplu : par exemple, embrasser ce garçon sur la bouche. Elle se balançait sur un tabouret de bar ; le plancher lui-même, comme un radeau, flottait sur une mer d'alcool. Elle avait bu deux verres de Martini. Tandis qu'elle nourrissait ces pensées tumultueuses, le garçon parlait de son idéal dans la vie — paroles poisseuses qui rendaient ses lèvres monotones à l'avance. Dominique descendit sur le radeau, marcha sur les flots, regagna sa famille.

Cette expérience la confirma dans l'idée qu'elle était laide. Sans doute les filles l'adoraient-elles. Sa vie était pleine d'amitiés fanatiques. Elle était riche de tant de sacrifices ! Pour elle, on avait voulu se tuer. Mais puisqu'on l'aimait, c'est qu'on ne valait pas mieux qu'elle : cette idée gâchait tout. Quant aux hommes, aucun n'était digne d'une race illustrée jadis par d'Artagnan, Serge Lifar, Jésus-Christ.

La capitulation allemande fut signée le premier jour de sa dix-septième année. Elle goûtait chez une amie qui venait de se marier et considérait son mari avec des yeux pleins d'appétit. Celui-ci parlait de s'engager contre le Japon, de souffrir pour la civilisation. La jeune fille l'approuva, tandis que sa femme lui rappelait qu'il était frileux. Entre ces deux images de lui-même, il n'hésita pas. Dominique lui écrirait quand il serait au front, prenant les îles d'assaut, plantant des drapeaux sur les collines. C'est ce qu'il lui demanda en la raccompagnant chez elle, dans le noir. L'heure lui inspirait des paroles superbes, comme il convient, car les femmes, le plein air, la nuit sont les trois dimensions d'une mort facile. Prodigieusement ému sur lui-même, il embrassa un visage d'albâtre inconnu. Dominique, quand elle aura oublié depuis longtemps ce garçon, se rappellera toujours ce tas de sable, humide, silencieux — oui, peu bavards, ces tas de sable, vraiment peu bavards et moches à considérer. Beaucoup plus que les lèvres héroïques de ce type, il lui avait donné l'impression qu'elle se dégradait.

Il en fut des baisers comme il en avait été de la danse. Elle brilla aussitôt dans cet art. Son compagnon ne voulait pas la quitter. Elle le renvoya, se fit un grog et se coula dans son lit. Allongée, lisant un roman de grande personne, elle jetait, par instants, un coup d'œil sur ces souliers qui portaient encore trace du sable humide, dans lequel elle avait marché. Cela évidemment, on l'imagine. Ce détail paraît nécessaire.

Toute la semaine, ce jeune homme lui téléphona, la supplia. Elle accepta de le revoir. Il ne lui plaisait pas. C'était un ambassadeur des hommes, leur chargé d'affaires. Qu'importe ! Elle se laissait embrasser avec volupté, car il lui promettait de s'engager, elle ne doutait point qu'il serait tué. Ce grand cadavre chaud et vivant l'amusait donc beaucoup. S'il était incorrect, elle pensait que les convenances à l'égard des morts ne sont pas rigoureusement les mêmes.

Dominique la véritable n'était pas dans ces amourettes faciles, ces expériences de physique amusante. Des quelques années qui suivirent, en Amérique, on n'a rien su. Il est probable que ce temps ne fut pas rempli seulement par des lectures frénétiques, d'immenses promenades à cheval et cette ivresse qui venait sans doute à cette époque d'inonder son cœur, pour lui dire que l'adolescence avait menti, qu'elle était belle, désirable — et rythmer l'univers d'un gong implacable, celui de la jeunesse qui se débarrasse des liens et des vieilleries de l'enfance. Visage heureux du monde et la veine, à gauche, sur le cou des humains, émouvante comme le plaisir !

Les grandes personnes ont quelque chose à venger. Cette jeune fille étincelante qu'on verra plus tard avait sans doute ses secrets. Elle les a gardés. La sauvagerie du regard venait peut-être d'une nuit, dans une gare de Californie, et il avait dit qu'il viendrait à deux heures et qu'il ne pourrait plus tôt car sa femme était là. Et le temps n'avait pas fini de couler en petites gouttes innombrables qui vous perçaient jusqu'à l'os. Puis il était venu, c'était sa démarche lente, le mouvement de ses épaules pour avancer, son air grave. Et il avait dit que c'était fini et c'était sur ce petit banc ridicule, oui c'était la dernière fois. Et cette chose épouvantable qu'il fallait lui confier, cette chose resterait pour vous seule, à jamais pour vous seule comme cette eau glacée qui coulait le long de votre dos et vous était destinée.

Ou bien d'assez longues journées de colère, devant la médiocrité des hommes, leur pesante frivolité, leur encombrant passage sur la terre. La haine pour les vôtres qui veulent vous marier, se défaire de vous. La trahison perpétuelle de chaque jour qui passe et n'a point apporté de remède à l'ennui. Soudain ces plongeons dans la vie sociale l'éclaboussement des rires, voilà la vie, c'était ça, une substance riche, facile, où l'on se meut sans effort. Il est né dans le Texas. Il veut y retourner, fonder une famille, avoir de beaux enfants, comme les pêches du pays natal. Et l'on aura des chiens, des chevaux et de grands verres d'orangeade à boire sans permission. Ne plus obéir à personne, qu'au bonheur, au besoin d'être libre. Mais les héros de romans vous regardent tristement. Ils ne l'entendent pas de cette façon. De vous, ils attendent autre chose.

Quand Dominique débarqua en France, pendant l'hiver quarante-huit, son opinion des hommes était suffisante pour lui permettre de mener la vie qu'il lui plaisait, sans danger. Elle trouvait que l'amour était une chose simple et banale, dans l'ensemble — passionnante dans les détails. Elle comptait sur ces hasards pour ressentir un peu d'émotion. Elle s'était juré de ne pas avoir d'amant. Elle devinait bien qu'il est détestable de tomber dans la « facilité ». Son caractère sérieux l'empêchait de s'illusionner trop longtemps sur un type et son éducation lui interdisait de se donner au premier venu. Avec de l'alcool et des rires, on commet des folies sans effort. Mais elle souffrait du foie, il manquait donc une condition. Tout cela était assez pour réussir dans la coquetterie, dans la coquetterie seulement. C'était donc assez pour être malheureuse, quand on ne rêvait qu'à la passion.

Maintenant, oublions les continents, le passé, les rêves et considérons cette jeune fille moderne que les salons vont accueillir avec joie. Chez Edmond de Marèges, cousin d'un ami de son père, elle trouva un théâtre désirable, pour se perfectionner, apprendre les trucs du métier.

Quelque chose de fier et d'aventureux : elle savait ne regarder personne. Elle portait son visage en arrière. C'était un curieux visage. Il frappait toujours et il voulait produire cet effet. Dominique en France, la mode des cheveux courts l'attendait. Une mode inventée pour elle. Les cheveux coupés au rasoir retombaient sur son front, en formant des mèches pointues. Des sourcils droits, épais, surmontaient des yeux noirs, enfoncés, fixes, qui semblaient pesants parce qu'ils étaient immobiles. Sa bouche, c'étaient deux lèvres épaisses, qu'elle peignait en rouge vif. La lèvre supérieure s'abaissait très légèrement sur les côtés — Dominique, elle-même, ne le savait pas. C'était donc un visage petit, rectangulaire, guerrier. De face, il ressemblait à un masque. Dans une pièce obscure, c'était un profil de camaraderie et de tristesse. D'ailleurs, aux lumières des salons, les traits particuliers s'effaçaient. On voyait une jeune fille mince et musclée, avec une démarche impérieuse. Elle portait ses bras sans gêne, comme un arbre vigoureux, ses branches. Ses gestes faisaient penser à un personnage inventé, par exemple, un de ces anges insupportables dont le Seigneur se débarrasse, en les envoyant sur la terre. Alors, on les appelle des démons. Ils marchent fièrement sur les cœurs des humains et ils enragent de ne rencontrer que cette substance molle et creuse. Ils sont solitaires, parce qu'ils sont ailleurs et que les ridicules habitants de cette planète adorent, mendient la chaleur d'un regard. Ils sont jalousés. Ils le savent. Ils s'en veulent un peu. Mais dans leurs éclairs de lucidité, ils devinent qu'ils sont normaux et que les autres sont des monstres informes — fabriqués de toutes pièces, quand Dieu les a rêvés.

Dans le monde, Dominique avait sa légende. On l'accusait d'avoir de l'esprit. Ce crime est interdit aux jeunes filles, à moins qu'elles ne sachent très bien s'humilier de temps à autre. Par un nouveau malheur, elle ne souriait pas, elle riait seulement, comme on jette un verre d'eau glacée à la tête des gens.

Elle appartenait au siècle. Elle était nourrie des valeurs de l'échec, de la révolte. Chez une jeune fille si élégante, ces maximes étaient charmantes. L'époque prenait dans ses filets des oiseaux de toutes sortes. Egalement prisonniers, les uns semblaient faits pour ce rôle, d'autres méritaient mieux. Comment libérer Dominique de son besoin de perfection ? Comment lui dire qu'elle possédait cette perfection ? C'était son allure. Il est beau à vingt ans d'entrer dans le monde avec sa légende. Plus une enfant, une dame. Et cette traîne qui vous suit, cette rumeur est portée par tous les imbéciles de la terre, en guise de pages.

L'esclavage de Catherine était d'une espèce différente. Le succès de son amie l'enivrait. Cette ivresse, elle voulait la garder pour elle seule, elle haïssait Dominique de s'y abandonner, elle méprisait des compliments, des bavardages, qui lui causaient un tel plaisir. Quel rôle le christianisme jouait-il dans cette affaire ? Il est impossible de le déterminer. D'ailleurs, la petite fille de l'avenue de Ségur avait plus de religiosité que de religion. A ses yeux, l'Eglise était une personne câline, rien autre. Et puis quand on possède une certaine réputation, comme s'en évader ? Des parents tués à la guerre, allez donc approuver l'ennemi ! Les Saint-Romain avaient toujours subi le mysticisme comme une tradition. Ils avaient des chasses sur la terre et ils avaient un paradis en perspective, voilà tout.

La grande affaire était de savoir qui l'emporterait de Robert de Cheverny ou d'Olivier Malentraide. Ce dernier avait des charmes immenses. Il était pacifiste. La jeune fille brune trouvait cette opinion excellente. Les Vincay comprenaient un grand nombre d'officiers, gauches et muets dès qu'il était question de Picasso ou de Malraux. Elle les méprisait profondément. En face du nouveau venu, elle écoutait comme on écoute quand on n'a pas l'habitude de le faire. Ainsi de l'orgueilleux qui s'humilie tout d'un coup. Il y trouve une volupté inattendue. Il sait qu'il joue un rôle quand les autres ne le savent pas.

Dominique, chez les Marèges, plongeait son regard brûlant dans celui de l'écrivain. Elle avait lu un article sur lui, le matin même. Elle n'était donc pas loin de l'adorer. Il buvait du cognac avec excès. L'alcool avait cet avantage de supprimer les frontières ou plutôt de les reporter ailleurs, dans un autre emmêlement, avec d'autres mots de passe. Car s'il n'y avait le plaisir d'entrer en pays étranger, où serait le plaisir de l'ivresse ? On ne s'interrogeait pas sur un métier, sur un âge, mais sur tel peintre ou l'agrément de nager sous le soleil et telle autre chose unique à vivre, unique à dire, dans ce coin de salon mal éclairé. A une heure du matin, ils en étaient aux dernières confidences, qui touchent la philosophie, comme chacun sait.

— Je ne m'entends pas avec la vie, disait-il. On peut lui faire la cour, la charmer... Moi.. Eh bien, nous allons chacun de notre côté.

— Il y a une autre solution, s'écria Dominique qui ne s'était jamais sentie aussi intelligente et dont les yeux, baignés de reconnaissance, démentaient la sévérité de ses paroles. « On peut lui déclarer la guerre. »

— Je ne suis pas belliqueux.

— C'est bien ce que je vous reproche, s'écria-t-elle d'une voix triomphante.

— Non, dit-il. J'ai raison. Ou si j'ai tort, c'est ce que j'ai de mieux à faire. Il y a des gens qui ont une belle conduite pendant leur vie, comme on a une belle conduite pendant la guerre. D'autres désertent. D'autres sont caporaux-chef. Moi, je suis neutre. C'est dire si je suis une puissance morale.

Dominique riait et pensait : « Il faut absolument embrasser ce type-là. Il faut absolument que je l'aime. » Elle inclinait la tête, elle l'examinait sous ses paupières à demi baissées : « C'est quelqu'un pour moi. Il est à part. C'est un chevalier. Il ne me plaît pas tellement, non, c'est plutôt une nécessité. »

Elle regardait évoluer Edmond de Marèges, dans la pièce voisine, grand, velu, les mains dans les poches de son costume bleu marine, promenant sa bonne humeur de groupe en groupe, cherchant à se mettre à l'aise et n'y parvenant pas, agréable après tout, puisqu'il était si malheureux et si vaniteux à la fois. Elle revenait à Olivier et s'ordonnait de l'aimer. Qu'il était séduisant, quand il s'exprimait de cette façon tumultueuse ! Il n'avait pas l'air de se jouer de vous, mais de saisir des vérités dans la nuit et de les regarder avec curiosité, briller entre ses doigts.

Ils rentrèrent ensemble, à pied. Ils parlèrent de Catherine. C'était un excellent sujet de conversation, inépuisable pour Dominique.

— C'est un poids que je traîne ! Depuis un an que nous nous connaissons, je ne peux pas faire un geste, elle fait le même. Elle se coupe les cheveux comme les miens. Elle adore la sculpture, parce que j'en fais...

Il y eut un silence ; elle trouva son compagnon un peu mal élevé de ne pas l'interroger sur sa carrière artistique.

— Naturellement, elle est douce... Mais c'est une douceur fatigante, écœurante. Vous lui trouvez quelque chose d'intéressant ?

— C'est déjà beaucoup de ne pas être intéressante. C'est un avantage, un charme certain.

— Ah ! oui... Et moi, Olivier, vous me trouvez intéressante ?

— Oui.

— Ah !... Ça m'aurait ennuyée que vous pensiez le contraire. Vous êtes si intelligent.

— L'intelligence, commença-t-il...

Suivit un discours d'un quart d'heure qui les conduisit jusqu'à la porte de l'avenue de Ségur. Dominique essaya de rétablir la situation en déclarant, de sa voix la plus canadienne :

— J'aime cette nuit. Je la trouve émouvante.

Il eut un rire léger :

— Il n'y a pas de nuits émouvantes avenue de Ségur, ma chère amie. C'est une substance interdite aux classes riches. Tous les romans modernes vous l'apprendront.

— Bon, dit-elle. Eh bien, je crois que je vais monter me coucher. Je crois que nous ne nous embrasserons pas non plus.

— J'ai la terrible impression que non.

— Vous êtes un drôle de garçon, Olivier. Vous êtes tellement sûr de vous.

— Ça, je suis bien dressé... Bonsoir. Nous nous reverrons demain. Il y a quelque chose d'organisé. Vous reverrez Didier.

— Oh ça, non. Il m'ennuie. Ce petit jeune homme m'ennuie vraiment.

— Je suis si amusant que ça fera une moyenne.

— Vous êtes d'une fatuité !

— Excusez-moi. J'oubliais que vous étiez Canadienne et je vous parlais français.

— Je ne suis pas Canadienne. Vous êtes un bien mauvais emmerdeur. Je gèle et vous n'arrivez même pas à me mettre en colère, ce qui me réchaufferait.

— Allez vous coucher. Buvez de la tisane. Lisez *Le Général Dourakine.*

Elle rit une dernière fois, sa fureur dissipée, le regarda avec amusement et appuya sur la sonnette de la porte d'entrée. Il s'éloigna à grands pas. Elle eut une sorte de moue, avec de l'agacement plutôt que de la haine. Elle pensait : « C'est bien la peine d'avoir tout ce succès, cette réputation. Je ne lui plais pas du tout, je ne l'attire pas. Pourtant, il me trouve intelligente. » En y réfléchissant, cette préférence à l'égard de son cerveau ne lui déplaisait pas. Elle était donc bien consolée en sortant de l'ascenseur. C'est alors qu'elle buta dans un petit animal accroupi sur le palier.

— Tu es folle ! s'écria-t-elle. Je n'aime pas beaucoup ces excentricités.

Catherine restait sans bouger, les yeux baissés, les épaules tremblantes.

Dominique ne savait plus si elle détestait ces épaules imbéciles, dans le noir — ou son amie.

— *Go on,* dit-elle.

Elle la poussa brutalement dans l'antichambre, puis dans le couloir qui menait à sa chambre. Quelle faute de goût ! Comme tout cela ressemblait aux amours des petites pensionnaires ! Et cette imbécile qui prenait maintenant un air buté, comme si elle était une victime, comme si ce n'était pas toujours le contraire : les forts qui sont esclaves des plus faibles, parce qu'ils ne veulent pas les écraser.

Dominique enleva sa robe, passa dans le cabinet de toilette qui donnait sur sa chambre. Elle s'inonda la figure d'une eau qui lui parut de sa famille, dure, impénétrable. Elle revint à Catherine, accroupie sur une carpette. La misérable osait sourire.

— Tu peux être fière de toi, déclara la jeune fille brune. Tu es maligne. N'importe qui aurait pu te rencontrer. Ah, c'est spirituel, je te jure. C'est fou ce que ça peut être spirituel.

Elle s'enchantait de sa colère, elle s'aimait à travers elle. C'était aussi l'occasion d'employer quelques-unes de ces expressions nobles, démodées, qui lui plaisaient tellement. Cette Américaine raffolait des figures de style.

— Tu n'auras jamais aucun intérêt, disait-elle. Tu te jettes sur mon ombre. C'est mon ombre que tu aimes, ce n'est pas moi, etc.

Au bout d'un quart d'heure de ces discours, Catherine releva la tête et déclara doucement :

— En somme, si je comprends bien, tu n'es pas très satisfaite de moi. Bon. Eh bien, je vais m'en aller.

— Reste, au contraire. Tu es sortie avec Robert de Cheverny, hier ?

— Oh, tu sais... Oui, enfin, je suis sortie un peu avec lui. Ma mère était ravie. Elle le trouve très à son goût, bien élevé...

— Ah ? Il plaît à ta mère ? Je me demande comment elle peut l'apprécier. Evidemment, il a quelque chose de cérémonieux, il a des principes. C'est tout le contraire de toi, conclut-elle avec mépris.

Elle glissa hors de sa combinaison et passa un peignoir de grosse laine, couvert de taches. Dans ce peignoir, elle sculptait et la terre glaise était de l'autre côté, dans la salle de bains. Elle songeait à Robert et à la mère de Catherine. La vicomtesse de Saint-Romain était une des surprenantes personnes de Paris, une beauté brune, orgueilleuse, charmante, comme seuls les orgueilleux savent l'être. Dominique l'admirait et la redoutait. Evidemment, Robert de Cheverny était bien de son milieu, c'était son principal défaut. Il n'avait rien d'un voyou. Entre lui et Olivier Malentraide, la différence était sensible. Ce dernier, malgré son air compassé, avait un esprit railleur, une âme crapuleuse. En lui, on ne pouvait se fier : quel charme ! Cheverny était gentil, défaut que les femmes ne pardonnent pas.

— En tout cas, je suis ravie qu'il sorte avec toi, déclara Dominique avec componction. Ça te fera une relation, je ne dis pas un ami, je ne sais de quoi vous pouvez parler.

— Tu es d'une générosité. Dis-moi... Le nouveau, là, Olivier, tu me le prêtes aussi ?

Un sourire mystérieux parut sur le visage de Dominique. Ce sourire, elle le pratiquait très bien. Elle semblait regarder en arrière, jeter sur elle-même un regard mélancolique. Elle ouvrait légèrement la bouche, gardant la lèvre inférieure en retrait, les yeux brillants comme les dents.

— Olivier Malentraide, c'est autre chose. Il me fait peur.

— Toi ? Rien ne te fait peur, voyons.

— Tu crois ?

— J'espère, parce que si nous avons peur toutes les deux, nous... enfin, nous serons bien avancées.

— Si je te l'ai présenté, l'autre jour, en tout cas, c'est pour te sortir de ton milieu. Lui, il ne plairait pas à ta mère.

— Je n'ai pas l'impression. Il est beaucoup trop sûr de lui. On ne le prendrait pas au sérieux.

— Tu penses comme il se moque des gens du monde! C'est un ami de Malraux. Ta mère ne l'intéresserait pas.

— Ça non. Elle ne parle jamais de *La Tentation humaine,* ma mère...

— Tu pourrais éviter de citer des titres à l'envers. Ce garçon, je le trouve intéressant; parce qu'il est intéressant, je l'aime. Je ne l'aime pas au sens où tu emploies ce mot. Il est assez captivant.

— Je vois... Il t'a captivée.

— La preuve que non, fit Dominique avec nonchalance, c'est qu'il n'est pas ici.

— Pas ici! Ça, par exemple, tu as un de ces toupets!

— Si tu t'imagines, petite sotte, qu'il n'en monte jamais un de temps en temps, tu es plus bête que tes pieds. D'ailleurs, je ne les aime pas, ils m'amusent. Ils vous embrassent pendant un quart d'heure, ils n'arrivent pas à se décider. Il n'y a pas de quoi faire tellement d'embarras. L'amour, comme ils disent! Nous savons bien toutes les deux que c'est très exagéré.

Le visage tragique de Catherine, blanc, percé de deux yeux noirs et suppliants, remonta vers elle.

— Tu... Ça t'intéresserait de le prendre pour amant, celui-là?

— Ma chère, c'est une question d'inspiration.

— Et vous ne l'avez pas encore eue, l'inspiration?

Elle prononça le dernier mot avec un dégoût parfait. Dominique, une cigarette dans la main droite, jouant, de l'autre main, avec les cheveux de son amie, renversa la tête en arrière.

— Pourquoi pas ? Il n'est pas désagréable. C'est le contraire des Américains, ces idiots, ces grands types bien balancés, incapables d'avoir une idée personnelle

— Mais on ne fait pas l'amour avec des idées personnelles.

Les paroles un peu osées, comme des réflexions originales, étonnaient dans la bouche de Catherine et souvent faisaient battre le cœur de son amie, qui trouvait l'essence du scandale.

— Je serais contente qu'un garçon de ce genre fût ton amant. En somme, il faudrait qu'il soit attiré par tes airs de petite chatte, qu'il ait pitié. Tu profiterais de son intelligence malgré toi. Il te ferait lire autre chose que des romans policiers.

— Je m'intéresse au bouddhisme, protesta Catherine avec une douce indignation.

— Ce n'est tout de même pas très sérieux. C'est le mot. Tu n'es pas assez sérieuse pour me plaire.

Mlle de Saint-Romain, sans montrer une humiliation particulière, se leva, fit quelques pas dans la pièce, laissant traîner ses doigts et ses regards sur les objets qui l'entouraient. Elle souleva le rideau de reps qui recouvrait la fenêtre, appuya son front contre la vitre. Devant elle, les campagnes de l'aventure de Ségur s'étendaient.

— Tout ça m'est bien égal, dit-elle d'une voix différente. Je n'ai pas besoin de te plaire. Je me moque de ton amitié. Tu as une tête qui est assez attirante, une façon de parler, d'être satisfaite de toi... Voilà ce que j'aime — pas ce qu'il y a derrière. Pas tes opinions philosophiques. Tu peux me rendre malheureuse, ça n'a aucune importance. J'en ai l'habitude et même, si ça changeait, ça me manquerait peut-être. Passer des journées à pleurer à cause de toi, me rendre ridicule à force de t'imiter, c'est tout ce que je sais faire et tu ne peux pas me le retirer. Si tu m'aimais, ça n'avancerait à rien. Je ne saurais pas te faire souffrir. Et comme je ne serais plus malheureuse, je ne t'aimerais plus beaucoup.

Elle revint vers son amie, lui prit le visage entre les deux mains avec une décision qu'on n'aurait pas attendue chez un être si faible, regarda ce visage sans rien perdre de son expression butée, puis l'embrassa passionnément. Dominique était restée comme une statue. Elle se leva, brusquement, et gifla son amie.

— Mets-toi bien dans la tête, dit-elle, que nous n'avons pas douze ans. Dieu que je te méprise ! Va-t'en. Je ne m'encombrerai pas de toi plus longtemps.

Ces paroles sévères, Dominique se les répéta plusieurs fois en s'endormant. Elle était évidemment capable de cruauté, mais incapable de supporter l'idée de cette cruauté. Elle aimait pourtant la réputation qui s'attache à la dureté. On voit par là que les petites Canadiennes sont d'un pays boisé, faites comme les arbres : une écorce, une couche de bois tendre et un cœur impitoyable. Seulement c'était un arbre d'une curieuse espèce, un arbre baptisé. On verra les drames qui naîtront de cette circonstance.

Quelques jours plus tard, Dominique s'adressait des réflexions sérieuses. Elle avait vingt-deux ans, le désir de faire de grandes choses. La vie traînait beaucoup trop à son goût. Elle pensait presque avoir perdu la partie du côté de l'extraordinaire. Elle ne serait peut-être pas une grande artiste. Restaient les chemins de tous les jours.

Elle n'était pas dupe des plaisirs que la vie lui donnait. Elle avait ce qu'on appelle une jeunesse brillante. Elle se croyait lucide parce qu'il lui arrivait de se coucher tard et de rester une heure entière, immobile, songeant à son passé, à ses torts. Il faut se méfier des leçons de morale qu'on s'adresse à trois heures du matin. Ce sont de brillantes démonstrations. Malheureusement ou par chance, elles ne tranchent rien. Le sommeil qui les suit a tôt fait de transformer les décisions les plus sévères en appels romantiques. On se jette dans l'avenir, on s'imagine dix ans plus tard, après de longues épreuves. Tout va de soi. On aura ce visage, cette réputation nouvelle, ces usages tirés des grandes souffrances traversées. On a confiance dans le malheur qu'on va s'imposer. Cette confiance est sans remède.

La vie de tous les jours. Se plonger entièrement dans chaque journée, en faire une sorte d'histoire sans morale ou de tableau sans couleurs, parce que ce sont déjà des souvenirs. Alors on ne se juge pas. Une bonne figure géométrique échappe à la morale.

Parmi les projets les plus précieux de cette époque, il y avait Robert de Cheverny. Grand, blond, bien disant, promis au plus brillant avenir dans la Carrière, les parents de Dominique en étaient amoureux. Dominique elle-même le jugeait intelligent, d'un contact agréable et plaisant, oui, plaisant à sortir dans le monde. Cependant, il était d'une affreuse vertu, n'embrassait jamais la jeune fille, ne l'emmenait pas à Montmartre, s'indignait du communisme. Tout ça ne laissait pas que d'être ennuyeux. « Ne pas laisser que » — grande expression de Mlle de Vincay.

Est-ce qu'on fait de grandes choses dans sa vie quand on épouse un attaché d'ambassade ? Jouer un rôle politique, troubler les diplomates étrangers, oui, peut-être... La diplomatie considérée comme un des beaux-arts de l'espionnage. En dehors de cet aspect enfantin, c'était une existence agréable, péché mortel aux yeux de Dominique.

Ou bien on considérait froidement le mariage comme une abdication, le moyen rêvé pour que les grandes personnes vous fichent la paix. Mme de Saint-Romain était l'exemple de ces dames glorieuses, insoucieuses de l'opinion publique, se faisant une légende avec des paroles banales — sans la moindre peine, sans projets chimériques. Une grande dame de l'histoire de France, des yeux qui ont mis douze siècles à s'ouvrir. Dominique, quand elle aimait Catherine, ce qui lui arrivait de temps à autre vers deux heures du matin, l'aimait pour sa mère.

Seulement, oui, la seule chose, c'est qu'épouser Catherine n'était pas une situation mondaine. En revanche, on pouvait analyser bien calmement, point par point, le caractère de Robert de Cheverny.

L'intelligence : une certaine façon d'être au courant de tout ; la faculté de raisonner, à propos de Picasso ou des événements politiques ; le goût des grands débats intellectuels ; l'assurance dans la pensée, quelque chose comme une bonne éducation des idées (alors, elles ne font pas scandale, elles ont du maintien, entrent dans un salon, se mêlent à la conversation). L'intelligence, donc le manque total de génie.

D'un contact agréable : c'était un problème plus

complexe. Il était « joli garçon », avec des traits nets — rien du visage brouillé de Didier. On se rappelait parfaitement son visage. Les mains n'étaient pas mal du tout, grandes, loyales, un peu velues. Il fumait la pipe. Cette odeur de tabac comptait pour Dominique. Elle n'aurait pas couché volontiers le long d'un type parfumé à la lavande ou à l'eau de Cologne. Une odeur de marin, de fumeur ou d'intellectuel : hors de là, point de salut. Il n'était pas à prévoir qu'il serait un très bon amant. Il serait beaucoup trop délicat, beaucoup trop bien élevé, la nuit. D'ailleurs, quelle idée de s'aimer la nuit ! Comme s'il n'était pas beaucoup mieux de consacrer les journées à l'amour, la nuit au sommeil.

Enfin, on ne serait pas ridicule dans le monde. Elle avait beau mépriser les gens de son milieu, elle avait trop peur du ridicule pour ne pas songer avec terreur qu'un mari mal habillé ou vulgaire déteindrait sur elle. On retrouverait son christianisme dans ce goût des extrêmes : d'un côté les aventures, le hasard, la pauvreté, les poulovers à col roulé, les gros mots, une atmosphère d'ivresse et de génie ; de l'autre, l'élégance, la perfection, la fadeur qui empestent, endorment les beaux quartiers. Après tout, nul besoin peut-être d'invoquer le christianisme ; la sauvagerie était sans doute une explication suffisante. Le Christ et le dieu des Iroquois travaillaient ensemble, pour une fois.

Vers la fin du mois de février, ses parents en Amérique jusqu'aux vacances, Dominique était seule à Paris. Elle s'ordonna d'employer cette liberté de n'importe quelle façon, mais d'une façon décisive. Ce sont là les paroles du vrai chef, telles que les rapportait

Drieu la Rochelle : « Je ne sais pas ce que je ferai, mais je le ferai. »

Dominique sortit beaucoup. Elle passait la plupart du temps à Saint-Germain-des-Prés, enrageait d'y retrouver tellement d'Anglais.

En rentrant, vers quatre ou cinq heures du matin, Dominique regardait avec une mélancolie amusée les fenêtres de Catherine. Elle ne l'avait pas revue depuis un mois. De temps en temps le téléphone sonnait. Dominique décrochait, disait « allô » de sa voix rauque, de sa voix de brune, ne recevait aucune réponse. Elle devinait bien qui était de l'autre côté de l'appareil. Elle avait pitié, cherchait une phrase d'encouragement et la trouvait trop tard. Un jour, pourtant, alors qu'elle sommeillait en pensant à son amie, elle prit le téléphone et parla soudainement :

— Viens me voir, dit-elle. Tu pleureras comme une fontaine Wallace, mais ça n'a pas d'importance. Je trouve que tes larmes ont bon goût. Je les aime.

Par malheur, la personne qui était au bout du fil était un vieil ami de ses parents. La jeune fille fut guérie de sa pitié.

Un jour qu'elle remontait le boulevard du Montparnasse au bras de Robert de Cheverny, celui-ci lui demanda :

— Vous êtes assez liée, je crois, avec Olivier Malentraide ?

— Oui. Assez.

— Cela ne me regarde évidemment pas. Cependant, je ne suis pas certain qu'il soit exactement le genre de relation qui vous convienne.

— Ah, oui ?

— On raconte un certain nombre de choses sur son compte.

— Vraiment.

— Je ne vous donnerai pas de précisions. Il est imaginable qu'on exagère beaucoup. Mais... Je serais fâché que... que ces bruits vous nuisent.

Dominique regarda Robert avec des sentiments mêlés. Elle haïssait cette sollicitude. Le jeune homme avait hésité deux fois en parlant. C'était un signe d'émotion qui ne trompait pas.

— Je ne vois pas en quoi le mal qu'on peut dire de moi vous préoccupe. Encore moins s'il s'agit d'un autre homme.

— Ce garçon m'indiffère totalement, en effet. Je ne l'estime pas. Vous, Dominique, je vous estime et... en tout cas, je me mettrai en colère aussi souvent qu'il le faudra pour vous défendre.

La jeune fille adorait être estimée, mais nullement qu'on fût obligé de la défendre.

— Vous êtes très jeune ; vous vous moquez des ragots ; je ne prétendrai pas que vous avez tort, au fond des choses. Mais...

— Décidément, Robert, il y a quelque chose de neuf. Vous me faites de la morale en bafouillant ; vous ne regardez plus les étoiles en parlant. Expliquez-moi.

— Ce n'est pas de la morale. Nos intérêts sont les mêmes. Je ne veux pas qu'on raconte trop d'histoires sur ma femme.

Dominique mit au moins trois minutes à comprendre cette déclaration détournée. La conversation continua donc. Au détour d'une phrase, le nom d'Olivier revint sur le tapis.

— Voilà, déclara Robert. Vous allez être une petite fille très sage. Vous allez abandonner cette amitié.

— Mais ce n'est pas une amitié ! s'écria-t-elle. Maintenant elle n'en doutait plus. A son tour, il l'avait demandée en mariage. Pourtant, un sentiment d'agacement l'habitait. Quelle idée avait-il eu de prononcer le nom d'Olivier ?

— Bon. Eh bien, ce sera plus facile encore. Dites-moi que ce n'est pas une relation pour vous ; acceptez, pour une seconde, de ne pas être aussi intelligente.

— Une relation ! Mon pauvre Robert ! Vous avez de ces expressions !

— Tant pis si le mot vous déplaît. Employez-en un autre si cela peut vous faire plaisir. Je tiens beaucoup à cette déclaration formelle.

— Me faire plaisir ! C'est à vous que je vais faire plaisir, à vous seul. Non, « relation », ça ne me plaît pas beaucoup, ce sont mes parents qui parleraient de cette façon-là et je ne tiens pas à épouser une seconde fois ma famille. Nous cherchons un autre mot, alors ? Eh bien, mon cher Robert, je crois qu'on appelle ça un amant. C'est mieux, de cette façon ? Vous trouvez toujours que je suis trop liée avec lui ? Allons ! Secouez-vous un peu. Répondez-moi sans hésiter, comme un homme, comme un attaché d'ambassade.

La réponse du jeune homme devait l'amuser pendant tout le voyage, puisqu'elle partait en Amérique le surlendemain. Oui, elle en riait encore en débarquant, cherchant vainement à qui raconter cette histoire dans ce pays sérieux.

— Je suis très affecté, dit Robert.

II

CATHERINE DE SAINT-ROMAIN
Paris
à
DOMINIQUE DE VINCAY
New York.

Tu m'auras bien laissé tomber jusqu'au bout. Je faisais la fière, je me disais que j'aurais toujours le temps de me réconcilier avec toi. Et puis tu es partie. Maintenant, il faudra attendre un mois. J'ai fait des prières pour que ton avion tombe à l'eau. Ç t'aurait inspiré de bonnes pensées à mon égard. Tu manques vraiment de sensibilité. Je m'ennuie de toi. Un mois à s'ennuyer ! Si tu étais au fond de l'eau, je me ferais une raison. Je m'habituerais à ne plus t'attendre. Je sais bien que tu ne me répondras pas. Là-bas, tu es beaucoup trop heureuse pour t'intéresser à moi. Tu n'es qu'une sale garce. Je souhaite que tu épouses un brave imbécile, que tu aies beaucoup d'enfants et un mètre vingt de tour de taille. Je t'embrasse — uniquement pour me faire plaisir.

CATHERINE.

☆

Dominique de Vincay
New York
à
Catherine de Saint-Romain
Paris.

Ma petite Cat.,

Comme j'ai pu me détester de partir sans te dire au revoir ! Comme j'ai manqué de cœur ! J'aurais tellement voulu revoir ton petit visage de Japonaise ! J'ai beau m'efforcer d'être cruelle avec toi, c'est avec moi que je le suis. La vie me renvoie mes méchancetés comme un boomerang.

Je m'ennuie dans cette ville où je ne connais personne, sinon les amis de mes parents qui sont bien les gens les plus ridicules de la terre. Ils parlent politique, ils me demandent si je vais me marier et je les déteste.

C'est avec toi que je voudrais être ! Avec toi et de la terre glaise pour sculpter. Toi et la terre glaise, d'ailleurs, c'est bien pareil. Crois-tu qu'Olivier m'écrira ? Je suis si seule, si abandonnée !

Ecrivez-moi tous de longues lettres sentimentales et détaillées. Sortez ensemble pour que j'aie l'impression d'être avec vous. Où est la Rhumerie, le Panthéon et même le Trocadéro que je détestais tant ? Où est ma petite Cat ?

Je suis sûre qu'*ils* ont l'intention de me marier. Ils ne

m'auraient pas fait venir autrement. Ils veulent en finir avec moi, avec mes rêves stupides. Tous ces Américains ne perdent pas une occasion de me mortifier. Hier, mon père racontait que je faisais de la sculpture et une vieille folle l'a félicité en répondant qu'elle aussi était une artiste, qu'elle peignait des éventails pour s'amuser !

Je ne serai jamais plus une artiste, je serai seulement une Américaine !

Tu m'oublieras et la pauvre Dominique vieillira parmi ses esclaves noirs. On m'a présenté un grand garçon du Sud. Là-bas, ils ont encore des esclaves. Je préfère vivre parmi les noirs que parmi les blancs à la peau rose et aux cheveux roux.

Achète un livre qui s'appelle *Traqués,* par Jean Hossenor. C'est formidable.

Et surtout, écris-moi. Tu es la seule qui puisse le faire, les autres m'abandonnent. Olivier est trop français, trop ingrat. Robert de Cheverny est complètement liquidé, je te raconterai un jour pourquoi, si je reviens au vieux pays.

Envoie-moi mon poulover noir et des gitanes bleues, papier blanc. Dis-moi ce que tu veux, du chocolat, des bas ?

Ce soir,je vais aller danser et je penserai à ma petite Cat tendrement.

DOMINIQUE.

☆

DOMINIQUE DE VINCAY
New York
à
OLIVIER MALENTRAIDE
Paris.

New York, 2 mai 49.

Mon ami,

Je suis revenue au grand pays après dix-sept heures d'avion, pardonnez-moi si je me trompe sur le compte.

Je suis entourée de visages rieurs, de types épatants. La vie, pour eux, c'est danser, et puisque vous m'aimiez quand je dansais, aimez-moi un peu : je ne fais rien d'autre de toute la journée.

Et ne m'écrivez pas avec cette horrible encre bleue dont vous vous serviez pour me commander ou me décommander. Il y a de l'encre noire ou violette qui est beaucoup plus austère. Je veux que vous soyez austère et non plus frivole comme les Français.

J'ai lu pendant le voyage : Faulkner, Spengler que vous m'aviez recommandé (je n'ai pas compris) et *Traqués,* par Jean Hossenor. N'achetez pas ce dernier livre, je vous le prêtrerai. Il vous emballera comme il m'a plu.

Sortez avec la petite Catherine. Je veux que vous deveniez très amis tous les deux. Et sachez qu'il faut toujours m'obéir.

Mon ami, malgré la vie riante qui s'offre à moi, je crois que je ne m'amuse pas tellement. Peut-être me manquez-vous. J'ai fait croire à un jeune homme que tout le monde admire et qui demandait ma main, que vous étiez mon amant. Il montrait de la jalousie comme s'il avait deviné mon affection à votre égard. Maintenant, il nous hait et je suis heureuse de cette haine.

Adieu, Olivier. N'oubliez pas

DOMINIQUE-LA-SAUVAGE.

☆

OLIVIER MALENTRAIDE
Paris
à
DOMINIQUE DE VINCAY
New York.

Paris, le 5 mars.

Çà, je suis bien fier. Puisque ce grand jeune homme avait entendu parler de moi, je suis bien fier.

Je suis satisfait d'être votre amant dans son esprit. C'est honorable et peu fatigant.

Vous vous rappelez le premier soir où nous sommes sortis ensemble ? Je cherchais un restaurant que je n'ai pas trouvé. Nous sommes entrés au « Directoire », et comme vous me demandiez pourquoi j'avais fait ce grand détour, je vous ai répondu en disant que vous ressembliez à une dame de Thermidor, qu'il fallait vous ramener sur le terrain de vos crimes, etc. Vous trouviez ce raisonnement épatant ; vous avez eu de la sympathie pour moi, parce que j'avais des projets de si longue date. Je pensais à tout cela et à vos mensonges et à ma maladresse, parce que j'ai emmené Catherine dans le même restaurant ; je lui ai parlé comme je vous avais parlé. C'était si drôle, si émouvant ! Elle n'avait pas le menton appuyé sur les poings, votre regard fatal amusé, votre bouche grave.

D'ailleurs, c'est un petit animal gentil, aimable... Vous, c'est différent. Vous êtes une gale. Vous savez blesser, mais il vous faut du recul. Vous n'avez aucun esprit de repartie, vous en souffrez, vous glacez les gens par un regard involontaire et vous ne savez plus les humilier dès que vous le désirez. Je connais admirablement vos yeux terrorisés quand vous avez peur qu'on se moque de vous en public.

Que vous soyez une sauvage, on le sait bien.

Faulkner est un bon auteur, le type du bon auteur. Spengler n'a pas eu de chance. Après une enquête approfondie dans la bibliographie de la France, il s'avère que votre dernière admiration, ce que vous appelez Hossenor, est un ridicule inconnu. Remarquez que ce n'est pas mal. Rester inconnu et être déjà ridicule, il faut des dispositions. Cependant, moi, je le connais, ce type-là.

L'ennui rend les jeunes filles tendres et mariables [1]. Observez-vous. Prenez garde. N'épousez pas un compatriote. Vous ne sauriez pas le rendre heureux, et si les Américains sont malheureux, ils feront la guerre pour en sortir, c'est évident. Vous n'ignorez pas que je suis opposé à la guerre. Elle a tué Apollinaire et

1. L'écriture peu lisible ne permet pas de savoir si Olivier avait écrit : « mariables » ou maniables ».

consacré Paul Géraldy. C'est dire qu'elle est comme vous et n'entend rien à la littérature.

Ecrivez à votre tour. J'aime votre grande écriture noire, si différente de vos mains pataudes. Je n'aime probablement en vous que votre écriture. C'est au « Directoire » que vous m'aviez raconté votre visite à Michaux et comment vous lui aviez laissé une lettre grandiloquente : « Je suis un chevalier, j'ai un poulover noir, etc. » Je devine la page zébrée de traits noirs. Dieu que j'aime la réponse de Michaux : « Votre lettre ressemble à la reddition de Breda. Chevalier, chevalier,qu'allez-vous faire de ces lances ? » Votre grand intérêt, Dominique, est d'avoir reçu cette réponse.

Bien. Assez de fadeurs ou nous tomberions dans une purée sentimentale. *Sieg Heil.*

MALENTRAIDE.

☆

CATHERINE DE SAINT-ROMAIN
Paris
à
DOMINIQUE DE VINCAY
New York.

Le 6.

Ta Japonaise est heureuse. Heureuse que tu t'ennuies, que tu penses à elle. On prétend que les Américains ne peuvent voir les Japs. Ce sont des querelles, bonnes pour ces imbéciles d'hommes.

Je suis sortie une fois avec ton ami Olivier. Je ne

crois pas qu'il soit bien intéressant. Il parle beaucoup trop vite. Il te dira du mal de moi, il te racontera que je suis une sotte. Je me suis laissé embrasser stupidement. Vous en ferez des gorges chaudes. Attends qu'il t'en parle. Il faut voir s'il l'a fait exprès pour t'en parler. C'est un triste individu.

Je me demande si tu n'as pas été un peu loin avec lui. Il montre tellement d'assurance en prononçant ton nom ! Les autres m'inquiètent moins. Il m'a demandé où tu en étais avec Robert de Cheverny. J'ai fait l'étonnée. Je ne sais pas ce qu'il a compris, mais j'ai remarqué son air sombre. Au fond, tu sais, il est peut-être amoureux de toi. Ce serait le pire. Car tu as sûrement assez de te moquer des hommes. Tu serais contente de trouver un bon solide cœur de garçon pour dormir dessus. C'est complètement dégoûtant. C'est mieux, peut-être, que tu sois en Amérique. Il est vrai que vous devez vous écrire et justement, il ne doit pas être mauvais pour écrire des lettres, puisque c'est une espèce de romancier.

Hier, j'ai été chez tes parents. C'était un épouvantable goûter. Je me suis échappée, enfin j'ai fait semblant de partir et j'ai vu le couloir qui mène à ta chambre, ta chambre tout au bout... Je n'ai pas pu résister. Tu sais, les petites chattes se glissent partout. Il y avait des housses sur les meubles et un grand drap tendu sur le lit. J'ai été voir le buste que tu étais en train d'achever, quand tu es partie. Il ne te ressemble pas, pourtant, c'est drôle, il a un air de famille avec toi. C'est sûrement une négresse. Les nègres, l'Amérique... Le Japon se sentait bien loin.

Il y avait encore tes piles de livres, ton rouge à lèvres, un tas de choses, un tas de choses ! Comme j'étais trop malheureuse, je me suis couchée sur ton lit. Et puis j'ai eu peur qu'on vienne, je me suis glissée sous le drap. J'étais comme dans une tente. Là, je me suis sentie bien. Et je pensais que tu pouvais faire l'imbécile avec des Américains bronzés, ça n'avait pas d'importance, ça n'était pas vrai. Tu étais avec moi seule, pour moi seule, et la pièce, c'était le monde entier. Il n'y avait plus d'Amérique, plus de Japon, encore moins de France (la France, c'est Olivier Malentraide) — rien que cette tente, dans une sorte de désert, avec des goûters, des bavardages, de sottes lectures, quel désert !

La nuit est venue, enfin l'heure de dîner. Heureusement, mes parents étaient au Touquet. Je pouvais ne pas rentrer. Je me suis réveillée à six heures du matin. Il fallait partir sans faire de bruit. Je me suis regardée dans la glace de ta salle de bains. Si tu m'avais vue ! J'avais une touche. Et puis les yeux rouges. (J'avais un peu pleuré avant de m'endormir, mais sans importance, j'étais heureuse tout de même.) Ce que j'ai eu peur dans l'escalier ! Il y a un type qui descendait à toute allure, il le faisait exprès et qui m'a rattrapée. Sûrement, il y aura des ragots. Ça devait être un domestique et ils me détestent tous.

Ma sœur m'a fait une scène. Elle m'a juré qu'elle dirait tout aux parents, etc. Elle ne dira rien. Juliette est trop bonne. Et puis elle m'envie peut-être, en secret, de rentrer à six heures du matin. Elle passe son temps à écrire à son fiancé. Il va être nommé à Paris, ils se marieront d'ici deux mois. Elle est folle de joie, et moi, quand je suis folle de malheur, je la regarde encore avec pitié.

Ensuite j'ai été à la messe et j'ai adressé aux Saints

des prières stupides. Je ne prie plus que les Saints. Ce sont de bons vieillards. Ils ont sûrement plus d'importance qu'on ne pense.

Je suis hérissée contre la vie de tous les jours. Ma sœur se promène le nez en l'air, cherche un autre appartement. Celui qu'on lui a trouvé ne lui plaît plus. La cuisine est trop petite. Tu te rends compte ? Quelle rage ont-elles de se marier ? Didier m'a prétendu qu'elles ne voulaient plus être traitées comme des petites filles, passer l'aspirateur le dimanche, etc. Résultat, elles le passent les jours de semaine. Ah ! si. Elles peuvent se lever plus tard, le dimanche précisément. Comme elles ne sont pas seules, ça ne doit pas être bien amusant. Même ça doit être franchement déplaisant.

Au fond, se marier, ça devrait revenir à vivre seule. Comme ça, j'accepterais. J'aurais un grand atelier dans l'île Saint-Louis, un grand divan recouvert de rouge vif. Tu viendrais me voir, il y aurait un feu et nous resterions longtemps à bavarder en mangeant des olives, du caviar, des radis. Au bout d'un instant, nous aurions mal à la tête. Ce serait un feu de boulets. Nous sortirions, nous irions au cinéma. Tu es tellement belle, au cinéma, tellement sérieuse. Ton profil est si pur — c'est tellement peu toi...

Nous nous donnerions de grandes poignées de main, nous aurions des imperméables. Nous ne ferions rien d'autre.

Tu m'aimerais parce que j'aurais cet atelier, ce feu de boulets, le caviar, les radis. Tu me trouverais une utilité dans ton existence. Je ne sortirais presque jamais. Tu me raconterais la vie. Ah, et aussi un phono, avec les disques de Zarah Leander : *Heute*

Nacht surtout. Entendre *Heute Nacht,* te regarder, ne plus bouger du tout, pourquoi veux-tu qu'on s'agite, qu'on vive ? Ce n'est pas intéressant. Les vieux Saints, dans leur niche, ne bougent pas. Ils sont très bien comme ça. Evidemment, je n'ai pas de grands sacrifices à proposer pour leur ressembler. Je n'ai que toi. Tu es ma vertu.

CATHERINE.

☆

DIDIER DE VINCAY
Paris
à
DOMINIQUE DE VINCAY
New York.

Ma vieille,

Je n'aurais jamais pensé que cet imbécile allait s'intéresser à toi. Jamais, tu entends, jamais je n'aurais eu l'idée de vous mettre en présence. Enfin, ça devient drôle. On distingue l'instinct et l'intelligence : chez lui l'intelligence est aussi rapide que l'instinct. Olivier vous comprend à peu près comme un insecte trouve le point faible de l'ennemi et le tue. Mais Olivier ne tue personne. Il peut écœurer par sa fausse gentillesse, il ne veut pas verser le sang. Je ne crois pas que ce soit de la pitié. C'est un sentiment qu'il ignore, au moins sur le terrain mondain. Il n'est pas impossible qu'il soit gêné dans ses rapports avec les autres comme un mauvais nageur est troublé par les vagues. Ce mauvais nageur a du courage et il plonge, il nage sous la mer et retient son souffle indéfiniment. On l'admire, on croit qu'il ne redoute rien, quand il étouffe. Si Olivier montrait un jour qu'il étouffe vraiment, ce serait un spectacle intéressant. Il faudrait bien regarder.

Toi, tu sais nager de naissance, tu étoufferais sur la terre ferme, dans la solitude. Je t'admire pour cela comme j'admire Olivier pour la raison opposée. Au revoir.

Didier.

☆

Catherine de Saint-Romain
Paris
à
Dominique de Vincay
New York.

Je me dépêche de t'écrire une autre lettre. Il faut que celle-ci rattrape la première. J'ai été idiote. Tu vas me mépriser et si ça m'est bien égal que tu me méprises, ça ne m'est pas égal que tu ne m'écrives plus. Oui, tu vas dire : oh, la petite Catherine, toujours aussi sentimentale, oh, là, là. Je me déteste. Je ne rate pas une maladresse. Il est vrai que ce n'est pas malin d'être adroite quand on n'aime pas (comme toi). Avec un faux mouvement, on ne fait mal qu'aux autres, on a même l'air de l'avoir fait exprès.

Je vois que tout ceci n'arrangera rien.

Reviens.

Catherine.

☆

CATHERINE DE SAINT-ROMAIN
Paris
à
DOMINIQUE DE VINCAY
New York.

Encore une chose : Olivier ne m'a jamais embrassée. C'est une invention pour vous brouiller, mais c'est un peu trop bête. Autant démentir.

Il n'y aura pas de quatrième lettre, si tu ne réponds pas.

CATHERINE.

☆

DOMINIQUE DE VINCAY
New York
à
OLIVIER MALENTRAIDE
Paris.

Le 14

Mon ami,

Je devine quel serait votre visage si je vous parlais en ce moment, au lieu de vous écrire et comme vous sauriez prendre un air détaché, me faire rire, gagner la partie.

Vous gagnez toutes les parties, Olivier, d'autant plus facilement que vous avez d'assez beaux jeux. Et quand vous n'en avez pas, vous trichez.

Mais dans la vie, on n'aime pas beaucoup les vainqueurs perpétuels. On trouve qu'ils n'ont pas besoin de vous.

N'essayez pas de comprendre la raison de cette lettre. Elle est grave et frivole à la fois. Et ne m'écrivez plus, s'il vous plaît. Laissez-moi à l'Amérique. L'Amérique est loyale, elle ne me trompera pas. Et j'ai grand besoin de ne pas être trompée.

A force d'intelligence, de ruse, vous parvenez à remplacer l'instinct qui vous manque. Vous trouvez le point faible de l'adversaire et vous laissez planer sur lui votre menace.

Mon point faible, c'était la petite Catherine. Vous l'avez trouvé, maintenant vous vous croyez le maître de la situation. Il n'en est rien. Vous manquez d'instinct. Vous ne m'arracherez pas Catherine. Je suis la plus forte, sur ce terrain du moins.

Adieu, mon ami. Nous nous reverrons un jour et j'espère que nous n'aurons pas changé.

DOMINIQUE.

☆

DIDIER DE VINCAY
Paris
à
OLIVIER MALENTRAIDE
Paris.

Crétin,

Je pensais te voir, une fois chez ton éditeur, une autre fois chez les Marèges. En tout cas, j'ai parlé de toi comme tu le voulais à l'idiote. Mon impression personnelle est que c'est une lettre un peu cloche. Je l'ai tout de même arrangée sur la fin, en ajoutant des choses sur ton intelligence, l'instinct, etc. En fait, j'ai recopié un passage d'un de tes livres. Donc, inutile de te plaindre.

Je ne sais pas si tout ça t'avancera à grand'chose.

Ton DIDIER.

P.-S. — Tu devrais, un jour, écrire un roman avec des drôles de choses moqueuses comme tes lettres.

☆

DOMINIQUE DE VINCAY
New York
à
CATHERINE DE SAINT-ROMAIN
Paris.

Le 16 mars

Je te détesterai toute ma vie. Il m'est parfaitement indifférent de n'avoir plus de nouvelles d'Olivier par ta faute. En effet, je l'ai liquidé. Ne t'imagine pas que tes histoires d'embrassades y soient pour quelque chose. Au contraire. Tu es juste bonne pour les embrassades.

Ce qui me déplaît au plus haut degré, c'est de penser que tu te mêles de mes affaires.

Reste à ta place. Mes amis sont mes amis, ils sont ce que j'ai de plus sacré. Il m'importe fort peu d'en abandonner un, si la décision vient de mon fait. Pas si elle dépend de toi.

Ta sottise est d'autant plus grande que je m'ennuie à périr. Tu te trompes si tu penses que je t'aime dès que je m'ennuie. Je me dis au contraire que tu es toujours là, dans ma pensée, quand je n'ai rien de mieux à faire. Je te méprise comme je méprise le malheur.

J'accepte cependant que tu m'écrives. J'imagine qu'on a besoin de se confier comme on a une boîte à ordures. Le tout est de la laisser à la cuisine et la France n'est-elle pas la cuisine du monde ?

Je n'écrirai plus à Olivier. S'il est fâché contre moi, je ne m'en plaindrai pas. Je resterai solitaire et dédaigneuse dans cette Amérique pleine d'ineptie, mais grande, riche et généreuse.

Mais je perds mon temps avec toi.

DOMINIQUE.

☆

DOMINIQUE DE VINCAY
New York
à
OLIVIER MALENTRAIDE
Paris.

Le 16 mars

Mon Olivier,

Vous avez déjà oublié Dominique et c'est assez normal. Tous les Français sont ainsi et Thésée, dans la tragédie de Racine, était Français : « Jeune, inconstant, traînant tous les cœurs après soi. »

Jeune, vous ne l'êtes pas vraiment, puisque vous savez tant de choses. Inconstant, cela va de soi. Et les cœurs... Peut-être aimez-vous mieux les intelligences.

Hippolyte était sûrement Américain.

Je continue à beaucoup m'amuser un peu. Vous savez que l'amusement ne me satisfait guère. Bien plutôt, j'aime les longues conversations, les yeux brillants de fatigue, les échanges intellectuels, tout ce dont vous vous moquez.

J'espère que vous profitez de mon absence pour écrire un roman sévère et glacé. Mais n'est-il pas trop tard pour écrire des romans ? Tout est écrit.

Votre amie,
DOMINIQUE.

☆

DOMINIQUE DE VINCAY
New York
à
CATHERINE DE SAINT-ROMAIN
Paris.

Le 17 mars

Encore une chose. Il faut à tout prix que tu me trouves des lacets gris qui aillent avec mes sandales. Je peins sur un morceau de papier la couleur exacte. Il faut que ce soit collé. Je compte sur toi.

DOMINIQUE.

☆

OLIVIER MALENTRAIDE
Paris
à
DIDIER DE VINCAY
Paris.

Tu n'es qu'un imbécile.

☆

CATHERINE DE SAINT-ROMAIN
Paris
à
DOMINIQUE DE VINCAY
New York.

Je deviendrais folle si je croyais que tu ne m'aimes plus. Heureusement je ne le crois pas. Je me dis que tu mens, que tu joues un rôle. Si tu ne m'aimais plus, ce serait comme si la terre n'était plus ronde. Je sais que j'ai tort de te dire tout ça. Je sais que tu sauteras sur la méchanceté à faire. Je vais recevoir, dans huit jours (pas plus, c'est ton délai : assez pour faire souffrir, pas assez pour qu'on ait le temps de t'oublier) je vais recevoir une lettre que j'ouvrirai fébrilement et dans laquelle, sur une grande feuille de papier blanc, il y aura seulement ces mots : « La terre n'est pas ronde. »

Tu as beau prétendre que tu me détestes, ça ne te sert à rien. Peut-être que moi aussi je te déteste. Nous nous connaissons trop bien. Il n'y a pas de peaux entre nous. Tu me connais par cœur et moi je t'imite comme je respire.

Naturellement tu as tes amis, dont tu parles avec emphase. Tu dis qu'ils sont tout pour toi. Je ne les crains pas.

Mets-toi une chose dans la tête — tu vois, je t'écris comme tu le fais — mets une chose dans ta dure petite tête : je ne t'aime pas, je ne t'aime pas. C'est beaucoup plus que ça.

Quand je t'ai vue pour la première fois, il y a un an, j'ai tout de suite pensé que ça arriverait. C'était impossible et pourtant ça arriverait. Je serais ton amie, ton double. Tu aurais beau te débattre, je collerais à toi. Et c'est arrivé comme ça.

Mais, Dominique, je peux faire une bêtise. Je m'ennuie tellement de toi, je voudrais tellement que tu sois là. Empêche-moi de faire une bêtise.

Se tuer, se suicider, ce sont de grands mots, des inepties. Faire une bêtise — voilà ce que je risque et ce serait trop idiot, puisque tu m'aimes malgré toi, puisque tu me reviendras.

C'est encore une erreur de te dire ça. Tu me mépriseras de mon chantage. Tu me trouveras « sentimentale ». Pourtant si je me jetais par une fenêtre, tu m'adorerais. Non, tu trouverais ça « scandaleux », compromettant pour toi. Je connais ton égoïsme.

Egoïste, douillette, je le suis autant que toi.

Dominique, cette fois-ci, c'est sérieux. Il ne faut pas jouer avec moi de cette façon. Je ne me défendrai pas, je suis trop maladroite et puis je n'ai pas de courage. Tu vois, un défaut de plus : je suis lâche. Mais je ne t'apprends rien.

Je n'en peux plus. J'avais beau te dire le contraire, je ne t'aime pas, j'ai besoin que tu m'aimes. Si je t'aimais vraiment, je te laisserais heureuse en Amérique ou à Paris, avec tous ces types.

Il est vrai que tu t'ennuies, tu me l'as écrit. C'est ma seule chance. Oui, en effet, tu vas penser à moi. Et me mépriser. Qu'est-ce que ça fait ? Méprise-moi un peu plus, si tu penses un peu plus à moi.

Et surtout reviens. Je ne pourrai plus vivre plus longtemps si je ne connais pas la date de ton retour. Je t'en supplie Dominique. Combien de jours encore sans vivre ? La vie n'est pas très intéressante, mais c'est affreux d'être morte au milieu de la vie, morte sans savoir pour combien de temps.

Ah oui, tu me répondras que je dois en profiter pour te mériter, faire des progrès intellectuels, quoi encore ? Dominique, tu fais des discours à une écorchée. Reviens.

Je ne sais que répéter les mêmes mots, comme une pauvre folle. Si tu me croyais une seconde, pourtant ! Si tu me regardais une seconde en ce moment ! Tu n'as jamais pleuré des après-midi entières, toi. Tu n'es jamais restée des nuits, le front contre une vitre, regardant une fenêtre qui ne s'allumera pas. C'est toi qui es une enfant, malgré tous les livres et tes brillants amis.

Reviens.

CATHERINE.

☆

Robert de Cheverny
Paris
à
Dominique de Vincay
New York.

Le 21 mars

Ma chère Dominique,

On m'assure que vous n'êtes plus à New York, mais je pense que cette lettre vous suivra jusque dans votre retraite. Vous serez bien étonnée de lire mon écriture. Vous penserez que je vais me jeter à vos genoux ou vous faire de la morale. Il n'en sera rien.

Je crois que nous pouvons essayer de rebâtir quelque chose entre nous. Quoi ? Je ne le sais pas exactement. Néanmoins, j'estime qu'il serait dommage de laisser gâcher tant d'heures qui me furent précieuses et qui ne vous furent pas trop ennuyeuses, je l'espère — pour rien. Cela ne veut aucunement dire que j'ai oublié ou pardonné la conversation survenue avant votre départ. Je n'ai rien à vous pardonner, vous étiez libre envers moi, sinon envers vous-même. Le tort que vous vous êtes fait, ne croyez-vous pas que nous devrions essayer de le réparer tous les deux ?

Que vous apporterai-je, si le projet vous agrée ? Une amitié plus riche, parce qu'elle sera plus difficile, une amitié « d'après l'épreuve ». Je veux que vous soyez digne de vous, Dominique. Il ne s'agit que de vous dans cette affaire. Je ne parle même pas de votre réputation que je continuerai à défendre contre tous les ragots et Dieu sait si le monde est toujours prêt à en commettre ! Je parle de votre caractère, du souci moral qui vous habite, que vous le vouliez ou non.

Répondez-moi loyalement, ainsi que je vous écris.

Votre
ROBERT DE CHEVERNY.

☆

OLIVIER MALENTRAIDE
Paris
à
DOMINIQUE DE VINCAY
New York.

Le 21, je crois que c'est le 21

Ma Dominique,

Il est possible, après tout, que je sois un bien mauvais emmerdeur, comme vous me l'avez dit un jour. Ce serait presque souhaitable, enfin, ce serait une punition méritée. C'est que vous ne me connaissez pas. Vous trouvez ma légèreté agaçante, vous me reprochez de ne jamais aborder de questions sérieuses. Hélas ! Le fond du caractère d'Olivier Malentraide est déplorablement sérieux, je le sais, il me l'a prouvé plus d'une fois. Quand je l'écoute parler, je le trouve souvent ridicule. N'empêche : je me félicite qu'il ne montre pas sa belle âme.

Tant de personnes se considèrent comme personnellement outragées dès qu'on a de l'esprit ! Ces paroles grinçantes empêchent les autres de voir nos larmes. Et

Dieu sait que nous ne tenons à rien — mais il sait aussi que nous tenons à nos ridicules émotions.

Vous avez raison de me parler de mes romans. C'est ce que j'ai de mieux à faire. Avec eux, ma gêne devant les autres disparaît. Les autres, c'est moi. Je ne les regarde jamais qu'à la dérobée, mais ils me passionnent. (Vous je vous ai regardée bien en détail et vous me passionnez tout autant.)

Vous m'avez dit cinquante fois que la littérature était finie, qu'il y en avait eu bien assez comme ça. Et vous m'avez demandé aussi ce que je voulais écrire.

Quelques cuistres ont mis la littérature en classe. Le résultat, c'est qu'il y a des sujets faciles que tout le monde prend. Des histoires où les mitraillettes partent toutes seules, des tragédies sociales. Et puis il y a des sujets intimes, pas les entrailles, mais l'autre côté de la vie. On prétend que les amourettes n'intéressent personne, quand Byzance va tomber. Quelle plaisanterie ! La mort de Byzance est un phénomène secondaire, quelque chose qui ne concerne pas grand monde — à peine les habitants d'un siècle. Tandis qu'une amourette, chacun s'y retrouve, pas de pittoresque.

Le pittoresque, les décors, sont la négation de la littérature. Il faut montrer comment la passion digère tous les décors.

Et quand bien même... L'époque est neuve, peu de mains l'ont effleurée. Je sais que les esprits « modernes » ne manquent pas. Ils se croient actuels ! Ce sont des conteurs du XVIIIe siècle qui veulent parler du romantisme. Ils ont tous les talents possibles, mais, hélas, ils ne voient rien. D'autres prétendent saisir le siècle à pleines mains. Hier, ils étaient des novateurs, ils disent qu'ils ont mérité cette époque, qu'ils l'ont attendue. Seulement ils ne voient pas mieux, ils ne font qu'imaginer. Comme si la révolution de 89 était peinte sous les couleurs de Jean-Jacques Rousseau. Par une conséquence naturelle ces livres à l'eau de rose (traduisez : cette littérature de choc née en 45 d'un père alcoolique et d'une mère épileptique) ont engendré quelques disciples, quelques bons garçons impressionnés par cette violence facile. Ceux-là, je conseille de les garder précieusement dans un musée. Car il va se passer quelque chose : la jeunesse d'aujourd'hui n'est pas du tout à l'image de ce qu'on montre d'elle. J'en parle d'autant plus à mon aise que je ne suis pas son représentant. Trop âgé pour ça, trop proche de mil neuf cent vingt-cinq. Je la connais, voilà tout. Elle décevra ses professeurs d'immoralité. Non qu'elle soit morale (je le regrette, d'ailleurs, ce serait plus amusant). Mais elle a ses lois qui ne sont pas celles de la Conscience Universelle — vous voyez ce que je veux dire. Elle a ses mœurs. Elle se fiche de son « évolution intellectuelle » et des questions sociales. Il est possible qu'elle soit particulièrement égoïste.

Belle Dominique, réjouissez-vous : la littérature commence seulement. On va pouvoir explorer le Ciel, la Terre et l'Enfer. Cet immense voyage ne serait pas possible sans tous les aventuriers qui ont frayé des chemins, se sont perdus en route. Et puis ça, c'était leur charme : ils se perdaient en route.

(Il y a eu Balzac : « Splendeurs et Misères » — en même temps que « Seraphita ».)

Le temps des spécialistes est fini. Il faudra déserter ce grand magasin de la littérature — premier étage : sentiments tendres, douces émotions, rêveries, beautés du style — deuxième étage : violence, coups durs, avortements en tous genres — troisième étage : métaphysique , etc. Il faut de toute urgence présenter le Grand Meaulnes aux héros de Malraux. S'ils arrivent à s'entendre, le roman moderne est créé.

Il est imbécile de laisser la mystique aux uns, la brutalité aux autres, l'ironie aux troisièmes.

Naturellement, au début, on vous reprochera votre habileté, on vous accusera de ne croire en rien parce qu'on passera de la sentimentalité à la violence. N'importe. Il suffira de continuer, de gagner les extrêmes, aller de Céline à Valery Larbaud — tout un programme électoral !

Il n'y aura pas de sagesse en tout cela, ce ne sera pas un art de vivre — seulement une vision. Et si le ciel et l'enfer le veulent bien, cette vision sera juste quand même, parce qu'elle sera complète.

Réveillez-vous, ma Dominique, il va être question de vous. Je ne commencerai pas en effet ce grand et considérable et grotesque roman avant d'en avoir fini avec vous. Dans le genre « vivante », vous n'êtes rien du tout. Dans le genre « héroïne de roman », c'est autre chose — un roman pas trop long, psychologique, ma chère ! Nous lui donnerions un titre noble, par exemple en reprenant cette fameuse lettre de Michaux : vos lances, chevalier ! Ce serait : « Le chevalier aux lances ».

Voilà d'admirables projets. Revenez à toute allure, qu'il n'en soit plus question. Quand vous êtes là, en effet, ma Dominique...

(J'avais bien raison de vous expliquer tous mes projets. Je faisais mon portrait par la même occasion. Je ne sais qu'aller de l'ennui à la fadeur. D'où les airs ironiques, pour se tirer d'affaire. Ne me croyez jamais, Dominique.)

A vous,
OLIVIER.

☆

DOMINIQUE DE VINCAY
Sunseylong (Californie)
à
CATHERINE DE SAINT-ROMAIN
Paris.

Ma petite Cat,

Déjà le 30 et je rentre dans une semaine ! J'ai peur de retrouver la France.

Je passe mon temps à me baigner. La vie est pleine de gens charmants. Un Californien d'un mètre quatre-vingt-dix est amoureux de moi. Un autre propose de m'épouser. Un autre m'aime. Je plais à tous.

Je nage interminablement et m'arrête, épuisée par le soleil qui frappe la mer.

Au nom du ciel, envoie-moi les lacets que je t'ai demandés ! Si je ne peux avoir confiance en toi pour des choses comme ça !

Ta DOMINIQUE.

☆

DOMINIQUE DE VINCAY
Sunseylong (Californie)
à
OLIVIER MALENTRAIDE
Paris.

Cher Olivier,

Votre lettre était bien belle.

Il faut que vous me rendiez un immense service. Vous seul le pouvez parce que personne d'autre ne fait attention à ce que je veux. Allez chez Hermès, rue du Faubourg-Saint-Honoré, et demandez-leur des lacets gris assortis à la couleur que je vous peins sur cette feuille. Je suis désespérée et traîne depuis quinze jours des lacets dépareillés ! Vous savez comme je suis futile ! Aimez-moi de la sorte.

Envoyez-les par avion, s'il vous plaît.

Affectueusement,
DOMINIQUE.

P.-S. — Je rentre le 8 ou le 15 mai.

III

— Eh bien, mon ami, l'époque est une marâtre, le siècle est un siècle indigne. Il faut battre des mains. Que serait devenu Stendhal sans cette canaille de Chérubin ? Les natures fortes ont besoin de lutter, sinon elles s'épuisent contre elles-mêmes. Oui, reprit-il avec violence, il faut s'en féliciter et se forger un caractère de fer.

Didier releva ses grands yeux étonnés.

— Tout ça est bien gentil dit-il, mais il y aura la guerre, les caractères de fer, ça n'avancera à rien. Je trouve qu'il est dégoûtant d'avoir notre âge en mil neuf cent cinquante et un.

Olivier éclata de rire.

— On aimait ça, les projets d'avenir ? On les élevait et ils poussaient comme des petits lapins ? Et on en mangeait un tous les dimanches, un projet d'avenir ! Mais moi, je ne suis d'aucune époque. S'il y a la guerre, je servirai sous Maurice de Saxe. C'est une balle de Solférino, restée en l'air pendant un siècle, qui me tuera.

— Quand tu as des choses aussi jolies à dire, tu

devrais attendre que Dominique soit là. Ça te toucherait sûrement.

Evidemment, Olivier avait bu trop de champagne. D'où ces phrases si nobles sur la guerre, la morale, l'époque. Tout le temps de la conversation, il observait Dominique. Elle dansait à l'autre bout du salon, riait à gorge déployée, en se laissant embrasser par n'importe qui.

Dominique possédait par cœur la science du monde. Elle savait marcher, elle dansait admirablement, elle écoutait au besoin. Personne comme elle ne savait habiller ce qu'elle portait. Enfin on croyait fermement à son intelligence. Par un étrange malheur, elle se conduisait mal d'une façon assez gauche. Dès qu'elle montrait ses jambes ou perdait une de ses robes sur l'épaule, on s'apercevait tout d'un coup de son âge. Ce n'était plus une vamp, mais une écolière mal élevée. Les excentricités ne démentaient pas sa timidité. Elle avait, à la fois, besoin d'être remarquée et passionnément horreur d'être dévisagée. Ces deux familles de sentiments font assez bon ménage. On aurait retrouvé ce couple chez Olivier qui détestait attirer l'attention et qui ne songeait pourtant qu'à la gloire. On peut dire, de ceux-là, qu'ils sont des amoureux platoniques de la plus abstraite des passions. Ombre sur ombre, néant sur néant, ils accumulent l'impossible et, dans cette atmosphère raréfiée, ils parviennent à brûler sans se consumer, spectacle qui étonne à distance.

Elle avait tort pour une dernière raison. En se déshabillant, elle simplifiait beaucoup trop les choses, elle perdait son mystère au prix d'un scandale facile. C'était une erreur, une terrible erreur, car l'espèce d'intérêt angoissé que Dominique prenait à elle-même faisait la moitié de son attirance. Inquiète et dolente, elle retenait. L'humanité est une race consoleuse.

Un instant, passant devant Olivier, elle rit un peu plus fort en disant :

— Je tremble devant mon inquisiteur !

Didier l'invita à danser. Le slow terminé, elle revint s'asseoir entre les deux garçons.

— Comme je suis malheureuse ! s'écria-t-elle. Vous ne me regardiez plus d'un air triste pendant que je dansais.

— J'aime bien Olivier, fit son ami. N'est-ce pas qu'il porte d'élégants yeux gris, quand il veut s'en donner la peine ?

Dominique se leva, courut répéter partout ce que Didier avait dit, etc.

A trois heures du matin, les jeunes gens quittèrent l'immeuble des Marèges. Ils gagnèrent le boulevard du Montparnasse dans la voiture de Didier, une petite Ford Vedette décapotable. Dominique les avait accompagnés. Ils entrèrent dans un bar mal fréquenté.

— J'adore cette atmosphère, dit la jeune fille.

— Voilà que vous montrez vos cheveux bouclés ! fit Olivier.

— Mes cheveux bouclés ? Ils ont cinq centimètres de longueur, mes cheveux.

— C'est une façon de parler. Je veux dire que vous montrez votre gentillesse, votre naïveté. Pour aimer des endroits pareils, il en faut une bonne dose. Didier, tu imagines connaître Dominique ?

— Sûrement. Les cousines, on les a dans le sang, tu penses !

— Je ne pense pas. Au contraire. Dominique est surtout une bonne petite fille, sentimentale, rêveuse.

— Quelle blague ! fit Dominique en traînant sur le « a ».

— Dominique est inventée de toutes pièces. Elle ressemble à ses rêves de la quinzième année. Elle est faible, elle est molle — ou plutôt, elle l'a été. Soyons justes. En se donnant du mal, on a mieux qu'une simple cuirasse, on mélange sa force et sa faiblesse. Le plus intéressant, en elle, c'est sa moralité.

— Ma moralité ?

— Inutile d'en rire parce que vous avez trop bu. Le champagne n'y peut rien. Vous cherchez à mériter chaque journée.

— Comme c'est vrai ! s'écrie-t-elle avec un sourire heureux, mais en conservant les yeux tristes de l'ivresse. Olivier, je crois que vous êtes vraiment intelligent.

— Tu sais, remarqua Didier, il doit le savoir, il doit être prévenu.

— De quoi ?

— Qu'elle est bête ! « De son intelligence », mon gros bébé.

— Didier, ne soyez pas vulgaire. Continuez, Olivier, vous me passionnez.

— Je trouve stupide, pour une petite puritaine de votre espèce, de si mal se conduire en public.

— Ah, en public ! Autrement ce serait permis ?

— Recommandé. D'ailleurs, vous êtes assez réussie. Vous avez durci votre visage, coupé vos cheveux. Votre caractère n'est pas mal non plus et votre légende est épatante. Reste la logique. La logique explique tous ces changements.

— Expliquez-moi, Olivier. Alors expliquez-moi.

— Vous ne croyez pas en vous. Vous croyez au monde.

— Je déteste les mondains, les bals, les...

— Je ne vous parle pas de ça. Le monde, ce sont les bars à trois heures du matin, le dernier peintre extraordinaire, le premier écrivain qui n'emploie plus de ponctuation... Et puis après tout, ce n'est peut-être pas si mal. Puisque tout cela vous plaisait tant à quatorze ans... Les amitiés ne sont jamais que des rencontres de fantômes. Chacun n'est qu'un enfant solitaire qui tient, à dix ans de distance, les ficelles d'une marionnette brillante. Ces pantins peuvent se saluer, s'embrasser, croire que tout est arrivé. Inutile. Rien n'a beaucoup changé. On est seul.

Il abandonna sa voix précipitée, sourit comme pour s'excuser et demanda au garçon ce qu'il lui devait. Didier voulut payer. La jeune fille s'interposa :

— Laisse-le, dit-elle. Il n'a sûrement que trop d'argent. Un bon écrivain doit être dans la misère. C'est une formule à vous, n'est-ce pas, Olivier ?

Ils montèrent dans la voiture. A l'Alma, le moteur s'arrêta brutalement. Didier descendit, ouvrit le capot.

— Je vois ce que c'est, dit-il. Ecoutez, je connais un garage, je vais y aller. Ne m'attendez pas, parce qu'ils ne répareront peut-être pas tout de suite.

— Tu crois ? dit Dominique. Tu crois vraiment ? En Amérique, on répare à n'importe quelle heure. Les mécaniciens ne se couchent pas.

— Dans le XVIe, ils se couchent.

— C'est parce que c'est dans le XVIe ?

— Exactement, répondit Didier. Dans le XVIIIe arrondissement, on m'aurait fait un réglage de soupapes à quatre heures du matin, comme un rien.

— Qu'est-ce que c'est un réglage de soupapes ?

— On met de la confiture dans l'essence pour la rendre plus épaisse.

Dominique éclata de rire. Puis elle trouva qu'on se moquait d'elle.

— J'ai froid. Prenons un taxi, Olivier. Laissons ce pauvre diable à sa confiture et ses soupapes. Ça lui apprendra à faire des effets de voiture.

— Des effets de voiture ! Une malheureuse Vedette. Pour une fois que je ne suis pas snob, au contraire !

— Tu as combien de voitures en ce moment ?

— Il en a trois, dit l'écrivain.

— Il ne les montre jamais.

Olivier restait immobile, l'air malheureux. Dominique le prit par le bras et l'emmena dans un taxi qui fut avenue de Ségur en deux minutes. Il descendit, lui ouvrit la portière.

— Vous pourriez monter, écouter un disque ? dit-elle.

Il paya le taxi, échangea quelques insultes avec le chauffeur et la rejoignit devant la porte de l'immeuble.

La chambre de Dominique émerveilla le jeune homme. C'était une pièce ronde, désordonnée, prenante par la quantité d'objets qui s'y trouvaient sans former autre chose qu'un décor. Le désordre remplace avantageusement les bibelots qu'on disposait jadis soigneusement sur les meubles. Des piles de livres, des papiers, des reproductions de tableaux, des lettres, des photos valent bien les éléphants en ivoire ou les tabatières. Olivier n'entendait rien à ces choses importantes qui s'appellent les disques, les voitures, le bridge, la danse ou les courses de chevaux. A trente ans, ces découvertes ne se font pas sans excès. Attendons ces excès.

Tous deux vautrés sur la moquette, ils écoutèrent quelques disques [1]. Ces grandes hosties noires du monde moderne, pour des raisons diverses, convenaient à leur cœur.

Dominique montrait comme elle était musclée. Dans le temps qu'elle parlait du style de la Nouvelle-Orléans ou des peintres siennois, elle gonflait le torse, ouvrait son chemisier et priait Olivier d'admirer ses abdominaux.

— Moi, je suis animale, dit-elle. Animale plus que sensuelle. Je n'aime que le jazz et la mer.

Il la prit par les cheveux, approcha son visage et l'embrassa.

— Moi, j'aime Bach et vous embrasser pour la première fois.

— Pour la première fois ? Ensuite vous n'aimerez plus ça ?

— Il n'y aura pas d'ensuite.

— Pourquoi ? Nous ne nous reverrons plus ?

— Que vous êtes bêtes !

— Expliquez-moi. Ne soyez pas si intelligent. Passez à une vitesse inférieure. Vous savez bien que je ne suis qu'une petite Américaine. Pourquoi n'y aurait-il pas de suite, Olivier ?

— Oh ! Pour rien du tout... Pour ne pas penser à l'avenir.

— Ah ! bon.

1. C'était la « Symphonie Concertante ». Et aussi un peu de Sidney Bechet.

Elle se leva, prit son mouchoir et ôta ce qui lui restait de rouge sur les lèvres.

— Vous savez, Olivier, ce n'est pas mon habitude de me laisser embrasser, ni d'amener des garçons ici.

— J'espère bien !

A son tour, il se leva, posa ses deux mains sur ses épaules. Il colla sa joue contre la sienne.

— En face, dit-elle en montrant la fenêtre, c'est la chambre de Catherine. Dites-moi, Olivier, à propos de Catherine, vous êtes bien certain de ne jamais l'avoir embrassée ?

— Bien certain.

— En soi, ça me serait plutôt égal et même... Cette petite, qui sait ? Ça n'aurait pas été mauvais pour elle. Mais je ne voudrais pas que vous vous serviez de nous comme de pions dans un jeu.

— Quel jeu ?

— Je vous ai entendu trop souvent nous appeler « les petites filles ». Pendant que j'étais en Amérique, je sais que vous êtes sortis ensemble.

— Une fois. Je me demande lequel de nous deux s'est le plus ennuyé.

— Ne vous défendez pas, au nom du ciel !

— Je ne me défends pas !

Il l'embrassa deux ou trois fois. Elle restait immobile, droite, les lèvres serrées.

— Comme il est tard ! dit-elle. Demain, je me lève à huit heures. Olivier, c'est épouvantable ! Ne croyez pas que je veux vous renvoyer. Vous êtes si divertissant. Mais, vous comprenez bien, il faut que je dorme. Sinon je serai affreuse demain et je sors, le soir. Je vais chez des amis de mes parents. Je les hais. C'est pour ça que je leur interdis de se moquer de moi. Il faut que je sois belle et aimable et... Ah ! vous ne pouvez pas savoir.

— C'est révoltant, dit-il. On s'apitoie sur le sort des mineurs ou des ouvriers agricoles. On oublie les jeunes filles du monde.

— Que vous êtes stupide ! Vous ne voulez rien comprendre.

— Je ne suis pas stupide. Je trouve seulement que vous avez embrassé bien assez de gens ce soir. La moitié des invités, Edmond de Marèges, moi...

— Vous êtes jaloux ? C'est bien que vous soyez jaloux.

— Oui, oui, je sais, ça me va au teint.

— Vous êtes agaçant, avec vos expressions.

— La seule chose que je me demande... Pourquoi n'embrassez-vous pas Didier ?

— C'est idiot ! Ce n'est qu'un cousin. Au fond, je le connais à peine. Enfin, c'est une sorte de copain. Vous, je vous verrais dix ans de suite, vous ne seriez pas encore un véritable ami. On ne peut se fier à vous. Vous êtes le diable. Comment avez-vous trouvé toutes ces choses à me dire, dans le bar ?

— Vous aviez laissé tomber votre sac en entrant chez les Marèges. Il s'était ouvert. Je l'ai ramassé et j'ai aperçu votre carte d'identité. J'ai vu la photo, une vieille photo certainement. Vous aviez les cheveux longs, bouclés, un air rêveur... C'était une révélation. Et puis non. Je l'avais déjà deviné.

Dominique tourna vers lui des yeux admiratifs.

— Encore un disque et vous partirez. Dieu que vous êtes intelligent ! Non, ce n'est pas ça... Plutôt, vous êtes malin, vous trouvez toujours le défaut de la cuirasse.

Olivier souffrait en silence d'être jugé divertissant, malin...

Elle plaça un disque de jazz et commença à danser toute seule. Elle répétait souvent qu'on ne danse pas avec celui-ci ou celui-là. On danse avec le vide. C'est un redoutable séducteur. Il est partout, partout il vous attire. Le narguer, taper du pied, Dominique excelle à ce jeu. Elle invente des pas. Elle s'enroule autour d'un fil imaginaire, puis, un poing sur la hanche, avance vers une glace, considère son visage trop sérieux et immobile — repart. Décidément, les petites Françaises sont moins agiles. Avec ses doigts épais, son souffle rauque, le Destin a peu de chances d'attraper cette demoiselle du Nouveau Monde.

Entre Dominique et Olivier commençait une de ces liaisons, telle qu'il n'en existe plus depuis la mort de Juliette Récamier. Un peu d'amour dont on ne parlait jamais, une amitié qu'on niait parce qu'on la jugeait insuffisante, le goût des surprises qu'on se fait à soi-même, tout cela formait la matière de leurs étranges relations. Ils se téléphonaient, ils se voyaient, ils écrivaient même. Puis ils se brouillaient. Ils se retrouvaient avec des âmes d'enfants.

Elle aurait aimé l'entendre parler de son métier ou des grandes questions intellectuelles de l'époque. Elle n'était pas difficile. Son ignorance monstrueuse ne la rendait pas difficile. Elle s'enchantait de découvrir, au détour d'une conversation, que l'Angleterre était brouillée avec la Russie et s'empressait d'apprendre cette nouvelle à ses parents, le jour même.

Olivier n'en était pas à la vieillesse, mais au moins à cet âge où l'on se croit tenu dans la vie, surveillé par l'œil austère de l'avenir. Il éprouvait beaucoup de volupté à quitter son travail pour aller danser avec Dominique, en lui marchant sur les pieds. De son côté, cette soudaine jeune fille s'étonnait encore, après un mois, de sa conquête. Elle s'en amusait parfois. Elle en était fière depuis qu'un vieil académicien, qui dînait une fois l'an chez les Marèges, lui avait parlé de l'écrivain comme d'un être exceptionnel, qu'il aurait aimé connaître. Etonnante puissance de l'opinion, sur ce cœur impérieux mais faible !

Il changeait un peu la vie. D'un rien, il faisait une histoire, une aventure, une réunion où Montaigne et Michel-Ange bavardaient. Enfin Dominique l'aimait bien parce qu'il obéissait à ses caprices et que ce garçon intelligent n'était évidemment pas raisonnable. Elle trouvait drôle qu'il dépensât de l'argent à son gré. Il était sans doute avare, comme tous les Français, mais le plaisir d'amuser la jeune fille lui paraissait un argument sans réplique.

Ensuite, à la première brouille, il se jetait dans son travail, ne déjeunait plus et tirait de la situation tous les avantages possibles, puisqu'il faisait des économies, puisqu'il maigrissait et puisqu'il donnait à sa bien-aimée le temps de l'oublier et de le retrouver avec gentillesse.

Pour le reste, c'est un homme et tout ce que le mot comporte : l'égoïsme, l'habileté à tout gâcher, la suffisance, le manque d'aplomb sur la terre.

Il devenait idiot. Qu'importe ! Se perdre, la volupté de se perdre, telle est la récompense de ceux qui ont trop voulu se mériter. Mais ici, prenons plutôt un mot qu'emploient les enfants, dans les squares, devant leur tas de sable et disons que « c'est bien fait ».

Olivier ne se montrait jamais sous un aspect brillant. Il discourait pendant une heure sur les robes de Dominique ou sur les lacets de ses souliers. Il la surprenait sans beaucoup la séduire. « Pourquoi le trouve-t-on si intelligent ? pensait-elle. Il ne sait rien dire à propos d'un livre ou d'un tableau. Il ne sait qu'inventer des histoires absurdes, donner l'opinion de Platon sur des robes de Dior... Comme il est artificiel ! Comme il est Français ! » La vérité était plus simple. Olivier ne s'amusait pas, ne se trouvait aucun esprit, avec la réputation, dans Paris, de ne rien prendre au sérieux. Il se jugeait beaucoup plus sincère en évitant, devant la jeune fille, les paradoxes qui l'auraient enchantée. En général, ces paradoxes n'étaient que du gros bon sens, moulu un peu plus fin.

Tout était mérité. Dominique entre les bras d'un imbécile se prenant au sérieux, aurait été parfaitement heureuse ; elle aurait trouvé son amant trop orgueilleux, elle aurait souffert : à merveille. Pour Olivier, c'était deux ans trop tard. Il n'était plus ambitieux, il ne croyait pas du tout en lui-même. La jeune fille lui démontrait la sottise du travail. Quelle punition ! Tant de nuits acharnées sur des textes monotones, ces majuscules vêtues de noir venaient s'humilier devant un nègre qui soufflait dans une trompette, tandis que Dominique battait des mains. Et pourquoi pas ? Olivier avait cru sans doute, dans sa jeunesse, que la justice était la chose la plus considérable et la plus urgente. (D'autres disent, la vérité, ou l'indépendance, ou la raison.) Si le temps l'avait guéri de cette idée, cette idée ne l'avait pas détourné non plus d'un chemin amer et brillant.

Maintenant, l'explication lui tombait du ciel. Seules comptaient, dans la vie, les choses vraiment absurdes.

Dominique était cette absurdité. Elle en portait les couleurs et la mauvaise foi sur le visage : un vrai défi. Tout était très bien ainsi. Cette injustice lui paraissait juste. Comme nous changeons mal le lit de nos sentiments !

Pour les vacances de Pâques, Dominique partit au Touquet. Ses parents ne connaissaient pas d'autre plage au monde. Ils y jouaient au golf, tandis qu'elle s'ennuyait de tout son cœur. Elle fut heureuse d'apprendre qu'Olivier viendrait la rejoindre le samedi et le dimanche. Un bonheur n'arrive jamais seul, car il y eut un concours de natation à trois kilomètres de là. Elle ne pouvait manquer une telle chance. Elle faillit gagner le cent mètres nage libre et perdit de justesse le trois cents mètres. Ce fut une journée bien exaltante.

Elle rentra au Touquet pour trouver Olivier, blanchâtre et grelottant, vers six heures du soir, sur la plage. Avec la sottise des hommes et surtout leur obstination dans la sottise, il prit des airs détachés. il aurait montré un visage malheureux, Dominique l'aurait consolé. Devant cette indifférence, elle pensa que les intellectuels, à côté des vagues, étaient comme des petites mares croupissantes devant la mer. Adieu les idées, les complications ! Elle se sentait sauvage et naturelle.

Le soir, dans sa chambre, elle eut quelques remords. Il est vrai qu'elle s'ennuyait. Maintenant, elle n'en doutait plus, Olivier allait rentrer à Paris sans la revoir et il aurait le beau rôle dans l'affaire. Elle fut sur le point de se lever, de courir à son hôtel. Puis elle jugea que sa dignité était en jeu.

On ne la comprenait jamais. Elle avait besoin de

croire en elle. Il lui fallait un confesseur et un peintre. Celui-là l'aurait écoutée pour la laisser se vider de ses rancunes, de ses doutes. Le travail de l'autre aurait commencé ensuite : il l'aurait dessinée d'un trait précis, il lui aurait dit exactement ce qu'elle devait être. Enchantée, elle serait entrée dans ce rôle, pour un jour au moins. Comme c'était bien, un jour !

Dominique réfléchissait à tout cela, le lendemain, les deux poings enfoncés dans les joues, immobile sur le sable, avec tout son petit corps vigoureux, têtu, rauque et charmant qu'Olivier regardait admirativement. C'était la pulpe du monde, le secret de l'univers. La terre n'avait pas été créée, comme on le prétendait depuis si longtemps, pour fournir aux idées exceptionnelles l'occasion d'un beau procès. La terre ne cherchait pas d'autre justification que le plaisir de ce petit animal en maillot bleu, se chauffant au soleil.

L'après-midi, le ciel se couvrit. Ils marchèrent tous les deux sous les arbres. Ils se taisaient. Quand la pluie commença de tomber, elle voulut rentrer. Il lui répondit qu'il ne fallait pas être si lâche, la prit dans ses bras et l'embrassa avec ferveur. L'ambre solaire, le rouge à lèvres, les grosses gouttes qui tombaient des pins donnaient à la jeune fille un bon goût de pain beurré et de journées sages. Alors elle cessa de se débattre, car les événements l'intéressaient un peu plus. La pluie plaquait son chemisier sur sa poitrine, dégoulinait le long de ses cheveux. En pantalons noirs, en spartiates, c'était une sorte de camarade qu'on embrassait en cachette. Elle se laissait faire, sans s'abandonner. De temps à autre, elle regardait Olivier entre ses cils. Puis elle riait.

Il la fit tomber et comme elle semblait furieuse, il lui glissa dans l'oreille :

— Ne bougez plus, vous avez l'air d'une petite sorcière, comme ça. Il faut avouer que vous êtes du genre joli.

— Ah ? dit-elle de sa voix large. Il faut l'avouer ?

Il se tenait à genoux à côté d'elle, lui caressant les joues et la gorge. Il déboutonna le premier bouton de son chemisier. La pluie cessa à cet instant et un rayon de soleil apparut entre les branches.

— Quel ennui ! dit-il d'un air désolé. Voici le jour.

— Ah oui ? Et avant, qu'est-ce que c'était ?

— C'était la pluie. Il y a le jour, la nuit et la pluie, c'est bien connu.

Elle se releva, enlevant les aiguilles de pin qui s'étaient collées à son pantalon. Il l'aide avec brutalité.

— Ce que vous êtes brusque, dès que vous êtes debout ! Et cessez de me tenir le poignet en marchant. C'est humiliant.

Ils regagnèrent la plage où des enfants jouaient sur un sable grêlé à présent de petite vérole.

— Je vais me baigner, dit-elle.

— Très bien.

— Vous ne venez pas avec moi ?

— Vous savez bien que je ne sais pas nager.

— Oh ! ce sont des histoires pour vous rendre intéressant.

— Je vous jure que je ne sais pas nager.

— On ne peut jamais vous croire.

— Ne me croyez pas.

— Et... Je vous verrai, ce soir ?

— Oui.

— Ah !... Bon. De quelle façon ?

— Nous irons danser ou n'importe quoi. Enfin nous nous verrons, nous aurons fait notre devoir.

— Tout ça me réjouit à l'avance. Au revoir.

Il la regarda s'éloigner, avec son pantalon corsaire, ses sandales lacées autour de ses chevilles musclées, il la regarda quelques secondes, puis entra dans un grand café à peu près désert. Il commanda du kirsch, en but quelques verres. Dans sa chambre, l'alcool lui procura l'hébétude qu'il cherchait. Il compléta cet abrutissement en ouvrant un roman qui venait de paraître. C'était l'histoire d'une famille avec des cousins dans tous les sens et un caractère différent pour chacun. C'était bête à pleurer. On se serait cru au théâtre. Et cela portait des noms à courant d'air. « Les écrivains, pensa-t-il, ne sont pas encore consolés de leurs origines. »

Il se voyait dans une glace placée en face de son lit. L'expression imbécile de son visage le réjouit. « Tout est dans l'ordre », dit-il à haute voix. Il ne descendrait pas dîner. Il aurait repris le train sur-le-champ s'il n'avait retenu sa chambre jusqu'au lendemain. La timidité, l'horreur des explications lui interdisaient de rien changer à ces arrangements. Et puis, ici ou ailleurs... Il s'ennuyait toujours en vacances. A ce signe, on reconnaît les natures maladroites.

Vers neuf heures, il sentit qu'il avait faim. Et en somme, ce serait une occupation qui permettrait d'attendre la nuit. Il mangeait avec application, comme s'il avait été un grand malade. Ces idioties, généralement, réussissaient assez bien.

Il était presque seul dans la salle de l'hôtel. Un couple d'Anglais achevait son dessert en fixant l'horizon et l'avenir d'un œil bleu faïence. Soudain, une jeune fille, dans une belle robe multicolore, se présenta dans l'embrasure de la porte. Il la rejoignit aussitôt.

— Où allons-nous ? demanda-t-elle. Qu'est-ce que vous mangiez ? Des œufs sur le plat ?

— Allons n'importe où.

— Comme vous êtes agaçants, les Français. Vous ne savez jamais prendre une décision pratique.

— Allons en Amérique.

La nuit était complètement tombée quand ils sortirent. Ils marchèrent quelque temps en silence.

— Je me demande, dit-elle, pourquoi vous n'avez pas encore de voiture ?

— Je me le demande aussi.

— Vous avez bien assez d'argent. Il paraît que vous avez un succès fou.

— Fou, c'est le mot.

A nouveau, le silence s'installa entre eux. Il était d'une tristesse exemplaire. Il n'avait pas totalement perdu son sentiment du mépris. Il se détestait pour sa lâcheté. Il savait que la jeune fille se moquait de lui, sans rien en dissimuler. Tout cela, qui l'avait amèrement distrait pendant un mois, le fâchait brusquement. Il se mit à parler pour ne pas s'enfoncer dans une attitude romantique. Devant ses paroles froides et intelligentes, Dominique se sentit une enfant pleine d'admiration. Elle le trouvait beau parce qu'il était le plus fort.

Dans le cabaret, où il passèrent deux heures, la musique et le monde formaient autant de rideaux qui les isolaient... « Comme il est différent des autres ! » pensait-elle. Tout lui était chance. Il pouvait mal danser, il avait raison. Il s'habillait tout de travers, c'était tant mieux. La jeune Américaine s'enivrait de son humilité. Il était reposant de ne plus jouer le rôle, d'avoir quinze ans, des nattes et une immense mélancolie.

— C'est dommage, Olivier, que vous ne soyez pas plus souvent comme vous êtes à présent. A Paris, vous vous moquez de tout.

— Vous n'y comprenez rien. Je prends beaucoup trop de choses au sérieux. Quand je me fais tant d'ennemis, ce n'est pas exprès, vous savez. C'est de la maladresse. Ce qu'ils appellent « mon insolence »...

— Votre respectueuse insolence, dit-elle d'une voix douce.

Il sourit.

— Vous aussi, vous devenez intelligente. Ça doit être l'air du Touquet.

— C'est pour ça qu'il y a tant d'Anglais. Ça leur fait du bien.

Ils demeurèrent en silence quelques secondes. Elle releva une mèche qui tombait sur le front du jeune homme. Puis elle murmura d'une voix changée :

— Olivier, j'ai deux services à vous demander, oui... j'ai envie de deux choses. Dites-moi que je suis belle et commandez des œufs durs.

Olivier appela le garçon.

— Apportez-nous des œufs durs, dit-il. Ah ! et puis dites à Mademoiselle qu'elle est belle.

Dominique éclata de son rire facile.

— Oh, vous êtes...

— Je sais. Je suis divertissant.

— Ne soyez pas vaniteux. Il faut que vous restiez simple, loyal et gentil.

— Vous croyez que je suis fier d'être divertissant. Je

meurs de honte. A peu près autant que si j'étais « gentil ».

— Pourtant je n'aime que cette qualité chez les hommes. Je veux qu'ils soient bons. Je déteste, je redoute ceux qui sont intéressés, brutaux...

— Vous risquez de dire la vérité. Dès le premier jour, je me suis juré de ne pas jouer un rôle avec vous. Il était si facile de penser que le genre gangster, intellectuel gangster, si vous voulez, devait vous séduire. Ça, je me le suis défendu tout de suite. Je me demande pourquoi. Je ne vous connaissais pas. J'aurais dû tomber amoureux de vous d'une façon pratique. Malgré un bon fond de médiocrité, je pouvais vous plaire, grâce à une dizaine d'imbéciles qui me trouvent du génie et aux douze perruches qui m'ont fait une réputation de méchanceté. Rien de tout cela. Ce n'était pas de l'amitié non plus. C'était de la loyauté pour rien.

Ils quittèrent le bar vers onze heures et demie, puis ils marchèrent quelque temps dans les dunes. Le vent fouettait leurs visages. Cette circonstance rendait Olivier parfaitement heureux. Ils s'assirent dans un creux qui les dissimulait entièrement au regard impérieux des éléments. Il lui fit encore quelques discours sur Didier dont il feignait de ne pas être jaloux.

— Laissez Didier tranquille. Il n'admire que vous. Il en est agaçant, lui dit-ellle.

— C'est une situation tout à fait classique dans ce cas. Vous aimez Didier. Il m'aime. Et moi... Bon. Pourtant Didier correspond bien à ce qu'il vous faut. Il rappelle Lucien de Rubempré.

— Qui est-ce ?

— Oh ! un type que j'ai connu, autrefois...

— Qu'est-ce qu'il faisait ?

— L'amour aux dames du monde. Elles l'adoraient.

— C'était un garçon dans votre genre, alors. Il paraît qu'on raffole de vous. Je vous dirai tout de suite que ça me semble extraordinaire. Mais on me l'a affirmé. Lucien, quel affreux prénom !

— A la fin, il s'est tué.

— Pourquoi ? Il était désespéré ?

— Non. Il avait des ennuis d'argent.

— Oh ! Olivier, vous vous moquez de moi. On ne se tue pas pour des ennuis d'argent.

— Si. Il est vrai que ça se passait au XIXe siècle. C'est un personnage de Balzac.

— Pourquoi ne me parlez-vous jamais de ces choses qui m'intéresseraient tellement plus que des histoires d'aujourd'hui ?

— Vous voyez. Je vous en parle.

— Parlez-m'en très longtemps.

Au cours de cette soirée, elle se laissa embrasser avec beaucoup de reconnaissance. Il lui dit, en la quittant, une phrase qu'elle ne comprit pas mais qui lui sembla marquer cette nuit. Il lui dit :

— Je crois que j'ai tout gâché, depuis le début, avec vous. Il faudra que vous me présentiez à une de vos amies, quand vous rentrerez à Paris.

— Qui ça ? Catherine ? Vous la connaissez.

— Non. Il faudra que vous me fassiez connaître Dominique de Vincay. Et vous verrez : je ne serai pas si maladroit.

IV

Nos sentiments sont des enfants. Ils adorent se déguiser. Sous le fard, sous les turbans et les chiffons qui les entourent, leur jeunesse, leur férocité finissent par éclater. Car il s'agit toujours d'une faim cachée. Celui-là, amoureux des plus belles épaules de la terre, ne parle que de ses idées. Celui-ci fait le fou, parce qu'il mendie une sagesse qu'il sait difficile.

Olivier reçut une ou deux lettres de son amie Dominique. Elle s'appliquait, elle écrivait dix-huit brouillons, puis elle admirait le résultat en le lisant à haute voix. Elle avait un goût vif pour les cérémonies de l'esprit. Les phrases pompeuses la ravissaient. Olivier lui avait écrit : « Les petites humaines de l'avenue de Ségur sont intouchables, elles me font honte de ma bêtise. Si je regarde cette feuille blanche où j'écris, j'ai l'impression de ne pas être stupide. Quelle abominable erreur ! Le vrai miroir, c'est vous. » Ces miroirs plongèrent Dominique dans une réflexion profonde. Elle répondit par une dissertation philosophique. Heureusement pour elle, les hommes ne détestent pas l'idiotie. Olivier avait dit plusieurs fois, devant deux ou trois personnes :

— Dominique a le droit d'être un peu bête, puisqu'elle a tant de goût pour l'intelligence. Cette bêtise, c'est aussi de la passion, de la fièvre, un immense appétit d'aventure et de savoir. Tout est bien ainsi.

Olivier était revenu du Touquet dans une grande misère. Il n'osait plus demander un sou à son éditeur, dont il avait déjà convenablement usé. Comme il faisait toujours semblant d'être très riche, il ne pouvait exiger que des sommes importantes. Avec Mlle de Vincay, il était encore plus dédaigneux. Elle le méprisait de ne pas haïr le capitalisme, etc. Parallèlement, elle l'admirait de dépenser son argent si facilement.

Le jeune homme trouvait dans une imprimerie de journal son refuge. Depuis six mois, il écrivait tous les jours un article vaguement littéraire dans un quotidien. Lui qui ignorait les journaux jusqu'alors, il avait découvert leur fabrication avec joie. On raconte l'histoire d'un garçon qui faisait de la boxe avec beaucoup de talent. C'était un jeu qu'il adorait. Après plusieurs combats, on l'emmena par hasard salle Wagram, où il assista, pour la première fois de sa vie, à un match : il faillit s'évanouir. Olivier avait suivi la démarche inverse. Pendant dix ans, il se serait giflé plutôt que de lire un journal. A présent, il ne se plaisait plus que dans la société des typos, sous la lumière jaune et dans le vacarme.

Si Malentraide avait eu de la chance, pour un roman et deux pièces assez banales, d'avoir du succès, ce succès dont on ne jouit qu'à son âge, il avait payé ce succès de la plus mauvaise réputation, sur le plan moral. On l'accusait d'être méchant pour le plaisir et de passer son temps dans le XVIe arrondissement, ce qui est toujours mal considéré. Sans doute avait-il été impressionné, sans le vouloir, par ces reproches. Le journalisme, pour lui, était un retour à la vie naturelle, la vie sauvage.

Il restait couché jusqu'à quatre heures de l'après-midi. Il lisait entre deux et quatre livres dans son lit. Puis il perdait consciencieusement son temps. Ou bien il allait dans le monde et au lieu de dîner sur le zinc d'un café, avec des œufs et de la bière, il buvait du champagne et mangeait des sauces compliquées. Dans les deux cas, il était condamné à parler — soit au garçon, soit à ses voisins, sport ou théâtre — sujets dont il ignorait tout et dont il fallait parler cependant. Il se creusait la tête et découvrait généralement une ineptie qui lui sauvait la mise.

Dès qu'il faisait nuit, il écrivait. Vers onze heures, il se rendait à l'imprimerie, s'installait sur le marbre, à deux pas des linotypes et rédigeait son article que la machine avalerait un peu plus tard. Il demandait l'orthographe de certains mots à un jeune homme plein de distinction qui tapait de graves articles politiques et s'en consolait en bavardant avec Olivier. Puis il se penchait sur les pages qu'on était en train de fabriquer. Un administrateur ou le rédacteur en chef lisait anxieusement son article sur épreuves. Olivier était fort mal vu. En même temps, on le trouvait nécessaire. Il assurait son indépendance par des regards supérieurs ou des remarques dédaigneuses. Ces attitudes le rendaient plus odieux encore.

Depuis qu'il aimait Dominique, il menait une vie très sainte. Il ne sortait plus. Il ne faisait qu'un repas par jour, parce qu'il était ruiné. En revanche, il se rasait et s'habillait avec soin, pour ne pas ressembler à l'un de ces intellectuels dont la jeune fille faisait si grand cas. Il était amusant de constater à quel point Olivier, qui parlait de la littérature avec des moqueries, prenait grand soin d'en éviter les apparences faciles, les prestiges douteux — et cela par une certaine pureté de sentiment autant que par goût du paradoxe. Assis dans un coin de l'imprimerie, relevant les yeux sur les machines, sur l'agitation de la salle, il songeait que son amie reviendrait bientôt, que tout serait plus simple. Il venait de découvrir une solution étonnante : On peut dire « Je vous aime » à la personne qu'on aime.

Cette mélancolie durait depuis quinze jours, quand Didier lui rendit visite. Didier, de son côté, menait une existence fort morale, si l'on songe aux odieux projets de sa jeunesse. Trois ans plus tôt, il avait fait la cour à une jeune fille très blonde, et très riche, dont la famille contrôlait d'immenses plantations de caoutchouc au Brésil. Il avait du goût pour les blondes et il avait de la tendresse, à l'avance, pour le caoutchouc. C'est ce qu'on lui demanda de prouver. Avant de déclarer officiellement les fiançailles, on le prit au service Exportation, afin de savoir si ce jeune homme élégant, suprêmement mondain, serait capable de gérer une fortune, c'est-à-dire de rendre une femme heureuse. Didier, qui n'avait jamais travaillé de sa vie et qui s'ennuyait à périr depuis six ans, se jeta dans son métier avec ardeur. Son impertinence, célèbre dans les salons, lui donna de l'autorité. Il fit deux voyages au Brésil, il rendit des services la première fois, il eut de la chance la seconde. Bref, on était enchanté de lui, mais une nouvelle toquade l'avait entraîné aux pieds d'une Suissesse capiteuse. Il n'y avait peut-être qu'une Suissesse capiteuse au monde : c'était celle-là. D'où larmes de la famille, désespoir : en vain. Quand il en eut fini avec la Suissesse, on constata qu'il montrait beaucoup de détachement à l'égard de l'amour. Il ne connaissait plus que son travail. Sa fiancée, consolée à l'idée qu'il ne la trompait plus, épousa un ingénieur.

Maintenant, Didier gagnait beaucoup d'argent, le dépensait en voitures et voyait Olivier assez souvent, car s'il n'avait plus exactement de l'amitié, il avait au moins de la tendresse à son égard.

Ce soir-là, il revenait du théâtre.

— Je peux te raccompagner, dit-il. Comment fais-tu pour rentrer si tard chez toi ? Il y a au moins six kilomètres.

—Je rentre à pied. Tu sais, à Paris, les kilomètres n'existent pas, ne sont pas inventés. Et puis... oui, Paris, la nuit, donne des idées romanesques.

— Tu écris un roman ?

— Non. Mais les idées romanesques sont bonnes, surtout au théâtre.

— Ah ! oui... Elles lui donnent de la poésie, peut-être !

— Exactement.

— Prends note. Tout ça est d'une intelligence !

— Bon. Je vais écrire ça à Dominique. Elle aura le temps d'y réfléchir.

— Vous vous écrivez, maintenant ?

— Je ne vais pas lui téléphoner au Touquet, je ruinerais mon éditeur.

— Çà, tu sais, les éditeurs sont toujours contents de voir leurs auteurs amoureux. Mais tu ne lui coûteras pas si cher. Elle est rentrée depuis huit jours. S'il faut que je t'apprenne ça !

— Oh ! j'ai eu tellement à travailler, ces jours-ci...

Et puis, le téléphone de mon immeuble est détraqué. Et ici, je n'y suis qu'après minuit, il n'y a plus personne au standard...

— Très bien. Je te ramène ?

— Oui. Si tu veux.

Le lendemain, il eut un coup de téléphone de Dominique. Elle lui déclara que sa première pensée, en débarquant à Paris, avait été pour lui. Qu'elle fût rentrée depuis huit jours, elle n'en soufflait mot. Olivier se félicitait d'avoir inventé cette histoire de panne et de standard devant son ami. Surtout, ne pas avoir l'air malheureux.

Il prit un air détaché, déclara qu'il n'était pas libre avant une semaine. Enfin, il revit Dominique. Elle était grave et bronzée, elle portait une robe en toile verte et blanche. Ils marchèrent quelque temps avenue de Ségur. Olivier n'avait pas touché un sou de son journal, car on lui avait donné depuis longtemps des avances. Dominique voulut aller dans un endroit drôle. Il l'emmena dans le premier bar venu.

— Quelle horreur ! dit-elle après avoir commandé un whisky. Il n'y a pas la moindre ambiance. Allons-nous-en, s'il vous plaît, Olivier. Tenez, allons au *Carol's.* Dany Dauberson doit y chanter.

Le jeune homme fit un discours maussade sur Dany Dauberson. Il n'avait plus d'argent. Cette nécessité donna beaucoup d'amertume à ses paroles. Ils se quittèrent avec froideur.

Olivier souffrit d'une manière honteuse. Deux sentiments se partageaient son esprit. Le plus superficiel, sinon le plus apparent, était évidemment la tristesse du mal aimé. Dominique se souciait assez peu de lui. Elle le jugeait divertissant. C'était entendu. De son côté, et c'était le plus grave, il n'estimait pas très profondément le caractère de la jeune fille. Il haïssait sa faiblesse. Il savait qu'elle admirait n'importe qui. Un jour, il avait dit à Catherine : « Dominique aime les gens qui sont amoureux d'elle, voilà tout. Elle manque de lumière, elle cherche avidement tous ses reflets. » Puis il avait souri d'une drôle de façon, comme il était seul à savoir le faire; il avait approché son front de la vitre, la pluie tombait à verse. « Elle est perdue », avait-il dit simplement.

Entre le dépit et le dédain, il est facile d'établir un rapport de dépendance. On se tromperait en appliquant cette loi dans ces circonstances. Olivier pouvait voir la jeune fille aussi souvent qu'il voulait. Avec un peu plus de raison ou d'application, il lui aurait plu. Mais au fond de son cœur, il pensait que tout était gâché.

Donc, il restait chez lui et il était parfaitement malheureux. Didier, qui sentait à peu près ce qui se passait, trouvait son ami ridicule. Il aurait pu intervenir. Il n'en faisait rien. « Tout cela n'a qu'à pourrir lentement », pensait-il. Il mettait à leur juste place les sentiments de ses amis. Rien de passionné, chez Dominique : elle se moquait d'Olivier, en usant d'une coquetterie démodée, si démodée qu'on ne la reconnaissait plus. Quant à l'écrivain, il aurait beaucoup mieux fait de prendre une maîtresse parmi les dames qui l'admiraient si fort. Il se serait diverti. Ce mot est cruel. Mais le sang est certainement préférable au poison et il vivait des jours empoisonnés.

Beaucoup de choses se trouvaient expliquées, si l'on sentait combien ces deux êtres se ressemblaient, sur des plans différents. Dominique dansait avec la vie, sans savoir que c'était une chose merveilleuse. Olivier jouait avec les idées, sans apercevoir quelle flamme se dégageait de ces mouvements.

Longtemps, l'amusement avait brouillé les cartes que la passion, grave et résolue, édifie toujours comme un château — comme un système. Maintenant, c'était fini. Le système était le plus fort.

Son métier vint au secours d'Olivier. Il acheva en deux semaines un essai plein de paroles furieuses et d'ailleurs peu compréhensibles. Il s'occupait fiévreusement de la mise en scène de sa troisième pièce. On parlait de lui dans les journaux. (« C'est bien ma chance, dira Dominique à Catherine, Olivier ne s'intéresse plus à moi au moment où tout le monde s'intéresse à lui. ») Le jeune homme ne dormait plus. Il n'était pas impossible qu'il utilisât son désespoir pour travailler un peu plus. On ne peut guère interpréter le travail qu'en termes de morale. Il ne s'agit pas d'efficacité, il s'agit d'épreuves. On sait qu'elles seront plus dures si elles forment une chaîne continue, dont on prévoit la solution, parce qu'on s'impressionne toujours aisément et qu'il est aisé de réclamer beaucoup de soi-même dans un temps déterminé, alors que l'éternité des peines conduit au découragement.

En un autre sens, Olivier trouvait là des voluptés véritables. Manger très peu, très mal et vite, dormir tout habillé, finalement tout cela lui plaisait. Dominique adorait les aventures, quand elle pouvait en lire le récit, un matin d'hiver, dans son lit. Olivier, au contraire, traçait l'éloge de la paresse et vivait comme un moine sans le savoir. Ces situations n'ont rien de surprenant, car l'esprit est une sorte de balancier que nous disposons de mille manières pour rétablir un équilibre compromis.

En écrivant, il se moquait de lui et de ses petites histoires sentimentales. Il fabriquait, avec de l'encre et du papier, des êtres bien différents et se donnait à ces étrangers. On ne se guérit d'une folie que par une autre folie. Une flamme peut chasser l'autre, le feu demeure.

Aux alentours de la trentième année, si l'on n'a pas fait de pacte avec la vie, c'est évidemment un cas désespéré. Didier venait s'asseoir au fond de la salle de théâtre où son ami dirigeait les acteurs de sa pièce. Le travail teminé, ils allaient boire des porto-flips au Cintra.

— Dominique est une erreur, tu le sais bien, disait Didier. Tu ne t'avoues pas que tu perdais ton temps. Les gens sont comme ça. Ils veulent racheter à tout prix leur passé, lui assurer de vieux jours, une existence douillette. Toi, le confort que tu donnes à ce petit fleurt agonisant, c'est le romantisme. Ah, c'est une réussite ! En partant d'un événement insignifiant, tu fais une douleur présentable. Présentable pour tout le monde, pour toi-même. Pas pour moi.

Olivier l'arrêta de la main.

— Je ne t'ai jamais dit qu'autrefois... Enfin, j'ai cru quelque temps que Dominique t'adorait.

Didier rit à gorge déployée.

— Elle me hait. Elle me trouve de son monde, ce n'est pas peu dire. Et puis un cousin, tu sais... Ce qui est bien, chez toi, c'est que tu devines les choses les plus difficiles et que tu n'aperçois pas les grosses évidences. Dans la vie, au contraire, tu déplaces des rochers et tu n'oses pas toucher des grains de sable.

C'est un genre d'impuissance assez curieux. Tu en tires généralement parti, quand tu écris.

— Je n'observe rien, je me perds partout. Je ne peux que deviner... Je ne sais pas ce qu'est une table, mais à force d'écouter (j'écoute si bien !) ce que disent les autres, j'ai fini par me faire une opinion des tables et par vivre avec cette idée. Dans ces conditions, la littérature était le métier rêvé. Je sens si vite les choses à travers les autres qu'il n'est pas sorcier, ensuite, de leur dire ce qu'ils ont senti. Mais en dehors du papier blanc, hélas ! Je comprends Dominique.

— Tu te trompes éperdument. Elle n'admire pas tes livres. Pourtant elle t'admire. Naturellement, elle est un peu demeurée.

— Je ne dirai rien de pareil, fit Olivier avec indignation. Dominique est certainement admirable. Je continue à le penser. Je serais infect si je la méprisais, parce que nous nous sommes tellement brouillés, si mal compris. Oui, reprit-il avec une flamme singulière dans les yeux, si j'avais aimé cette jeune fille, je me serais conduit différemment. Je l'aurais écoutée au lieu de la regarder, je l'aurais aidée, je pouvais le faire. L'Europe n'a pas cessé de découvrir l'Amérique et l'Amérique a toujours un aussi grand besoin d'être découverte. N'empêche...

Il pencha la tête sur le côté, puis il reprit :

— Je ne sais pas pourquoi je te raconte tout ça. Je connais son caractère. Elle devait te faire un rapport fidèle de nos sorties.

— Oui et je la méprisais cordialement. Elle me parlait de vos soirées, de tes paroles, de tes gestes. J'avais envie de lui crier : « Tout cela n'est pas pour moi, sale petite imbécile. Tâche d'apprendre à garder un secret. Alors il y aura quelque chose de dur en toi, — pas cette mollesse... »

— Nous ne sommes pas près de nous entendre. C'est sans importance.

— Tu as raison. Dominique est retournée dans son monde. Elle va chez les Marèges une fois par semaine. Elle fleurte avec application et avec n'importe qui.

— Elle a toujours ce visage passionné...

— Oui. Elle a toujours ce visage passionné : elle adore, en effet, les jeux de mots, et les calembours. Ce sont les yeux d'une lectrice de Heidegger ; elle ne lit malheureusement que l'almanach Vermot.

— C'est parce que personne ne lui a prêté Heidegger.

— Tu es désarmant. Tu devrais retourner chez les Marèges. Edmond est fier de te connaître, à présent.

— Edmond de Marèges. Je n'ai jamais compris un seul mot de ce qu'il me disait. J'espère que je n'en ai rien montré.

— Il faisait de l'esprit à tes dépens.

— Vraiment ? dit Olivier avec des yeux émerveillés. Mais c'est très bien, ça. J'étais donc dans un rêve.

Didier était rassuré. Si son ami n'avait rien dit, il se serait inquiété, il aurait pensé que l'écrivain gardait son amour avec sa pudeur. En traçant l'éloge de Dominique, il se donnait le beau rôle, ce qui est toujours une façon de se consoler, qu'on le veuille ou non.

En effet, Olivier passait des heures, au milieu des plus sérieuses occupations, non plus à revoir, mais à imaginer les premiers jours de leur rencontre. Il rêvait au « Jimmy's », aux deux petites filles avec leurs cheveux courts et plats tombant sur le devant de la tête en mèches dures, des petites filles aux corps fins mais décidés, qui se parlaient à l'oreille, riaient, se mordaient les lèvres et semblaient un peu étrangères au monde raisonnable. Elles l'avaient tout de suite annexé, parlaient de lui à haute voix en sa présence, pour dire qu'il était charmant, amusant, l'appelant « le petit sauvage », « le petit Olivier ». Catherine de Saint-Romain avait des cheveux noirs, très noirs, moins noirs déjà sous les oreilles — de très petites oreilles — des yeux verts, obliques, légèrement enfoncés, des sourcils qu'elle n'épilait pas, un teint blanc : enfin une charmante miniature qui sortait du cadre pour vous regarder d'un air étonné.

Dominique de Vinçay, à cette époque, avait aussi un visage qu'on pouvait décrire.

Didier lui proposa une chose faite pour lui plaire. On avait organisé un rallye de vitesse Paris-Deauville. Il lui proposait de conduire sa Talbot Grand Sport qui atteignait le 200. Les concurrents n'avaient que des Lago-Record, des Delahaye ou de minables traction avant. Cependant, une Aston-Martin était dangereuse. Didier calculait qu'avec ses humeurs noirâtres, son ami conduirait comme un fou : ce qu'il fallait pour gagner.

Olivier prit l'autoroute. Son voisin manœuvrait l'avertisseur en permanence. Une Delahaye bleue les précédait de trois ou quatre cents mètres. Ils la rejoignirent à Mantes et la dépassèrent brutalement au sortir de la ville. Didier surveillait l'indicateur d'huile.

— Laisse un autre mener, dit-il. Tu ne crains pas grand-chose pour l'arrivée, et en forçant maintenant, tu risques de couler une bielle.

— Oui, cria Olivier, mais regarde le ciel. Chaque

kilomètre d'avance sur les autres avant la pluie compte double.

Ils roulaient à 170, prenant leurs tournants entre 110 et 120. Les villages étaient plus ennuyeux.

— C'est toujours empoisonnant d'écraser un enfant avec une voiture dont les coussins sont en cuir blanc. On a l'air de monstres. Quand on écrase avec une Peugeot, ça fait beaucoup plus sérieux.

Olivier ne l'entendait pas, tant le vacarme du moteur était grand.

Un passage à niveau les arrêta. Ils en profitèrent pour mettre la capote. La Delahaye bleue, l'Aston-Martin et une Lago-Record les rejoignirent. Quelques gouttes commençaient à tomber. Olivier essaya de décrocher ses concurrents, mais sans succès. A la sortie d'Evreux, la Delahaye menait. L'orage avait éclaté, inondant la route.

— Arrête-toi, cria Didier. Il vaut mieux remettre de l'huile. Regarde le cadran.

Olivier stoppa. Ils donnèrent quatre litres d'huile au moteur.

A Pont-L'évêque, ils avaient dépassé toutes les voitures, sauf l'Aston-Martin. La pluie avait cessé. Olivier poussa sa Talbot à 190 et laissa loin derrière lui sa concurrente.

A dix kilomètres de Deauville, ils doublèrent un énorme camion et faillirent renverser un motocycliste qui venait en sens inverse et les maudit. Didier soupirait d'aise quand il vit son ami débrayer brutalement pour passer en troisième et appuyer sur le frein. Un enfant traversait la route en courant. Olivier donna un coup de volant. Ils rentrèrent dans un arbre. Didier fut lancé dans le pare-brise et s'évanouit.

Il revint à lui au milieu d'une grande rumeur. Une dizaine de personnes les entouraient. Olivier était debout, adossé à la carrosserie, fumant une cigarette. On le félicitait de son sang-froid et de son courage. Le volant était complètement tordu, mais n'avait pas cassé.

On les conduisit à Deauville où Didier put montrer un bras en écharpe au bar du Soleil. Olivier lui avait dit sèchement :

— Tes coussins en cuir blanc nous ont coûté la première place.

Rentré à Paris, Olivier souffrait de la colonne vertébrale. On le radiographia et on lui trouva une vertèbre déplacée. Par la même occasion, on examina son cœur. Le médecin lui déclara avec un grand sourire :

— Considérez votre état général et vos articles. Vous ne vivrez pas vieux. Sinon, vous vous feriez moins d'ennemis. La nature sait bien ce qu'elle fait.

V

Dominique rendait Catherine si malheureuse, elle était si bien habituée à ce malheur, qu'elle ne souffrait plus. C'était plutôt de l'agacement quand elle l'entendait parler de ses amants.

Mlle de Vincay était restée une enfant tant qu'elle s'était crue laide. Ensuite, elle s'était conduite comme une femme. Mais une vraie femme aurait été guidée par le plaisir, quand elle l'ignorait. Elle faisait comme les autres, voilà tout. Aucune gaieté, on le pensera bien, dans cette désolante et perpétuelle répétition, qui servait tout juste à la persuader qu'elle vivait. Il faut dire à son excuse qu'elle ne tombait pas entièrement dans le piège. Elle se laissait ramener par des garçons « qui avaient quelque chose », se laissait embrasser dans le noir, caresser. L'amour, l'amitié, sûrement non. La complicité, peut-être. Oui, mais on est complice dans une entreprise, dans un projet. Quel était le grand projet de cette petite fille mal élevée, au regard tourné vers le ciel glacial ? Quelles étaient ses grandes espérances ? Elle allait se coucher, voler une pomme dans le frigidaire, s'endormir. Puis elle commencerait une nouvelle journée, tout aussi parfaite, tout aussi vaine.

« Quel gaspillage de passion ! » avait dit un de ses anciens fleurts, Olivier Malentraide. Son hérédité américaine, ses dix ans passés à New York et la révolte habituelle des enfants contre les parents, travaillaient dans le même sens. Il imaginait Matisse, Picasso. comme des peintres qui venaient tout juste de trouver leur célébrité, après des années de lutte. En somme, les temps modernes avaient beaucoup de fraîcheur pour elle.

Quand elle parlait d'Olivier, elle disait : « J'ai abusé de ce crétin. Il ne faut pas qu'il reste sur une mauvaise impression ; que pense-t-il de moi, mais que pense-t-il ? » (Ce qu'il y a de charmant de l'inconscience — qui est une belle au bois dormant — c'est qu'elle est entourée d'une forêt de questions.)

Catherine ressentait de l'agacement en écoutant son amie. Dehors, il faisait froid. L'automne cinquante et un n'était pas facile à vivre.

— Tu ne comprends rien à mon ambition, déclara Dominique. Mes statues, mes bustes, comptent plus pour moi que les vivants.

— Et que les vivantes... Je sais, je sais. Tu dois te lever la nuit pour les embrasser. Tu as un cœur de pierre. Tu montres ton cœur, voilà tout.

— Une véritable artiste n'a pas de cœur.

Cette parole grandiloquente poussa Catherine à partir. Quand son amie était trop forte, il n'y avait plus rien à glaner pour elle. Au contraire, dans ses heures de faiblesse, Dominique se faisait protectrice, donc amoureuse.

Catherine sortit tristement. Elle était dans une

impasse. Par malheur, cette impasse était d'une terrible longueur. Pour retrouver une avenue normale, quel chemin à parcourir en arrière ! Elle regardait ses souliers de daim qui soulevaient un peu de terre. Elle était le long de la Seine. Au bout d'une demi-heure, elle décida de rentrer.

Une main se posa sur son épaule, empoigna son imperméable, et l'obligea à se retourner.

— Ce que vous êtes musclée, dit Olivier. On ne le croirait pas en voyant votre air morne.

— Oh ! Vous êtes à Paris ?... Je... Je croyais que vous étiez à la montagne, malade...

— Je suis rentré depuis quinze jours.

— Vous avez eu un accident de voiture.

— Oh ! non. C'est parce que j'avais mal au cœur.

— Mal au cœur ?

— Enfin, j'étais cardiaque.

— Ah, très bien, je vois... C'est à force d'être amoureux de Dominique que vous êtes devenu cardiaque ?

— Je ne crois pas. Vous voulez boire du thé ?

— Oui. Non. Enfin, allons dans un endroit chaud.

— Je connais un bar qui vous plaira, à deux pas d'ici.

Il la prit par le bras. Le bar était au moins à un kilomètre.

— Vous ne saurez jamais vous diriger tout seul, dit Catherine. Oh, comme c'est drôle ! Je connais un garçon qui porte le nom de ce bar. Enfin, c'est plutôt le contraire. Il s'appelle Robert de Cheverny.

— J'en ai entendu parler.

— Ah oui ? Il ne vous aime pas beaucoup. Il trouve que vous êtes cynique, immoral. Moi, j'ai ouvert un livre de vous, je n'ai rien trouvé de pareil... Enfin, il a peut-être raison.

— Vous voulez du thé ?

— Non. Je déteste le thé. Du whisky, plutôt. Quelle idée, Olivier, de m'avoir rencontrée et de m'avoir emmenée ici.

— Vous avez un air de bonne santé qui vous va bien.

— Oh !

— Où avez-vous passé vos vacances ?

— Près de Fontainebleau. Je me suis ennuyée à mourir. J'ai au moins grossi de deux kilos. Je mangeais toute la journée. Pendant ce temps, cette garce de Dominique était au Touquet et ne m'écrivait pas. Celle-là, je la retiens. Mais je ne devrais peut-être pas vous parler de Dominique.

— En effet. Je risque de fondre en larmes.

— Ah oui ? Elle parle tout le temps de vous, maintenant. Elle a été voir votre pièce. Avec Robert de Cheverny, justement. Elle a trouvé ça enivrant. Ça m'a plutôt étonnée.

— Vous avez un culte pour mon œuvre qui me touche beaucoup.

Catherine rit en enfonçant sa tête dans ses épaules. Elle enleva son imperméable. Elle portait un poulover gris.

— Vous n'avez pas de cigarettes ? Il faut absolument que je fume.

Il appela le serveur et acheta des Craven.

— Mais Olivier, vous avez l'air d'un riche ! Tous ces billets de cinq mille francs ! Vous devriez bien m'entretenir.

— Ce serait une bonne idée.

— Je taperais vos pièces de théâtre. Je tape très bien. Et puis je vous laverais les cheveux, je vous peignerais.

— C'est déjà plus sensuel.

— Nous en resterions là. Les hommes...

— Je ne suis pas un homme, je suis un écrivain.

— Quelle différence y a-t-il ?

— Les écrivains sont plus gentils.

— Ça, je n'en ai pas l'impression. Vous étiez assez désagréable avec la pauvre Dominique. Je ne vois pas pourquoi je la plains, après tout. Elle ne le mérite pas.

— C'est une bonne petite.

— Ne prenez pas ce ton méprisant.

— Je ne suis pas méprisant.

— Je vous ai toujours défendu devant elle. Vous auriez dû l'épouser. Ça aurait mieux valu que tous les types qu'elle voit actuellement.

— Nous ne nous aimions pas.

— Oh ! ça... Pourquoi ne l'aimez-vous pas ? Elle a un petit corps très joli. Elle est intelligente. Ne riez pas, ce n'est pas chic. Vous lui faisiez peur.

— Vous lui direz que nous sortons ensemble. Elle sera plus gentille avec vous.

— Tiens... C'est une bonne idée. Mais nous ne sortons pas ensemble.

— Nous allons sortir.

— Ah ! oui ?

— Oui.

— C'est une décision subite ?

— Oui.

— Vous voulez que Dominique soit jalouse ? Ce n'est pas si bête. Elle sera furieuse. Ses amis, pour elle, sont sacrés. J'ai déjà réussi à en liquider quelques-uns. Vous, ç'a été plus difficile.

— Je me suis liquidé tout seul. Vous êtes libre dimanche ?

— Le soir ? Ecoutez, ça dépend à quelle heure. Je dois dîner chez des gens, c'est assez compliqué. Nous pourrions nous retrouver à onze heures.

— A onze heures. Où ça ?

— A la Rhumerie peut-être.

— Bon.

— Onze heures et demie, plutôt. Ça ne vous fera rien que je sois en robe longue ?

La robe longue était grise avec un gros nœud sur la hanche droite.

— Excellent, dit Olivier.

— Excusez-moi, je suis en retard. Ç'a été toute une histoire pour partir. J'ai raconté que j'avais oublié ma clef, que ma mère serait couchée, etc. Ce que cette robe a d'ennuyeux, c'est que le corsage ne tient pas. Qu'est-ce que vous avez bu ? Ce n'est pas à vous, toutes ces soucoupes ?

— Prenez du punch glacé. Ça vous fera frissonner et, comme on voit vos épaules, ce ne sera pas si mal.

— J'ai des salières, vous ne trouvez pas ça hideux ?

— Au contraire, c'est très touchant.

— Dominique est beaucoup mieux faite. Elle a un corps de garçon.

— Je sais.

— Comment vous savez ? Vous n'avez pas couché avec elle ?

— Je l'ai vue, au Touquet.

— Vous avez été au Touquet en août ? Ça alors...

— A Pâques ou à la Pentecôte, je ne sais plus. Enfin, il y a longtemps.

— Ce qu'il y a, je ne crois pas qu'elle soit sensuelle.

— Mais si.

— C'est délicieux, le punch glacé. Pourquoi buvez-vous si vite ?

— Vous êtes vraiment un petit animal intéressant. Vous n'êtes pas spécialement jolie, vous n'êtes pas intelligente... Enfin, ça, je ne sais pas. De toutes manières, il y a autre chose.

— Le punch vous rend bien tendre.

— Toujours.

— Vous avez des yeux de fille, ce soir.

— Jamais de la vie.

— Je vous jure. J'ai dit à Dominique que nous sortions ensemble. Elle m'a regardée d'un drôle d'air. Ensuite, elle m'a dit de me méfier.

— Ça ne l'a pas rendue plus gentille à votre égard ?

— Oh, ne jouez pas le désintéressement. Si vous sortez avec moi, c'est pour que je lui en parle. Vous n'êtes pas chic avec cette pauvre Dominique. Ne riez pas. Si les hommes avaient été moins salauds avec elle, elle ne serait pas comme elle est.

La petite voix distinguée, sucrée de Catherine, rappelait bien qu'il s'agissait, suivant la légende, de « la plus charmante jeune fille de Paris ».

— Je n'avais jamais remarqué que vous aviez de si jolies mains, dit Olivier. Ça change de Dominique. A notre seconde rencontre, il y a un an, elle m'avait dit : « Mes mains sont affreuses... »

— Oui. Elle vous a dit : « Mes mains sont affreuses. Tout le reste est parfait. » Elle dit ça à tout le monde.

— Dans ce cas... Dans ce cas, elle a raison. C'est amusant.

— Oh, je sais. Elle est très amusante et très séduisante et très un tas de choses... Ne buvez plus, vous avez assez bu.

Il la raccompagna en taxi. Elle avait froid malgré son manteau de castor. Olivier restait droit comme un piquet. Avenue de Ségur, il renvoya le taxi.

— Faites de jolis cauchemars, dit-il.

Il l'embrassa. Elle se défendit un peu : elle était devant sa porte.

— Bonsoir, Olivier Malentraide, dit-elle ensuite. Est-ce que nous nous reverrons ?

— Je vous téléphonerai demain. Je vous aime beaucoup.

— Ça...

Elle était amusante dans la nuit, avec son visage si blanc dans lequel on ne voyait plus que deux yeux sombres et mobiles, une mince bouche très fardée. Olivier lui avait dit la vérité, il l'aimait beaucoup. Quand il l'avait rencontrée, trois jours auparavant, sa fraîcheur l'avait touché — et aussi sa façon de parler, sa perfidie. Après quatre mois d'ennui à la montagne, il pensait du bien des femmes.

« Si elle avait plus de vingt ans, je penserais un grand mal de Catherine. Je dirais que c'est une idiote, fascinante comme le sont toujours des filles aux grands yeux sur fond d'idiotie. Mais elle est toute jeune. »

Il en était à ce point calme des passions où l'on se promène dans l'enthousiasme, où l'on pense aux folies avec indifférence, comme un joueur professionnel. Il ne donnait plus dans le romantisme. Deux semaines à Paris l'avaient prouvé. C'était l'ancien Olivier, sombre, mais sarcastique — et vivant : le plus vivant des êtres. Il sortait beaucoup, il s'en plaignait et ce signe a toujours permis de reconnaître qu'on a rangé le malheur dans sa boîte et qu'on en est revenu au travail quotidien, celui de s'ennuyer.

D'ailleurs, il ne s'ennuyait pas. Le succès de sa pièce, les éloges venus de tous les côtés, le rendaient anxieux de poursuivre son œuvre. Il avait ceci de bon, que les reproches et les compliments avaient sur lui le même effet. Il se promettait bien de démentir les uns. Devant les autres, il disait : « Si je suis comptable d'une chose, c'est seulement de mon talent. Je ne crois pas à ces idées de « message spirituel », etc. Il ne s'agit que de moi et du lecteur idéal auquel je dois mes nuits, mes jours, mes peines. Il faut que je souffre d'une façon qui lui convienne — heureux de même. Ce lecteur s'appelle Dieu, si l'on veut. »

Il aimait le mois de septembre, avec sa couleur de raisins glacés, ses premières pluies sans soleil — de vraies pluies. Il avait retrouvé son journal, s'asseyait à la même place, disait aux typos les mêmes gros mots qui les indignaient doucement, car ils avaient un grand respect des auteurs. Il ne paraissait pas un livre digne d'intérêt tous les jours. Olivier se contentait parfois de citer un titre et discourait sur un tout autre sujet. Le rédacteur en chef venait souffler dans son oreille que ce n'était pas une méthode recommandable.

Le jeune homme trouvait que le journalisme était un des métiers les plus attirants et les plus méprisables qui fussent au monde. Attirant par la fièvre qui entourait la composition, la liberté qui était laissée, avec une matière informe comme les dépêches d'agence ou les idées du rédacteur en chef, de faire un tout, bien constitué, d'arracher au chaos une phrase et de la placer en vedette, enfin l'amusement d'aller trouver les gens, le matin au réveil, dans leur état de moindre résistance et de leur dire ce qu'on voulait. Le mépris, parce qu'un journal était aussi un kombinat d'intérêts et de peurs, les intérêts n'étant pas les plus coupables, dans l'affaire, car il y a encore beaucoup de bonne santé dans un intérêt.

En revanche, la timidité, la crainte perpétuelle des gens qui dirigeaient ce journal, pourtant célèbre par son indépendance, indignait Olivier. Il pensait tous les jours à la parole de Bernanos : « Ces gens-là manquent de reins. » Quelle chance pour ces lâches réactionnaires que leurs adversaires les prissent au sérieux. L'habitude, en politique, voulait que les hommes de gauche, séduits par des prestiges en fer-blanc, fussent les chefs de la droite. On le comprenait aisément. La droite française était maudite, enfantée dans la terreur. Si un jour des hommes de droite passaient à gauche, alors ils seraient dangereux, car ils sauraient la nullité du milieu dont ils venaient. Olivier considérait les visages terrifiés d'un député, d'un administrateur et du rédacteur en chef, penchés sur un adjectif d'un article de la page 3.

Ce soir-là, il était en smoking. Il devait aller dans une soirée où il verrait deux ou trois personnes qu'il aimait bien. Il se demandait toujours pourquoi on l'invitait dans des endroits pareils. Il se trouvait très inférieur aux imbéciles qui enchantaient les maîtresses de maison. Ses airs sombres, on croyait que c'était exprès. On trouvait des intentions derrière toutes ses maladresses. Et si l'on ne trouvait rien, c'était sans importance. Le monde était fait de n'importe quoi, reçu par n'importe qui et tout ce néant se donnant un grand mal pour ressembler à quelque chose.

Pourtant Didier se plaçait parmi ces ombres molles. Didier avait un secret : il savait vivre. La plupart, hors du travail, sont perdus. Ils flottent lamentablement dans la liberté, cette liberté que Didier, plus libre que l'air, survolait encore.

Parmi les autres, tout d'un coup, les deux amis ranimaient la cour d'un collège, un de ces lieux puants où souffle l'esprit. Les autres riaient pour être gais, comme on prie pour croire. Les autres se dandinaient, s'épataient mutuellement. Olivier, Didier, invincibles au milieu de leur enfance, parlaient interminablement.

On présenta Olivier à un solennel et beau jeune homme qui s'appelait Robert de Cheverny. Celui-ci offrait un regard loyal et dur.

— Nous avons des amies communes, dit-il sévèrement.

— Quelles amies ? Oh ! oui, les petites filles, répondit Olivier qui adorait parler de Catherine et de Dominique en public. Il n'avait pas toujours beaucoup de plaisir à sortir avec elles (aucune n'était d'une réelle beauté) — mais il les sortait volontiers dans la conversation.

— Vous êtes très lié avec Dominique de Vincay.

— Moi ? Oh ! non, plutôt à son amie, là, Catherine de Saint-Romain. Non, Dominique, je ne la connais presque pas. J'aime son caractère, tout de même. Pas toi, Didier ?

— Ce sont deux spécimens intéressants de la jeunesse moderne, reprit M. de Cheverny avec emphase. Elles n'ont pas de squelette. J'entends, poursuivit-il après un silence, qu'elles n'ont pas d'armature morale.

Faute de ce support, leurs meilleures qualités s'écroulent. On peut ajouter qu'elles ont des ressources intellectuelles limitées. Je vais vous surprendre, mais je n'estime pas qu'on soit intelligent, si l'on ne croit pas en Dieu.

— Dieu ne doit pas être intelligent, fit Didier. Son humilité lui interdit de croire en lui-même.

— Très spirituel, dit Robert de Cheverny, montrant ainsi qu'il dédaignait cet adversaire Il posait sur Olivier son grave regard.

— Je m'aperçois que je connais Dominique mieux que vous, dit Olivier. Pourtant ! Il n'y a pas plus morale. Elle ne vit que pour des principes. Elle n'aime que la rigueur.

— Vous croyez que l'art moderne...

— Oui, l'art moderne est bourré de principes. C'est une religion comme une autre.

— Se coucher à trois heures du matin, voir n'importe qui, admirer n'importe quoi... C'est un vice de l'esprit ou un vice tout court.

— Eh bien, c'est parfait. L'humanité ne progresse que par ses vices. Elle est assez grande, assez solide pour se les permettre. Ainsi d'un individu en bonne santé. Un verre d'alcool ne lui fait pas de mal et lui donne le courage d'aller gifler un ennemi. Tout devient vice avec un peu de vertu, je veux dire avec un peu d'application.

— Je m'excuse, mais j'éprouve un goût modéré pour les paradoxes. Je ne suis pas moderne sur ce point. Je reconnais que c'est extrêmement brillant. C'est aussi extrêmement futile.

— Pourquoi est-ce brillant ?

— Parce que ça plaît dans le monde.

— Alors, je plais dans le monde ?

— Vous le savez trop bien.

— J'en suis fier, dit Olivier. C'était le rêve de ma vie. Et vous, quel était le rêve de votre vie ? Inspecter les finances de la République ? Non, ce n'est pas ça. Epouser Dominique de Vincay ? Déjà plus.

— J'essaie d'être honnête avec moi-même, c'est suffisant.

— Dieu, saint Michel et moi, nous n'aimons pas les chrétiens de votre sorte. Nous trouvons qu'il faut être malhonnête avec soi-même. Se faire la guerre, une guerre d'embuscades. Vous suivez une ligne beaucoup trop droite : pas le moindre piège.

— Pourquoi parlez-vous sans cesse de Dieu ? C'est une dérision.

— Dieu est un auteur qui aime bien les critiques.

Soudain Olivier quitta le ton enfantin et modeste qu'il avait pris, jeta sur son interlocuteur un regard rapide et reprit :

— Dans cette affaire, je m'excuse mais je crains que vous soyez tout juste une ouvreuse. Vous placez les gens devant la scène et vous vous réjouissez quand la salle est pleine, vous pensez : le christianisme est en marche. Les gens peuvent dormir, ça vous est égal : ils sont là. Vous êtes beaucoup trop certain du succès de la pièce. Vous êtes de la maison. Mettez-vous bien dans la tête que tout ça ce sont encore des paradoxes. Il y a pourtant une chose urgente à faire. Si j'avais la malchance d'être d'humeur religieuse, cette chose, je la ferais. Je me donnerais un grand mal, je travaillerais tard le soir et, infailliblement, je deviendrais un saint. Ce serait bien de l'honneur pour ma famille. La sainteté, quand on croit, rien n'est plus facile : il suffit de tendre la main, elle est là. Il me semble que ça doit bien occuper de croire en Dieu. Assez pour laisser tomber l'inspection des Finances, les voitures de course et le champagne. J'aurais été un excellent saint.

Robert de Cheverny ne sut pas répondre à ces paroles prononcées avec une fougue extraordinaire. Quand Olivier parlait aussi vite, on disait qu'il était ivre. Opinion très improbable.

A une heure du matin, il partit sans dire au revoir à personne. Il retrouva Catherine dans un bar du XVIe. Elle venait d'arriver.

— Je vous attendais depuis une heure, dit-il. J'étais parti. Et puis au dernier moment, j'avais fait cent mètres, je suis revenu. Nous nous rencontrons toujours par hasard.

— Oui... C'est même ce qui m'inquiète. Je ne suis rien du tout pour vous.

— Vous êtes une heure du matin. C'est beaucoup.

— Ah oui ? Et Dominique, c'est toute la nuit, alors...

— Malheureusement non.

— Vous êtes sûr de ne jamais avoir été son amant ?

— Oh, presque sûr !

— Ah, presque...

— Dominique est une gentille petite fille. L'embrasser, c'est déjà très mal.

— Oui, elle se laisse embrasser ; elle n'embrasse jamais.

— Catherine !

— Oh, vous savez, j'en ai assez de Dominique. Elle m'a gâché la vie. Ce qui m'occupait, c'était de la dégoûter des types avec qui elle sortait.

— C'est une saine occupation.

— Ce que je me demande, c'est pourquoi vous me voyez. Je ne vous attire pas spécialement.

— Non. Enfin si. C'est-à-dire... Nous appartenons à des races si différentes. C'est comme le croisement d'un coquelicot et d'une pomme de terre.

— Parce que nous allons nous « croiser » ? Nous allons nous marier, Olivier ?

— Dieu nous en garde.

— Mais si... Ça ferait plaisir au bon Dieu... Ça me remettrait sur le droit chemin. Dominique serait jalouse et nous aimerait tous les deux.

— Et nous la verrions le dimanche. Elle viendrait prendre son petit déjeuner à la maison.

— Oh, les autres jours aussi.

— Ce serait touchant.

— Mais oui. Vous ne prenez rien au sérieux. Si vous ne voulez pas m'épouser, pourquoi sortez-vous avec moi si souvent depuis un mois ? Pour écrire un roman ?

— Très juste.

— C'est vrai ? Non, ce n'est pas vrai. Nous ne sommes pas intéressantes. D'abord, les romans doivent être modernes, il faut parler de la guerre de Corée, ou du communisme... Dominique vous expliquerait ça beaucoup mieux que moi.

— C'est même ce qui m'a toujours plu. Elle voulait faire mon éducation. Si elle avait réussi, elle m'aurait bien aimé.

— Olivier, quelle heure est-il ? Il faut que je rentre... Ou alors ne restons pas là. C'est un coin dangereux pour moi. Un de mes oncles est toujours fourré ici.

— Qu'il vienne. Nous parlerons ensemble. J'ai toujours bien plu aux oncles.

— Pas à celui-là. Vous marqueriez mal.

— Quel toupet !

Ils sortirent et marchèrent avenue Raymond-Poincaré, jusqu'au Trocadéro.

— Prenons un taxi, dit Catherine. Je meurs de froid.

Le premier taxı ne voulait aller qu'à Grenelle, le second à Levallois et le troisième au Châtelet.

— Ça ne fait rien, dit la jeune fille. Ne restons pas là. Emmenez-moi chez vous.

Une fois qu'ils furent installés, elle dit encore :

— C'était très dangereux pour moi, ce quartier.

— Chez moi, ce sera de tout repos.

— Ah oui ?

— Je n'aime que les jeunes filles morales.

— Oh, mais moi, je suis religieuse. C'est encore mieux. Ne riez pas. Je suis très religieuse.

— Parfait. On parlera un peu de Jaspers.

— Qui est-ce, Jaspers ?

— Je vous expliquerai.

— On ne fera que parler de Jaspers ?

— Non, bien sûr... On parlera aussi de Spengler.

— Oui... Evidemment, ce n'est pas mal... Ça doit être de bons nazis, tous ces gens-là...

— Vous êtes toujours nue sous votre poulover ?

— Toujours.

— C'est échauffant.

— Oh, Olivier !

— Voilà, c'est ici, dit le jeune homme au chauffeur.

— C'est bien comme immeuble. C'est pittoresque.

— Non. Tout ça est d'une laideur rare. Quand

j'étais petit, j'habitais un appartement qui n'était ni bien ni mal, mais je serais mort de honte à l'idée de le montrer à un camarade. Ce sentiment m'est resté.

— Je suis un camarade pour vous ?

— Une camarade nue sous son poulover, oui.

— Il n'y a pas d'ascenseur du tout ?

— Non. Vous voulez que je vous porte ? Autrefois, comme j'étais très timide avec les femmes, je ne perdais pas une occasion de les porter, de leur donner des gifles, etc. C'était pour montrer ma force.

— Vous deviez être gentil à cette époque. Maintenant vous avez trop d'assurance. C'est à quel étage ?

— Cinquième ou sixième, je crois...

— Si j'avais su, je ne serais pas venue. C'est intéressant de parler de Jaspers, mais tout de même... Enfin, vous êtes si beau en smoking. Et puis vos yeux tristes ne sont pas mal non plus.

Elle l'embrassa sur le palier du troisième étage. Il la pris dans ses bras et la porta jusqu'à son appartement.

— Quelle chance ! dit-elle. Vous êtes redevenu timide. C'est bien, chez vous. C'est en désordre, alors c'est bien.

Il la laissa seule pour aller chercher du whisky. Quand il revint, elle fouillait parmi des photos.

— Qui est-ce, cette belle blonde ?

— Voulez-vous laisser ça tranquille.

— Ce qu'elle a de beaux cheveux ! Moi, j'aurais été amoureuse d'elle.

— Prenez le train à huit heures du matin. Embarquez à Calais. A Londres, vous gagnerez Saint-Martin's Court. Vous trouverez cette jeune femme et vous lui direz que vous venez faire votre vie avec elle.

— Oh ! Ce n'est pas vrai ? Elle habite l'Angleterre ? C'est une Anglaise ? Comment s'appelle-t-elle ?

— Elle s'appelle 1947 et son fils Clarence.

— Elle a un fils ? Pourquoi me parlez-vous de son fils ?

— Parce qu'il est le bienvenu dans cette conversation.

— Ce que vous êtes mystérieux ! Vous êtes très incorrect. Laissez cette fermeture éclair tranquille. Vous devriez avoir honte, devant cette douce jeune femme qui nous regarde et dont le fils s'appelle Clarence. C'est votre fils ? Vous avez un fils ?

— Non. Ce n'est pas mon fils.

— Tant pis.

Il l'obligea à poser la photographie. Puis il l'embrassa violemment.

— Dominique trouvait toujours que vous l'embrassiez trop respectueusement. Elle se moquait de vous. Elle disait...

— Elle avait bien raison. Je la prenais pour une petite fille. Son allure émancipée me criait qu'elle n'était qu'une petite fille. J'ai toujours manqué de psychologie à un point remarquable.

— Non. Au contraire. Vous étiez le seul à bien la connaître. C'est une petite fille. Les hommes, ses amants n'y changent rien. Ils ne l'ont pas transformée. Donnez-moi du whisky. Quand j'en aurai bu, je me laisserai beaucoup mieux déshabiller. Pourquoi prenez-vous cet air-là ?

Olivier se leva et vint s'asseoir à l'autre bout de la pièce.

— Parlons de Jaspers, dit-il.

— Vous... Nous allons parler de Jaspers toute la nuit ?

— Une heure ou deux. Ensuite je vous ramènerai.

— C'est parce que j'ai dit cette phrase que vous ne m'embrassez plus ?

— Voilà. C'est par idéalisme. Je ne veux pas vous séduire avec mon whisky, mais avec mes idées sur la philosophie allemande.

— Oh ! non. Vous êtes tellement ennuyeux quand vous parlez longtemps. Vous êtes plus intéressant quand vous embrassez. Qu'est-ce qui vous fait rire ?

— Je ris parce que je suis un mauvais con. Mon seul intérêt, et il n'est pas grand, c'est d'être si bon en roman. Et pourtant, toutes les femmes qui m'ont aimé — enfin, celles que j'aimais — se moquaient éperdument de cette littérature. Alors, c'est amusant.

— Mais non, c'est très normal. Vous êtes « un vrai mâle », dit-elle avec un profond mépris.

Elle s'étira. Sa peau blanche apparut entre sa jupe et son poulover.

— J'ai envie de dormir. Quelle barbe de rentrer ! Ce qui me plairait, ce serait de dormir dans vos bras. Pas de coucher avec vous, non. Ça ça me dégoûterait plutôt. Mais dormir serait agréable. Vous êtes un bon solide ours avec de grosses pattes entre lesquelles on se sent protégée. C'est par ça que vous me plaisez. Vous n'êtes pas une femme, malgré vos yeux, pas un homme non plus, vous êtes un ours en peluche.

Elle s'approcha de lui, le prit par les cheveux, défit un bouton de sa chemise de soie.

— Vous avez de bons muscles d'ours en peluche.

Elle regarda la montre qui était sur son poignet avec un horrible bracelet en acier chromé.

— Deux heures et demie ! dit-elle. Il faut rentrer. Pourvu que ma mère ne se réveille pas !

— Elle est ravissante, votre maman. Je voudrais bien la voir, réveillée, en pyjama, à trois heures du matin.

— Elle vous anéantirait.

— Mais non, mais non. Elle m'aimerait bien.

— Oh !

— Je vous jure.

— Vous seriez amants ?

— Ben oui.

— Ce n'est pas très gentil pour moi, tout ça.

— Je serais votre amant à toutes les deux.

— Ça n'en prend pas le chemin. Et Dominique, et votre blonde qui est en Angleterre ?

— Laissez tomber cette blonde.

Elle se remit du rouge à lèvres, bâilla, tira ses bas. Elle ressemblait à un petit animal résigné. Elle trébucha deux ou trois fois dans l'escalier. Elle dormait debout.

Olivier s'approcha d'une voiture noire, longue et racée — qui était rangée le long du trottoir, à cent mètres de sa porte.

— C'est à vous, cette superbe voiture ?

— Mais non. C'est à une dame, une vieille folle qui habite mon quartier. Je la connais un peu, je l'ai rencontrée à Deauville.

— C'est votre maîtresse ?

— Non plus. Je lui prends sa voiture quand je ne peux pas faire autrement. Ce n'est pas reluisant, mais je la ramène, bien entendu, et je lui envoie des fleurs, sans qu'elle sache pourquoi.

— Olivier ! Il n'y a que vous pour... Vous n'avez pas de clé, comment allez-vous faire ?

— Ce n'est pas difficile de brancher le contact sans clé.

Pendant qu'il mettait la voiture en marche, Catherine lisait la plaque de propriétaire. Elle lisait « Isabelle Renaut ». Elle imagina une somptueuse créature rousse et en fut amoureuse une seconde.

— Qu'est-ce que c'est comme marque ?

— C'est une Aston-Martin.

— Quelle marque ?

— Aston-Martin.

— Ça n'est pas connu. Ça ne doit pas être fameux.

— Ne dites pas d'imbécillité.

En quelques secondes, il roulait à 70 à l'heure, puis à 100. Il gagna un passage souterrain qui tournait et prit le virage à 140 ; Catherine appuya sur le klaxon pour l'entendre résonner et cria :

— C'est merveilleux, Olivier ! Merveilleux !

— Il faut bien que je vous donne quelques sensations, dit-il simplement.

VI

Catherine entendit des vérités sévères :

— Tu ne te rends pas compte de ce que tu es. Tu n'es rien. C'est moi qui te donne un semblant d'intérêt. Olivier a fini par accepter de sortir avec toi, parce que je l'en ai supplié, il l'a fait un jour pour avoir la paix. Tu n'es pas faite une seconde pour cette vie qui réclame de l'intelligence, de la confiance en soi et de la confiance en lui. Toi qui n'es qu'une chiffe, il s'en apercevra vite.

Catherine essaya de se défendre, en prétendant que Dominique était jalouse. Cette parole malheureuse entraîna un regard glacial, un regard définitif. Il n'y aurait plus rien entre les deux jeunes filles. Dominique se sentait trahie, dépossédée. Tout l'abandonnait à la fois. Elle n'éprouvait pas à l'égard d'Olivier, une rancune très sévère et finalement, elle se moquait bien de son mariage, mais pas de son mariage avec Catherine, la petite Catherine, si fidèle, si tremblante, ses yeux rieurs battus de larmes, sa voix douce, ses gestes caressants, sa façon d'imiter le chant des oiseaux et mille autres choses qui étaient à elle seule, qui dépendaient de son bon plaisir et qui lui étaient nécessaires, à quel point nécessaire, car le maître a plus besoin de son esclave que l'esclave ne lui est soumis et le prisonnier n'est pas celui qu'on pense. Et puis, qui sait ?

Un jour de grande pluie, elle se cogna littéralement contre son ancien ami. Comme à l'habitude, Olivier était en taille, les cheveux ruisselant et marchant aussi lentement que possible, pour faire l'intéressant. Il était accompagné d'un couple dont la jeune fille ne retint pas le nom. Ils entrèrent tous dans un café.

Le ménage semblait admirer passionnément l'écrivain. On lui parlait de ses projets. On lui citait des répliques de sa dernière pièce, celle qui avait tant de succès. Dominique considérait ce petit spectacle avec mépris. Oui, quel mépris pour ce garçon qui avait si bien réussi dans la vie ! Ce vieillard de vingt-sept ans ! Comme elle baissait les yeux pour ne pas éclater de rire, elle aperçut les mains d'Olivier sous la table. Il s'écorchait les doigts avec ses ongles, pendant cette avalanche de compliments. Elle se rappela qu'elle l'avait vu plusieurs fois, jadis, les mains en sang. Maintenant elle comprenait, et cette timidité, elle qui détestait la timidité chez les hommes, la ravissait. Voilà qu'elle aimait tout d'un coup les mains timides d'Olivier, qu'elle se rappelait comme il caressait bien ses lèvres, ses paupières et combien ces gestes lui semblaient doux, parce qu'ils étaient extraordinaires et que les autres types ne se conduisent pas de la sorte.

Ceci se passait au mois de décembre mille neuf cent cinquante et un, au milieu du mois de décembre. Le père de Dominique savait bien qu'elle était un peu folle. Il s'étonna pourtant quand elle déclara qu'elle passerait une semaine dans la villa du Touquet, en cette saison.

Le mariage de son amie Catherine de Saint-Romain eut lieu quelques jours après sa rentrée. Mais ici, il convient de bien connaître les dates et de se fier, pour le reste, à un témoin sûr. Didier fut ce témoin.

Le séjour de Dominique au Touquet dura jusqu'au quinze décembre. Le mariage de Catherine et d'Olivier eut lieu le dix-huit. Dominique accompagna son père en Amérique : quelques mauvaises nouvelles étaient arrivées, des nouvelles fâcheuses (sa mère était malade). La jeune fille prit l'avion, le vingt décembre, tandis que le couple était parti en voyage de noces depuis une trentaine d'heures. Voici donc le cadre de l'action exactement fixé. Passons aux détails.

Didier suivait ce mariage avec intérêt. Il se rappelait Olivier, le visage défait, parlant de Dominique sans la nommer, déclarant : « L'amour est une passion recommandable, une passion d'égoïstes : elle met à leur service une arme extraordinaire. » Et plus tard, quand il était presque tiré d'affaire, il disait :

« Je la méprise de tout mon cœur. Pourtant, voici des souvenirs. Je colle à ce passé, je n'y peux rien. Je voudrais y retourner, oui, je voudrais revenir à ce temps où j'étais amoureux de Dominique, où j'étais si bête et si malheureux... Hélas ! c'est fini. Je ne sais pas aimer un être que je n'estime pas. C'est tant pis pour moi. Je ne suis pas fier de mon stupide orgueil, je le déteste. Mais bientôt... »

Il est difficile de pardonner à nos meilleurs amis de s'être enfin consolés. Nous les plaignons et pourtant nous aimons leur malheur, nous estimons que cet état de choses est excellent pour notre amitié. Didier avait contribué à détacher Olivier de la partie sauvage, mais il n'était pas tellement satisfait de cette cérémonie aux Invalides, avec la file des belles voitures, les rires des dames en fourrure, les yeux écarquillés de la foule.

Elle est charmante, elle est charmante, est char mante, charmante, mante.

Au cours du lunch, les amis des Saint-Romain se firent une opinion sur Olivier Malentraide. Cette opinion fut favorable. M. de Saint-Romain disait à trois heures de l'après-midi : « Comment s'appelle ce garçon, déjà, avec qui se marie ma fille ? » A sept heures, il se flattait d'une union qui lui avait valu de nombreux compliments. Ce n'était qu'un cri : Catherine avait beaucoup de chance, malgré sa fortune et son nom. Ce revirement tenait à une raison bien simple : il était venu quatre ou cinq photographes, attirés par le mariage d'un écrivain déjà célèbre et d'une petite jeune fille de l'aristocratie.

Le couple partit à sept heures, sept heures et demie peut-être. Catherine était allée se changer. Olivier fit quelques pas dans le couloir qui menait au bureau de son beau-père. Il entra.

— Nous avons cinq minutes, lui dit-elle. Cinq minutes, mon amour ! Nous sommes riches !

Dominique était là, droite, dans un tailleur gris foncé. Elle prit le jeune homme par les épaules.

— Embrassez-moi, dit-elle. Embrassez-moi tout doucement, comme vous faisiez autrefois. Dieu que je vous aime ! Dieu que je suis bête de vous aimer comme ça ! C'est bien d'avoir eu ce visage tranquille toute la journée.

— J'étais heureux. Je savais que je vous retrouverais cinq minutes ce soir. Pourquoi ne m'avez-vous pas laissé casser ce mariage ?

— C'était impossible. La petite Catherine... Non, non... Pensez à ces huit jours au Touquet sous la pluie. Pensez-y toute la vie, c'est-à-dire jusqu'à ce que je revienne, dans deux semaines, j'espère.

— Et puis après, il faudra mentir à la petite Catherine.

— Vous savez bien qu'elle ne vous aime pas. Elle n'aime personne. Vous serez libre.

— Ça va être une existence immorale, dit-il avec un sourire triste.

Elle éclata d'un long rire heureux, montrant toutes ses dents blanches.

— Savez-vous, mon amour ? Ce qu'il y a de merveilleux, c'est que je ne serai pas jalouse de votre voyage de noces.

Olivier partit en voiture avec sa nouvelle femme. M. de Saint-Romain avait acheté une quatre chevaux au jeune ménage. L'éditeur d'Olivier avait transformé cette quatre chevaux en Hotchkiss. Ils traversèrent Paris lentement. Sur les boulevards extérieurs, au moment de prendre la porte de la Chapelle, ils furent arrêtés par un embouteillage, causé par des travaux. Puis ils gagnèrent la propriété des Saint-Romain, à cent vingt kilomètres de là, où ils devaient séjourner quinze jours.

— C'est idiot ces travaux, dit Catherine. C'est une honte

— Mais non. Ce sont des passages souterrains qu'on est en train de construire.

— Ah, ça change tout !

« Dire qu'il faudra transformer cette petite fille en jeune femme ! » pensa-t-il.

La propriété des Saint-Romain comportait un grand, un immense parc, où il serait agréable de lire des romans policiers, pour se donner des émotions.

Le vingt et un décembre, Olivier partit acheter un magazine que lui réclamait sa femme et, comme le libraire n'avait plus de monnaie, il prit cinq ou six journaux pour compléter la somme. Bien entendu, il jeta ces journaux en route : pourtant il en restait un au milieu du magazine. C'était *Combat* que son petit format avait préservé.

L'après-midi, il conduisit la voiture chez un garagiste pour qu'on vérifiât la dynamo qui ne chargeait pas. Il revint à cinq heures. Catherine était en larmes, folle de douleur. Elle lui montra le journal qu'elle avait ouvert par hasard. On y annonçait un accident. L'avion Paris-New York de la P.W.A. s'était écrasé en vue des Açores. On comptait parmi les victimes M. et Mlle de Vincay.

— C'est épouvantable, criait-elle. Dominique qui avait si peur de la mort, etc.

Elle avait téléphoné à Paris, écouté la T.S.F. L'accident avait été commenté, les noms des victimes cités.

Olivier tenta de consoler sa jeune femme et n'y parvint évidemment pas. Elle pleurait avec régularité. Il la prit dans ses bras et la jeta sur son lit.

Puis il sortit. La nuit était si belle, une sage et magnifique nuit de décembre. Olivier monta dans la voiture et la mit en marche. Il s'aperçut au bout d'un quart d'heure qu'il avait oublié d'allumer les phares. Il se trompa sans doute de chemin, car il n'entra pas dans Paris par la porte qu'ils avaient prise pour venir. Olivier lança la voiture à 130, brûlant les feux rouges, évitant de justesse des camions, des cyclistes. Après avoir roulé quelque temps à cette allure sur les boulevards extérieurs, il trouva ce qu'il était venu chercher dans un grand chantier où l'on avait creusé des fosses profondes. Catherine est la plus charmante veuve de Paris.

DU MÊME AUTEUR

Aux Éditions Gallimard

LES ÉPÉES, *roman.*

PERFIDE, *roman.*

LE HUSSARD BLEU, *roman.*

AMOUR & NÉANT, *essai.*

HISTOIRE D'UN AMOUR, *roman.*

D'ARTAGNAN AMOUREUX, *roman.*

JOURNÉES DE LECTURE.

L'ÉTRANGÈRE, *roman.*

L'ÉLÈVE D'ARISTOTE, *essai.*

Aux Éditions de La Table Ronde

LE GRAND D'ESPAGNE.

COLLECTION FOLIO

Dernières parutions

1981. Tahar Ben Jelloun — *Harrouda.*
1982. Pierre Loti — *Pêcheur d'Islande.*
1983. Maurice Barrès — *Les Déracinés.*
1984. Nicolas Bréhal — *La pâleur et le sang.*
1985. Annick Geille — *La voyageuse du soir.*
1986. Pierre Magnan — *Les courriers de la mort.*
1987. François Weyergans — *La vie d'un bébé.*
1988. Lawrence Durrell — *Monsieur ou Le Prince des Ténèbres.*
1989. Iris Murdoch — *Une tête coupée.*
1990. Junichirô Tanizaki — *Svastika.*
1991. Raymond Chandler — *Adieu, ma jolie.*
1992. J.-P. Manchette — *Que d'os !*
1993. Sempé — *Un léger décalage.*
1995. Jacques Laurent — *Le dormeur debout.*
1996. Diane de Margerie — *Le ressouvenir.*
1997. Jean Dutourd — *Une tête de chien.*
1998. Rachid Boudjedra — *Les 1001 années de la nostalgie.*
1999. Jorge Semprun — *La Montagne blanche.*
2000. J. M. G. Le Clézio — *Le chercheur d'or.*
2001. Reiser — *Vive les femmes !*
2002. F. Scott Fitzgerald — *Le dernier nabab.*
2003. Jerome Charyn — *Marilyn la Dingue.*
2004. Chester Himes — *Dare-dare.*
2005. Marcel Proust — *Le Côté de Guermantes I.*
2006. Marcel Proust — *Le Côté de Guermantes II.*
2007. Karen Blixen — *Le dîner de Babette.*

2008.	Jean-Noël Schifano	*Chroniques napolitaines.*
2009.	Marguerite Duras	*Le Navire Night.*
2010.	Annie Ernaux	*Ce qu'ils disent ou rien.*
2011.	José Giovanni	*Le deuxième souffle.*
2012.	Jan Morris	*L'énigme (D'un sexe à l'autre).*
2013.	Philippe Sollers	*Le Cœur Absolu.*
2014.	Jacques Testart	*Simon l'embaumeur (ou La solitude du magicien).*
2015.	Raymond Chandler	*La grande fenêtre.*
2016.	Tito Topin	*55 de fièvre.*
2018.	Pierre Assouline	*L'homme de l'art (D.-H. Kahnweiler 1884-1979).*
2019.	Pascal Bruckner	*Allez jouer ailleurs.*
2020.	Bourbon Busset	*Lettre à Laurence.*
2021.	Gabriel Matzneff	*Cette camisole de flammes (Journal 1953-1962).*
2022.	Yukio Mishima	*Neige de printemps (La mer de la fertilité, I).*
2023.	Iris Murdoch	*Pâques sanglantes.*
2024.	Thérèse de Saint Phalle	*Le métronome.*
2025.	Jerome Charyn	*Zyeux-Bleus.*
2026.	Pascal Lainé	*Trois petits meurtres... et puis s'en va.*
2028.	Richard Bohringer	*C'est beau une ville la nuit.*
2029.	Patrick Besson	*Ah ! Berlin* et autres récits.
2030.	Alain Bosquet	*Un homme pour un autre.*
2031.	Jeanne Bourin	*Les amours blessées.*
2032.	Alejo Carpentier	*Guerre du temps* et autres nouvelles.
2033.	Frédéric H. Fajardie	*Clause de style.*
2034.	Albert Memmi	*Le désert (ou La vie et les aventures de Jubaïr Ouali El-Mammi).*
2035.	Mario Vargas Llosa	*Qui a tué Palomino Molero ?*
2036.	Jim Thompson	*Le démon dans ma peau.*
2037.	Gogol	*Les Soirées du hameau.*
2038.	Michel Déon	*La montée du soir.*
2039.	Remo Forlani	*Quand les petites filles s'appelaient Sarah.*

2040.	Richard Jorif	*Le Navire Argo.*
2041.	Yachar Kemal	*Meurtre au marché des forgerons (Les seigneurs de l'Aktchasaz, I).*
2042.	Patrick Modiano	*Dimanches d'août.*
2043.	Daniel Pennac	*La fée carabine.*
2044.	Richard Wright	*Fishbelly (The Long Dream).*
2045.	Pierre Siniac	*L'unijambiste de la cote 284.*
2046.	Ismaïl Kadaré	*Le crépuscule des dieux de la steppe.*
2047.	Marcel Proust	*Sodome et Gomorrhe.*
2048.	Edgar Allan Poe	*Ne pariez jamais votre tête au diable* et autres contes non traduits par Baudelaire.
2049.	Rachid Boudjedra	*Le vainqueur de coupe.*
2050.	Willa Cather	*Pionniers.*
2051.	Marguerite Duras	*L'Eden Cinéma.*
2052.	Jean-Pierre Enard	*Contes à faire rougir les petits chaperons.*

Impression Bussière à Saint-Amand (Cher),
le 28 juin 1989.
Dépôt légal : juin 1989.
1er dépôt légal dans la collection : mai 1983.
Numéro d'imprimeur : 8801.
ISBN 2-07-037469-6./Imprimé en France.

46823